Zu diesem Buch

Im Elendsviertel der englischen Küstenstadt Brighton wird der erst siebzehnjährige Pinkie Brown zum Anführer einer Gangsterbande, die vor allem Buchmacher erpreßt und die Rennbahn unsicher macht. Nach und nach werden die Ganoven jedoch von einer besser organisierten und größeren Bande aus ihrem Revier verdrängt. Bei den brutalen Auseinandersetzungen wird Pinkie zum Mörder. Auch das Leben einer jungen Kellnerin, die ihn liebt und seine dunklen Triebe nicht erkennt, wird von ihm unaufhaltsam zerstört. «Am Abgrund des Lebens» war der erste Roman des großen Erzählers Graham Greene, mit dem er ein breites Publikum gewann, und er ist bis heute eines seiner meistgelesenen Bücher geblieben.

Graham Greene, dessen Ruhm als fesselnder und hintergründiger Erzähler von Werk zu Werk gewachsen ist, muß als der führende Schriftsteller des heutigen England angesehen werden. In Deutschland ist er vor allem als Drehbuchautor des Films «Der dritte Mann» (rororo Nr. 211) und durch seine weitverbreiteten und ebenfalls erfolgreich verfilmten Romane «Die Kraft und die Herrlichkeit» (rororo Nr. 91), «Heirate nie in Monte Carlo» (rororo Nr. 320), «Unser Mann in Havanna» (rororo Nr. 442) und «Die Stunde der Komödianten» (rororo Nr. 1189) bekannt geworden. Geistig wurde sein Werk von den großen Erzählern Frankreichs, Bernanos, Mauriac und dem Halbfranzosen Julien Green, beeinflußt. Die brutale und illusionslose Sachlichkeit der Darstellung sowie Abscheu und Ekel vor der Sinnlosigkeit des äußeren Lebens verbinden ihn sowohl dem Existentialismus Sartres wie dem Realismus eines Ernest Hemingway. Weltliche Macht und göttliche Gnade, Gut und Böse, Verbrechen und Strafe sind die polaren Gegensätze, die Greenes Schaffen mit dem Hauptmotiv des Menschen auf der Flucht vor äußeren Gewalten oder dem eigenen Ich Dynamik verleihen.

Graham Greene wurde am 2. Oktober 1904 in Berkhampstead/Hertfordshire als Sohn eines Schulleiters und als Großneffe Robert Louis Stevensons geboren. Nach Studienjahren in Oxford arbeitete er zunächst im Redaktionsstab der «Times», dann als literarischer Herausgeber des «Spectator». Entscheidende Erlebnisse veranlaßten ihn, zur katholischen Kirche überzutreten. Lange Reisen führten ihn durch ganz Amerika und Mexiko. In den Jahren 1942 und 1943 ging er in Sondermission des britischen Außenamtes nach Westafrika. Als Korrespondent der «Sunday Times» besuchte er mehrfach Indochina.

In der Reihe der rororo-Taschenbücher liegen außerdem vor: «Das Herz aller Dinge» (Nr. 109), «Der stille Amerikaner» (Nr. 284), «Leihen Sie uns Ihren Mann?» (Nr. 1278), «Die Reisen mit meiner Tante» (Nr. 1577), «Eine Art Leben» (Nr. 1671), «Das Ende einer Affäre» (Nr. 1787), «Schlachtfeld des Lebens» (Nr. 1806), «Ein Sohn Englands» (Nr. 1838), «Zentrum des Schreckens» (Nr. 1869), «Der Honorarkonsul» (Nr. 1911), «Das Attentat» (Nr. 1928), «Orientexpress» (Nr. 1979), «Kleines Herz in Not» (Nr. 4051), «Jagd im Nebel» (Nr. 4093) und «Zwiespalt der Seele» (Nr. 4177).

Graham Greene

Am Abgrund des Lebens

Deutsch von
Magda H. Larsen

Rowohlt

1.– 50. Tausend	Mai 1950
51.– 80. Tausend	September 1950
81.–105. Tausend	Oktober 1951
106.–118. Tausend	März 1955
119.–136. Tausend	September 1978

Veröffentlicht im Rowohlt Verlag GmbH, Hamburg, Mai 1950
Die Originalausgabe erschien unter dem Titel
«Brighton Rock»

Umschlagentwurf Werner Rebhuhn
Satz Aldus (Linotron 505 C)
Gesamtherstellung Clausen & Bosse, Leck/Schleswig
Printed in Germany
580-ISBN 3 499 14249 x

Erster Teil

1

Er war noch keine drei Stunden in Brighton gewesen, da wußte Hale, daß sie ihn ermorden wollten. An seinen Tintenfingern mit den zerbissenen Nägeln, seinem spöttischen, nervösen Gebaren konnte ihm jeder ansehen, daß er nicht hierher gehörte – in die Frühsommersonne, die kühle Pfingstbrise, die vom Meer hereinwehte, die Festtagsmenge. Alle fünf Minuten kam eine neue Ladung vom Londoner Victoria-Bahnhof an, schaukelte stehend auf dem Oberdeck der kleinen Provinztrambahn die Königin-Straße hinab und ergoß sich dann ganz verdattert in die frische, glitzernde Seeluft. Auf den Landebrücken glänzte der frische Silberanstrich, die gelblichen Häuser verloren sich nach Westen wie auf einem altmodischen Aquarell. Ein Rennen zwischen Miniaturautos war gerade im Gange, die Kurkapelle spielte, am Fuße der erhöhten Strandpromenade standen Blumengärten im Flor. Ein Flugzeug malte in blassen, rasch verwehenden Rauchwolken eine Arzneimittelreklame quer über den Himmel.

Hale hatte es sich leicht gedacht, in Brighton unterzutauchen. Fünfzigtausend andere Menschen waren mit ihm für den Tag hergekommen, und eine ganze Weile überließ er sich den Genüssen des Augenblicks, trank Wacholderschnäpse und sonstige Herzstärker, so oft sein Programm es erlaubte. Denn er hatte sich streng an sein Programm zu halten: von zehn bis elf Königin-Straße und Schloßplatz, von elf bis zwölf Aquarium und Kursaalpier, zwölf bis eins Strandpromenade zwischen dem *Alten Schiff* und der westlichen Landebrücke – der ‹Westpier› –, zurück zwischen eins und zwei zum Mittagessen in irgendeinem selbstgewählten Lokal am Schloßplatz; danach mußte er die ganze Parade entlang wieder zur Westpier zurück und schließlich zum Bahnhof beim Stadtteil Hove. Das war der Umkreis, der ihm für seinen abgeschmackten, weithin ausposaunten Rundgang vorgeschrieben war.

Auf jedem Plakat des *Tagesboten* stand groß: ‹Kolly Kibber heute in Brighton›. In der Tasche trug er ein Paket Karten, die er auf dem Weg da und dort zu verstecken hatte. Wer eine fand, bekam 10 Shilling von der Redaktion ausbezahlt, der Hauptpreis aber fiel dem zu, der – ein Exemplar des Blattes in der Hand – Hale mit den Worten ansprach: «Sie sind Mr. Kolly Kibber. Ich verlange hiermit den Preis des *Tagesboten.*»

Ja, das war Hales Beruf: der Reihe nach in allen größeren Seebädern, gestern in Southend, heute in Brighton, morgen wer weiß wo seinen vorgeschriebenen Rundgang zu machen, bis jemand ihn stellte und ihm den Preis abforderte, was ihn dann weiterer Pflichten enthob.

Hastig trank er seinen Wacholder aus, als er es elf schlagen hörte, und verließ den Schloßplatz. Kolly Kibber hielt sich immer gewissenhaft an die Spielregeln, trug immer dieselbe Art Hut wie auf dem Bild, das der *Tagesbote* abdruckte, war immer pünktlich an Ort und Stelle. Gestern in Southend hatte niemand ihn erkannt; die Zeitung sparte gelegentlich gern ihr Geld, aber nicht allzu oft. Heute war es daher seine Pflicht, sich schnappen zu lassen – und übrigens auch sein eigener Wunsch. Es gab Gründe, warum er sich in Brighton nicht mehr sicher fühlte, selbst im Pfingstgedränge.

Er lehnte sich an das Geländer bei der Kursaalpier und bot sein Gesicht der Menge dar, die sich, immer je zwei und zwei, vor ihm abspulte wie ein endloser Draht. Alle trugen sie einen Ausdruck sachlicher, festentschlossener Fröhlichkeit. Von Victoria aus hatten sie sich die ganze Fahrt hindurch in überfüllten Abteilen gequetscht, ihr Mittagessen würden sie sich durch langes Schlangestehen erkaufen müssen, um schließlich gegen Mitternacht schlaftrunken mit der Bahn in ihre beklemmenden Großstadtstraßen mit den geschlossenen Kneipen zurückzufahren und den mühseligen Heimweg anzutreten. Mit unendlicher Beflissenheit und Geduld entrangen sie dem langen Tag das Körnchen Vergnügen: ein bißchen Sonne, ein bißchen Musik, das Geschucker der Miniaturautos, den Gespensterzug, der zwischen dem grinsenden Skelett unter der Aquariumsparade durchfuhr, die Zuckerstangen aus ‹Brighton Rock›, der Spezialität der Stadt, die Matrosenmützen aus Papier.

Niemand beachtete Hale; niemand schien einen *Tagesboten* bei sich zu haben. Er legte eine seiner Karten behutsam auf einem Körbchen nieder und schritt weiter, allein, mit seinen abgenagten Nägeln, seinen Tintenfingern. Erst nach dem dritten Schnaps begann er sich seiner Einsamkeit bewußt zu werden – bis dahin hatte er nur Geringschätzigkeit für die Menge empfunden, jetzt aber fühlte er sich ihr verwandt. Er stammte ja selbst aus denselben Straßen, wenn er auch durch seine höhere Bezahlung dazu verdammt war, so zu tun, als erwarte er Besseres vom Leben. Und dabei zerrten die Volksvergnügungen, das Gedränge auf den Landungsbrücken, die Guckkästen die ganze Zeit an seinen Herzsträngen. Dorthin verlangte es ihn zurück. Doch es blieb ihm nichts übrig, als mit seinem Feixen, diesem Brandmal der Einsamkeit, die Strandstraße entlangzuspazieren.

Irgendwo sang eine Frau, die er nicht sehen konnte, einen Gassenhauer: «Als ich von Brighton heimfuhr mit dem Zug . . .» Es war eine füllige Malzbierstimme; sie kam aus der öffentlichen Gaststube einer Kneipe. Hale trat in die Privatbar und betrachtete die vollerblühten, üppigen Reize der Sängerin über zwei Schanktische weg durch eine Glaswand.

Sie war nicht alt, etwa Ende Dreißig, Anfang Vierzig; und sie war nur leicht betrunken, auf eine freundliche, umgängliche Art. Wenn man sie ansah, mußte man an Säuglinge denken. Aber sofern sie selber welche in die Welt gesetzt hatte, war ihr das nicht übel angeschlagen. Sie paßte gut auf sich auf, das merkte man an allem, ihrem Lippenstift, der sicheren Haltung ihres ausladenden Körpers. Gut gepolstert, ja, das war sie, aber schlampig war sie nicht; sie war darauf bedacht, sich ihre Linien zu bewahren, für solche, die auf Linien Wert legten.

Hale legte Wert darauf. Er selbst war ein kleiner Mensch und betrachtete sie mit neidvoller Begierde über die leeren Gläser, die umgestülpt auf der Bleiplatte der Bar standen, und zwischen den Schultern der beiden Kellner hindurch. «Komm, sing noch eins, Lily», sagte der eine, und sie begann: «In der Nacht in 'nem Gäßchen, Lord Rothschild sprach zu mir . . .» Über die paar ersten Zeilen brachte sie es nie hinaus. Sie mußte immer zu sehr lachen, als daß sie ihre Stimme richtig zur Geltung gebracht hätte, aber ihr Gedächtnis für volkstümliche Schlager war unerschöpflich. Hale kannte keines ihrer Lieder, und mit dem Glas an den Lippen blickte er sehnsüchtig zu ihr hinüber. Schon war sie wieder mittendrin in einem anderen, das aus der Zeit des australischen Goldfiebers stammen mußte.

«Fred», sagte da eine Stimme hinter ihm: «Fred.»

Der Schnaps in Hales Glas schwappte über und lief auf die Bar. Von der Tür aus sah ein etwa siebzehnjähriger Junge zu ihm hinüber. Er trug einen schäbig-eleganten Anzug, zu dünn für tagtäglichen Gebrauch, und hatte ein Gesicht von hungernder Intensität, aus dem ein häßlicher, unnatürlicher Hochmut sprach.

«Was wollen Sie mit Fred?» sagte Hale. «Ich bin kein Fred.»

«Das ist auch piepe», gab der Junge zurück. Er wandte sich wieder der Tür zu, behielt jedoch Hale über seine schmale Schulter hinweg im Auge.

«Wo wollen Sie hin?»

«Muß deinen Freunden Bescheid sagen.»

Sie waren allein in der Privatbar bis auf einen alten Dienstmann, der über seinem Glas eingenickt war. «Höre», fing Hale wieder an, «trink ein Glas mit mir. Komm doch rüber und setz dich her.»

«Ich muß weiter», sagte der Junge. «Du weißt ja auch, daß ich nicht trinke, Fred. Hast scheint's allerhand vergessen, was?»

«Ein einziges Glas kann dir doch nicht schaden. Kannst ja was Alkoholfreies nehmen.»

«Es muß aber schnell gehen», sagte der Junge. Die ganze Zeit behielt er Hale im Auge – scharf und mit Staunen im Blick; mit einem Blick, wie ihn ein Urwaldjäger haben mochte, der einem sagenhaften Wild nachspürt, dem gefleckten Löwen oder Zwergelefanten, und jetzt dabei ist, ihm den Todesstoß zu versetzen. «Eine Grapefruitlimonade», sagte er dann.

«Mach weiter, Lily!» bettelten die Stimmen in der öffentlichen Schankstube. «Los, sing noch eins!» Und der Junge blickte zum erstenmal von Hale weg und durch die Glasscheibe auf die blühenden Reize und schwellenden Brüste der Frau da drüben.

«Einen Doppelwhisky und eine Grapefruitlimonade», bestellte Hale. Er nahm die Gläser in Empfang und trug sie nach einem Tisch, aber der junge Mensch folgte ihm nicht. Er betrachtete die Frau mit einem Ausdruck zornerfüllten Abscheus. Hale war es, als habe der Haß sich auf einen Augenblick von ihm gelöst gleich Handschellen, die sich öffnen, um die Gelenke eines andern zu umschließen. Er versuchte zu scherzen: «Eine fröhliche Seele.»

«Seele!» sagte der Junge. «Du hast übrigens keinen Anlaß, von Seelen zu reden.» Er wandte seinen Haß auf Hale zurück und schüttete seine Limonade in einem einzigen Zug hinunter.

Hale sagte: «Ich bin rein geschäftlich hier. Nur auf einen Tag. Ich bin der Kolly Kibber.»

«Du bist Fred», sagte der Junge.

«Na schön», gab Hale nach, «dann bin ich eben Fred. Aber ich hab eine Karte in der Tasche, die dir 10 Shilling einbringen kann.»

«Ich weiß Bescheid über deine Karten», winkte der Junge ab. Er hatte eine helle, glatte Haut, den leisesten Anflug von Bartflaum, und seine grauen Augen wirkten herzlos wie die eines Greises, in dem alles menschliche Fühlen erstorben ist. «Wir haben alle heute morgen in der Zeitung über dich gelesen», sagte er. Und er kicherte, als sei ihm ganz plötzlich der Sinn einer zuvor gehörten Zote aufgegangen.

«Du kannst eine haben», fuhr Hale fort. «Da, nimm den *Tagesboten*. Lies, was darin steht. Du kannst den ganzen Gewinn haben. 10 Guineen. Du brauchst nur diesen Schein an die Zeitung einzuschicken.»

«Also das Geld vertrauen sie dir doch nicht an», bemerkte der Junge. In der anderen Bar begann Lily zu singen: «Wir trafen uns – in einer Menschenmenge – und mir war bang – er würde mich verleugnen . . .»

«Teufel», fluchte der Junge, «stopft nicht bald jemand dem Weibsstück das Maul?»

«Ich will dir 'ne Fünf-Pfund-Note geben», bot Hale an. «Das ist alles, was ich bei mir habe. Das und meine Fahrkarte.»

«Die Fahrkarte brauchst du nicht mehr», erwiderte der Junge.

«Ich trug mein Brautkleid, weiß wie meine Unschuld . . .»

Wütend sprang der Junge auf, und indem er einer bösen kleinen Haßwallung nachgab – galt sie dem Lied? dem Mann? –, ließ er sein leeres Glas auf dem Boden zerschellen. «Der Herr bezahlt», sagte er zu dem Kellner und schwang durch die Tür der Privatbar. Dieser Augenblick war es, in dem Hale begriff, daß sie ihn töten wollten.

Orangenblütenkranz im Haar
Trug sie beim Wiedersehn.
Der Ausdruck ihrer Züge war
Sinnend, schwer zu verstehn.

Der Dienstmann schlief noch immer, und Hale blickte aus der leeren, eleganten Gaststube nach der Sängerin hinüber. Die Spitzen ihrer üppigen Brüste zeichneten sich durch das dünne, billige Sommerkleid ab, und während er dachte: Ich muß weg von hier, ich muß weg – beobachtete er sie traurig und verzweifelnd, als gelte sein Hinschauen nach der öffentlichen Bar dem Leben selbst. Doch er konnte ja nicht weg – er hatte seinen Auftrag auszuführen. Beim *Tagesboten* nahmen sie es genau. Es war eine gute Zeitung, und er konnte froh sein, dort angestellt zu sein. Eine stolze Aufwallung durchfuhr ihn, als er der langen Pilgerfahrt gedachte, die hinter ihm lag: erst Zeitungsverkäufer an Straßenecken, Berichter zu 30 Shilling die Woche an dem Käseblättchen mit seinen zehntausend Abonnenten, dann die fünf Jahre in Sheffield . . . Verflucht noch mal! redete er sich selber zu, solange der Mut vorhielt, den ein weiterer Whisky ihm einflößte, er würde sich doch von dieser Verbrecherbande sein Geschäft nicht verpfuschen lassen! Was konnten sie auch tun, wenn er die ganze Zeit von Menschen umgeben war? Ihn bei hellichtem Tag umzubringen – so dreist würden sie doch nicht sein! Inmitten der fünfzigtausend Ausflügler war er sicher.

«Komm doch hier rüber, du einsames Herz!» Er begriff zuerst gar nicht, daß er gemeint war, bis er sah, daß sämtliche Gesichter in der öffentlichen Bar zu ihm herübergrinsten. Plötzlich überlegte er, wie leicht die Bande sich an ihn heranmachen konnte, solange er mit dem schlafenden Dienstmann ganz allein blieb. Um in die andere Gaststube zu gelangen, brauchte er nicht mal außen herum zu gehen, er konnte einfach einen Halbkreis durch die drei Türen machen, indem er die Salonbar mit dem Türschild ‹Nur für Damen› durchquerte.

«Was darf ich Ihnen anbieten?» fragte er, als er zu der üppigen Frau trat. Sie könnte mir das Leben retten, dachte er dabei mit sehnender Dankbarkeit, wenn sie nur auf Schritt und Tritt mit mir ginge.

«Einen Portwein, bitte.»

«Einen Portwein», bestellte Hale.

«Nehmen Sie denn nicht auch einen?»

«Nein», wehrte Hale ab, «ich hab schon genug getrunken. Ich darf nicht schläfrig werden.»

«Warum denn bloß nicht – am Feiertag? Oder darf ich Sie zu 'nem Glas Starkbier einladen?»

«Nein, danke, aus Starkbier mach ich mir nichts.» Er sah auf die Uhr. Es war eins. Der Gedanke an sein Programm beunruhigte ihn. Er mußte ja auf seinem Weg überall die Karten zurücklassen – auf diese Weise kontrollierte die Redaktion ihn; sie kamen ihm jedesmal auf die Sprünge, wenn er schlecht arbeitete. «Kommen Sie lieber mit, was essen gehen», bat er.

«Hört euch das an!» rief sie ihren Bekannten zu. Ihr warmes, vom Portwein beduseltes Lachen erfüllte sämtliche Räume. «Er wird wahrhaftig ganz keß, was? Ich würd mich kaum trauen, mit ihm zu gehen.»

«Nee, geh bloß nicht, Lily», redeten die anderen ihr ab. «Mit dem bist du nicht sicher.»

«Wirklich, ich möcht mich nicht trauen», wiederholte sie und kniff eines ihrer freundlichen Kuhaugen zu.

Auf irgendeine Weise, das wußte Hale, müßte man es sicher so weit bringen, daß sie mitkam. Früher einmal, da hätte er gewußt, wie. Als er noch die lumpigen 30 Shilling verdiente, da wäre ihm bestimmt die richtige Redewendung, der passende Scherz eingefallen, um sie von ihrer Gesellschaft loszueisen, sich über einem Imbiß mit ihr anzufreunden. Aber er hatte die Fühlung verloren. Er konnte nur wiederholen: «Kommen Sie doch mit, was essen.»

«Na, und wo sollen wir denn hingehen, hoher Herr? Ins *Alte Schiff*?»

«Ja», nickte Hale. «Wenn Sie wollen, gern – ins *Alte Schiff*.»

«Hört nur», rief sie sämtlichen Gästen in allen drei Gaststuben zu, den beiden alten Dämchen in schwarzen Kapotthüten im Damenzimmer, dem Dienstmann, der in der Privatbar weiter vor sich hin döste, ihrem eigenen Halbdutzend Kumpanen. «Der Herr lädt mich ins *Alte Schiff* ein», setzte sie mit gewollt gezierter Aussprache hinzu. «Morgen wird es mir ein Vergnügen sein, aber heute bin ich schon mit jemandem im *Räudigen Hund* verabredet.»

Hale wandte sich hoffnungslos der Tür zu. Der Junge, rechnete er sich aus, würde noch nicht Zeit gehabt haben, den anderen Bescheid zu sagen. Beim Mittagessen konnte ihm nichts geschehen; die Stunde nach Tisch war es, die er am meisten fürchtete.

Die Frau fragte: «Ist Ihnen übel oder was?»

Seine Augen umfaßten von neuem ihre üppige Gestalt; sie war ihm wie die Dunkelheit: Schutz, Erkenntnis, gesunder Menschenverstand. Das Herz tat ihm weh bei dem Anblick, aber wieder gewann der Stolz die Oberhand in dem tintenbeklecksten, spottsüchtigen kleinen Gestell aus Haut und Knochen und stichelte: Zurück zu Muttern . . . das arme kleine Bubi . . . kann nicht mehr auf eigenen Füßen stehen . . .

«Nein», sagte er. «Mir ist nicht übel. Mir ist ganz gut.»

«Sie sehen aber komisch aus», bestand sie freundschaftlich, anteilnehmend.

«Es ist mir ganz gut», wiederholte er. «Bin nur hungrig, weiter nichts.»

«Warum wollen Sie nicht hier was essen?» schlug die Frau vor. «Sie könnten ihm doch sicher 'n Schinkenbrot machen, Bell, was?», und der Barkellner sagte, ja, ein Schinkenbrot könnte er ihm schon machen.

«Nein», entschied Hale. «Ich muß mich sputen, daß ich weiterkomm.»

Weiter – Die Seestraße hinunter, so rasch wie möglich im Menschengewühl untertauchen, sich nach rechts und links umblicken und abwechselnd über beide Achseln. Zwar konnte er nirgends ein bekanntes Gesicht entdecken, aber dennoch empfand er keine Erleichterung. Er hatte gedacht, er würde sicher sein, wenn er sich im Gewühl verlöre, jetzt aber erschienen ihm die Menschen rundum wie ein dichter Wald, in dem ein Eingeborener ihn heimtückisch aus dem Hinterhalt anfallen konnte. Er vermochte nicht weiter zu sehen als bis zu dem Mann in der hellen Sporthose dicht vor ihm, und wenn er sich umdrehte, war ihm die Aussicht von einer knallroten Bluse versperrt. Drei alte Damen fuhren in einem offenen Pferdefuhrwerk vorbei, dessen sanftes, allmählich verklingendes Rattern ihn anmutete wie der Friede selbst. So lebten also manche Menschen heute noch!

Hale kreuzte die Straße, die vom Strand wegführte. Dort war es weniger belebt, er konnte besser ausholen und rascher vorwärtskommen. Auf der Terrasse des *Grand Hotel* tranken sie Cocktails. Ein Sonnenschirmchen im Stil der viktorianischen Epoche drehte kokett seine Blumen und Bänder in der Sonne hin und her, und ein Mann, der wie ein Diplomat im Ruhestand aussah, mit seinem Silberhaar und seiner gepuderten Haut und dem altmodischen, zweiteiligen Zwicker, ließ das Leben ungezwungen und mit Würde von sich wegfließen, während er über seinem Sherry saß. Die breiten Stufen des Hotels *Cosmopolit* herab kamen zwei aufgeputzte junge Frauen mit hellem Kupferhaar und Hermelinumhängen. Mit dicht zusammengesteckten Köpfen tauschten sie metallisch klingende Konfidenzen aus: «Mein Lieber, sagte ich ganz kalt, wenn Sie eben nicht gelernt haben, wie man eine Del Rey-Dauerwelle legt, dann kann ich Sie nur bedauern . . .» und sie ließen im Eifer des Gefechts ihre spitzen, gemalten Fingernägel gegeneinander aufblitzen und schnatterten weiter. Zum erstenmal in all den fünf Jahren hatte sich Kolly Kibber auf seinem Rundgang verspätet. Am Fuß der breiten Hoteltreppe, in dem Schatten, den der bizarre Riesenbau warf, fiel ihm plötzlich ein, daß die Bande ja seine Zeitung gekauft hatte, daß sie es gar nicht nötig hatten, seinetwegen die Kneipen abzusuchen, daß sie auch so wüßten, wo er zu finden sein würde.

Ein berittener Polizist kam die Straße herauf. Sein schöner, gepflegter Fuchs trat zart und behutsam auf dem heißen Asphalt auf, wie ein kostbares Spielzeug für Millionärskinder, dessen Ausführung man bewundern mußte: das Leder, dunkelglühend wie altes Mahagoni, das blanke Silberschild. Daß das Spielzeug einen Zweck hatte, vergaß man dabei ganz. Auch Hale kam dieser Gedanke nicht, als er den Schutzmann vorbeireiten sah; an ihn konnte er sich nicht wenden. Am Randstein stand ein Mann und verkaufte allerhand Sachen von einem flachen Kasten, den er umgeschnallt hatte; eine Hälfte seines Körpers fehlte, Bein, Arm und Schulter, und das schöne Roß wandte im Vorbeischreiten diskret den Kopf beiseite, vornehm wie eine alte Aristokratin. «Schuhriemen», bot der Mann Hale in hoffnungslosem Ton an, «Streichhölzer . . .» Hale hörte ihn nicht. «Rasierklingen?» Hale schritt weiter. Das letzte Wort hatte sich in seinem Gehirn verhakt: die Vorstellung von der schmalen Wunde, dem scharfen Schmerz. So hatten sie Kite ermordet –

Da sah er Cubitt – kaum zwanzig Schritte straßauf. Cubitt, ein kräftiger Mensch mit bürstenartig geschnittenem rotem Haar und Sommersprossen, sah Hale ebenfalls, tat aber nichts dergleichen, sondern blieb nachlässig gegen einen Briefkasten gelehnt stehen und beobachtete das Näherkommen des andern. Ein Briefträger kam, um den Kasten zu leeren, und Cubitt rückte etwas beiseite. Hale konnte sehen, wie er mit dem Briefträger einen Scherz austauschte, wie der Mann lachte, während er seinen Postbeutel füllte, und wie Cubitt die ganze Zeit an ihm vorbei die Straße hinunter sah und auf Hale wartete. Hale wußte genau, was er tun würde – er kannte ja die ganze Sippschaft zur Genüge. Cubitts Art war freundlich, gemächlich. Er würde Hale unterfassen und ihn ganz einfach mitschleppen, dahin, wo er ihn haben wollte.

Doch der alte, der unsinnige Stolz, ein geistiger Stolz, er regte sich immer noch. Bis an die Kehle saß Hale die Angst, aber trotzdem suchte er sich selbst zu beschwichtigen: I was, ans Sterben geht's noch lange nicht! Ich eigne mich zu schlecht für 'ne Zeitungsmoritat, witzelte er. Die Wirklichkeit, die sah ja ganz anders aus – wirklich waren die zwei schnatternden Dämchen, die gerade in ein Taxi stiegen, die Kapelle, die auf der Kursaalpier konzertierte, die Migränetabletten, die auf dem blaßblauen, wolkenlosen Himmel in weißen Dunst verschwammen – nicht aber der rote Cubitt, der ihm dort beim Briefkasten auflauerte. Hale machte kehrt und kreuzte die Straße, hielt mit raschen Schritten entschlossen wieder der Westpier zu. Nicht um auszukneifen, sondern weil er einen Plan hatte.

Er brauchte sich ja, so überlegte er, nur ein Mädchen zu suchen. Da mußten doch Hunderte herumlaufen, die bloß darauf warteten, sich heute am Pfingstmontag mitnehmen zu lassen, was zum Trinken vorgesetzt zu bekommen, ins Restaurant *Sherry* tanzen geführt und dann im D-Zug, liebevoll und betrunken, heimbegleitet zu werden. Ja – das würde sicherlich das beste sein: dauernd einen Zeugen mit sich herumzuschleppen. Jetzt etwa zum Bahnhof zu laufen, selbst wenn sein Stolz ihm das erlaubt hätte, wäre völlig verfehlt. Denn dort würden sie bestimmt Wache stehen, und einen einzelnen Menschen auf 'nem Bahnhof um die Ecke zu bringen war kein Kunststück: sie brauchten sich nur um eine Wagentür zusammenzurotten oder es einem im Gedränge an der Sperre zu besorgen. Kite war von Colleonis Spießgesellen auch auf einem Bahnhof umgelegt worden.

Die ganze Strandpromenade entlang saßen die Mädchen in Deckstühlen, die zwei Pennies Leihgebühr kosteten – bereit, sich einladen zu lassen, sofern sie nicht schon mit ihren Freunden hergekommen waren. Da waren Bürodamen, Ladenmädchen, Friseurinnen . . . Die Friseurinnen konnte man schon von weitem an ihren neuen, gewagten Dauerwellen erkennen, und dann an ihren manikürten Nägeln – sie waren gestern alle die halbe Nacht im Geschäft geblieben, um sich gegenseitig schön zu machen. Jetzt rekelten sie sich schläfrig und träge in der Sonne.

Die Männer schlenderten in kleinen Grüppchen an den Liegestühlen vorbei, zum erstenmal im Sommeranzug mit messerscharfen Bügelfalten in den silbergrauen Hosen und mit eleganten Hemden. Sie taten so, als sei es ihnen vollkommen gleichgültig, ob sie ein Mädchen auffischten oder nicht. Mitten unter ihnen ging Hale mit seinem schäbigen Anzug und der gestrickten Binde, seinem gestreiften Hemd und den ewigen Tintenfingern, zehn Jahre älter und verzweifelt auf Ausschau nach einer Begleiterin. Verschiedenen Mädchen bot er Zigaretten an, doch sie musterten ihn wie Fürstinnen aus großen, kalten Augen und sagten: «Danke, ich rauche nicht», und zwanzig Schritt hinter ihm, das wußte er, ohne sich umzuwenden, folgte Cubitt.

Das war schuld daran, daß Hale plötzlich ein ganz sonderbares Benehmen zeigte. Er konnte seinen verzweiflungsvollen Zustand einfach nicht länger verbergen. Sobald er vorbei war, hörte er die Mädchen lachen – über seinen Anzug, seine Art zu reden. Im Grunde ging Hale alles und jedes Selbstbewußtsein ab – sein Stolz galt einzig seinem Beruf. Sein eigenes Spiegelbild flößte ihm Abneigung ein, Verachtung für seine knochigen Beine, seine Hühnerbrust. Wenn er sich so schäbig kleidete, so geschah es, um dadurch zu verstehen zu geben, daß er gar nicht erwarte, eine Frau könne sich je für ihn interessieren. Jetzt gab er den Gedanken auf, sich eine hübsche, fesche Begleiterin zu suchen, und ließ den Blick trostlos über die Stuhlreihen gleiten, um ein Mädchen zu finden, das unansehnlich genug wäre, selbst von ihm Huldigungen anzunehmen.

Sicherlich – diese dort . . . dachte er und lächelte sehnlich hoffend einem dicken, kurzbeinigen Geschöpf mit schlechtem Teint zu. Er ließ sich in einen freien Stuhl neben ihr nieder und blickte auf die ferne, von den Ausflüglern ziemlich vernachlässigte See hinaus, die ihre Brandung um die Brückenpfeiler trieb.

«Zigarette gefällig?» fragte er.

«Danke schön, ganz gern», nahm das Mädchen an. Die Worte klangen ihm süß in den Ohren wie ein Freispruch. «Hier ist's hübsch», setzte sie hinzu.

«Aus der Stadt gekommen?»

«Ja.»

«Sie werden doch nicht den ganzen Tag allein hier sitzen wollen?» erkundigte sich Hale.

«Och, ich weiß nicht . . .»

«Ich dachte eigentlich, jetzt was essen zu gehen, und dann könnten wir –»

«Wir?» nahm das Mädchen auf. «Sie sind mir 'n Frechdachs!»

«Na, Sie werden doch nicht den ganzen Tag allein hier sitzen bleiben, oder?»

«Wer hat denn das gesagt?» fragte die Dicke zurück. «Das heißt aber noch lange nicht, daß ich mit Ihnen geh.»

«Kommen Sie nur vorerst mal mit, was trinken, dann können wir weiter sehen.»

«Na, meinetwegen», sagte das Mädchen und klappte ihre Puderdose auf, um ihr unreines Gesicht mit einer noch dickeren Puderschicht zu bedecken.

«Dann also los.»

«Haben Sie nicht einen Freund dabei?»

«Nein, ich bin ganz solo hier», antwortete Hale.

«Och, dann kann ich aber nicht mitkommen», sagte die Dicke. «Wirklich nicht. Ich kann meine Freundin nicht hier allein lassen», und jetzt erst bemerkte Hale in dem Stuhl auf ihrer anderen Seite ein bleiches, blutloses Wesen, das gespannt zuhörte.

«Aber Sie möchten doch gerne mitkommen», drängte Hale.

«Ja, schon, aber es geht wirklich nicht.»

«Ihre Freundin hat sicherlich nichts dagegen. Die findet schon auch noch Gesellschaft.»

«Och, nein. Ich kann sie nicht hier allein lassen.» Und sie blickte gleichgültig und unverwandt aus ihrem Teiggesicht auf das Meer hinaus.

«Ihnen würde es doch nichts ausmachen, wie?» fragte Hale das blutlose Bildnis, indem er sich vorbeugte. Er erhielt nur ein lautes, verlegenes Kichern zur Antwort.

«Sie kennt hier keinen», sagte die Dicke.

«Ach, sie wird schon jemand finden.»

«Meinst du, Delia?» Das Teiggesicht lehnte den Kopf an den der Freundin, um mit ihr zu ratschlagen. Dann und wann quietschte Delia laut auf.

«Dann ist das also abgemacht», schnitt Hale das Gespräch ab. «Sie kommen mit.»

«Könnten Sie denn nicht 'nen Freund auftreiben?»

«Ich kenne hier keinen Menschen», beteuerte Hale. «Kommen Sie doch. Ich geh mit Ihnen essen, wohin Sie wollen. Ich will nur das eine –» er grinste erbarmungswürdig – «daß Sie in meiner Nähe bleiben.»

«Nein», beharrte die Dicke, «ich kann wirklich nicht – nicht ohne meine Freundin.»

«Auch recht, dann kommt eben beide mit.»

«Da hätte die Delia aber nicht viel davon», bekam er zur Antwort.

«Also hier bist du, Fred», schnitt die Stimme eines jungen Menschen dazwischen. Hale sah auf – in die gefühllosen grauen Augen des Siebzehnjährigen.

«So was!» kreischte die Dicke auf. «Und er sagt, er hätte keinen Freund.»

«Dem Fred können Sie nicht glauben», sagte die Stimme.

«Na also, dann sind wir ja vier», stellte die Dicke fest. «Das ist meine Freundin Delia. Ich heiße Molly.»

«Freut mich sehr», sagte der Junge. «Wohin wollen wir gehen, Fred?»

«Ich bin hungrig», erklärte Molly. «Du bist doch sicher auch hungrig, Delia?» Delia wand sich vor Verlegenheit, statt zu antworten, und quiekte lachend.

«Ich weiß ein nettes Lokal», sagte der Junge.

«Kriegt man da Eis?»

«Das beste Eis in ganz Brighton», versicherte der Junge mit seiner ernsten, klanglosen Stimme.

«Darauf hab ich Lust – auf Eis. Die Delia hat lieber was zum Trinken.»

«Also los, Fred», sagte der Junge.

Hale stand auf. Seine Hände zitterten. Jetzt war es Wirklichkeit geworden: der Junge, der Schnitt mit dem Rasiermesser, das Leben, das mit dem Blut schmerzhaft versickerte – nicht mehr die Liegestühle und die Dauerwellen, die Miniaturautos, die am Kursaal um die Kurve sausten. Unter seinen Füßen wankte die Erde, und nur der Gedanke, wohin sie ihn schleppen könnten, während er bewußtlos dalag, bewahrte ihn vor einer Ohnmacht. Doch selbst jetzt noch behielt geheimer Stolz, der Instinkt, keine Szene zu machen, die Oberhand. Befangenheit war stärker als Grauen und hinderte ihn, seine Angst hinauszubrüllen – ja, drängte ihn sogar, ruhig mitzugehen. Hätte der Junge nichts weiter gesagt, so wäre er vielleicht wirklich mitgegangen. Doch: «Los, Fred, komm schon», wiederholte der Junge.

«Nein», sagte Hale. «Ich komme nicht. Ich kenne ihn ja gar nicht. Und ich heiße auch nicht Fred. Ich hab ihn noch nie im Leben gesehen. Er nimmt sich ganz einfach was heraus.» Und damit ging er rasch davon, den Kopf tief gesenkt. Er hatte jetzt keine Hoffnung mehr – es blieb ihm keine Zeit –, er war nur noch darauf bedacht, sich auf den Beinen zu halten, draußen zu bleiben in der hellen Sonne. Da hörte er plötzlich von weitem die betrunkene Stimme der Frau, die sang: einen uralten Gassenhauer von Bräuten und Buketts, Lilien und Sterbekleidern, und er lenkte den Schritt auf sie zu, wie einer, der lange in der Wüste irregegangen ist, einem fernen Feuerschein entgegeneilt.

«Sieh mal an», begrüßte sie ihn, «wenn das nicht unser einsames Herz ist!» Zu seiner Überraschung fand er sie ganz allein in einem Kreis von leeren Deckstühlen. «Die anderen sind mal auf die Toilette gegangen», erklärte sie seelenruhig.

«Darf ich mich setzen?» Hales Stimme kippte vor Erleichterung fast um.

«Wenn Sie zwei Pennies haben», sagte sie. «Ich habe nämlich nichts.» Sie begann zu lachen, und ihre starken Brüste wippten gegen ihr Kleid. «Mir ist vorhin meine Tasche gemaust worden», fuhr sie fort. «Mit all meinem Geld.» Erstaunt sah er sie an. «Ach», sagte sie, «das ist natürlich nicht zum Lachen. Das Komische daran ist nur, der Dieb hat die sämtlichen Briefe von Tom miterwischt. Leidenschaftlich, sag ich Ihnen! Der Tom wird rasend, wenn er's erfährt.»

«Sie werden aber doch Geld brauchen», meinte Hale.

«Ach, da mach ich mir keine Sorgen. Irgend 'n netter Kerl pumpt mir schon 10 Shilling, wenn die Brüder von der Toilette zurückkommen.»

«Sind das Freunde von Ihnen?»

«Wir haben uns in der Kneipe kennengelernt.»

«Und Sie glauben wirklich, daß sie von der Toilette zurückkommen?»

«O jemine!» stutzte sie. «Sie meinen doch nicht etwa . . .» Sie warf einen Blick über die Parade, sah dann Hale an und begann wieder zu lachen. «Sie können recht haben – da bin ich schön reingelegt worden! Aber es waren nur 10 Shilling drin – und Toms Briefe.»

«Wollen Sie nicht jetzt mit mir essen kommen?» fragte Hale.

«Ich hab in der Kneipe schon 'ne Kleinigkeit gegessen», sagte sie. «Das haben die bezahlt – also etwas hab ich für meine 10 Shilling doch gehabt!»

«Ach, Sie können doch sicher noch was essen.»

«Nein, ich möchte nichts weiter», lehnte sie ab. Und indem sie sich tief in ihren Liegestuhl zurücklegte, so daß der bis zu den Knien emporgezogene Rock ihre schönen Beine freigab, fügte sie mit einer Art wollüstiger Lebensfreude hinzu: «Was für 'n herrlicher Tag! – Aber es wär mir trotzdem lieber, ich hätte die Kerle nie zu Gesicht bekommen. Mit Recht und Unrecht, da nehm ich es genau.»

«Sie heißen Lily?» fragte Hale. Er konnte den Jungen nicht mehr sehen, er war verschwunden; auch Cubitt war fort. Nirgends erblickte er ein bekanntes Gesicht.

«So haben die mich bloß genannt», antwortete sie. «Eigentlich heiß ich Ida.» Wie sie es sagte, gewann der alte, billig gewordene griechische Name wieder etwas von seiner Würde. «Sie sehen aber gar nicht sehr wohl aus», fuhr sie fort. «Sie sollten hingehen und was Richtiges essen.»

«Nur, wenn Sie mitkommen», erklärte Hale. «Ich möchte nur mit Ihnen zusammen sein.»

«Hübsch gesagt», lobte sie. «Ich wünschte nur, Tom könnte Sie hören – er schreibt solch leidenschaftliche Briefe, aber den Mund bringt er nicht auf.»

«Will er Sie heiraten?» fragte Hale. Sie roch nach Wein und Seife. Friede und Wohlbehagen und eine träge, schläfrige Sinnlichkeit, die an Kinderzimmer und Mütterlichkeit gemahnte, wehte ihn aus ihrem breiten Trinkermund an, den prachtvollen Brüsten und Beinen, und drang bis in sein verkümmertes, furchtsames, bitteres kleines Gehirn.

«Er *war* mal mit mir verheiratet», erzählte Ida. «Aber er verstand es nicht, sein Glück wahrzunehmen. Jetzt möchte er zu mir zurück. Sie sollten nur seine Briefe sehen. Wenn sie sie mir nicht gestohlen hätten, zeigte ich sie Ihnen. Er sollte sich eigentlich schämen, solche Sachen zu schreiben», lachte sie beglückt auf. «Sie können sich's nicht vorstellen. Und dabei war er so 'n ruhiger Mensch! Na ja, ich sage immer, es macht Spaß, zu leben.»

«Und nehmen Sie ihn zurück?» erkundigte sich Hale sauer und neidisch aus den tiefen Schatten seiner Kümmernis hervor.

«Gott behüte», verwahrte sich Ida. «Dazu kenn ich ihn viel zu gut, da wär nichts Aufregendes mehr dabei. Wenn ich einen Mann wollte, da könnt ich mir heute was Besseres aussuchen.» Es war kein Aufschneiden, sie war nur beschwipst und froh. «Wenn ich wollte, ich könnte sogar Geld heiraten.»

«Und wie leben Sie jetzt?»

«Von der Hand in den Mund», antwortete sie und blinzelte ihm zu, während ihre Hand sich hob, wie um ein Glas an den Mund zu setzen. «Und wie heißen denn Sie?»

«Fred.» Er sagte es ganz mechanisch – es war der Name, den er Gelegenheitsbekanntschaften immer angab, aus irgendeinem dunklen Bedürfnis nach Heimlichkeit schützte er damit seinen wirklichen Namen Charles. Von Kindheit an hatte er die Heimlichtuerei geliebt, Verstecke, Dunkelheit; aber im Dunkeln hatte er auch Kite getroffen, den Jungen, Cubitt, die ganze Verbrecherbande.

«Und wie leben Sie?» fragte sie weiter. Die Männer sprachen immer gern von sich selbst, und sie hörte gern zu. So hatte sie einen ungeheuren Vorrat an männlichen Erlebnissen in sich aufgespeichert.

«– Rennwetten ...»

«Ich riskiere auch gerne 'n paar Batzen. Können Sie mir nicht vielleicht 'nen Tip geben für das Rennen hier am Sonnabend?»

«Black Boy», erwiderte Hale prompt. «Im Vier-Uhr-Rennen.»

«Der steht zwanzig zu eins.»

Er sah sie voll Hochachtung an. «Wie Sie wollen – Sie können es tun, Sie können es lassen.»

«Ach, ich werd's schon tun», sagte Ida. «Tips befolge ich immer.»

«Ganz gleich, von wem sie kommen?»

«Das ist nun mal so mein System. Kommen Sie auch hin?»

«Nein», sagte Hale, «ich kann's nicht einrichten.» Er legte ihr die Hand auf den Arm. Er war jetzt fest entschlossen, sich keiner neuen Gefahr auszusetzen. Er würde dem Feuilletonredakteur mitteilen, er sei erkrankt; er würde kündigen; alles würde er tun. Hier neben ihm war das Leben, und er wollte nicht mehr mit dem Tode spielen. «Komm mit mir zum Bahnhof», bat er. «Komm mit zurück nach London.»

«An so 'nem Tag?» sagte Ida. «Da kennst du mich schlecht. Du hast auch viel zuviel Stadt gehabt. Siehst ganz muffig aus. Bißchen frische Luft auf der Promenade wird dir guttun. Außerdem will ich mir noch alles mögliche ansehen. Das Aquarium und den Schwarzen Felsen – und auf der Kursaalpier bin ich heute auch noch nicht gewesen. Da ist immer was Neues los, auf der Kursaalpier. Ich hab nun mal gern 'n bißchen Vergnügen ...»

«Das könnten wir ja alles und dann ...»

«Wenn ich mich amüsieren gehe, dann will ich mich richtig amüsieren», sagte Ida. «Ich bin keine, die so leicht lockerläßt.»

«Mir auch recht», ergab sich Hale. «Wenn du nur bei mir bleibst.»

«Na schön – *du* kannst mir die Tasche ja nicht mehr stehlen. Aber ich warne dich – ich geb gerne Geld aus. Hier 'nen Ring stechen und dort ein paar Schüsse abfeuern, das kann mich nicht zufriedenstellen. Ich will mir den ganzen Klimbim besehen.»

«Bis zur Kursaalpier ist's ein weiter Weg in der Sonnenglut», sagte Hale. «Wir nehmen uns besser ein Taxi.» Allein, als sie im Taxi saßen, machte er sich nicht gleich an Ida heran, sondern blieb ganz knöchern in seiner Ecke hocken, den Blick gespannt auf die Parade geheftet. Nichts zu sehen von dem Jungen oder Cubitt da draußen in dem hell vorbeiflitzenden Tageslicht. Er wandte sich fast widerstrebend ab, und im nahen Gefühl ihrer großen, warmen, willigen Brust preßte er den Mund fest auf den ihren, spürte den Geschmack von Portwein auf der Zunge – und sah dabei im Spiegel des Chauffeurs, daß das alte Morris-Auto, Modell 1925, ihnen folgte mit seiner rissigen, wackelnden Wagendecke, dem verbogenen Kotflügel und der gesprungenen, entfärbten Windscheibe. Seinen Mund auf dem ihren, beobachtete er das alles, und sein Körper schlotterte in der Umarmung, während das Taxi langsam die Parade entlangfuhr.

«Na, nun laß mich erst mal zu Atem kommen», sagte sie endlich, indem sie ihn zurückschob und ihren Hut gerade rückte. «Du bist ja der reinste Schwerarbeiter», fuhr sie fort. «Ihr kleinen Kerle seid alle miteinander so –» Sie konnte seine Nerven unter ihrer Hand zucken fühlen, und rasch rief sie durch das Sprachrohr dem Fahrer zu: «Halten Sie noch nicht, wenden Sie und fahren Sie noch mal rum.»

Er war wie ein Mensch, der Fieber hat. «Du bist krank», sagte sie. «Du solltest nicht allein sein. Was ist mit dir los?»

Er konnte es nicht für sich behalten. «Ich muß sterben, ich fürchte mich.»

«Bist du beim Arzt gewesen?»

«Das nützt nichts. Die können nichts machen.»

«Du dürftest gar nicht allein ausgehen», sagte Ida. «Haben sie dir das denn nicht gesagt?»

«Doch.» Und er legte wieder den Mund auf ihren Mund, denn während er sie küßte, konnte er im Spiegel den alten Morris-Wagen sehen, wie er ihnen die Parade entlang nachschuckerte.

Sie puffte ihn weg, behielt ihn aber im Arm. «Ach, Unsinn. So krank bist du sicher nicht. Du kannst mir nicht weismachen, ich würde es nicht merken, wenn du wirklich so krank wärst», tröstete sie ihn. «So darf man die Flinte nicht gleich ins Korn werfen – das gefällt mir nicht. Die Welt ist ganz schön, man darf nur nicht nachgeben.»

«Es ist schon recht, solang du nur bei mir bleibst.»

«Das läßt sich eher hören», lobte sie. «Laß dich bloß nicht irremachen.»

Sie stieß mit einem Ruck das Fenster herunter, um mehr Luft einzulassen, schob ihren Arm in seinen und fragte sanft und bekümmert: «Du hast doch wohl nur Spaß gemacht mit dem, was du da über die Ärzte gesagt hast? Das war doch sicherlich nicht wahr?»

«Nein», gab er ermattet zu. «Es war nicht wahr.»

«Hat man schon so was gesehen!» rief sie sofort aus. «Da hast du mir im Moment wirklich 'nen Heidenschrecken eingejagt. Das wär 'ne nette Bescherung für mich, wenn du mir hier im Taxi abschnapptest! So richtig was für den Tom, wenn er's in der Zeitung zu lesen bekäme. Aber die Männer sind nun mal komisch mit mir in der Beziehung. Immer haben sie sich so, als stimmte was nicht, entweder mit Geldsachen oder mit der Frau oder mit ihrem Herzen. Du bist der erste nicht, der mir vorerzählt hat, er wär am Sterben. Aber was Ansteckendes, das war es ja Gott behüt nie! Sie wollten nur ihre letzten Stunden noch recht angenehm verbringen und so. Das kommt wohl mit daher, daß ich so rundlich bin – da denken sie, ich kann sie bemuttern. Ich will ja zwar nicht sagen, daß ich das erste Mal nicht darauf reingefallen wäre. ‹Die Ärzte geben mir nur einen Monat›, sagte damals einer zu mir – das war vor fünf Jahren. Jetzt treff ich ihn regelmäßig in der Bar bei *Henneky*. ‹Hallo, du altes Gespenst›, red ich ihn immer an, und dann spendiert er mir Austern und ein Dunkles.»

«Nein, nein, ich bin nicht krank», versicherte ihr Hale. «Du brauchst nicht bange zu sein.» Ein zweites Mal würde er seinen Stolz nicht so vergessen, selbst nicht zum Dank für ihre friedevolle, selbstverständliche Umarmung. Das *Grand Hotel* zog vorbei, dann das *Metropol*. «Da wären wir», sagte Hale. «Du bleibst doch bei mir, auch wenn ich nicht krank bin?»

«Aber ja doch», nickte Ida mit leichtem Schlucksen, als sie ausstiegen. «Ich kann dich gut leiden, Fred. Ich mochte dich in dem Augenblick, wo ich dich sah. Du bist ein netter Kerl, Fred. – Was ist denn das für ein Auflauf dort?» Und sie zeigte mit genießerischer Neugier auf eine Ansammlung von gutgebügelten Sonntagshosen, hellen Blusen und bloßen Armen, der ein Hauch von Brillantinedüften entströmte.

«Zu jeder einzigen Uhr, die ich hier verkaufe», erklang die laute Stimme des Mannes, der ihren Mittelpunkt bildete, «erhalten Sie gratis eine Zugabe, die zehnmal so viel wert ist wie die Uhr selber. Nur einen Shilling, meine Herrschaften, nur einen Shilling! Zu jeder Uhr, die ich verkaufe . . .»

«Kauf mir so 'ne Uhr, Fred?» stieß Ida ihn leise an. «Aber gib mir erst drei Pennies, bevor du hingehst. Ich muß mich rasch mal waschen und zurechtmachen.» Sie standen auf dem Fußsteig am Eingang der Kursaalpier; dicht um sie her wogte die Menge, die sich durch die Drehkreuze schob und drängte und dem Hausierer zuschaute. Das Morris-Auto schien spurlos verschwunden.

«Ach, du brauchst dich doch jetzt nicht zu waschen, Ida», bat Hale sie flehentlich. «Du siehst tadellos aus.»

«Nein, ich muß mich unbedingt frisch machen», beharrte sie, «ich schwitze über den ganzen Körper. Wart du nur hier auf mich, ich bin in ein paar Minuten wieder da.»

«Hier sind keine ordentlichen Waschräume», versuchte er ihr abzureden. «Komm lieber in ein Hotel, da können wir dann was trinken und . . .»

«Ich kann nicht warten, Fred, wirklich nicht. Komm, sei lieb.»

Hale gab nach. «Und die 10 Shilling, die steck lieber auch gleich ein, während ich daran denke», sagte er.

«Tausend Dank, Fred – kannst du sie aber auch wirklich entbehren?»

«Jaja, mach nur rasch, Ida», bat er. «Ich bleib hier stehen. An dieser Stelle, beim Drehkreuz. Du brauchst doch nicht lange, wie? – Ich bleibe hier stehen», wiederholte er und legte seine Hand auf die eine Stange am Drehkreuz.

«Man könnte weiß Gott meinen», lachte Ida, «du wärst verliebt.» Und ganz zärtlich nahm sie sein Bild mit, als sie die Stufen zur Damentoilette hinabstieg: den kleinen, etwas verlebt aussehenden Mann mit den kurzgebissenen Nägeln (es entging ihr nichts), den Tintenfingern und der um die Eisenstange gekrampften Hand. Er ist 'ne gute alte Seele, sagte sie zu sich selbst. Er gefiel mir schon dort in der Kneipe, wenn ich ihn auch auslachte. Und sie begann wieder zu singen, diesmal ganz leise, in ihrer warmen, weinduseligen Stimme: «In der Nacht, in 'nem Gäßchen, Lord Rothschild sprach zu mir . . .»

Es war lange her, daß sie sich einem Mann zuliebe beeilt hatte. Nach knapp vier Minuten trat sie kühl und frischgepudert und in heiterster Laune wieder in den hellen Pfingstnachmittag hinaus – doch er war nicht mehr da. Er stand nicht am Drehkreuz, er war nicht unter der Menge, die den Hausierer umringte. Sie zwängte sich mitten durch die Leute, um ganz sicherzugehen, und fand sich plötzlich dem erhitzten, chronisch verärgerten Verkäufer gegenüber: «Was, nicht mal 'n Shilling für so 'ne Uhr wollen Sie geben? Und noch dazu, wo Sie 'ne Zugabe bekommen, die genau zwanzigmal so viel wert ist wie die Uhr selber? Ich behaupte ja gar nicht, daß die Uhr viel mehr wert ist als einen Shilling, obschon das Gehäuse allein so viel kostet, aber mit 'ner Gratiszugabe, die zwanzigmal so viel wert . . .» Sie hielt dem Mann ihre Zehn-Shilling-Note hin und bekam ihr Päckchen mit dem Wechselgeld eingehändigt. Er ist wahrscheinlich auch mal auf die Toilette, dachte sie dabei. Kommt wohl gleich wieder. Beim Drehkreuz angelangt, nahm sie dort Aufstellung und öffnete dann ihr

Päckchen mit der Uhr in einem kleinen Umschlag, der außerdem einen Zettel enthielt. «Black Boy», las sie, «Vier-Uhr-Rennen in Brighton.» Halb mit Rührung, halb mit Stolz stellte sie bei sich fest: Das war *sein* Tip – er ist einer, der Bescheid weiß, und frohgemut und geduldig schickte sie sich an, seine Rückkehr zu erwarten. Ja, sie war keine, die so leicht lockerließ! In der Stadt schlug eine ferne Uhr halb zwei.

2

Der Junge bezahlte seine drei Pennies und ging durch das Drehkreuz. Steif schob er sich an der vierfachen Reihe von Liegestühlen vorbei, in denen die Menge auf den Beginn des Kurkonzertes wartete. In seinem dunklen, fertiggekauften Anzug aus zu dünnem Stoff, der um die Hüften etwas sackte, sah er von hinten noch jünger aus, als er war, aber wenn man ihm ins Gesicht blickte, machte er einen älteren Eindruck. Seine schiefergrauen Augen trugen etwas von der zerstörerischen Ewigkeit in sich, aus der er gekommen war und in die er ging. Die Kapelle fing zu spielen an. Er spürte die Musik wie eine Bewegung im Innern – die Geigen jammerten in seinen Gedärmen. Er sah weder nach rechts noch nach links, schritt geradeaus weiter.

Im Juxpalast ging er an den Guckkästen, den Automaten und Wurfbuden vorbei bis zu einem Schießstand. Die Puppen auf ihren Gestellen starrten mit glasigen Unschuldsaugen in die Welt gleich Madonnen in einer Sakristei. Der Junge sah hinüber: braune Ringellocken, blaue Augäpfel, gemalte Wangen. Heil dir, Maria, fiel ihm ein, . . . in der Stunde unseres Todes. «Sechs Schuß für mich», sagte er.

«Ach, bist du's?» machte der Budenbesitzer mit einem Blick, der Ekel und Unbehagen ausdrückte.

«Ja, ich», sagte der Junge. «Welche Zeit ist es wohl, Bill?»

«Was heißt das, welche Zeit? Warum siehst du nicht selbst auf die Uhr da oben?«

«Auf der ist es schon fast Viertel vor zwei. Ich dachte nicht, daß es schon so spät sein könnte.»

«Die Uhr dort geht immer richtig», murrte der Mann. Er nahm eine Pistole und trat damit an die Schranke vor. «Jawoll, die geht immer richtig, merk dir das», wiederholte er. «Mit der läßt sich kein falsches Alibi zurechtschustern. Viertel vor zwei ist's, und damit punktum.»

«Schon gut, Bill», sagte der Junge. «Also Viertel vor zwei – das wollt ich nur wissen. Gib mir die Pistole.» Mit sicherer Bewegung hob er sie in seiner knochigen jungen Hand: sechs Schüsse trafen ins Schwarze. «Das bringt mir 'nen Preis.»

«Nimm dir schon deinen verdammten Preis und mach, daß du weiterkommst. Was willst du – Pralinen?»

«Schokolade eß ich nicht», sagte der Junge.

«Paket Zigaretten?»

«Ich rauche nicht.»

«Dann wird's 'ne Puppe oder 'ne Glasvase sein müssen.»

«Die Puppe tut's», sagte der Junge. «Gib mir die da oben, mit dem braunen Haar.»

«Wirst wohl demnächst Familienvater?» spottete der Mann.

Aber der Junge gab keine Antwort. Steifbeinig schritt er weiter, an den anderen Buden vorbei, in der Rechten, die noch nach Pulver roch, die Muttergottes am Schopf gepackt. Das Meerwasser wand sich giftig dunkelflaschengrün, von Tang verunreinigt, um die Pfeiler am Ende der Landebrücke; die salzige Brise brannte ihm auf den Lippen. Er klomm die schmale Treppe zur Teeveranda empor und sah sich um: fast jeder Tisch besetzt. Er ging weiter, in die glasgedeckte Halle und dann in den langen, schmalen Teeraum, dessen Fenster nach Westen lagen, fünfzig Fuß über der langsam zurückflutenden See. Dort fand er einen Tisch und setzte sich so, daß er den ganzen Raum und, über das Wasser hinweg, die sandgelbe Parade im Auge behalten konnte.

«Ich warte», erklärte er der Kellnerin, die nach seiner Bestellung fragte. «Es kommen noch ein paar Freunde von mir.» Das Fenster stand offen, und er konnte die seichten Wellen an der Landebrücke anschlagen hören und die leisen, traurigen Klänge der Musikkapelle, die mit dem Wind über den Strand wehten. «Sie sollten schon hier sein», setzte er hinzu. «Wieviel Uhr ist es eigentlich?» Zerstreut zupften seine Finger an dem Puppenhaar, so daß die braune Wolle sich löste.

«Beinahe zehn vor zwei.»

«Die Uhren auf der Brücke gehen hier alle vor», widersprach er.

«I wo», versetzte die Kellnerin, «das is richtige Londoner Zeit.»

«Da, nehmen Sie die Puppe», sagte der Junge. «Mir ist sie nichts nütze. Hab sie eben beim Schießen gewonnen. Ich kann sie nicht brauchen.»

«Och – darf ich wirklich –?»

«Jaja, da nehmen Sie sie. Stellen Sie sie in Ihr Zimmer und beten Sie.» Er schmiß ihr die Puppe fast in den Arm und blickte ungeduldig nach der Tür. Er beherrschte sich krampfhaft. Das einzige Zeichen von Nervosität, das er nicht unterdrücken konnte, war ein leichtes Klopfen in der Wange, gerade unter dem leichten Bartflaum, wo man sich ein Grübchen hätte denken können. Das Klopfen wurde heftiger, als Cubitt erschien und mit ihm Dallow, ein starker, muskulöser Mensch mit gebrochenem Nasenbein und einem Ausdruck schlichter Brutalität.

«Nun?» fragte der Junge.

«Alles erledigt», sagte Cubitt.

«Wo ist Spicer?»

«Er kommt gleich», gab Dallow Bescheid. «Er wäscht sich nur rasch mal.»

«Er hätte direkt hierherkommen sollen», sagte der Junge. «Ihr habt euch verspätet. Punkt dreiviertel hatte ich gesagt.»

«Reg dich nicht auf», beschwichtigte ihn Cubitt. «Du brauchtest doch nur selbst gleich herzukommen.»

«Ich mußte erst noch Ordnung schaffen», entgegnete der Junge. Er winkte die Kellnerin herbei. «Vier Fische mit Bratkartoffeln und eine Kanne Tee. Es kommt noch jemand.»

«Spicer wird keinen Fisch mit Bratkartoffeln wollen», bemerkte Dallow. «Er hat keinen Appetit.»

«Er wird gut daran tun, Appetit zu zeigen», bemerkte der Junge. Das Gesicht zwischen den Händen beobachtete er, wie der bläßliche Spicer sich durch die Teestube auf ihren Tisch zuschlängelte. Zorn und Verdruß stiegen in ihm auf und nagten an seinem Innern so, wie die See unter ihm an den Brückenpfosten nagte. «Fünf vor zwei», sagte er. «Das stimmt doch – fünf vor zwei?» rief er der Kellnerin zu.

«Es hat länger gedauert, als wir dachten», entschuldigte sich Spicer, als er sich auf den Stuhl fallen ließ – dunkel, fahl, mit schlechtem Teint. Angewidert blickte er auf die braune, knusprige Scheibe Fisch, die das Mädchen ihm vorsetzte. «Ich bin nicht hungrig», erklärte er. «Ich kann nicht das essen. Wofür haltet ihr mich denn?» Und alle drei ließen sie den Fisch unberührt, während sie ihre Blicke auf den Jungen hefteten. Sie waren wie Kinder vor diesen Augen, aus denen kein Alter sprach.

Der Junge goß sich Anchovissauce über seine Bratkartoffeln. «Iß», befahl er. «Mach, iß.» Dallow grinste plötzlich. «Er hat keinen Appetit», bekräftigte er und stopfte sich den eigenen Mund voll Fisch. Sie unterhielten sich leise, ihre Worte gingen in dem Tellergeklirr und Stimmenlärm und dem unausgesetzten Rauschen der Wellen unter. Cubitt begann ebenfalls an seinem Fisch herumzustochern. Nur Spicer aß nicht. Verbissen saß er da, grauhaarig und seekrank.

«Gib mir was zu trinken, Pinkie», sagte er schließlich. «Ich kann das Zeug da nicht hinunterbringen.»

«Du kriegst nichts zu trinken, heute nicht», erwiderte der Junge. «Los. Iß.»

Spicer steckte ein Stückchen Fisch in den Mund. «Ich muß mich übergeben, wenn ich mich zwinge», beklagte er sich.

«Dann spuck eben», sagte der Junge roh. «Spuck, soviel du willst. Was aus dir schon herauskommen kann!» Er wandte sich an Dallow: «Ist es gut abgelaufen?» fragte er.

«Es ist fein gegangen», antwortete der andere. «Ich und Cubitt haben ihn hingemacht. Die Karten haben wir dem Spicer gegeben.»

«Hast du sie auch richtig verteilt?»

«Natürlich hab ich sie verteilt», sagte Spicer.

«Die ganze Parade lang?»

«Natürlich hab ich sie verteilt. Ich seh nicht ein, wozu du dich so über die Karten aufregst.»

«Es gibt nicht viel, was du einsiehst», fuhr der Junge ihn an. «Die sind doch ein Alibi, etwa nicht?» Er senkte die Stimme und flüsterte über den Tisch: «Sie sind der Beweis dafür, daß er sein Programm durchgeführt hat, daß er erst nach zwei Uhr gestorben ist.» Er sprach wieder lauter: «Da – Hört ihr das?»

Fast unvernehmlich kamen von der Stadt her die Schläge einer Turmuhr – erst vier, dann zwei.

«Wenn sie ihn nun aber schon gefunden haben?»

«Na, das wäre aber gar zu schlimm für uns!» höhnte der Junge.

«Und das Frauenzimmer, das er mit hatte?»

«Die spielt keine Rolle – das ist 'ne ganz gewöhnliche Schneppe. 10 Shilling hat sie von ihm bekommen. Ich hab selbst gesehen, wie er sie ihr gegeben hat.»

«Du paßt weiß Gott aber auch auf alles auf», sagte Dallow in bewunderndem Ton. Er schenkte sich eine Tasse schwarzen Tee ein und ließ fünf Stück Zucker hineinfallen.

«Ich paß sogar auf das auf, was ich selber tu», gab der Junge zurück. «Wo hast du also die Karten gelassen?» wandte er sich wieder an Spicer.

«Eine davon hab ich im Restaurant *Snow* versteckt.»

«Was sagst du da? Bei *Snow*?»

«Er mußte doch wo essen, oder nicht?» fragte Spicer zurück. «Das stand ja auch in der Zeitung. Du hast doch gesagt, ich sollte mich nach der Zeitung richten. Das sähe wahrhaftig komisch aus, wenn er nicht Mittag gegessen hätte, und da, wo er ißt, läßt er immer eine zurück.»

«Noch komischer wäre es, wenn die Kellnerin gemerkt hätte, daß dein Gesicht nicht das richtige war. Wenn sie die Karte gleich gefunden hätte, nachdem du aufgestanden warst. Wo hast du sie denn versteckt bei *Snow*?»

«Unter dem Tischtuch», antwortete Spicer. «Das macht er immer so. Es haben sicher eine Menge Leute an dem Tisch gegessen, seit ich weg bin. Sie hat bestimmt nicht gemerkt, daß er es nicht war. Ich glaub nicht, daß sie sie vor heute abend findet, wenn das Tischtuch gewechselt wird. Vielleicht ist es dann sogar 'ne andere Kellnerin.»

«Du gehst zurück», befahl der Junge, «und bringst die Karte hierher. Ich laß es nicht darauf ankommen.»

«Ich geh nicht wieder da hin.» Spicers Stimme erhob sich über den Flüsterton. Wieder blickten sie alle unverwandt und wortlos dem Jungen ins Gesicht.

«Dann geh du, Cubitt», schlug der Junge vor. «Vielleicht ist es wirklich besser, er geht nicht selbst wieder hin.»

«Ich – nee», verwahrte sich Cubitt. «Stellt euch bloß vor, wenn die Karte nun schon gefunden worden ist und sie sehen, wie ich danach suche! Da ist's schon besser, man läßt es darauf ankommen und tut gar nichts», drängte er flüsternd.

«Sprich natürlich», sagte der Junge, «sprich natürlich», als die Kellnerin an den Tisch zurückkam.

«Wollen die Herren noch was?»

«Ja», nickte der Junge. «Wir möchten noch Eis essen.»

«Laß doch sein, Pinkie», protestierte Dallow, als das Mädchen sich entfernt hatte. «Wir wollen kein Eis. Wir sind doch keine Weibsbilder.»

«Wenn du kein Eis willst, Dallow», gab der Junge zurück, «dann gehst du zu *Snow* und holst die Karte. Du hast doch nicht vielleicht kalte Füße?»

«Ich dachte wahrhaftig, damit wären wir fertig», brummte Dallow. «Ich hab weiß Gott genug getan. Kalte Füße hab ich keine, das weißt du so gut wie ich – aber trotzdem hatt ich 'ne Heidenangst . . . Wenn sie ihn nun vielleicht schon gefunden haben, dann wär's doch heller Wahnsinn, sich bei *Snow* blicken zu lassen.»

«Red nicht so laut», warnte der Junge von neuem. «Ja – wenn also niemand sonst gehn will, dann muß ich selber gehn. Ich fürcht mich nicht. Nur krieg ich es manchmal herzlich satt, mit so 'ner Bande wie euch zu arbeiten. Dann denk ich, ich bliebe besser für mich allein.» Der Nachmittag zog über das Wasser. «Kite», sagte er, «das war ein Kerl – aber Kite ist tot. – An was für 'nem Tisch hast du gesessen?» fragte er Spicer.

«Gleich beim Eingang. Rechts von der Tür. Tisch für eine Person. Mit Blumen drauf.»

«Was für Blumen?»

«Was für Blumen! Das weiß ich nicht. Gelbe.»

«Geh nicht hin, Pinkie», drang Dallow in den Jungen. «Laß es lieber sein. Du kannst nicht wissen, worauf du dich einläßt.» Aber der Junge war schon aufgestanden und schritt ungelenk durch den langen, schmalen Raum hoch über der See. Man konnte ihm nicht anmerken, ob er Angst hatte; sein ausgemergeltes Knabengesicht gab nichts preis.

Im Café *Snow* war der größte Andrang vorüber und der Tisch frei. Das Radio entsandte ein ungeheuerliches Tönegewirr aus einer Kinoorgel – eine dröhnende Vox humana schepperte über die Wüste von unsauberen, krümeligen Tischtüchern hin. Sobald irgendwo ein Tisch frei wurde, kam eine Kellnerin und riß das Tischtuch herunter, um für den Tee frisch zu decken. Keine beachtete den Jungen. Wenn er hinsah, drehten sie ihm den Rücken. Er schob die Hand unter das Tischtuch, fühlte aber nichts. Plötzlich zuckte der kleine Zornesfunke in seinem Hirn auf, und er knallte den Salzstreuer so heftig auf die Tischplatte, daß er einen Sprung bekam. Eine Kellnerin löste sich aus einer schwatzenden Gruppe und kam auf ihn zu, kaltäugig, aschblond, nur auf Erwerb bedacht. «Ja –?» machte sie gedehnt mit einem Blick auf den schäbigen Anzug, das allzu junge Gesicht.

«Ich wünsche bedient zu werden», erklärte er.

«Sie kommen zu spät zum Mittagessen.»

«Ich will nicht zu Mittag essen», erwiderte der Junge. «Bringen Sie mir eine Tasse Tee und etwas Gebäck.»

«Möchten Sie sich vielleicht an einen Tisch setzen, wo zum Tee gedeckt ist?»

«Nein», sagte er. «Mir paßt dieser Tisch.»

Sie segelte wieder davon, überlegen und mißbilligend, und er rief ihr nach: «Haben Sie meine Bestellung notiert?»

«Ihre Tischkellnerin kommt gleich», antwortete sie und trat wieder zu ihren plaudernden Kolleginnen an der Tür zur Küche. Der Junge rückte auf seinem Stuhl hin und her, der kleine Nerv in seiner Backe zuckte; von neuem schob er die Hand unter das Tischtuch: eine kaum merkliche Bewegung, aber sie konnte ihn an den Galgen bringen, wenn jemand ihn sah. Er konnte nichts fühlen, und voller Wut dachte er an Spicer: . . . ich hab seine Kopflosigkeit bald satt – wir wären besser ohne ihn dran.

«Sie wollen Tee?» Die Hand noch unter dem Tischtuch, blickte er auf. Vor ihm stand ein blasses, mageres Mädchen, noch jünger als er. Das ist eine von denen, die sich so heranschleichen, als hätten sie Angst vor ihrem eigenen Schatten, stellte er bei sich selbst fest.

«Ich hab schon bestellt», sagte er kurz.

Sie entschuldigte sich ganz betreten. «Es war so ein Andrang. Und heute ist mein erster Tag. Wir sind eben erst zu Atem gekommen. – Haben Sie was verloren?»

Er zog seine Hand zurück, indem er sie mit gefährlichen, fühllosen Augen musterte. Wieder pochte es in seiner Wange. Solche Kleinigkeiten – die waren es, in denen man sich verhedderte –, es fiel ihm keine Erklärung dafür ein, warum er die Hand dort hatte. Beflissen fuhr sie fort: «Ich muß das Tischtuch für den Tee doch wieder wechseln, wenn Sie also was verloren haben . . .» Und im Nu hatte sie Salz und Pfeffer, das Besteck und die gelben Blumen abgeräumt, das Tischtuch an allen vier Zipfeln hochgehoben und es mitsamt allen Krumen mit einer einzigen Bewegung heruntergezogen.

«Da ist nichts», sagte sie. Er blickte auf die leere Tischplatte und erwiderte: «Ich hatte nichts verloren.» Sie begann den Tisch frisch zu decken. Er mußte ihr irgendwie sympathisch sein, denn sie schien die Unterhaltung gern fortsetzen zu wollen; vielleicht hatten sie etwas gemein – Jugend und Schäbigkeit und daß sie beide gewissermaßen Neulinge waren in dem feinen Lokal. Seine suchende Hand hatte sie anscheinend bereits vergessen. Würde sie ihr wohl wieder einfallen, fragte er sich, wenn sie später einmal ins Verhör genommen würde? Er hatte nur Geringschätzung für ihr ruhiges Wesen, ihre Blässe, ihr sichtliches Bestreben, sich zuvorkommend zu erweisen. Besaß sie vielleicht auch Beobachtungsgabe, ein gutes Gedächtnis ...? «Sie würden nicht raten», fing sie wieder an, «was ich vor noch nicht zehn Minuten hier fand, als ich das Tischtuch wechselte.»

«Sie wechseln hier wohl immerzu das Tischtuch», spottete der Junge.

«Ach nein», erwiderte sie arglos, während sie die Teetassen hinstellte, «ein Gast hatte nur sein Glas umgestoßen, und als ich umräumte, lag da eine von Kolly Kibbers Karten – wo man 10 Shilling für kriegt. Ich war ganz aufgeregt», setzte sie hinzu, indem sie dankbar mit ihrem Tablett zögerte. «Aber die anderen mögen es nicht. Ich bin doch heute erst eingetreten. Sie sagen auch, ich wäre ein Schaf, weil ich ihn nicht angesprochen und den Preis verlangt hätte.»

«Ja, warum haben Sie denn das nicht getan?»

«Ach, ich dachte nicht ... Er sah gar kein bißchen aus wie auf dem Bild.»

«Vielleicht hatte die Karte schon den ganzen Morgen dagelegen.»

«Ach nein», sagte sie. «Das ist ausgeschlossen. Er war der erste Gast an diesem Tisch.»

«Na», tat der Junge die Sache ab, «das ist ja nun egal. Jedenfalls haben Sie Ihre Karte.»

«Ja, die hab ich schon. Nur kommt mir die ganze Sache nicht ganz ehrlich vor – Sie wissen doch –, wo er so ganz anders aussieht. Ich *hätte* doch den Preis kriegen können. Ich kann Ihnen sagen, ich bin gleich an die Tür gestürzt, als ich die Karte sah ...»

«Und haben Sie ihn erwischt?»

Sie schüttelte den Kopf.

«Wahrscheinlich», sagte der Junge, «hatten Sie nicht genau hingesehen. Sonst hätten Sie ihn doch erkennen müssen.»

«Oh, ich seh mir meine Leute immer genau an», verteidigte sich die Kellnerin. «Die Gäste, mein ich. Ich bin doch ganz neu und noch nicht so sicher. Ich möcht's doch allen gern recht machen. Ach –» brach sie erschrocken ab – «und da steh ich hier und schwatze, wo Sie auf Ihren Tee warten.»

«Das macht nichts», sagte der Junge. Er lächelte ungeschickt und gekünstelt – von selbst arbeiteten seine Lachmuskeln nicht. «Wissen Sie, Sie sind 'n Mädchen, das mir gefällt –» Nein, das waren nicht die richtigen Worte; er merkte es sofort und verbesserte sich: «Ich meine – ich hab gern ein Mädchen, das freundlich ist. Manche von denen hier, die sind so von oben herab zu einem.»

«Ich merk das auch.»

«Das kommt, weil Sie feinfühlig sind», schmeichelte er ihr. «Genau wie ich.» Plötzlich fragte er: «Sie würden wohl diesen Zeitungskerl nicht wiedererkennen? Ich meine, vielleicht treibt er sich doch noch in der Nähe hier rum.»

«O doch», behauptete sie. «Wiedererkennen würd ich ihn sicher. Ich hab ein gutes Gesichtergedächtnis.»

In der Wange des Jungen zuckte es. Er sagte: «Ich sehe – wir zwei sind uns in manchem ähnlich. Wir müssen mal abends zusammen ausgehen. Wie heißen Sie eigentlich?»

«Rose.»

Er legte ein Geldstück auf den Tisch und stand auf. «Aber Ihr Tee . . .» sagte sie.

«Ja, hier haben wir nun geredet, und ich hatte eine Verabredung um zwei.»

«Ach, das tut mir aber leid», entschuldigte sich Rose. «Sie hätten mich unterbrechen sollen.»

«Schon gut», sagte der Junge. «Es war sehr nett. Es ist ja auch erst zehn Minuten nach – auf Ihrer Uhr da oben. Wann sind Sie abends frei?»

«Außer Sonntag machen wir nicht vor halb zehn Schluß.»

«Na, wir sehen uns jedenfalls wieder», versicherte der Junge. «Wir beide verstehen uns gut.»

3

Ida Arnold kreuzte den Londoner Strand quer durch den dicksten Verkehr hindurch. Es fiel ihr nicht im Traum ein, zu warten, bis das grüne Licht anging, und auf die Verkehrskugeln an den Straßenkreuzungen gab sie schon gar nichts. Sie bahnte sich ihren eigenen Weg zwischen den Kühlern der Autobusse: die Fahrer ließen ihre Bremsen knirschen und blickten sie wutentbrannt an, und sie sah sie wieder an und lachte nur. Wenn es elf schlug und sie bei *Henneky* anlangte, war sie immer ein bißchen rot und erhitzt, als habe sie soeben ein Abenteuer bestanden, durch das ihr Selbstvertrauen gestärkt worden war. Heute war sie nicht die erste in *Henneky's* Bar. «Hallo, du altes Gespenst», begrüßte sie einen mageren, griesgrämig dreinschauenden Mann in schwarzem Rock und steifem Hut, der neben einem hochgestellten Weinfaß saß.

«Ach, laß doch sein, Ida», antwortete er, «laß doch sein.»

«Um wen trägst du denn Trauer? Um dich selber?» erkundigte sich Ida, indem sie in den Wandspiegel mit der Whiskyreklame blickte und ihrem Hut einen Schubs gab, daß er noch etwas schiefer zu sitzen kam. Sie sah keinen Tag älter aus als fünfunddreißig.

«Mir ist meine Frau gestorben. – Magst du ein Glas Guinness, Ida?»

«Ja, gerne. Ich wußte nicht mal, daß du verheiratet warst.»

«Wir wissen eben zuwenig voneinander, das ist der Haken, Ida», sagte der Griesgram. «Weiß ich etwa, wie du lebst oder wie oft du schon verheiratet warst?»

«Ach, da war nur der Tom.»

«In *deinem* Leben war doch bestimmt mehr als nur ein Tom.»

«Du mußt's ja wissen», lachte Ida.

«Ein Glas Rotwein für mich», bestellte der Griesgram. «Als du hereinkamst, Ida, dachte ich gerade – warum sollten wir zwei eigentlich nicht wieder zusammenkommen?»

«Du und der Tom, ihr wollt immer wieder von vorne anfangen», sagte Ida. «Warum haltet ihr nicht die Hand darauf, solange Ihr 'n Mädchen habt?»

«Mit meinem bißchen Geld und deinem –»

«Ich fange immer gern was Frisches an», schnitt ihn Ida ab. «Weg mit dem Neuen und her mit dem Alten – das ist nicht meine Art.»

«Aber du hast doch so 'n gutes Herz, Ida.»

«So sagt ihr immer alle», erklärte Ida, und aus der Biertiefe regte sich in der Tat ihre Gutmütigkeit – erdhaft, verschmitzt, lebensfroh. «Setzt du eigentlich manchmal auf 'nen Gaul?» interessierte sie sich.

«Vom Wetten halte ich nichts. Das tun nur Dummköpfe.»

«Stimmt auffallend», nickte Ida. «Nur Dummköpfe. Nie weißt du, bist du oben, bist du unten. Ich hab es gern», erklärte sie inbrünstig und sah über das Weinfaß nach dem bleichen, schmächtigen Mann hin – rosiger im Gesicht als je, jünger, gutherziger. «Black Boy», wisperte sie ihm zu.

«He – was sagst du?» fragte das Gespenst scharf, indem es einen Blick auf sein Gesicht in dem Reklamespiegel warf.

«Nur 'nen Pferdenamen», antwortete sie. «Den hat mir 'n Bekannter in Brighton verraten. Ich dachte gerade, ob ich ihn vielleicht dort beim Rennen wiedertreffe. Er war dann plötzlich verschwunden. Ich mochte ihn gut leiden. Man wußte nie, was er im nächsten Moment sagen würde. Ich bin ihm auch noch Geld schuldig.»

«Weil du von Brighton sprichst – hast du die Sache mit dem Kolly Kibber kürzlich gelesen?»

«Ja – den haben sie tot aufgefunden, nicht? Ich hab's auf 'nem Zeitungsplakat gesehen.»

«Sie haben einen Inquest* über ihn abgehalten.»

«Hat er sich denn selbst umgebracht?»

«Ach wo. Herzgeschichten. Die Hitze war zuviel für ihn. Aber der *Tagesbote* hat dem, der ihn gefunden hat, den Preis ausbezahlt! 10 Guineen», fuhr er fort, «für 'ne lumpige Leiche!» Er legte das Zeitungsblatt, das er in der Hand hielt, erbittert auf das Weinfaß. «Noch einen Roten für mich.»

«Was?» sagte Ida. «Ist *das* das Bild von dem Mann, der ihn gefunden hat? Der kleine Halunke! Also da ist er hingegangen! Kein Wunder, daß er seine 10 Shilling nicht wieder brauchte.»

«Nein, nein, der ist es nicht», sagte das Gespenst. «Das hier ist der Kolly Kibber selber.» Er zog einen Holzzahnstocher aus seinem Päckchen heraus und begann sich die Zähne zu bearbeiten.

«Oh», sagte Ida nur. Es traf sie wie ein Schlag. «Dann hat er sich also nicht bloß angestellt. Dann war er wirklich krank.» Es kam ihr wieder in den Sinn, wie sie seine Hand im Taxi gezittert hatte, wie er sie beschwor, ihn nicht zu verlassen. Als hätte er gewußt, er müsse sterben, ehe sie wiederkäme. Aber dennoch hatte er es vermieden, Aufsehen zu machen. «Er war ein echter Gentleman», sagte sie mit Gefühl. Er mußte gleich dort bei dem Drehkreuz hingestürzt sein, sowie sie den Rücken gewandt hatte – und sie war weitergegangen, in die Damentoilette hinunter, ohne es zu ahnen! Tränen drohten sie zu überwältigen, als sie in *Henneky's* Bar saß; im Geiste maß sie die Länge jener spiegelnden Marmorstufen zum Waschraum hinunter, als verkörperten sie die Leidensstationen einer Tragödie.

«Na ja», sagte das Gespenst düster. «Einmal müssen wir ja alle dran glauben.»

«Das schon», erwiderte Ida. «Aber er wollte bestimmt ebensowenig sterben, wie ich selber sterben möchte.» Sie sah in die Zeitung und rief nach ein paar Augenblicken: «Wozu er wohl in der Hitze den weiten Weg gemacht haben mag?» Denn er war gar nicht am Drehkreuz umgesunken, stand in dem Artikel, er war den ganzen Weg, den sie zusammen gekommen waren, wieder zurückgegangen, hatte in einem der Glaspavillone gesessen, als sie ihn fanden –

«Er mußte doch seinen Geschäften nachkommen», sagte der Griesgram.

* In Großbritannien muß nach jedem Todesfall, der irgendeinen Zweifel zuläßt, auch bei Selbstmorden und Unglücksfällen, ein *Inquest* stattfinden, d. h. eine gerichtliche Untersuchung zur Feststellung der Todesursache unter Vorsitz des *Coroners* (Kronrichters). (Anm. d. Übers.)

«Von Geschäften hat er mir gar nichts gesagt. Was er sagte, war nur: ‹Ich bleibe hier. Hier, dicht neben diesem Drehkreuz, bleib ich stehen›.» Und während sie seine Worte wiederholte, soweit sie sich daran erinnern konnte, hatte sie das Gefühl, daß sie später, in einer Stunde vielleicht oder zweien, wenn sie über den ersten Schreck hinaus war, wahrscheinlich ein bißchen über den Tod dieses verängstigten, leidenschaftlichen Knochengerüstes weinen würde, dieses Fred, wie er sich nannte.

«Was?» unterbrach sie plötzlich laut ihren Gedankengang. «Was soll denn das heißen? Lies mal das.»

«Ja, und was weiter?»

«Diese Nutten!» sagte Ida empört. «Wozu gehen sie hin und erzählen solche Lügen?»

«Was für Lügen? – Komm, trink noch 'nen Guinness. Du solltest dich nicht so darüber aufregen!»

«Ja, danke, ganz gern», nahm Ida an. Aber als sie einen langen Zug getan hatte, kehrte sie zu der Zeitung zurück. Sie hatte ihre Instinkte, und die sagten ihr, daß hier irgendwas nicht stimmte, daß etwas zum Himmel stank. «Diese Mädchen, die er da mitnehmen wollte, die sagen, es wäre ein Mann vorbeigekommen und hätte ihn Fred gerufen, und dann hätte Fred gesagt, er hieße gar nicht Fred und kannte den Mann nicht.»

«Na ja, und wenn schon? Höre, Ida, wollen wir nicht zusammen ins Kino gehen?»

«Aber wenn er doch Fred hieß! Er hat mir ja gesagt, er hieße Fred.»

«Charles hieß er. Du kannst's ja lesen. Charles Hale.»

«Das besagt gar nichts», beharrte Ida. «Ein Mann legt sich immer 'nen anderen Namen für fremde Leute zu. Oder willst du mir etwa weismachen, daß du wirklich Clarence heißt? Und ein Mann sagt nicht jedem Mädchen einen verschiedenen Namen, sonst wüßte er schließlich ja selber nicht mehr ein und aus. Du weißt, du hältst dich auch immer an Clarence. Über euch Männer, da kannst du mir nicht mehr viel Neues erzählen.»

«Das bleibt sich alles ganz gleich», erwiderte er. «Du kannst ja in der Zeitung lesen, wie es war. Sie haben es auch nur so nebenbei erwähnt. Niemand hat sich weiter viel darum gekümmert.»

Traurig versetzte sie: «Das stimmt – niemand hat sich überhaupt um was gekümmert. Keinen Menschen hatte er, der sich die Sache zu Herzen genommen hat. Lies bloß hier: ‹Der Kronrichter fragte, ob Angehörige des Verschiedenen zugegen seien, und der referierende Polizeibeamte erwiderte, sie hätten keinen anderen Verwandten ausfindig machen können als einen Großvetter in Middlesborough.› Er muß ein einsamer Mensch gewesen sein, der Fred», schloß sie. «Kein einziger Verwandter, der sich dafür interessierte, wie es wirklich zugegangen war!»

«*Ich* weiß, was Einsamkeit ist, Ida», nahm der Griesgram die Gelegenheit wahr. «Ich bin jetzt schon einen ganzen Monat allein.»

Sie hörte nicht hin – im Geiste war sie wieder an jenem Pfingstmontag in Brighton; überlegte, daß Fred, während sie dort auf ihn wartete, vom Tode ereilt worden, daß er als Sterbender die Strandstraße nach Hove hinuntergegangen war, und die billige Theatralik und Rührseligkeit dieser Vorstellung machte ihr Herz weich seinem Andenken gegenüber. Sie war ein Kind des Volkes, sie weinte im Kino über David Copperfield; wenn sie betrunken war, kamen ihr wie von selbst all die alten Gassenhauer, die ihre Mutter gesungen, wieder auf die Lippen. Ihr leichtgerührtes Herz wurde durch das bloße Wort ‹Tragödie› tief bewegt. «Der Großvetter aus Middlesborough», fing sie wieder an, «ließ sich durch seinen Rechtsberater vertreten – was wollen sie damit sagen?»

«Ich denke mir, wenn der Kolly Kibber kein Testament gemacht hat, dann wird wohl dieser Vetter alles Geld kriegen, was da ist. Und dann würde er sicher nicht wollen, daß von Selbstmord die Rede wäre – von wegen der Lebensversicherung.»

«Er hat aber doch gar keine Fragen gestellt.»

«War auch gar nicht nötig. Kein Mensch hatte ja behauptet, der Kolly Kibber hätte Selbstmord begangen.»

«Vielleicht hat er es aber wirklich getan», sann Ida. «Irgend etwas Sonderbares hatte er an sich. Ich hätte jedenfalls gern ein paar Fragen gestellt, wenn ich da gewesen wäre.»

«Worüber denn nur? Es war doch alles ganz klar.»

Ein Mann in Sporthose und gestreiftem Schlips trat an die Bar. «'n Morgen, Ida», rief er zu ihr hinüber.

«'n Morgen, Harry», sagte sie betrübt, immer noch auf die Zeitung starrend.

«Trinkst du ein Gläschen mit mir?»

«Nein, danke, ich hab hier schon eins stehen.»

«Na, trink fix aus und schick dann noch eins hinterher.»

«Nein, danke, wirklich, ich möchte nicht mehr», sagte sie und fuhr dann in ihrem Gedankengang fort: «Wenn *ich* da gewesen wäre . . .»

«Was hätte das genutzt?» warf der Griesgram ein.

«Dann hätte ich Fragen stellen können.»

«Fragen, Fragen», sagte er gereizt. «Immerfort willst du Fragen stellen. Möcht nur wissen, weswegen.»

«Warum er sagte, er hieße nicht Fred.»

«Weil er eben nicht Fred hieß. Er hieß doch Charles.»

«Die Sache ist nicht mit rechten Dingen zugegangen.» Je mehr sie darüber nachdachte, desto dringlicher wünschte sie, sie wäre dabei gewesen: die Vorstellung, daß kein Mensch beim Totengericht Interesse gezeigt hatte, war ihr wie ein seelischer Schmerz; der Großvetter war ruhig in seinem Middlesborough geblieben, der Rechtsanwalt hatte sich nach nichts erkundigt und Freds eigene Zeitung nicht mehr als eine halbe Spalte für ihn aufgebracht. Die Vorderseite des Blattes zeigte schon eine andere Fotografie – den neuen Kolly Kibber, der morgen für Bournemouth angekündigt war. Eine Woche, dachte sie, hätten sie doch anstandshalber warten können!

«Ich hätte zum Beispiel auch gerne gefragt, warum er mich da stehengelassen hat, bloß um in dieser Sonnenhitze die Strandstraße hinunterzulaufen.»

«Er hatte eben sein vorgeschriebenes Programm, er mußte seine Karten verteilen.»

«Warum hat er mir aber dann gesagt, er würde auf mich warten?»

«Danach», erwiderte Clarence, «hättest du ihn selber fragen müssen.»

Bei seinen Worten war es ihr beinahe, als ob der Tote wirklich versuchte, ihr Antwort zu geben – Antwort in seiner eigenen Art von Bildersprache, in dem unerklärlichen Weh, das sie durchdrang, als spräche er in ihren Nerven, wie man sich vorstellen konnte, daß ein Geist sprechen würde. Ida glaubte an Geister.

«Er würde 'ne Menge zu sagen haben, wenn er nur könnte», begann sie von neuem. Sie nahm die Zeitung wieder zur Hand und las sie langsam durch. «Bis zum Schluß hat er seine Pflicht und Schuldigkeit getan», sagte sie zärtlich, denn sie mochte es, wenn jemand seine Pflicht tat. Da lag Saft und Kraft darin. Den ganzen Weg die Strandstraße hinunter hatte er seine Karten hinterlassen, und die würden nun von überallher an die Redaktion zurückgelangen: von unter einem Boot, aus einem Papierkorb, einem Sandeimerchen. Er hatte nur noch ganz wenige bei sich, als «Mr. Alfred Jefferson, Hauptbuchhalter aus Clapham» ihn fand. «Wenn er sich wirklich selbst das Leben genommen hat», sagte sie (als der einzige Rechtsvertreter, den der Tote hatte), «dann hat er erst noch seine Pflicht getan!»

«Aber er hat ja gar nicht Selbstmord begangen!» widersprach Clarence. «Lies doch nur: sie haben ihn aufgeschnitten und gefunden, daß er von selber gestorben ist.»

«Das ist doch sonderbar», sagte Ida. «Da soll er in einem Restaurant gesessen haben. Ich weiß, daß er Hunger hatte. Er hat immer wieder gesagt, wir wollten essen gehen – aber warum in aller Welt machte er sich dann so allein davon und ließ mich stehen? Das hat nicht Hand und Fuß.»

«Wahrscheinlich hat er sich das mit dir anders überlegt, Ida.»

«Es gefällt mir einfach nicht», beharrte Ida. «Es klingt alles nun mal merkwürdig. Wenn ich nur dabei gewesen wäre. Ich hätte denen ein paar Fragen versetzt!»

«Wie wär's, wenn wir beide jetzt rüber ins Kino gingen, Ida?»

«Mir ist nicht nach Kino», wehrte Ida. «Man verliert nicht jeden Tag einen Freund. Und du solltest auch keine Lust dazu haben, wo doch deine Frau eben erst gestorben ist.»

«Das ist jetzt schon 'nen ganzen Monat her», entgegnete Clarence. «Ewig kann man doch nicht trauern.»

«Ein Monat ist nicht viel», versetzte Ida betrübt, indem sie fortfuhr, über ihrer Zeitung zu brüten. Ein einziger Tag, dachte sie, länger ist er noch nicht tot, und wahrscheinlich denkt kein Mensch mehr an ihn außer mir – 'ner Frau, die er sich bloß zum Trinken und Knutschen am Strand aufgelesen hatte! Und wieder packte Rührung ihr freundliches, leicht empfängliches Herz. Sie hätte an all das weiter keinen Gedanken verschwendet, wenn noch mehr Verwandte da gewesen wären außer diesem Großvetter aus Middlesborough; was sie quälte war nicht nur, daß Fred tot, sondern daß er so allein gewesen war. Aber irgend etwas, auch wenn sie nicht genau sagen konnte, was, stank ihr in die Nase – ganz abgesehen von diesem Namen ‹Fred›, und dagegen würden ihr alle mit demselben Einwand kommen: Er hieß doch gar nicht Fred! Du brauchst nur in die Zeitung zu gucken, Ida. Charles Hale.

«Du solltest es dir weiß Gott nicht so zu Herzen nehmen, Ida – es ist doch nicht deine Sache.»

«Ja, ich weiß schon», nickte sie. «Es ist nicht meine Sache.» Allein, tief in ihr sprach es immer wieder: es ist die Sache von gar niemandem . . . Das war es ja eben – außer ihr selbst war kein Mensch da, der Fragen über den Vorfall stellen konnte. Einmal, fiel ihr dabei ein, hatte sie eine Frau gekannt, der war nach seinem Tode ihr Mann erschienen, wie er am Radio stand und am Knopf herumfingerte. Da trat sie hin und drehte selbst den Knopf so, wie er es gern wollte, und gleich darauf verschwand ihr Mann. Im nächsten Augenblick aber hörte sie die Stimme des Ansagers: «Sturmwarnung für die Kanalschiffahrt!» Und sie hatte gerade an einer der billigen Sonntagsfahrten nach Calais teilnehmen wollen – das war die Erklärung . . . Dieser Vorfall bewies doch sicherlich so klar wie Sonnenlicht, daß man über den Geisterglauben nicht spotten sollte. Wenn nun Fred, so sann sie, jemandem etwas mitteilen wollte, dann wär es bestimmt nicht jener Großvetter aus Middlesborough, an den er sich wenden würde. Warum sollte er nicht zu mir kommen? fragte sie sich. Er hatte sie doch dort auf sich warten lassen: fast eine halbe Stunde hatte sie dagestanden. Am Ende wollte er ihr erklären, warum. «Er war ein echter Gentleman», stellte sie mit lauter Stimme fest, und in kühnem Entschluß setzte sie ihren Hut noch schiefer auf, strich sich übers Haar und stand von ihrem Weinfaß auf. «Ich muß gehen», sage sie. «Auf Wiedersehen, Clarence.»

«Wo willst du denn hin? Du hast es doch sonst nicht so eilig, Ida», beklagte er sich bitterlich über seinem Guinness.

Ida zeigte auf das Blatt, das sie in der Hand hielt. «Jemand sollte *dort* sein», sagte sie mit fester Stimme, «selbst wenn ein Großvetter sich nicht blicken läßt.»

«Ihm liegt doch sicher nichts daran, wer ihn begräbt.»

«So was weiß man nie», erwiderte Ida, indem sie an den Geist am Radioapparat dachte. «Und jedenfalls beweist es 'ne gewisse Achtung. Außerdem geh ich gerne auf 'n Begräbnis.»

Eigentlich begraben jedoch wurde er nicht in der sauberen neuen Gartenvorstadt, wo er gewohnt hatte. Dort ging man nicht so unhygienisch vor. Zwei stattliche Backsteintürme im Stile skandinavischer Rathäuser, an den Mauern entlang gedeckte Seitengänge mit kleinen Täfelchen wie an Kriegerdenkmälern, eine nüchterne, kalt weltliche Kapelle, die sich bequem und ohne viel Federlesen für jedes Bekenntnis herrichten ließ – das war alles: kein Friedhof, keine Wachsblumen oder armselige Marmeladegläser mit welkenden Feldblumensträußen . . .

Als Ida kam, hatte es schon angefangen. Sie zögerte einen Augenblick an der Tür, weil sie befürchtete, die Freunde des Toten füllten vielleicht die Kapelle, und hörte eine Stimme, die klang, als käme sie aus dem Londoner Sender. Sie kannte sie genau, diese kultivierte, ausdruckslose Stimme. Allein, als sie dann die Tür öffnete, stand da kein Radioapparat, sondern ein Mann in schwarzer Soutane, der gerade das Wort ‹Himmel› sagte. Sonst war niemand da als eine Frau, die aussah wie eine Zimmervermieterin, ein Kindermädchen, das sein Baby draußen im Wagen abgestellt hatte, und zwei Männer, die ungeduldig miteinander tuschelten.

«Unser Glaube an den Himmel», fuhr der Geistliche fort, «wird nicht beeinträchtigt dadurch, daß wir den mittelalterlichen Begriff der Hölle ablehnen. Wir glauben», beteuerte er und ließ zugleich einen raschen Blick über die polierte Bodenvertiefung nach den Jugendstiltüren gleiten, durch die der Sarg den Flammen übergeben werden sollte, «wir glauben, daß dieser unser Bruder bereits eins ist mit dem Einen.» Er prägte seine Worte wie Butterscheiben mit seinem persönlichen Stempel. «Er ist in die Einheit eingegangen. Wir wissen nicht, wer oder was dies Eine ist, mit dem er jetzt eins geworden ist. Wir klammern uns nicht mehr an die veralteten mittelalterlichen Vorstellungen von glasigen Meeren und goldenen Kronen. Wahrheit ist Schönheit, und für uns, eine wahrheitliebende Generation, liegt mehr Schönheit in der Gewißheit, daß unser Bruder in diesem Augenblick wieder mit dem Allgeist verschmolzen ist.» Er drückte auf einen Knopf, es surrte leicht, die Jugendstiltüren öffneten sich, die Flammen leckten hoch, und der Sarg glitt geschmeidig in die feurige See. Die Türen schlossen sich wieder, das Kindermädchen stand auf und ging auf den Ausgang zu, der Geistliche lächelte sanft von seinem Platz hinter der Bodenvertiefung, gleich einem Zauberkünstler, der soeben sein 940. Kaninchen mühelos aus dem Hut gezogen hat.

Es war alles vorbei. Mit Anstrengung zerdrückte Ida eine letzte Träne in ihrem Taschentuch, das mit kalifornischem Mohn parfümiert war. Sie hatte gern Begräbnisse, empfand einen gewissen Schauder dabei, so wie manche Menschen sich gern eine Gespenstergeschichte anhören. Der Tod selbst schreckte sie – das Leben war ja so wichtig. Religiös war sie nicht. Sie glaubte weder an Himmel noch Hölle, nur an Geister, an Tischrücken, wahrsagende Bretter und kindliche Stimmen aus dem Jenseits, die in weinerlichem Ton von Blumen faselten. Mochten die Papisten frivole Ansichten über den Tod haben; ihnen bedeutete das Leben jedenfalls nicht so viel wie das, was hinterher kam; für Ida aber war der Tod das Ende aller Dinge. Eins sein mit dem Einen – das besagte ihr nicht das geringste, verglichen mit einem guten Glas Bier an einem schönen, sonnigen Tag. Sie glaubte zwar an Geister, aber deren dünne, durchsichtige Existenz konnte man doch nicht ewiges Leben nennen, Dinge, wie das Quietschen des schreibenden Bretts, ein Stück Ektoplasma in einem Glasschrank der Gesellschaft für psychische Forschung, eine Stimme, die sie auf einer Séance einmal hatte sagen hören: «Alles ist so wunderschön auf der höheren Ebene. Überall sind Blumen.»

Blumen, dachte Ida verächtlich, als ob daraus das Leben bestände! Nein – Leben, das war das Sonnenlicht auf Messingbettknäufen, rubinroter Portwein, das Hüpfen des Herzens, wenn der Outsider, auf den man gesetzt hatte, als erster durchs Ziel raste und die Farben ruckweise hochschnellten. Leben, das war der Mund des armen Fred, wie er sich im Taxi auf den ihren preßte und im Takt mit dem Rattern des Motors die Parade hinunter vibrierte. Was war der Sinn des ganzen Sterbens, wenn man nachher von Blumen quasselte? Fred, der wünschte sich sicher keine Blumen, was er wünschte, das – und wieder überkam sie das genießerische Weh, das sie in Hennekys Kneipe empfunden. Sie nahm das Leben tödlich ernst, war bereit, einen jeden ins denkbar größte Unglück zu stürzen, um das einzige zu verteidigen, woran sie glaubte. Verlor eine ihren Liebsten, so konnte sie sagen: «Gebrochene Herzen heilen allemal wieder!»; wurde jemand durch Unfall zum Krüppel oder Blinden, dann erklärte sie: «Was für 'n Dusel, daß er am Leben geblieben ist!» In ihrem Optimismus war etwas Gefährliches, Unbarmherziges, ob sie nun bei *Henneky* lachte oder auf einem Begräbnis, einer Hochzeit Tränen vergoß.

Als sie aus dem Krematorium herauskam, qualmten von den Zwillingstürmen über ihr die letzten Reste Freds – eine dünne graue Rauchsäule aus dem Verbrennungsofen. Menschen, die die blumengeschmückte Vorstadtstraße entlanggingen, konnten feststellen, daß heute in den Öfen Hochbetrieb war. Fred schlug sich in kaum sichtbarer grauer Asche auf die rosa Blüten nieder, er wurde ein Teil der Londoner Rauchplage, und Ida weinte.

Doch während sie weinte, formte sich gleichzeitig in ihr ein Entschluß. Er wuchs und nahm Gestalt an auf ihrem Weg zur Straßenbahn, die sie nach ihrer eigenen Stadtgegend zurückbringen sollte, zu den Kneipen und den Lichtreklamen und Varietétheatern. Der Mensch wird, was er ist, durch die Orte, an denen er lebt, und Idas Kopf arbeitete mit der Einfachheit und Pünktlichkeit eines Reklamebildes – des dauernd zum Trinken angesetzten Glases, des ewig dahinrollenden Rads, der unverblümten, in genauen Abständen aufblitzenden Frage: «Benutzen Sie täglich Schimmerol?» Sie dachte: Dasselbe würde ich auch für Tom tun, für Clarence, dieses verschlagene olle Gespenst bei *Henneky*, oder für Harry. Es ist weiß Gott das wenigste, was man für jemand tun kann – Fragen vorbringen, Fragen beim Totengericht, Fragen auf Séancen. Irgendwer hatte Fred unglücklich gemacht, und irgendwer würde dafür selbst wieder unglücklich gemacht werden müssen. Auge um Auge. Wenn man an Gott glaubte, dann konnte man dem die Rache überlassen. Aber ‹dem Einen, dem Allgeist› war nicht zu trauen. Die Rache fiel Ida zu, genau wie der Lebenslohn Ida zufiel, der weiche Mund, der sich im Taxi auf den ihren preßte, der warme Händedruck im Kino – der einzige Lohn, den das Leben bot. Und Rache wie Lohn, beide machten sie Spaß.

Die Straßenbahn klingelte und funkte am Themseufer entlang. Wenn es eine Frau war, die Fred unglücklich gemacht hatte, dann würde sie ihr beibringen, wie sie über sie dachte. Hatte Fred sich selbst das Leben genommen, dann wollte sie das schon herausbekommen, die Zeitungen würden die Meldung drucken, jemand würde dafür zu büßen haben. Ja, Ida wollte der Sache von Grund auf nachgehen und sich durcharbeiten. Sie war keine, die locker ließ.

Der erste Schritt (sie hatte die Zeitung den ganzen Gottesdienst hindurch in der Hand behalten) war ein Besuch bei Molly Pink, ‹Privatsekretärin in der Firma Carter & Galloway›.

Vom Bahnhof Charing Cross trat Ida in das heiße, windige Tageslicht des Strand, das über den Vergasern der Autos flimmerte. Im Vorübergehen sah sie an einem Bürofenster hoch über der Straße einen schnurrbärtigen Mann, der durch ein Vergrößerungsglas eine Briefmarke betrachtete; ein großes, mit Fässern beladenes Pferdefuhrwerk rasselte vorbei, auf dem Trafalgar-Platz spielten die Springbrunnen, kühle, durchscheinende Blüten, die sich entfalteten und dann in sich zusammenfielen, um in den steinfarbenen, berußten Becken zu verschwinden. «Geld wird es kosten», sagte Ida vor sich hin, «es kostet immer Geld, wenn man der Wahrheit auf die Spur kommen will», und sie ging langsam weiter, eifrig berechnend, während die ganze Zeit unter all der Trauer und Entschlußbereitschaft ihr Herz höher schlug zu dem Kehrreim: das ist aufregend, das macht Spaß, das ist Leben. Etwas weiter kam sie an einer Kneipe vorbei, an deren Eingang eine Anzahl Neger in feschen, knapp anliegenden Anzügen herumstanden. Ida erkannte einen von ihnen: «Was macht das Geschäft, Joe?» Die großen weißen Zähne gingen über dem hellgestreiften Hemd an wie eine Reihe Lichter in der Dunkelheit: «Gut, Ida.»

«Und das Heufieber?»

«O schrecklich, Ida, schrecklich.»

«Wiedersehen, Joe.»

«Wiedersehen, Ida.»

Es war eine Viertelstunde zu Fuß bis zu Carter & Galloway, die den obersten Stock eines hohen Geschäftshauses innehatten. Sie mußte jetzt sparsam sein, nicht einmal einen Autobus hatte sie sich gegönnt, und als sie an dem steingrauen alten Gebäude ankam, fand sie, daß es keinen Aufzug besaß. Die vielen Treppenstufen strengten Ida an. Ein langer Tag lag hinter ihr, und sie hatte nichts im Magen als eine am Bahnhof verzehrte Rosinensemmel. Sie setzte sich auf einem Fenstersims nieder, nahm die Schuhe ab, weil ihre heißen Füße brannten, und bewegte die Zehen lebhaft hin und her. Ein alter Mann in kariertem Anzug, mit gelber Weste und steifem grauem Hut kam die Treppe herab. Er hatte einen langen Schnurrbart und warf ihr einen dreisten Seitenblick zu. «In Schwierigkeiten geraten, Gnädigste?» fragte er, indem er den Hut zog und Ida aus seinen kleinen Triefaugen musterte. «Kann ich irgendwie behilflich sein?»

«Danke, meine Zehen muß ich mir schon selber krabbeln», erwiderte Ida.

«Haha», machte der Alte, «sehr gut, sehr gut. Und wohin des Weges, Gnädigste, rauf oder runter?»

«Rauf. Bis ganz nach oben.»

«Carter & Galloway. Gute Firma. Sagen Sie, Sie kämen von mir.»

«Wie ist denn Ihr Name?»

«Moyne. Charlie Moyne. Hab Sie hier schon mal gesehen.»

«Ich war ja noch nie hier!»

«Dann sonstwo. Vergesse niemals eine schöne weibliche Figur. Sagen Sie denen da oben nur, daß Moyne Sie schickt. Machen Ihnen dann Spezialbedingungen.»

«Warum ist denn hier kein Aufzug?»

«Altmodische Gesellschaft. Bin selber altmodisch. Hab Sie in Epsom gesehen.»

«Das könnte sein.»

«Erkenne eine Sportsdame immer sofort. Würde Sie einladen, 'ne Flasche Sekt mit mir um die Ecke zu bringen, wenn diese Schufte da oben mir nicht den letzten Fünf-Pfund-Schein abgeknöpft hätten, den ich bei mir hatte. Wollte wieder mal ein paar Pfündchen dranwagen. Muß jetzt erst heim. Quoten werden sich mittlerweile verschlechtern. Sie könnten mir wohl nicht den Gefallen tun – 2 Pfund? Charlie Moyne.»

Es lag keinerlei Hoffnung in den blutunterlaufenen Augen, die einen etwas abwesenden, gleichgültigen Ausdruck hatten. Die Knöpfe an der gelben Weste bewegten sich, das alte Herz darunter hämmerte sichtlich.

«Hier», sagte Ida, «ein Pfund können Sie gerne haben. Und jetzt ziehen Sie ab.»

«Sehr gütig, sehr gütig. Geben Sie mir Ihre Karte. Schick Ihnen heute abend einen Scheck.»

«Ich hab keine Karte», sagte Ida.

«Hab meine auch gerade nicht da. Macht nichts. Charlie Moyne. Per Adresse Carter & Galloway. Kennen mich dort alle.»

«Schon gut», wehrte Ida. «Ich seh Sie vielleicht ein andermal. Jetzt muß ich machen, daß ich hinaufkomme.»

«Darf ich Ihnen meinen Arm anbieten?» Er half ihr aufstehen. «Sagen Sie nur, Moyne hätte Sie geschickt. Spezialbedingungen.» Sie wandte sich nach einem Treppenabsatz um. Er verwahrte gerade die Pfund-Note in seiner Westentasche, strich sich den Schnurrbart glatt, der an den Spitzen noch bräunlich schimmerte wie die Nikotinfinger eines Rauchers, und rückte sich den Hut schief. Armer alter Teufel, dachte sie, daß ich ihm das geben würde, hatte er auch nicht gedacht. Und sie blickte ihm nach, wie er mit forciert jugendlichen Schritten seine uralte Verzweiflung die Treppe hinabtrug.

Oben waren nur zwei Türen. Ida öffnete die eine, auf der ‹Auskunft› stand, und hier, jeder Zweifel war ausgeschlossen, war Molly Pink. In einem winzigen Raum, kaum größer als ein Besenschrank, saß sie neben einem Gaskocher und lutschte ein Bonbon. Ein Kessel fauchte Ida an, als sie eintrat. Ärgerlich und wortlos wandte ein gedunsenes Gesicht mit unreinem Teint sich ihr zu.

«Entschuldigen Sie», begann Ida.

«Unsere Herren sind aus.»

«Ich wollte *Sie* gern sprechen.»

Erstaunt blieb der unschöne Mund offen stehen, und das Bonbon auf Mollys Zunge bewegte sich.

Der Kessel pfiff.

«Mich?»

«Ja», nickte Ida. «Aber passen Sie auf, Ihr Kessel kocht gleich über. Sie sind doch Molly Pink?»

«Möchten Sie 'ne Tasse?» fragte Molly, statt zu antworten. Das Zimmerchen war vom Boden bis zur Decke mit Briefordnern angefüllt. Durch den unberührten Staub vieler Jahre gewährte ein kleines Fenster Ausblick auf einen benachbarten Häuserblock mit der gleichen Anordnung von Fenstern, die wie ein Spiegelbild staubig zurückstarrten. In einem zerrissenen Spinngewebe hing eine Fliege.

«Danke, ich mach mir nichts aus Tee», lehnte Ida ab.

«Das trifft sich gut, es ist nämlich nur eine Tasse da», sagte Molly und füllte eine dicke braune Teekanne mit zerbrochener Schnauze.

«Ein Freund von mir, namens Moyne . . .» setzte Ida an, aber Molly unterbrach sie mit einem verächtlichen «Ach der!» sie hatte eine Nummer der Zeitschrift *Frauenschönheit* offen vor sich auf der Schreibmaschine stehen, und ihre Augen glitten unaufhörlich darauf zurück. «Den haben wir grade von Haus und Hof vertrieben.»

«Von Haus und Hof . . .?»

«Na, sozusagen. Er war gerade wieder da, wollte unsere Herren sprechen. Sehn, ob er sie nicht rumkriegen könnte.»

«Und hat er sie gesprochen?»

«Unsere Herren sind doch aus, hab ich gesagt. Möchten Sie 'n Bonbon?»

«Das ist schlecht für die Figur», sagte Ida.

«Ach, dafür eß ich auch nie Frühstück.»

Über Mollys Kopf hinweg konnte Ida die Aufschriften der Briefordner lesen: ‹Mietzins Mud Lane No. 1–6› – ‹Mietzins Siedlung Wainage, Balham› – ‹Mietzins . . .› – sichtbare Zeugen des Hausbesitzerstolzes.

«Ich bin hergekommen», sagte Ida, «weil Sie einen Freund von mir kannten.»

«Setzen Sie sich», forderte Molly sie auf. «Das ist der Stuhl für die Kunden. Ich muß mich immer mit ihnen abgeben. Aber Moyne, der ist kein Freund von mir.»

«Nicht Moyne. Ein gewisser Mr. Hale.»

«Ach, mit der Sache will ich nichts mehr zu tun haben! Sie hätten nur unsere Herren sehen sollen – wütend waren sie, weil ich mir 'nen Tag für den Inquest freinehmen mußte. Nächsten Tag ließen sie mich stundenlang nacharbeiten.»

«Ich wollte gern hören, was da eigentlich vorgegangen ist.»

«Was vorgegangen ist? Na, unsere Herren sind geradezu unausstehlich, wenn sie in Wut geraten.»

«Ich meine mit Fred – mit Hale.»

«Den kannte ich eigentlich überhaupt nicht.»

«Und was war mit dem Mann, von dem Sie beim Verhör sagten, er wäre dazugekommen?»

«Das war gar kein richtiger Mann. Nur so 'n Junge. Ein Bekannter von Mr. Hale.»

«In der Zeitung stand doch aber . . .»

«Och, Mr. Hale *sagte*, er kenne ihn nicht. Davon hab ich denen nichts erzählt, sie haben mich ja auch nicht danach gefragt. Sie wollten ja nur wissen, ob irgendwas an seinem Benehmen auffallend gewesen wäre. Na, auffallend kann man nicht grade sagen. Er hatte nur Angst, weiter nichts. Solche kriegen wir hier im Büro 'ne Menge.»

«Warum haben Sie denn das nicht gesagt?»

«Na, daran ist doch nichts Außergewöhnliches. Ich wußte sofort, was es war. Er mußte dem Jungen Geld schuldig sein. Solche kriegen wir hier 'ne Menge. Wie der Charlie Moyne.»

«Also Angst hatte er? Armer alter Fred.»

«Er sagte zwar ganz entschieden: ‹Ich heiße nicht Fred› – aber mir hat er damit nichts weisgemacht. Meiner Freundin auch nicht.»

«Wie sah denn dieser Junge aus?»

«Na – eben wie so 'n Junge.»

«Groß?»

«Nicht besonders.»

«Blond?»

«Das könnt ich nicht sagen.»

«Wie alt war er wohl?»

«Oh – vielleicht so alt wie ich.»

«Und Sie sind?»

«Achtzehn», sagte Molly, indem sie mürrisch über die Schreibmaschine und den dampfenden Kessel hinwegblickte und weiter an ihrem Bonbon lutschte.

«Hat er Geld verlangt?»

«Soviel Zeit, daß er Geld verlangen konnte, hat er gar nicht gehabt.»

«Und sonst haben Sie nichts bemerkt?»

«Er wollte ja durchaus, ich sollte mit ihm kommen. Aber ich konnte nicht, wo ich doch mit meiner Freundin da war.»

«Danke schön», sagte Ida. «Da hätten wir wieder was erfahren.»

«Wieso – sind Sie denn vom Kriminalamt?»

«Bewahre. Ich war nur mit ihm befreundet.»

Sie war jetzt fest überzeugt: irgend etwas stimmte nicht. Wieder dachte sie daran, wie verängstigt er im Taxi gewesen war. Und auf dem Heimweg zu ihrer Bude hinter dem Russell-Platz fiel ihr in der Spätsonne wieder ein, auf welche Weise er ihr die 10 Shilling gegeben hatte, bevor sie zur Waschtoilette hinunterging. Ja, er war ein wahrer Gentleman gewesen! Vielleicht waren das seine letzten paar Shilling. Und diese Menschen – dieser Junge, die Geld aus ihm herauspressen wollten! Vielleicht war er auch so einer wie der Charlie Moyne, den sie ruiniert hatten. Und jetzt, wo sie sich nicht mehr so genau an sein Gesicht erinnern konnte, lieh sie ihm unwillkürlich ein paar von Moynes Zügen, zum mindesten dessen blutunterlaufene Augen. Sportsmänner alle beide – großzügige Herren, wahre Gentlemen.

Die Handelsreisenden saßen ermattet in der Halle des Hotels *Imperial* herum, flach lag die Sonne auf den Platanen, in einer der Pensionen in der Coram-Straße klingelte und klingelte jemand nach Tee. Ich will es mit dem Brett versuchen, dachte Ida, dann wird mir alles klarwerden.

Als sie heimkam lag eine Karte für sie auf dem Tisch im Vorzimmer, eine Ansichtskarte von Brighton. Wenn ich abergläubisch wäre, dachte sie, wenn ich abergläubisch wäre . . . Sie wandte sie um. Sie war nur von Phil Corkery, der sie einlud, ihn dort zu besuchen. Jedes Jahr kamen diese Karten von ihm aus allen möglichen Ferienorten, aber nie ging sie. Er war keiner, dem sie Hoffnungen machen wollte. Zu ruhig für ihren Geschmack. Nicht das, was sie unter einem Mann verstand.

Sie trat an die Treppe zum Kellergeschoß und rief nach dem alten Crowe. Für das Brett brauchte sie zweimal zehn Finger, und dem Alten würde es Freude machen. «Crowe!» rief sie die Steinstufen hinunter. «He, Alter!»

«Was ist los, Ida?»

«Ich will es eben mal mit dem Brett versuchen.»

Sie wartete nicht auf ihn, sondern ging voraus in ihr Wohnschlafzimmer, um alles bereit zu machen. Der Raum lag nach Osten und hatte jetzt keine Sonne, war kalt und dämmerig. Ida steckte den Gasofen an und zog die alten rotsamtenen Vorhänge zu, um den grauen Himmel und die Schornsteine ringsum auszuschließen. Dann strich sie den Schlafdiwan glatt und schob zwei Stühle an den Tisch. Aus einer Spiegelschranktür blickte ihr Leben sie an – ein behagliches Leben: Porzellanfiguren, die sie mal im Seebad erstanden, eine Fotografie von Tom, ein Band Edgar Wallace, ein Schmöker aus einem antiquarischen Buchladen, ein paar Notenblätter mit Gesangsschlagern, Priestleys *Gute Kameraden*, ein Bild ihrer Mutter, noch mehr Nippesfiguren, ein paar Tiere aus Holz und Gummiband, deren Gelenke sich nach allen Seiten biegen ließen, einige wertlose kleine Schmuckstücke, Geschenke ihrer verschiedenen Verehrer, *Sorell und Sohn* von Warwick Deeping und – *das Brett.*

Liebevoll nahm sie das Brett heraus und schloß die Schranktür. Ein flaches, ovales Stück poliertes Holz auf winzigen Rädchen, sah es aus wie ein Käfer, der seinen Weg aus dem Keller hier herauf gefunden hatte. In Wirklichkeit traf dies auf den alten Crowe zu. Er pochte gerade leise an die Tür, steckte sein graues Gesicht mit dem Kranz von weißem Haar durch einen Spalt und drückte sich dann bescheiden ins Zimmer, wobei seine kurzsichtigen Grubenpferdchenaugen geblendet zwinkerten, denn Idas Leselampe hatte keinen Schirm. Sie warf rasch einen rosa Tüllschal darüber, um das grelle Licht zu dämpfen.

«Hast du was Besonderes, was du es fragen willst, Ida?» erkundigte sich der Greis. Er schauderte leicht vor Furcht und Spannung. Ida spitzte einen Bleistift und brachte ihn am Bug des Brettchens an.

«Setz dich, Alter. Was hast du denn den ganzen Tag getrieben?»

«In Nr. 27 haben sie 'ne Beerdigung gehabt. Einer von diesen indischen Studenten.»

«Ich war auch auf 'nem Begräbnis. War deins schön?»

«Heutzutage, da gibt's gar keine schönen Leichen mehr. Nicht mit Federbüschen, so wie früher.»

Ida versetzte dem Brett einen leichten Stoß, so daß es seitwärts über die glatte Tischplatte glitt, mehr denn je einem Käfer ähnelnd. «Der Bleistift ist zu lang», bemerkte der Alte. Die Arme um die Knie geschlungen, beugte er sich vor, um das Brett zu beobachten. Ida schraubte den Stift etwas höher. «Vergangenheit oder Zukunft?» fragte der alte Crowe mit leichtem Schnaufen.

«Heute will ich mit jemand die Verbindung herstellen», antwortete Ida.

«Tot oder lebendig?»

«Tot. Heut nachmittag hab ich seine Verbrennung gesehen. Im Krematorium. Mach zu, Alter, leg deine Finger auf!»

«Nimm lieber erst deine Ringe ab», riet der Alte. «Das Gold lenkt es ab.»

Ida streifte ihre Ringe ab, legte die Fingerspitzen auf das Brett, das von ihr weg über das darunterliegende Blatt Foliopapier quietschte. «Los, Alter», drängte sie.

Der Greis kicherte. «Es is unartig», sagte er und legte seine knochigen Finger ganz knapp auf den Rand, wo sie leise und nervös zu trommeln begannen. «Was willst du's denn fragen, Ida?»

«Bist du da, Fred?»

Das Brett wischte quietschend unter ihren Fingern durch und zog nach allen Richtungen hin lange Linien auf dem Papier. «Es hat seinen eigenen Willen», sagte Ida.

«Schsch . . .» machte der alte Crowe.

Das Brett bäumte sich mit seinem kleinen Hinterrad in die Höhe und stand dann still. «Jetzt könnten wir mal nachsehen», schlug Ida vor. Sie schob das Brett beiseite, und gemeinsam starrten sie auf das Bleistiftgekritzel.

«Hier könnte man ein Ja herauslesen», sagte Ida.

«Oder es könnte auch ein Nein sein.»

«Jedenfalls, irgend etwas ist da. Wir wollen es weiter versuchen.» Sie legte die Finger fest auf das Brett: «Was ist dir zugestoßen, Fred?» Und sogleich bewegte sich das Brett wieder über den Tisch. Ihr ganzer unbeugsamer Wille übertrug sich darauf – diesmal wollte sie, daß es Ernst machte. Auch Crowes Gesicht zog sich vor Spannung zusammen.

«Es schreibt – richtige Buchstaben», sagte Ida triumphierend, und während ihre eigenen Finger den Griff zeitweilig lockerten, konnte sie spüren, daß das Brett entschlossen davonglitt, wie auf Geheiß eines anderen.

«Schsch . . .» machte der alte Crowe wieder; aber von neuem bäumte sich das Brett und hielt dann an. Sie stießen es weg, und da, es konnte keinen Zweifel geben, stand in langen, dünnen Buchstaben ein Wort, wenn auch keines, das sie kannten: SEMOR.

«Das sieht aus wie ein Name», schlug der Alte vor.

«Irgendwas bedeutet es sicher», überlegte Ida. «Brettschreiben bedeutet immer etwas. Laß uns noch mal versuchen», und wieder hopste der kleine Holzkäfer davon und zog seine gewundenen Spuren. Unter dem Tüllschal leuchtete rötlich die Birne, und der alte Crowe pfiff durch die Zähne. «Jetzt!» sagte Ida und hob das Brett hoch. Ein langes, gezacktes Wort lief quer über das Papier: FRESELMORPLAUG.

«Na», erklärte der alte Crowe, «daran kann sich einer die Zunge zerbrechen. Daraus kannst du nichts machen, Ida.»

«Meinst du wirklich?» entgegnete sie. «Das ist doch sonnenklar, Fre, das ist die Abkürzung für Fred, und Selmor für Selbstmord, und Aug – da hast du's, was ich immer sage – Auge um Auge und Zahn um Zahn.»

«Und was ist mit dem P und L?»

«Das weiß ich noch nicht, aber ich werde es schon noch herauskriegen.» Mit einem triumphierenden Machtgefühl lehnte sie sich im Stuhl zurück. «Ich bin nicht abergläubisch», sagte sie, «aber das kann keiner abstreiten. Das Brett weiß.»

«Ja, das stimmt», nickte der Alte, mit der Zunge an seinen Zähnen saugend.

«Sollen wir noch mal . . .?» Das Brett rutschte vorwärts und quietschte, hielt dann plötzlich an. Und so klar, wie man nur wollte, starrte ein Name ihr entgegen: PHIL.

«Nanu», sagte Ida und wurde ein bißchen rot, «so was . . .» Dann, zu dem Alten gewandt: «Möchtest du 'n Schokoladekeks?»

Sie holte eine Blechbüchse aus der Schublade und schob sie dem Greis hin. «Sie haben ihn in den Tod getrieben», sagte sie beglückt. «Ich hab's ja immer gewußt, an der Sache war was faul. Sieh dir bloß das AUG an.

Wenn einem das nicht sagt, was man zu tun hat –!» Ihr Blick heftete sich auf die Silbe PHIL. «Denen werd ich's schön eintränken!» Sie tat einen genießerischen Atemzug und streckte ihre imposanten Beine von sich. «Recht muß nun mal Recht bleiben», fuhr sie fort. «Ich sage immer, Recht ist Recht und Unrecht ist Unrecht.» Und indem sie sich noch tiefgründigeren Betrachtungen überließ, erklärte sie mit einem Seufzer der Sättigung: «Sollst mal sehn, alter Crowe, das wird 'ne aufregende Sache, das gibt Spaß, da kriegen wir 'n ordentliches Stückchen Leben beim Wickel!» Mit diesen Worten sprach sie, während der Alte weiter an seinem Zahn lutschte und die Lampe mit ihrem rosa Schimmer die Stube erfüllte, das höchste Lob aus, das sie zu vergeben hatte.

Zweiter Teil

1

Der Junge hatte Spicer den Rücken zugekehrt und starrte über den dunklen Wellenschlag der See hinaus. Sie hatten das Ende der Landungsbrücke ganz für sich – zu dieser Stunde und in diesem Wetter waren alle anderen im Konzertsaal. Über dem Horizont gingen die Blitze an und aus, wie von einem elektrischen Schalter reguliert; langsam tropfte der Regen nieder. «Wo bist du gewesen?» fragte der Junge.

«Bißchen rumspaziert.»

«Warst du – dort?»

«Ach, ich wollte nur sehen, ob alles in Ordnung war und ob du nicht vielleicht was vergessen hattest.»

Der Junge sagte gedehnt, indem er sich über die Geländerstange in den unentschlossenen Regen hinauslehnte: «Wenn jemand *einen* Mord begangen hat, hab ich gelesen, dann muß er mitunter noch jemand umbringen – um aufzuräumen.» Das Wort ‹Mord› bedeutete ihm nicht mehr als ein beliebiges anderes Wort – ‹Schachtel› oder ‹Giraffe› oder ‹Stehkragen›. «Spicer», warnte er seinen Begleiter, «mach, daß du von dort wegbleibst.»

Seine Phantasie war noch nicht erwacht, das war seine Stärke. Er vermochte nicht mit den Augen anderer zu sehen, mit ihren Nerven zu fühlen. Nur Musik setzte ihm zu, die Darmsaiten, die im Herzen weiterschwangen; dann war es, als verlören die Nerven ihre Jugendfrische, als schleiche sich das Alter näher, als poche die Erfahrung anderer um Einlaß an sein Hirn.

«Wo sind all die anderen?» erkundigte er sich.

«Bei Sam, trinken.»

«Wieso trinkst du nicht mit?»

«Ach, Pinkie, ich hatte keinen Durst. Mich verlangt nach frischer Luft. Das Gewitter liegt einem in den Knochen.»

«Wenn die da drin bloß mit ihrem verdammten Lärm aufhören wollten!» schimpfte der Junge.

«Gehst du nicht selber mal zu Sam rüber, Pinkie?»

«Ich hab noch was zu erledigen.»

«Es ist doch nichts faul, Pinkie, sag? Nach dem Urteil beim Inquest ist doch wohl alles in Ordnung? Wo doch kein Mensch Fragen gestellt hat.»

«Ich will nur ganz sichergehn», sagte der Junge.

«Die Bande will nichts davon wissen, daß noch weiter gemordet wird.»

«Wer sagt denn, daß noch mehr gemordet werden soll?» Wieder flammte ein Blitz auf und enthüllte Pinkies schäbige, eng anliegende Jacke, das Büschel weichen Haars in seinem Genick. «Ich hab hier 'ne Verabredung, das ist das Ganze. Nimm dich in acht mit dem, was du sagst, Spicer. Möchtest du vielleicht kneifen?»

«Kneifen nicht – das denkst du dir ganz falsch, Pinkie –, ich will mich bloß nicht noch mal auf 'n Mord einlassen. Das Urteil – das hat uns allen sozusagen 'nen Stoß versetzt. Was haben die damit eigentlich gemeint? *Wir haben* ihn doch umgebracht.»

«Wir müssen uns nur weiter ordentlich vorsehn, das ist alles.»

«Aber was haben sie bloß damit gemeint? Den Ärzten trau ich nicht. Solcher Dusel – das ist schon beinah verdächtig.»

«Wir müssen uns eben vorsehn.»

«Was hast du denn da in der Tasche, Pinkie?»

«Keinen Revolver!» spottete der Junge. «Was du dir alles einbildest.» In der Stadt schlug eine Uhr elf; drei der Schläge verloren sich im Donner, der vom Ärmelkanal kam. «Mach lieber, daß du weiterkommst», setzte er hinzu. «Sie hat sich sowieso verspätet.»

«Du hast 'n Rasiermesser bei dir, Pinkie.»

«Für 'n Frauenzimmer brauch ich kein Rasiermesser. 'ne Flasche ist es, wenn du's wissen willst.»

«Du trinkst doch nicht, Pinkie.»

«Das hier würde auch kein Mensch trinken wollen.»

«Was ist es, Pinkie?»

«Vitriol!» sagte der Junge. «Das jagt 'nem Weibsbild mehr Schrecken ein wie 'n Messer.»

Er wandte sich ungeduldig ab und ärgerte sich von neuem laut: «Diese Musik . . .» Sie stöhnte in seinem Kopf in der heißen, elektrisch geladenen Nachtluft. Alles, was er von Kummer wußte, klang ihm daraus entgegen, wie im Gegensatz dazu das geheime Wollustgefühl, das er beim Betasten der Vitriolflasche empfand, als er jetzt Rose auf sich zukommen sah, dem am nächsten kam, was er von Leidenschaft in sich hatte. «Zieh ab», sagte er zu Spicer. «Da ist sie.»

«Ach», rief Rose ihm zu, «ich hab mich verspätet. Ich bin den ganzen Weg gerannt. – Ich dachte, Sie dächten am Ende . . .»

«Ich hätte schon gewartet», sagte der Junge.

«Es war ein schrecklicher Abend im Café», sagte das Mädchen. «Rein alles ging schief. Erst hab ich zwei Teller zerbrochen, und dann war die Sahne sauer.» Es stürzte alles in einem Atem aus ihr heraus. «Wer war denn Ihr Freund?» fragte sie dann, in die Dunkelheit blickend.

«Der ist nicht wichtig», sagte der Junge.

«Ich dachte, vielleicht – ich konnte nicht richtig sehen . . .»

«Er ist nicht wichtig», wiederholte er.

«Und was wollen wir jetzt tun?»

«Ich hätte gedacht, erst unterhalten wir uns ein bißchen hier, und dann gehen wir in irgendein Lokal – vielleicht zu *Sherry*? Mir ist's gleich, wohin.»

«Oh, *Sherry* – das wäre fein», sagte Rose.

«Haben Sie schon Ihr Geld für die Karte bekommen?»

«Ja, heute früh.»

«Ist niemand gekommen und hat Sie ausgefragt?»

«Nein. Aber war es nicht schrecklich, daß er auf einmal tot war?»

«Haben Sie sein Bild gesehen?»

Rose trat ganz dicht ans Geländer und sah bleich zu dem Jungen hinauf.

«Es war aber gar nicht derselbe. Das kann ich nicht verstehen.»

«Auf Fotos sehen die Menschen immer ganz anders aus.»

«Ich hab ein gutes Gedächtnis für Gesichter. Der war es nicht. Sie müssen gemogelt haben. Den Zeitungen kann man nicht trauen.»

«Komm hierher», sagte der Junge. Er zog sie um die Ecke, bis sie ein wenig weiter von der Musik entfernt waren, mehr allein mit dem Blitz am Horizont und dem näherziehenden Donner. «Ich mag dich», sagte er dann, während ein unwahrhaftiges Lachen seinen Mund teilte, «und deshalb möchte ich dich gern warnen. Dieser Kerl, dieser Hale – über den hab ich eine Menge gehört. Er hatte seine Nase in alle möglichen Sachen gesteckt.»

«In was für Sachen?» flüsterte Rose.

«Das kann dir ja egal sein», fertigte der Junge sie ab. «Ich möchte dich nur zu deinem eignen Besten warnen – du hast jetzt dein Geld –, wenn ich du wäre, dann vergäß ich die ganze Sache mit dem Kerl, der die Karte dagelassen hat. Er ist nun mal tot, du hast dein Geld, alles übrige kann dir piepe sein.»

«Ich tu ja alles, was Sie mir sagen.»

«Du kannst du und Pinkie zu mir sagen. So nennen mich meine Freunde.»

«Pinkie», wiederholte Rose in schüchternem Versuch, während über ihren Köpfen der Donner krachte.

«Du hast doch damals sicher von Peggy Baron gelesen?»

«Nein –?»

«Stand doch groß in allen Zeitungen.»

«Ach, ich hab nie Zeitungen gelesen, bis ich im Café in Stellung kam. Zu Hause konnten wir uns keine leisten.»

«Also die Peggy, die hatte sich mit einer Verbrecherbande eingelassen», erläuterte der Junge, «und dann kamen Leute und horchten sie aus. So was ist gefährlich.»

«Ich würde mich doch nie mit so jemand einlassen», verteidigte sich Rose.

«Da kann man manchmal nichts gegen machen. Das kommt oft ganz von selbst.»

«Und was war mit ihr?»

«Sie haben sie verschandelt. Ein Auge ging drauf. Sie haben ihr Vitriol ins Gesicht gespritzt.»

«Vitriol? Was ist das?» flüsterte Rose, während der Blitz einen geteerten Holzpfosten, eine brandende Welle und ihr bleiches, knochiges, angsterfülltes Gesicht aufleuchten ließ.

«Hast du noch nie Vitriol gesehen?» fragte der Junge zurück und feixte in der Dunkelheit. Er zeigte ihr das Fläschchen. «Da, sieh her.» Er zog den Stopfen heraus und goß ein wenig auf die Holzplanke vor ihnen; es zischte auf wie Dampf. «Es brennt», setzte er seine Belehrung fort. «Riech mal dran!» und er stieß ihr die Flasche unter die Nase.

Verstört rang sie nach Atem. «Pinkie – *du* würdest doch nicht . . .»

«Ach, das ist ja gar kein Vitriol», log er mit seiner gewohnten Geschmeidigkeit, «das ist Weingeist. Ich wollte dich bloß warnen, weiter nichts. Du und ich, wir wollen doch gute Freunde sein, was? Und ein Mädchen mit 'nem verätztem Gesicht, das wär nichts für mich. Also paß auf, wenn dich jemand mal aushorchen will, dann hast du mir's sofort zu sagen, hörst du? Ganz egal, wer. Dann mußt du mich sofort bei Frank anrufen. Nummer 666, das ist leicht zu merken.» Er hakte sie unter und schob sie vor sich her, Gram im Gedärm – weg von der einsamen Spitze des Piers, an dem hellerleuchteten Konzertsaal vorbei, aus dem die Klänge der Musik landeinwärts trieben.

«Pinkie«, sagte sie, «ich tät mich bestimmt in nichts einmengen! Ich steck meine Nase nicht in Sachen, die mich nichts angehen. Neugierig bin ich noch nie gewesen. Wahrhaftig nicht!»

«Du bist ein gutes Ding», sagte er herablassend.

«Du weißt so viel über alles, Pinkie.» Sie sah bewundernd und angstvoll zu ihm auf. Und plötzlich, während das Orchester das abgedroschene, rührselige Lied spielte, in dem es heißt: ‹. . . lieblich anzuschauen, hold in meinem Arm, offner Himmel lächelnd . . .›, floß es dem Jungen wie ein dünner Giftstrom von Haß und Wut über die Lippen: «Wenn man sich so durchschlägt wie ich, muß man auch 'ne verfluchte Menge wissen. Komm jetzt, wir wollen zu *Sherry*.»

Als sie die Brücke verlassen hatten, mußten sie rennen. Autos sprühten Schmutzwasser über sie, die Reihen bunter Birnen die Hover Parade entlang glänzten wie ölige Pfützen durch den Regen. Sie schüttelten das Wasser von sich ab, als sie im *Sherry* anlangten. Eine lange Schlange von Gästen stand dort wartend auf der Treppe bis zur Galerie hinauf. «Es ist ganz voll», sagte Rose enttäuscht.

«Wir wollen unten rein», entschied der Junge. Er bezahlte die drei Shilling Eintritt, ohne mit der Wimper zu zucken, als käme er tagtäglich hierher, und bahnte sich im Schein der rosa und grünen und blauen Lämpchen einen Weg zwischen den kleinen Tischen, mitten durch die geschniegelten Londoner Jünglinge und ihre Tänzerinnen mit den kunstvollen Dauerwellen und den schwarzseidenen Handtäschchen. «Och, hier ist's fein», sagte Rose. «Das erinnert mich an . . .» Und sie begann sofort aufzuzählen, an was alles die Lichter sie erinnerten, der Rumba, den die Jazzkapelle spielte, die Tanzpaare, die sich mühsam durcheinanderzwängten. Sie besaß einen ungeheuren Vorrat an nichtssagenden Erinnerungen, und wenn sie nicht in der Zukunft lebte, so lebte sie in der Vergangenheit. Die Gegenwart – die versuchte sie so rasch wie möglich hinter sich zu bringen, indem sie von einem Ding auf ein anderes zueilte. Dadurch klang aus ihrer Stimme meist eine gewisse Atemlosigkeit, ihr Herz hämmerte oft, als sei sie eben einem Schrecknis entronnen und sehe einer Freude entgegen. «Ich bugsierte den Teller geschwind unter meine Schürze, da sagte sie: ‹Was versteckst du denn da, Rose?› . . .» Dann wieder wandte sie ihre weit offenen, unerfahrenen Augen mit einem Blick tiefster Bewunderung und untertäniger Erwartung auf den Jungen.

«Was willst du trinken?» fragte er.

Sie kannte nicht einmal die Namen der Getränke. In der Nelson-Gasse, aus der sie maulwurfartig in das Tageslicht des Café *Snow* und der Kursaalpier aufgetaucht war, hatte sie nie einen Jungen kennengelernt, der ihr etwas zu trinken anbieten konnte. Sie hätte vielleicht ‹Bier› gesagt, aber sie hatte nicht einmal Gelegenheit gehabt, herauszufinden, ob Bier ihr schmeckte oder nicht. Eine halbe Portion Eis von einem Dreiradwagen war bisher der Inbegriff von Luxus für sie gewesen. Unsicher blickte sie den Jungen an. Der sagte scharf: «Na also, was willst du. *Ich* weiß doch nicht, was du gern hast.»

«Ein Eis», beeilte sie sich zu antworten. Sie war enttäuscht, aber sie konnte ihn ja nicht warten lassen.

«Was für welches?»

«Ach, ein gewöhnliches Eis», sagte sie, denn der radfahrende Eisverkäufer hatte sie in all ihren Elendsjahren nie vor die Qual dieser Wahl gestellt.

«Vanille?» schlug der Kellner vor. Sie nickte, in der Annahme, daß es dies war, was sie bisher genossen hatte, und damit hatte sie recht. Die Portion war nur größer, im übrigen hätte sie ihr Eis genausogut neben dem Dreirad aus einem Oblatenhörnchen lutschen können.

«Du bist 'n schüchternes Ding», bemerkte der Junge. «Wie alt bist du eigentlich?»

«Siebzehn», antwortete sie kühn, denn ein ungeschriebenes Gesetz wollte, daß ein Mann erst mit einem gehen konnte, wenn man siebzehn war.

«Ich bin auch siebzehn», teilte er ihr mit, und die Augen, die nie jung gewesen, hefteten sich mit grauer Verachtung auf die Augen, die eben erst begannen, sich ins Leben zu öffnen. Dann fragte er: «Tanzt du?» Und sie erwiderte demütig: «Ich hab noch nicht viel getanzt.»

«Das ist egal», tat er die Frage ab. «Ich mach mir auch nicht viel daraus.» Er musterte die zwei vor ihnen her tanzenden Menschentiere, die ganz aus Rücken zu bestehen schienen. Vergnügen! dachte er. Das nennen sie Vergnügen! Ein Gefühl von Einsamkeit, von abgrundtiefem Unverstandensein durchzitterte ihn. Die Diele wurde jetzt für die letzte Kabarettvorstellung des Abends geräumt. Ein Scheinwerfer erleuchtete einen kleinen Fleck des Parketts, einen befrackten Ansager, ein Mikrofon auf langem schwarzem Drehständer. Der Sänger hielt es zärtlich umfaßt wie eine Frau, schwang es sacht hin und her, warb mit den Lippen darum, während aus dem Lautsprecher unterhalb der Galerie sein Geflüster roh und vergröbert in den Saal hinaushallte gleich der siegverkündenden Stimme eines Diktators oder dem ersten offiziellen Bericht nach langer Zensursperre. «Das packt einen», sagte der Junge, «das packt einen!» Und hemmungslos überließ er sich der dreisten, schamlosen Suggestion.

Musik, sie spricht, sie spricht von unsrer Liebe.
Der Star auf unserm Weg, er spricht, er spricht von unsrer Liebe.

Die tutende Taxe,
Die schuckernde Achse,
Die Eule bei Nacht,
Das Kindchen, das lacht,
Die Taube, die gurrt,
Die Biene, die surrt,
Das alles, alles spricht von unsrer Liebe.

Der Wind, der uns umweht, er spricht von unsrer Liebe.
Der Nachtigall Singen,
Der Turmglocken Klingen,
Des Sturmes Gebraus,

Das Radio im Haus,
Die Köchin, die niest,
Der Gangster, der schießt,
Das alles, alles spricht von unsrer Liebe.

Der Junge starrte auf den Scheinwerferkringel am Boden. Musik, Liebe, Nachtigall, Radio – all diese Worte rührten sich in seinem Hirn wie Poesie, während er mit der einen Hand das Vitriolfläschchen in seiner Tasche liebkoste, mit der anderen Roses Handgelenk leicht umfaßt hielt. Die aller Menschlichkeit bare Stimme pfiff über die Galerie hin, und der Junge saß reglos da. Diesmal war er es, dem die Warnung galt – das Leben selbst hielt ihm die Vitriolflasche entgegen und drohte: Ich werde dich zunichte machen! So sprach es zu ihm aus der Musik, und wenn er beteuerte, er werde sich in nichts, gar nichts einlassen, dann hatte die Musik sofort eine eigene Entgegnung bei der Hand: Dagegen kann man manchmal nichts machen. Das kommt oft ganz von selbst.

Der Hund in Nachbars Haus, er spricht von unsrer Liebe . . .

Ehrfürchtig lauschend stand die Menge da, sechs Reihen tief hinter den Tischen, denn auf der Diele selbst war nicht Platz für so viele. Sie waren mucksmäuschenstill, wie beim Absingen der Nationalhymne am Waffenstillstandstag, wenn der König seinen Kranz an dem Gefallenendenkmal niederlegt, alle barhaupt dastehen und die Truppen wie zu Stein erstarrt sind. Es war eine gewisse Art Liebe, eine gewisse Art Musik, eine gewisse Art Wahrheit, die sie gefangenhielt.

Die Taube, die gurrt,
Die Biene, die surrt,
Das alles, alles spricht von unsrer Liebe . . .

Die Musik unter den Lampions tönte fort, und in dem rötlichen Scheinwerferlicht zeichnete sich scharf das Profil des Sängers ab, wie er das Mikrofon immer inbrünstiger an seine gestärkte Hemdbrust drückte. «Bist du schon mal verliebt gewesen?» fragte der Junge scharf aus der inneren Unruhe heraus.

«O ja», nickte Rose.

Mit plötzlichem Giftausbruch warf er zurück: «Natürlich. Du Gelbschnabel. Aber was die Menschen mit'nander machen, das weißt du nicht.» Die Musik setzte aus, und in der Stille lachte er laut auf. «Gar nix weißt du.» Gäste wandten sich in ihren Stühlen um und sahen sie an; ein

Mädchen kicherte. Seine Finger kniffen Rose ins Handgelenk. «Ein Gelbschnabel bist du», wiederholte er. Er steigerte sich in eine leichte sinnliche Wut hinein, wie er es früher mit den schüchternen kleinen Dingern aus der Gemeindeschule getan hatte. «Nichts weißt du», sagte er noch einmal, Verachtung in den Nägeln.

«O doch», widersprach sie. «Ich weiß 'ne ganze Menge.»

Der Junge grinste nach ihr hin. «Gar nichts.» Und er zwickte die Haut an ihrem Gelenk zusammen, bis seine Nägel sich beinahe trafen. «Möchtest du mich gern zum Freund? Sollen wir zusammen gehen?»

«Oh», sagte sie, «das möcht ich schrecklich gern.» Tränen des Stolzes und Schmerzes stachen hinter ihren Lidern. «Wenn du das gern tust», setzte sie hinzu, «dann mach nur weiter.»

Sofort ließ er sie los. «Sei nicht albern», sagte er. «Warum sollt ich denn das gern tun? Du meinst, du wüßtest zuviel», fuhr er sie an. Da saß er. Wut im Bauch gleich einer glühenden Kohle, als die Musik wieder anhob. Er dachte an all die Freuden der alten Tage mit Nägeln und Holzsplittern; an die Kniffe mit der Rasierklinge, die er später dazugelernt hatte: wo wäre der ganze Spaß geblieben, wenn die Menschen nicht vor Schmerz gewimmert hätten? Wütend sagte er: «Wir wollen gehen. Ich kann dieses Lokal nicht vertragen», und gehorsam begann Rose ihren Woolworth-Puder und ihr Taschentuch wieder in die Handtasche zu packen. «Was ist das?» wollte der Junge wissen, als etwas in ihrem Täschchen klirrte. Sie zeigte ihm das Ende eines Rosenkranzes.

«Bist du katholisch?» fragte er.

Rose nickte.

«Ich auch.» Er packte sie am Arm und zerrte sie hinaus auf die dunkle, tropfnasse Straße. Er schlug seinen Rockkragen hoch und begann zu laufen, während der Blitz zuckte und Donner die Luft erfüllte. Sie rannten von Torweg zu Torweg, bis sie wieder auf der Parade waren, allein in einem der leeren Glasunterstände. «Ja, denk dir, ich war sogar mal Chorknabe», vertraute er ihr an. Und auf einmal begann er leise mit seiner gebrochenen Knabenstimme zu singen: *«Agnus Dei, qui tollis peccata mundi, dona nobis pacem.»* Die ganze verlorene Welt regte sich in seiner Stimme – der erleuchtete Winkel unter der Orgel, der Geruch von Weihrauch und frischgewaschenen Meßgewändern, und die Musik. Musik, ganz gleich was für Musik, das *Agnus Dei,* «lieblich anzuschauen . . .», «der Star auf unserm Weg . . .», *«Credo in unum Dominum»* – jede Art von Musik bewegte ihn, sprach von Dingen, die er nicht verstand.

«Gehst du zur Messe?» fragte er sie.

«Manchmal», antwortete Rose. «Es kommt auf die Arbeit an. Meistens würde ich nicht viel Schlaf kriegen, wenn ich zur Messe ginge.»

«Was du tust, kann mir gleich sein», stieß er mit harter Stimme hervor. «Ich geh nicht zur Messe.»

«Aber du glaubst doch?» beschwor ihn Rose. «Du meinst doch, daß es alles wahr ist?»

«Natürlich ist es wahr», sagte er. «Was sollte denn sonst sein?» fuhr er höhnend fort. «Es ist doch das einzige, was Sinn hat. Diese Atheisten, die wissen rein gar nichts. Natürlich gibt's 'ne Hölle, Feuer und Verdammnis ...» schloß er, die Augen auf dem dunklen, ruhelosen Wasser, den Blitzen und den nacheinander verlöschenden Lampen über den schwarzen Streben der Kursaalpier. «Höllenqualen ...»

«Und auch 'nen Himmel», warf Rose angstvoll dazwischen, während der Regen unaufhörlich niederprasselte.

«Ja, schon möglich», sagte der Junge. «Schon möglich.»

Bis auf die Haut durchnäßt, mit Hosen, die an seinen mageren Beinen klebten, stieg der Junge die hohe teppichlose Treppe zu seiner Schlafstube in Franks Haus empor. Das wacklige Geländer gab unter seinem Zugriff nach, und als er die Tür öffnete und die ganze Bande versammelt fand, wie sie rauchend auf seinem Messingbett herumsaßen, rief er wütend: «Wann wird denn endlich mal das Geländer repariert? Es ist nicht sicher. Es stürzt eines Tages noch mal einer da runter.» Der Vorhang war nicht zugezogen, das Fenster stand offen, das letzte Blitzen leckte über die grauen Dächer, die sich nach dem Meere hinzogen. Der Junge trat an sein Bett und fegte die Krümel von Cubitts Wurstsemmel auf den Boden. «Was ist hier los?» fragte er. «'ne Beratung?»

«Mit den Mitgliedsbeiträgen stimmt was nicht, Pinkie», antwortete Cubitt. «Zwei sind nicht eingegangen – von Brewer und Tate. Sie sagen, nun, wo Kite tot ist –»

«Sollen wir sie 'n bißchen barbieren, Pinkie?» schlug Dallow vor.

Spicer stand am Fenster und sah in das Gewitter hinaus. Schweigend starrte er auf den flammenden, zerwühlten Himmel.

«Frag lieber Spicer», sagte der Junge. «Er hat die letzte Zeit so viel nachgedacht.» Sie wandten sich alle um und sahen nach Spicer hinüber. Der sagte: «Vielleicht sollten wir lieber 'ne Zeitlang Ruhe geben, Pinkie. Du weißt, 'ne Menge von den Jungens haben sich davongemacht, wie der Kite umgelegt wurde ...»

«Red nur weiter», forderte der Junge ihn auf. «Hört gut zu, was er sagt. Er ist, was sie 'nen Philosophen nennen.»

«Na ja», gab Spicer erzürnt zurück, «hier ist doch wohl ein freies Wort erlaubt – oder nicht? Die anderen, die sich davongemacht haben, die konnten sich eben nicht vorstellen, daß so ein Jungchen Anführer sein könnte.»

Der Junge saß auf dem Bett und beobachtete ihn, die Hände in seinen durchweichten Taschen. Einmal durchfuhr ihn ein Schauder.

«Ich bin immer gegen Mord und Totschlag gewesen», fuhr Spicer fort. «Meinetwegen könnt ihr's alle wissen.»

«'ne Scheißangst hast du, weiter nichts.»

Spicer kam mitten ins Zimmer zurück. «Höre, Pinkie», sagte er, «sei vernünftig.» Er wandte sich an die übrigen: «Seid doch vernünftig.»

«An dem, was er sagt, ist was dran», ließ sich Cubitt plötzlich vernehmen. «Wir haben 'nen unglaublichen Dusel gehabt. Wir dürfen jetzt nicht die Leute auf uns aufmerksam machen. Es wär besser, wenn wir Brewer und Tate 'ne Weile ungeschoren ließen.»

Der Junge stand auf. Ein paar Krumen blieben an seinem nassen Anzug kleben. «Kommst du mit, Dallow?» sagte er.

«Wenn du willst, Pinkie», antwortete der andere und grinste wie ein großer, zutraulicher Hund.

«Wo gehst du hin, Pinkie?» wollte Spicer wissen.

«Mit Brewer reden.»

Cubitt sagte: «Du tust gerade, als hätten wir Hale vor 'nem Jahr umgebracht, nicht erst vor 'ner Woche. Wir müssen uns vorsehen.»

«Die Sache ist erledigt», wies ihn der Junge ab. «Ihr habt ja alle das Urteil gehört: natürliche Todesursache.» Er blickte in den abflauenden Sturm hinaus.

«Du vergißt das Mädchen bei *Snow*. Die kann uns an den Galgen bringen.»

«Für das Mädchen steh ich ein. Die schwatzt nicht.»

«Ach, du heiratest sie ja, nicht?» spöttelte Cubitt. Dallow lachte.

Der Junge nahm die Hände aus den Taschen, geballt, mit weißen Knöcheln. «Wer hat dir gesagt, daß ich sie heirate?»

«Spicer.»

Spicer zog sich etwas von dem Jungen zurück. «Hör, Pinkie», rechtfertigte er sich, «ich hab nur gesagt, das würd ihr das Maul verbinden. Eine Frau kann nicht gegen ihren Mann aussagen . . .»

«Ich hab's nicht nötig, die Kröte zu heiraten, die hält auch so den Mund. Aber was machen wir mit dir, Spicer, damit du deinen hältst?» Seine Zunge bohrte sich zwischen den Zähnen hervor und leckte an seinen trockenen, rissigen Lippen entlang. «Vielleicht, wenn wir dich 'n bißchen barbieren . . .»

«Das war ja nur Spaß, Pinkie», sagte Cubitt schnell. «Brauchst es nicht gleich so tragisch zu nehmen. Du hast auch gar keinen Humor, Pinkie.»

«Das findest du witzig, was?» fragte der Junge. «Ich und heiraten – so 'n kleines Drecksding.» Er lachte krächzend. «Na – vielleicht komm ich noch auf den Geschmack! Los, Dallow, wir gehn.»

«Wart wenigstens bis morgen früh», riet Cubitt. «Wart, bis ein paar von den anderen herkommen.»

«Möchtest vielleicht auch kneifen?»

«Das glaubst du selber nicht, Pinkie. Aber wir müssen uns vorsehen.»

«Kommst du mit, Dallow?» fragte der Junge.

«Ich halt mit dir, Pinkie.»

«Dann also los», entschied der Junge. Er trat an den Waschtisch und öffnete das Türchen, hinter dem das Nachtgeschirr stand. Tastend schob er die Hand dahinter und zog eine winzige Klinge hervor, von der Art, wie Näherinnen sie zum Auftrennen benutzen, an der einen Kante stumpf und mit Heftplaster überklebt. Er steckte sie unter seinen langen Daumennagel, den einzigen, der nicht kurz abgenagt war, und zog den Handschuh darüber. «In einer halben Stunde bringen wir die Beiträge», warf er hin und ging dann Dallow voraus Franks Treppe schnurgerade hinunter. Die Kälte seiner durchnäßten Kleider war ihm unter die Haut gekrochen: als er einen Schritt vor Dallow auf der Strandstraße anlangte, war sein Gesicht im Fieberfrost verzogen und ein Schauer durchlief seine schmalen Schultern. Über die Schulter sagte er zu Dallow: «Wir wollen zu Brewer. Es reicht, wenn einer von den beiden 'ne Lektion bekommt.»

«Ganz wie du meinst, Pinkie», stimmte Dallow gefügig bei und trottete hinter ihm her. Der Regen hatte aufgehört; es war Ebbe, und der seichte Rand des Meeres nagte weit draußen an der welligen Sandfläche. Eine Uhr schlug Mitternacht. Dallow fing plötzlich an zu lachen.

«Was hast du, Dallow?»

«Ich dachte gerade», sagte Dallow, «du bist wirklich 'n großartiges Jungchen, Pinkie. Kite hat ganz recht gehabt, daß er dich angenommen hat. Du gehst immer geradewegs aufs Ziel los, Pinkie.»

«Du bist auch kein übler Kerl», gab der Junge zurück, während er, von Frost geschüttelt, vor sich hin starrte. Sie kamen am *Cosmopolit* vorbei, dessen Fenster da und dort erleuchtet waren, über die riesige Fassade verteilt bis hinauf zu den kleinen Türmen, die sich scharf vor dem bewegten Wolkenhimmel abzeichneten. Als sie am Café *Snow* vorbeikamen, erlosch gerade das einzige Licht, das dort noch brannte. Sie bogen in den Old Steyne ein. Brewers Haus war in der Nähe der Trambahn an der Straße nach Lewes, beinahe unter dem Eisenbahnviadukt.

«Er ist schon zu Bett gegangen», stellte Dallow fest. Pinkie läutete und behielt den Finger auf der Schelle. Zu beiden Seiten zogen sich niedrige Läden hin, die jetzt im Dunkeln lagen; eine Elektrische ohne Fahrgäste mit der Aufschrift «Nach dem Depot» klingelte und ratterte an ihnen vorbei durch die leere Straße, im Innern sah man den Schaffner dösend dasitzen, sah das regenglänzende Wagendach. Pinkie nahm den Finger nicht von der Schelle.

«Wieso hat Spicer das gesagt – daß ich heiraten würde?» fragte er Dallow plötzlich.

«Ach, er dachte einfach, das würde ihr das Maul stopfen.»

«Die macht mir keine schlaflosen Nächte», sagte Pinkie und drückte weiter auf den Klingelknopf. Oben ging ein Licht an, ein Fenster öffnete sich, und eine Stimme rief: «Wer ist da?»

«Ich», sagte der Junge. «Pinkie.»

«Was willst du? Warum kommst du nicht bei Tage?»

«Ich hab mit dir zu reden, Brewer.»

«Ich hab mit dir nichts zu besprechen, was nicht bis morgen warten kann, Pinkie.»

«Wenn du klug bist, dann machst du auf, Brewer. Oder möchtest du lieber die ganze Bande hier haben?»

«Meine Alte ist sehr krank, Pinkie. Ich will keinen Radau. Sie schläft jetzt endlich. Drei Nächte lang hat sie nicht geschlafen.»

«Das wird sie aufwecken», sagte der Junge, mit dem Finger auf der Klingel. Ein Güterzug kam langsam über den Viadukt gefahren und schüttete seinen Rauch über die Landstraße.

«Laß sein, Pinkie. Ich mach schon auf.»

Den Jungen schauderte es, während er wartend dastand, die behandschuhte Rechte tief in seiner feuchten Tasche vergraben. Brewer öffnete die Tür – ein beleibter alter Mann in unsauberem weißem Schlafanzug, an dem der unterste Knopf der Jacke fehlte, so daß sie über dem vorstehenden Bauch und dem tiefen Nabel klaffte. «Komm rein, Pinkie», sagte er, «aber tritt leise auf. Der Alten geht es gottsjämmerlich. Hab mich schon zu Tode geängstigt.»

«Hast du vielleicht deswegen deinen Beitrag nicht bezahlt, Brewer?» spottete der Junge. Voller Geringschätzung sah er sich auf der engen Diele um, mit der Granathülse, die zum Schirmständer umgearbeitet war, dem mottenzerfressenen Geweih, an dem ein steifer Hut hing, einem Stahlhelm voller Farnkräuter. Kite hätte ihm wirklich besser zu verdienen geben sollen! Noch vor kurzem hatte Brewer seine Rennwetten an Straßenecken und in Kneipen abgeschlossen. Ein Schwindler. Es hatte keinen Zweck, daß man versuchte, mehr als zehn Prozent vom Ertrag seiner Wetten aus ihm herauszuschlagen.

«Kommt rein und macht's euch gemütlich», forderte Brewer sie auf. «Hier drin ist's warm. Eine scheußlich kalte Nacht!» Selbst noch im Pyjama behielt er seine nichtssagend muntere Art und Weise bei, einen Abklatsch der Reklame auf seiner Buchmacherkarte: «Alteingeführte Firma – Bill Brewer kann jeder trauen!» Er steckte den Gasofen an und schaltete eine Stehlampe mit rotseidenem Schirm und Knüpffranse ein. Das Licht fiel auf eine versilberte Keksdose, eine eingerahmte Hochzeits-

gruppe. «Nehmt ihr 'nen Schluck Whisky?» fragte er.
«Du weißt ja, ich trink nicht», wies ihn der Junge ab.
«Aber Ted doch sicher», nötigte Brewer.
«Meinetwegen», nickte Dallow, und das Glas in der Hand setzte er grinsend hinzu: «Na denn zum Wohl!»
«Wir kommen deinen Beitrag einkassieren, Brewer», erklärte Pinkie.
Der Mann im weißen Schlafanzug ließ Sodawasser in sein Glas zischen. Mit abgewandtem Rücken beobachtete er den Jungen im Spiegel über der Anrichte, bis sein Auge das des andern traf. Dann erwiderte er: «Ich hab mich schon die ganze Zeit geängstigt, Pinkie. Von dem Augenblick an, wo sie den Kite erledigten.»
«Ja?» ließ der Junge fallen.
«Es ist so, siehst du. Ich sagte mir, wenn nicht mal Kites Bande Schutz genug für ihn ist –» Er hielt plötzlich inne, um zu horchen. «War das meine Alte?» Von oben hörte man leises Hüsteln. «Sie ist aufgewacht», sagte Brewer. «Ich muß hin und nach ihr sehen.»
«Du bleibst hier», erklärte der Junge. «Wir haben zu reden.»
«Sie wird wollen, daß ich sie auf die andere Seite dreh.»
«Sobald wir hier fertig sind, kannst du gehen.»
Das Hüsteln dauerte an – es war wie eine Maschine, die zu starten versucht und nicht kann. Verzweifelt sagte Brewer: «Sei doch kein Unmensch. Sie wird nicht begreifen, wo ich hin bin. Ich komme im Augenblick wieder.»
«Du brauchst nur 'nen Augenblick hier zu bleiben», sagte Pinkie. «Nur, bis du bezahlt hast, was du schuldig bist. 20 Pfund.»
«So viel hab ich nicht daheim. Wahrhaftig nicht.»
«Das ist wirklich Pech.» Der Junge zog seinen rechten Handschuh aus.
«Es ist so, Pinkie –: ich hab es gestern alles ausbezahlt. An Colleoni.»
«Was, zum Kuckuck, hat der Colleoni damit zu tun?» fragte der Junge kalt.
Brewer sprach überstürzt und verzweifelt weiter, während ihm das ständige Husten von oben in die Ohren klang. «Sei doch vernünftig, Pinkie, ich kann doch nicht euch alle beide bezahlen. Und wenn ich Colleoni nicht gezahlt hätte, dann wär ich barbiert worden.»
«Ist er in Brighton?»
«Ja, im *Cosmopolit.*»
«Und Tate – hat Tate dem Colleoni auch gezahlt?»
«Ja, das stimmt, Pinkie. Der betreibt eben sein Geschäft im großen Stil.» Im großen Stil – das war wie ein Anwurf, eine Mahnung an das Messingbett bei Frank, die Brotkrümel auf der Matratze.
«Du denkst wohl, ich bin schon erledigt?»

«Wenn du auf mich hörst, Pinkie, dann tust du dich mit Colleoni zusammen.»

Der Junge holte plötzlich mit der Hand nach hinten aus und hieb dann mit dem bewaffneten Daumennagel auf Brewers Wange ein. Den ganzen Backenknochen entlang quoll Blut hervor. «Laß», wehrte Brewer, «laß . . .!» und er zog sich auf die Anrichte hin zurück, wobei er die Keksdose umstieß. «Ich habe Beschützer», rief er drohend, «nimm dich in acht. Ich steh unter Colleonis Schutz.»

Der Junge lachte. Dallow füllte sein Glas mit Brewers Whisky auf. Dann sagte der Junge: «Sieh ihn dir an. Beschützer hat er.» Dallow goß einen Schuß Sodawasser dazu.

«Willst du noch mehr?» fragte der Junge. «Das war nur 'ne Probe, um dir zu zeigen, wer dich beschützt.»

«Ich kann euch nicht beide zahlen, Pinkie. Laß sein, um Gottes willen.»

«20 Pfund – deswegen sind wir gekommen.»

«Colleoni wird mein Blut wollen.»

«Da brauchst du dich nicht zu fürchten. Wir beschützen dich schon.»

Oben ging das ewige Hüsteln weiter, und dann kam ein leichter Aufschrei, wie von einem schlafenden Kind. «Sie ruft nach mir», sagte Brewer.

«20 Pfund.»

«Ich heb mein Geld nicht hier auf. Laß mich's holen.»

«Geh du mit ihm, Dallow», befahl der Junge. «Ich warte hier», und er setzte sich auf einen steiflehnigen geschnitzten Eßzimmerstuhl und schaute hinaus auf die armselige Straße, die auf dem Gehsteig aufgereihten Müllkästen, den riesigen Schatten, den der Viadukt warf. Er saß bewegungslos, seine grauen, uralten Augen verrieten nichts von dem, was in ihm vorging.

Im großen Stil – soweit hatte Colleoni es gebracht – und er, Pinkie, wußte, daß in seiner eigenen Bande kein einziger war, dem er trauen konnte, außer vielleicht Dallow. Aber das machte nichts. Wenn man keinem traute, dann beging man auch keine Fehler. Draußen schlich eine Katze vorsichtig um die Müllkästen herum, blieb plötzlich stehen, duckte sich nach rückwärts und starrte mit ihren Achataugen aus dem Halbdunkel zu dem Jungen hinauf. Junge und Katze – keines rührte sich, während sie einander im Auge behielten, bis Dallow zurückkam.

«Ich hab das Geld, Pinkie», sagte er. Der Junge wandte den Kopf und grinste Dallow an. Plötzlich verzog er das Gesicht und nieste zweimal krampfhaft. Oben wurde das Husten leiser. «Den Besuch wird er so bald nicht vergessen», spottete Dallow. Dann setzte er besorgt hinzu: «Du solltest 'n Schluck Whisky trinken, Pinkie. Du hast dich erkältet.»

«Mir fehlt nichts», gab der Junge zurück. Er stand auf. «Wir wollen nicht warten, um uns zu verabschieden!»

Wieder schritt der Junge voran; er ging in der Mitte der menschenleeren Straße, zwischen den Trambahngleisen. Plötzlich sagte er: «Glaubst du, daß ich erledigt bin, Dallow?»

«Du?» fragte Dallow. «Du hast doch noch gar nicht richtig angefangen!» Eine Weile schritten sie schweigend dahin, während das Wasser aus den Dachrinnen auf den Gehsteig tropfte. Dann sprach Dallow wieder:

«Macht der Colleoni dir Angst?»

«Ich hab keine Angst.»

Auf einmal sagte Dallow: «Du bist mehr wert wie 'n ganzes Dutzend Colleonis, Pinkie. Im *Cosmopolit* steigt er ab!» Und er spuckte verächtlich aus.

«Kite dachte, er wollte sich auf die Spielautomaten verlegen. Na, das ist ihm vorbeigelungen. Jetzt meint der Colleoni, die Luft ist rein. Jetzt will er sich vergrößern.»

«Er sollte was von Hale gelernt haben.»

«Hale ist doch eines natürlichen Todes gestorben!»

Dallow lachte. «Erzähl das dem Spicer.» Sie bogen um die Ecke und waren wieder am Meeresstrand. Die Flut kam jetzt herein – ein Heranbrausen – ein Aufklatschen – eine Dunkelheit. Der Junge warf einen schnellen Blick seitwärts auf Dallow. Dem Dallow konnte er trauen – und das häßliche, zerschlagene Gesicht gewährte ihm ein Gefühl des Triumphs, der Gemeinschaft, Überlegenheit. Es war eine Empfindung, wie sie ein körperlich schwacher, aber geriebener Schuljunge haben konnte, dem sich der stärkste Schüler der Klasse in blinder Treue ergeben hat. «Du alter Schwachkopf!» sagte er und kniff Dallow beinahe liebevoll in den Arm.

In Franks Haus brannte noch Licht, und in der Diele wartete Spicer auf sie. «Irgendwas passiert?» erkundigte er sich ängstlich. Um Mund und Nase seines blassen Gesichts war ein leichter Ausschlag ausgebrochen.

«Was meinst du?» fragte der Junge und begann die Treppe hinaufzusteigen. «Wir haben den Beitrag einkassiert!»

Spicer folgte ihm in sein Zimmer. «Es hat dich jemand angerufen, du warst kaum aus dem Haus.»

«Wer war es?»

«Ein Mädchen. Rose, sagte sie.»

Der Junge saß auf dem Bett und schnürte seine Schuhe auf. «Was hat sie gewollt?»

«Sie hat gesagt, während sie mit dir aus war, hätte jemand nach ihr gefragt.»

Der Junge saß da, ohne sich zu rühren, einen Schuh in der Hand.

«Pinkie», sagte Spicer, «war es *das* Mädchen? Die bei *Snow*?»
«Natürlich.»
«Ich war am Telefon, Pinkie.»
«Hat sie deine Stimme erkannt?»
«Wie kann ich das wissen?»
«Wer hatte nach ihr gefragt?»
«Das wußte sie nicht. Sie hat gesagt, sie wollte dir nur gleich telefonieren, weil du das so wolltest. Pinkie – wenn's die Polizei nun schon herausgefunden hat?»
«So schlau sind die nicht», beruhigte ihn Pinkie. «Vielleicht war's einer von Colleonis Leuten, die 'n bißchen wegen ihrem Freund Fred herumschnüffeln wollten.» Er zog seinen anderen Schuh vom Fuß. «Brauchst nicht gleich vor Angst umzukommen, Spicer.»
«Es war 'ne Frau, Pinkie.»
«So? Na, ich reg mich nicht auf. Fred ist ja ‹eines natürlichen Todes gestorben›, haben sie erklärt. Du kannst die ganze Sache jetzt vergessen. Jetzt haben wir an anderes zu denken.» Er stellte seine Schuhe ordentlich nebeneinander unters Bett, nahm seinen Mantel ab, hing ihn an dem einen Bettknauf auf, zog die Hose aus und ließ sich in Hemd und Unterhose aufs Bett fallen. «Ich hab gedacht, Spicer, daß du ein bißchen auf Ferien gehen solltest, du siehst miserabel aus. Ich möchte nicht, daß dich jemand so sieht.» Er schloß die Augen. «Mach, daß du wegkommst, Spicer, und nimm die Sache leicht.»
«Wenn das Mädchen je herausbekäme, *wer* die Karte dorthin gelegt hat . . .»
«Das bekommt sie nie heraus. Dreh das Licht aus und schieb ab.»
Das Licht ging aus, der Mond draußen ging an wie eine Lampe. Er warf seine schrägen Strahlen über die Dächer, legte Wolkenschatten quer über die Dünen, schien auf die leeren weißen Renntribünen, so daß sie sich ausnahmen wie die Steindenkmäler von Stonehenge, und erhellte die von Boulogne heranflutende See, die gegen die Pfeiler der Kursaalpier brandete. Er beleuchtete den Waschtisch, hinter dessen offener Tür das Nachtgeschirr stand, die Messingknäufe an der Bettstatt . . .

2

Der Junge lag auf dem Bett. Eine Tasse Kaffee wurde auf dem Waschtisch kalt, und über das ganze Bett verstreut waren Kuchenkrümel. Der Junge leckte an einem Tintenstift, seine Mundwinkel waren violett gefärbt. Er begann: «Zurückkommend auf meinen letzten Brief», und endete mit der Unterschrift «P. Brown, Geschäftsführer des Buchmacher-Schutzvereins». Der Umschlag mit der Adresse «Mr. R. Tate» lag auf dem Waschtisch. Er hatte einen Kaffeefleck abbekommen. Als der Junge mit dem Schreiben fertig war, ließ er den Kopf auf das Kissen zurücksinken und schloß die Augen. Er schlief augenblicklich ein; es war, als habe jemand einen Fensterladen herabgelassen oder den Gummiball am Schluß einer Zeitaufnahme gedrückt. Er träumte nicht; schlafen war für ihn eine Nützlichkeitssache. Als Dallow die Tür öffnete, war er sofort wieder wach. «Was gibt's?» fragte er und blieb ruhig liegen, völlig angekleidet inmitten seiner Kuchenkrümel.

«Hier ist ein Brief für dich, Pinkie. Judy hat ihn eben raufgebracht.»

Der Junge nahm den Brief. Dallow bemerkte: «'n feiner Brief das, Pinkie. Riech bloß mal dran.»

Der Junge hielt das Kuvert an die Nase. Es roch wie ein Cachou gegen schlechten Atem. Er sagte: «Kannst du nicht von dem Weibsbild wegbleiben? Wenn Frank wüßte . . .»

«Wer schreibt dir denn so 'nen feinen Brief, Pinkie?»

«Colleoni. Er will, ich soll zu 'ner Besprechung zu ihm ins *Cosmopolit* kommen.»

«Ins *Cosmopolit*», wiederholte Dallow angewidert. «Da gehst du doch nicht hin?»

«Natürlich geh ich.»

«An so 'nem Ort fühlst du dich doch nicht wohl.»

«Elegant ist's da», sagte der Junge, «wie sein Briefpapier! Kostet 'ne Menge Geld. Er meint, er kann mir bange machen.»

«Vielleicht lassen wir den Tate lieber in Ruhe.»

«Bring mal meinen Rock zu Frank runter. Sag ihm, er soll rasch die Flecken 'n bißchen rausmachen und mit dem Eisen drüberfahren. Und dann bürste meine Schuhe hier.» Er angelte sie mit dem Fuß unter dem Bett hervor und setzte sich auf. «Er denkt, er kann sich über uns lustig machen.» In dem schrägstehenden Waschtischspiegel konnte er sich selbst sehen, aber seine Augen ruhten nicht lange auf dem Abbild seiner glatten, noch nie rasierten Wangen, der weichen Haare, der alten Augen: es interessierte ihn nicht genug. Er war zu stolz, um sich Gedanken über sein Aussehen zu machen. So daß er auch später, während er in der großen Vorhalle unter der Kuppelbeleuchtung auf Colleoni wartete, keinerlei Verlegenheit empfand. Dauernd kamen junge Männer in riesenweiten Automänteln an, begleitet von kleinen, bemalten Wesen, die klirrten wie teures Glas, wenn sie angerührt wurden, sonst aber den Eindruck erweckten, als seien sie so scharf und hart wie Eisenblech. Sie sahen keinen an, fegten durch die Hoteldiele, wie sie vorher im Rennwagen über die Brightoner Landstraße gefegt waren, und landeten schließlich auf den hohen Hockern der amerikanischen Bar. Aus einem Lift stieg eine korpulente Dame in weißem Fuchspelz; sie musterte den Jungen von Kopf bis Fuß, dann begab sie sich in ihren Lift zurück und schwebte gewichtig nach oben.

Endlich kam über Meilen von dickem Teppichbelag Mr. Colleoni aus dem Louis-Seize-Schreibzimmer; er trug Schuhe aus Ziegenleder und trat mit den Zehenspitzen auf. Er war ein kleiner, südländischer Typ mit einem runden Bäuchlein und dünnem grauem Haar. Er trug eine doppelreihige Weste und hatte Augen, die wie Rosinen glitzerten. Zwei Modeschönheiten, die in der Nähe saßen, hörten auf zu plappern, als er vorbeikam, um ihm ihre ungeschmälerte Aufmerksamkeit zuzuwenden. Er klimperte ganz leise beim Gehen, sonst aber bewegte er sich völlig lautlos.

«Sie wollten mich sprechen?» wandte er sich an den Jungen.

«Sie wollten *mich* sprechen», gab der Junge zurück. «Ich habe Ihren Brief erhalten.»

«Aber sicherlich», erstaunte sich Mr. Colleoni mit einer leichten Handbewegung, «sind Sie doch nicht Mr. Brown?» Und erklärend fügte er hinzu: «Ich hatte einen viel älteren Herrn erwartet.»

«Sie wollten mich sprechen», wiederholte der Junge.

Die Rosinenaugen schätzten ihn ab: den oberflächlich gereinigten Anzug, die schmalen Schultern, die billigen schwarzen Halbschuhe. «Ich hatte gedacht, Mr. Kite . . .»

«Kite ist tot, das wissen Sie ja», schnitt der Junge ihm das Wort ab.

«Ist mir ganz entgangen», entgegnete Mr. Colleoni. «Das ist natürlich etwas anderes.»

«Sie können mit mir reden», sagte der Junge, «statt mit Kite.»

Mr. Colleoni lächelte: «Ich glaube kaum, daß das nötig sein wird.»

«Es wär in Ihrem Interesse», sagte der Junge. Aus der amerikanischen Bar hörte man helles Gelächter und das Klinkern von Eis. Ein Page kam aus dem Louis-Seize-Schreibzimmer gelaufen, rief ein paarmal: «Sir Joseph Montague, Sir Joseph Montague . . .» und verschwand dann in dem Pompadour-Boudoir. Der feuchte Fleck über der Brusttasche des Jungen, den Franks Eisen nicht trockengebügelt hatte, wurde in der heißen Hotelluft allmählich weniger sichtbar.

Colleoni streckte die Hand aus und klopfte dem Jungen ein paarmal vertraulich auf den Arm. «Kommen Sie mit», sagte er und täppelte in seinen Ziegenlederschuhen vorbei an dem Sofa, auf dem die beiden Modedamen saßen, vorbei an einem Tischchen, an dem jemand laut sagte: «Ich hab ihm erklärt, über 10000 Pfund gehe ich nicht», zu einem alten Mann, der mit geschlossenen Augen über seinem erkalteten Tee saß. Colleoni sah ihm über die Schulter und sagte mit sanfter Stimme: «Die Bedienung ist hier nicht mehr das, was sie war.»

Dann warf er einen Blick in das Louis-Seize-Schreibzimmer. Dort saß eine Dame in Hell-Lila mit einer Tiara, die zu dieser Tageszeit nichts auf ihrem Kopf zu suchen hatte, und schrieb inmitten des wild um sie her verstreuten Inhalts ihrer Handtasche einen Brief. Mr. Colleoni zog sich wieder zurück. «Wir wollen woanders hingehen, wo wir uns in Ruhe unterhalten können», schlug er vor und trippelte zurück durch die Hotelhalle. Der Greis hatte inzwischen die Augen aufgeschlagen und prüfte mit dem Finger die Temperatur seines Tees. Mr. Colleoni steuerte auf das vergoldete Gitter des Aufzugs zu. «Nummer fünfzehn», sagte er. Es war wie eine Himmelfahrt in friedliche Gefilde. «Zigarre?» fragte Mr. Colleoni.

«Ich rauche nicht», sagte Pinkie. Ein letztes vergnügtes Aufquietschen aus der amerikanischen Bar unter ihnen, die letzte Silbe «– gue» aus dem Mund des eben aus dem Pompadour-Boudoir zurückkehrenden Pagen, dann glitten die Lifttüren auseinander und sie fanden sich zwischen den schalldichten Wänden des oberen Korridors. Mr. Colleoni blieb stehen und zündete sich eine Zigarre an.

«Zeigen Sie mal das Feuerzeug da», sagte der Junge.

Mr. Colleonis kleine, verschmitzte Augen glänzten ausdruckslos unter dem verstreuten Licht der Deckenbeleuchtung, dann reichte er Pinkie den Anzünder. Pinkie wandte ihn nach allen Seiten und besah sich dann den Stempel. «Echtes Gold», stellte er fest.

«Ich hab gern gute Sachen», erwiderte Mr. Colleoni und schloß seine Zimmertür auf. «Nehmen Sie Platz.» Lehnsessel, stattliche rotsamtene Sofas mit gold- und silbergestickten Kronen standen den nach dem Meer gehenden breiten Fenstern zugewandt, vor denen sich schmiedeeiserne Balkons hinzogen. «Sie nehmen vielleicht etwas zu trinken?»

«Ich trinke nicht.»

«Na», kam Mr. Colleoni zur Sache, «also wer hat Sie hergeschickt?»

«Niemand hat mich geschickt.»

«Ich meine, wer ist jetzt Ihr Ringführer, wenn der Kite tot ist?»

«Ich», sagte der Junge.

Mr. Colleoni unterdrückte höflich ein Lächeln, während er mit dem goldenen Feuerzeug leise auf seinen linken Daumennagel klopfte.

«Was ist eigentlich dem Kite zugestoßen?»

«Das wissen Sie ja selber», sagte der Junge. Er blickte gebannt auf die napoleonischen Kronen, die Silberstickerei. «*Ihnen* braucht man doch nicht zu erzählen, wie es zugegangen ist. Das wär alles nicht passiert, wenn uns nicht einer einen Streich gespielt hätte. So ein Journalist, der meinte, er könnte uns eins auswischen.»

«Was für ein Journalist soll denn das gewesen sein?»

«Sie sollten sich die Berichte vom Inquest ansehen», entgegnete der

Junge und starrte durch das Fenster auf den fahlen Himmel draußen, auf dem ein paar leichte Wolken aufzogen.

Mr. Colleoni blickte auf seine Zigarrenasche; sie war einen Zentimeter lang; dann setzte er sich behaglich in seinen Lehnsessel zurück und kreuzte zufrieden die kurzen, drallen Schenkel.

«Wegen Kite will ich gar nichts sagen», fing der Junge wieder an. «Ich weiß, er hatte sich 'nen Übergriff zuschulden kommen lassen.»

«Sie meinen», fragte Mr. Colleoni, «daß Sie persönlich nicht an Spielautomaten interessiert sind?»

«Ich meine», gab der Junge zurück, «daß Übergriffe keinem Menschen gut bekommen.»

Eine leichte Moschuswelle verbreitete sich aus dem Taschentuch in Mr. Colleonis Brusttasche über den ganzen Raum.

«Wenn jemand Schutz nötig hätte», sagte der Junge, «dann wären Sie es.»

«Ich hab all den Schutz, den ich brauche», versetzte Mr. Colleoni. Er schloß die Augen; er fühlte sich wohl hier; das große, protzige Hotel plätscherte um ihn herum; er war völlig zu Hause. Der Junge saß auf dem Rand seines Sessels, denn er fand, man dürfe sich bei geschäftlichen Unterredungen nicht gehenlassen. Er, nicht Mr. Colleoni, nahm sich in diesem Raum aus wie ein Fremdling.

«Du verschwendest deine Zeit hier, gutes Kind», sagte Mr. Colleoni. «Mir kannst du nichts anhaben.» Er lachte leise auf. «Aber wenn du mal um eine Anstellung verlegen bist, dann komm nur wieder zu mir. Ich hab gern strebsame Menschen. Arbeit würd ich schon für dich finden. Die Welt braucht tatkräftige junge Leute.» Die Hand mit der Zigarre umschrieb einen weiten Bogen, um anzudeuten, wie Mr. Colleoni die Welt sah: lauter kleine elektrische Uhren, die alle von Greenwich genaue Zeit erhielten, viele Schaltknöpfe auf dem Schreibtisch, eine elegante Suite im ersten Stock, Rechnungsrevisoren für die Geschäftsbücher, Berichte von Agenten, silberne Bestecke und Kristallglas.

«Wir treffen uns auf dem Rennen», sagte der Junge.

«Das werden wir wohl kaum», war Mr. Colleonis Antwort. «Auf einem Rennplatz bin ich – lassen Sie mich mal sehen – na, seit gut zwanzig Jahren nicht gewesen.» An keinem einzigen Punkt, so schien er andeuten zu wollen, schnitten sich ihrer beider Welten: das Wochenende im *Cosmopolit*, das Reisediktaphon neben seinem Schreibtisch hatten nicht im entferntesten mit jenem Kite zu tun, dem auf einem Bahnsteig durch Rasierklingen ein rasches Ende bereitet worden war; mit der unsauberen Hand, die vor dem Horizont herumfuchtelte, wenn sie dem Buchmacher von der Tribüne aus Zeichen machte, mit der Hitze, dem vom Sattelplatz aufwölkenden Staub, dem Geruch von Flaschenbier.

«Ich bin ein einfacher Geschäftsmann, weiter nichts», erklärte Mr. Colleoni freundlich, «ich brauch mir keine Rennen anzuschauen. Und nichts, was Sie gegen meine Leute unternehmen könnten, kann mich treffen. Augenblicklich hab ich zwei im Krankenhaus. Für mich spielt das keine Rolle. Sie werden prima gepflegt, sie kriegen Blumen, Trauben, alles. Ich bin ein Geschäftsmann», wiederholte er gutgelaunt und mitteilsam. «Sie gefallen mir, wie gesagt. Sie sind ein vielversprechender junger Mann, deshalb red ich mit Ihnen auch so väterlich. Aber einem Unternehmen wie meinem schaden – das können Sie nicht.»

«Vielleicht irren Sie sich», sagte der Junge.

«Es würde sich bestimmt nicht bezahlt machen. Für Sie wären keine falschen Alibis zu bekommen. Wer Angst bekäme, das wären *Ihre* Zeugen. Ich bin Geschäftsmann.» Die Rosinenaugen blinzelten, als die tiefstehende Sonne schräg über eine Schale voll Blumen auf den dicken Teppich fiel. «In diesem Zimmer», setzte Mr. Colleoni hinzu, «hat früher mal Napoleon gewohnt, mit Eugénie.»

«Wer war denn die?»

«Oh», antwortete Mr. Colleoni unbestimmt, «irgend so 'ne fremdländische Suse.» Er brach sich eine Blüte ab und steckte sie in seinen Rockaufschlag; dabei nahmen seine schwarzen Knopfaugen einen hündischen Ausdruck an, der irgendwie an einen Harem erinnerte.

«Ich gehe», sagte der Junge. Er stand auf und schritt nach der Tür.

«Sie verstehen doch, wie ich es meine, nicht?» ließ Mr. Colleoni fallen, ohne sich vom Platz zu rühren; die Hand, reglos ausgestreckt, balancierte die Zigarre mit der inzwischen beträchtlich angewachsenen Asche in der Luft. «Der Brewer hat sich übrigens beklagt. So etwas dürfen Sie nicht wieder machen. Und Tate – den lassen Sie freundlichst ungeschoren.» Sein altes südländisches Gesicht verriet selten eine Gemütsbewegung außer gelinder Belustigung, gelindem Wohlwollen. Aber wie er so dasaß, in dem luxuriösen viktorianischen Salon, sein goldenes Feuerzeug in der Tasche und das Zigarrenetui auf dem Schoß, machte er den Eindruck eines Menschen, dem die ganze Welt gehört – genauer gesagt die ganze sichtbare Welt mit ihren Registrierkassen und Polizisten und Prostituierten, mit Parlament und Gesetzen, die genau bestimmten: dies ist recht und das unrecht.

«Ich verstehe schon», nickte der Junge. «Sie meinen, unsere Bande ist zu klein für Sie.»

«Ich beschäftige eine ganze Menge Leute», stimmte Mr. Colleoni bei.

Der Junge schloß die Tür; den ganzen Weg den Korridor entlang schlug ein aufgegangenes Schuhband den Takt zu seinem Rückzug. Die riesige Vorhalle war fast menschenleer, nur ein Mann in Sporthose wartete auf ein Mädchen. Ja, die sichtbare Welt gehörte ganz Mr. Colleoni. Der ungebügelte Fleck auf der Brust des Jungen fühlte sich noch immer etwas feucht an.

Eine Hand legte sich auf seinen Arm. Er wandte sich um und erkannte den Mann im steifen Hut. Nach einem raschen Blick rundumher nickte er ihm leicht zu. «'n Morgen.»

«Bei Frank haben sie mir gesagt, du wärst hier.»

Der Herzschlag des Jungen setzte einen Augenblick aus: fast zum erstenmal kam ihm der Gedanke, daß das Gesetz ihn hängen könnte, daß sie ihn auf den Hof hinausführen, in eine Grube schmeißen, in Löschkalk begraben, seiner großen Zukunft ein unrühmliches Ende bereiten könnten.

«Wollen Sie denn was von mir?»

«Stimmt auffallend.»

Er dachte: Rose, das Mädchen – jemand hat sie ausgehorcht. Sein zurückgewandtes Gedächtnis zauberte blitzartig die Szene im Café wieder vor ihn hin, wie sie ihn mit der Hand unter dem Tischtuch ertappt hatte. Er grinste dumm und sagte: «Na, jedenfalls haben sie nicht die großen Vier nach mir ausgeschickt.»

«Magst du mit rum nach dem Revier kommen?»

«Haben Sie denn 'nen Haftbefehl?»

«Es ist nur, weil der Brewer sich beschwert hat, daß du ihn barbiert hast. 'ne hübsche Narbe hast du ihm ja beigebracht.»

Der Junge begann zu lachen. «Brewer? Ich? Nicht rühran.»

«Kommst du mal mit rum zum Inspector?»

«Aber gern.»

Sie waren jetzt auf der Parade. Ein Straßenfotograf sah sie ankommen und lüftete die Kappe von seinem Apparat. Rasch hielt der Junge die Hände vors Gesicht und ging an ihm vorbei. «Denen solltet ihr wirklich das Handwerk legen», bemerkte er. «Das wäre schön, wenn er 'ne Postkarte in den Kasten bei der Landebrücke hinge, wie wir beide zusammen aufs Revier marschieren.»

«In London sind sie mal einem Mörder durch so 'ne Straßenfotografie auf die Spur gekommen.»

«Hab's gelesen», sagte der Junge und verstummte. Dahinter steckt der Colleoni, dachte er, der will sich zeigen. Brewer ist von ihm angestiftet worden.

«Brewers Frau soll sehr krank sein», ließ der Detektiv leise fallen.

«Wirklich?» fragte der Junge. «Wußte ich gar nicht.»

«Du hast doch dein Alibi hübsch in Ordnung, nehme ich an?»

«Wie kann ich denn das sagen? Ich weiß doch nicht, wann er gesagt hat, daß ich ihn barbiert hab. Wer kann denn für jede Minute im Tag 'n Alibi bereit haben?»

«Du bist schon einer!» sagte der Detektiv. «Aber du brauchst dir wegen der Sache keine grauen Haare wachsen zu lassen. Der Inspector will sich nur mal ganz freundschaftlich mit dir unterhalten, weiter nichts.»

Er ging voran durch die Polizeistube. Hinter einem Pult saß ein Mann mit müdem, alterndem Gesicht. «Setzen Sie sich, Brown», forderte er Pinkie auf. Er ließ eine Zigarettendose aufschnappen und schob sie ihm hinüber.

«Ich rauche nicht», sagte der Junge. Er setzte sich und beobachtete den Polizeiinspector aufmerksam. «Wird keine Anklage gegen mich erhoben?»

«Eine Anklage liegt nicht vor», antwortete der Beamte. «Brewer hat es sich anders überlegt.» Er schwieg und sah müder aus als je. Dann fuhr er fort: «Ich möchte mich endlich mal klipp und klar aussprechen. Wir beide wissen mehr voneinander, als wir wahrhaben wollen. Ich menge mich nicht ein zwischen Ihnen und Brewer, ich hab Wichtigeres zu tun als zu verhüten, daß ihr beide euch streitet. Aber Sie wissen so gut wie ich, daß Brewer nicht zu mir gekommen wäre, um sich zu beschweren, wenn ihn nicht jemand anders angestiftet hätte.»

«Sie haben gar keine so dummen Ideen», sagte der Junge.

«Und zwar jemand, der vor Ihrer Bande keine Angst hat.»

«Das muß man sagen, der Polizei entgeht aber auch gar nichts!» spöttelte der Junge.

«Nächste Woche, wenn die Rennen anfangen, will ich hier in Brighton keine Schlägereien zwischen euren Banden haben. Es ist mir ganz gleich, ob ihr euch gegenseitig in der Stille barbiert – um euer dreckiges Fell geb ich keinen Pfifferling –, aber wenn zwei solche Verbrecherbanden zu raufen anfangen, dann könnten Menschen, auf die es ankommt, was mit abbekommen.»

«Damit meinen Sie?»

«Damit meine ich anständige, unschuldige Leute, arme Kerls, die auch mal 'nen Shilling im Totalisator springen lassen wollen, Buchhalter, Aufwartefrauen, Straßenarbeiter – Leute, die Sie oder den Colleoni nicht mit der Zange anrühren würden.»

«Was wollen Sie eigentlich mit alldem sagen?»

«Das will ich sagen: daß Sie Ihrem Unternehmen nicht gewachsen sind, Brown. Gegen Colleoni können Sie nicht aufkommen. Wenn es zu Schlägereien ausarten sollte, dann werde ich wie ein Donnerkeil auf euch alle beide niederfahren – aber die Alibis, die bekommt der Colleoni. Folgen Sie meinem Rat. Machen Sie, daß Sie von Brighton fortkommen.»

«Wirklich fein», sagte der Junge. «Ein Bluthund, der dem Colleoni seine Geschäfte besorgt.»

«Das ist streng privat und nicht offiziell», schnitt der Inspector ihm die Rede ab. «Ich bin ausnahmsweise mal menschlich. Ob Sie zu Schaden kommen oder der Colleoni, daran liegt mir nichts, aber Unschuldigen soll dabei nichts passieren, wenn ich es verhüten kann.»

«Sie meinen wohl, ich wäre erledigt?» fragte der Junge. Er verzog das Gesicht in dem krampfhaften Versuch zu lachen, blickte hierhin, dorthin, auf die Bekanntmachungen, mit denen die Wände gespickt waren: Hundesteuern, Jagdscheine, Ertrunken . . . Ein totes Gesicht starrte ihm von der Wand entgegen, unnatürlich schwammig. Ungekämmtes Haar. Am Mund eine Wunde. «Meinen Sie, daß der Colleoni besser Frieden hielte?» Er konnte die Unterschrift lesen: «billige Taschenuhr, graue Tuchweste, blaugestreiftes Hemd, poröse Unterjacke, poröse Unterhose . . .»

«Also?»

«Wirklich 'n glänzender Rat», sagte der Junge, indem er grinsend auf das polierte Schreibpult sah, die Zigarettendose, den Briefbeschwerer aus Kristallglas. «Ich werd mir's überlegen müssen. Ich bin nur 'n bißchen zu jung, um schon in den Ruhestand zu treten.»

«Sie sind zu jung, um Ringführer zu sein, wenn Sie mich fragen.»

«Also Brewer erhebt keine Anklage?»

«Aber nicht deshalb, weil er sich fürchtet. Ich hab es ihm ausgeredet. Ich wollte die Gelegenheit wahrnehmen, mal ungeschminkt mit Ihnen zu reden.»

«Na», sagte der Junge und stand auf, «vielleicht sprechen wir uns noch mal wieder, vielleicht auch nicht.» Wieder verzog er sein Gesicht zum Lachen, als er durch die Polizeistube schritt, aber auf seinen Backenknochen zeichneten sich zwei brandrote Flecken ab. Gift wühlte in seinen Adern, wenn er auch lachte und es sich verbiß. Er war beleidigt worden. Nun, er wollte es der Welt schon zeigen! Wenn sie meinten, weil er erst siebzehn war . . . und mit einem Ruck warf er seine schmalen Schultern zurück, als er daran dachte, wie er seinen Mann getötet hatte – und diese Bluthunde, die sich für so gescheit hielten, waren nicht gescheit genug, um das zu entdecken. Er berauschte sich im Gefühl seines Nimbus. Seine Kindheit war eine Hölle gewesen. Er war gerüstet für mehr Blutvergießen.

Dritter Teil

1

Ida Arnold setzte sich in ihrem Bett in der Fremdenpension auf. Einen Augenblick lang wußte sie nicht, wo sie war. Der Kopf brummte ihr nach der gestrigen Bummelnacht im Restaurant *Sherry*. Langsam fiel ihr alles wieder ein, während sich ihre Augen auf den dicken Waschkrug auf dem Fußboden hefteten, auf die Schüssel mit grauem Wasser, in der sie sich oberflächlich gewaschen hatte, die rosaroten Röschen der Tapete, die Fotografie mit der Hochzeitsgesellschaft. Es fiel ihr wieder ein, wie Phil Corkery zitternd und bebend an der Haustür gezögert hatte, um ein paar zaghafte Küsse von ihr zu stehlen, wie er dann endlich (als ob dies alles sei, was er sich zu beanspruchen traute) die Parade hinunter abgezogen war, als gerade die Ebbe einsetzte. Sie sah sich im Zimmer um; am frühen Morgen sah es nicht so ansprechend aus wie gestern, als sie es gemietet hatte, aber, so dachte sie befriedigt, es ist gemütlich, so, wie ich's mag.

Die Sonne schien, Brighton präsentierte sich von seiner besten Seite. Der Gang vor ihrem Zimmer war voller Sand, den ganzen Weg die Treppe hinunter knirschte er unter ihren Füßen, und in der Diele unten stand ein Eimer mit zwei Spaten, an der Tür hing ein langes Stück Seetang, das als Barometer diente, Strandschuhe lagen massenweise herum, und aus dem Speisezimmer kam eine rebellische Kinderstimme, die dauernd wiederholte: «Ich will aber nicht im Sand buddeln, ich will ins Kino. Ich will nicht buddeln . . .»

Um ein Uhr sollte sie Phil Corkery im Café *Snow* treffen. Vorher aber hatte sie noch allerhand zu erledigen; sie mußte sorgsam mit ihrem Geld umgehen, durfte nicht allzuviel für Bier aufwenden. Billig war das Leben hier in Brighton nicht, und Bargeld nahm sie von Corkery keines – sie hatte ein Gewissen, sie hatte einen Ehrenkodex, und wo sie Bargeld nahm, da gab sie auch etwas dafür zum Entgelt. Die Lösung war: Black Boy – das mußte vor allem anderen ins reine gebracht werden, ehe die Quoten heruntergingen, denn sie mußte für die Kriegsfinanzen sorgen. So machte sie sich auf den Weg zu dem einzigen Buchmacher, den sie kannte, dem alten Jim Tate, dem ‹Ehrlichen Jim› vom Sattelplatz.

Sowie sie seine Kontortür öffnete, begrüßte er sie laut: «Da ist ja die Ida! Nehmen Sie Platz, Mrs. Turner», redete er sie an – mit einem verkehrten Namen. Er schob ihr eine Schachtel Zigaretten hin: «Rauchen Sie 'nen Stumpen?» Er war ein fast überlebensgroßer Mann, und seine Stimme vermochte nach zwanzig Jahren Rennplatz nur noch rauhe, laute Töne hervorzubringen. Wenn man ihm glauben wollte, daß er der gesunde, kräftige Bursche war, als den er sich selbst hinzustellen liebte, dann mußte man ihn gewissermaßen durch ein umgekehrtes Fernrohr betrachten. Kam man nahe an ihn heran, dann bemerkte man die dicken blauen Adern über der linken Schläfe, das rotgeäderte Netz, das sich über seine Augäpfel spann. «Na also, Mrs. Turner – Ida –, was haben Sie für Wünsche?»

«Black Boy», erwiderte Ida.

«Black Boy», wiederholte Tate, «der steht zehn zu eins.»

«Zwölf zu eins.»

«Die Quote ist gefallen. Auf Black Boy ist diese Woche ein ordentliches Paket gesetzt worden. Sie bekommen von niemand sonst zehn zu eins, außer von Ihrem alten Freund Jim.»

«Auch recht», gab Ida nach. «Notieren Sie 25 Pfund für mich. Und ich heiße nicht Turner, sondern Arnold.»

«Zwanzig Nicker – das ist 'ne fette Wette für Sie, Frau So-oder-so.» Er leckte an seinem Daumen und begann die Scheine zu zählen. Als er halbwegs durch war, hielt er inne, blieb ganz still wie eine große Kröte über seinem Pult hocken, horchte. Durch das offene Fenster drangen Geräusche aller Art herein, Füße, die über Steine liefen, Stimmen, ferne Musikklänge, das unausgesetzte Murmeln des Ärmelkanals. Er saß unbeweglich da, die Hälfte der Banknoten in der Linken. Er sah aus, als beunruhige ihn etwas. Das Telefon ging. Er ließ es einige Sekunden läuten, ehe er den Hörer abnahm. «Hallo, hallo. Hier Jim Tate.» Es war ein altmodischer Apparat. Jim drückte den Hörer dicht ans Ohr und saß still da, während eine tiefe Stimme wie eine Biene surrte.

Den Hörer mit der einen Hand umklammernd, schob Jim Tate mit der anderen die Pfund-Scheine zusammen und schrieb etwas auf einen Zettel. Dann sagte er heiser: «Schön, schön, Mr. Colleoni. Wird gemacht, Mr. Colleoni», und knallte dann den Hörer auf.

«Sie haben ‹Black Dog› geschrieben», bemerkte Ida.

Er sah zu ihr hinüber. Es dauerte einen Augenblick, bis er auffaßte, was sie gesagt hatte. «Black Dog», wiederholte er und lachte dann hohl und heiser auf, «wahrhaftig, Black Dog! Wo hab ich bloß meine Gedanken?»

«Das bedeutet Sorgen», sagte Ida.

«Na», bellte er mit gekünstelter Munterkeit, «irgendwelche Sorgen hat man ja immer.» Wieder läutete das Telefon. Jim Tate sah aus, als habe er Angst, es könne ihn beißen.

Als sie auf die Straße hinauskam, sah sie sich rechts und links um, weil sie gern entdeckt hätte, warum Jim Tate so unruhig ausgesehen hatte, aber sie bemerkte nichts Besonderes – nichts als Brighton, wie es an einem schönen Tag seinen Geschäften nachging.

Ida trat in ein Wirtshaus und ließ sich ein Glas Duro-Portwein geben. Er ging ihr süß und warm und schwer ein. Sie verlangte ein zweites. «Wer ist Mr. Colleoni?» erkundigte sie sich bei dem Schankkellner.

«Was, Sie wissen nicht, wer Colleoni ist?»

«Bis vor ein paar Minuten hab ich nie von ihm gehört.»

Der Kellner sagte: «Er übernimmt jetzt auch Kites Geschäfte.»

«Und wer ist Kite?»

«Wer *war* Kite, wollen Sie sagen. Haben Sie nicht davon gelesen, wie er auf dem St. Pankras-Bahnhof um die Ecke gebracht worden ist?»

«Nein.»

«Ich denke mir, daß sie das eigentlich gar nicht bezweckten», fuhr der Kellner fort. «Sie wollten ihm nur einen Denkzettel geben, aber es ist ihnen 'ne Rasierklinge dabei ausgerutscht.»

«Trinken Sie ein Glas mit mir?»

«Danke, gern, 'nen Wacholder.»

«Prost.»

«Prost.»

«Ich hatte das alles gar nicht gehört», sagte Ida. Sie blickte über seine Schulter hinweg auf die Wanduhr: bis eins hatte sie nichts Besonderes mehr vor, also konnte sie gut noch ein Glas hier trinken und ein bißchen schwatzen. «Geben Sie mir noch 'nen Portwein. Wann ist denn das alles passiert?»

«Kurz vor Pfingsten.» Das Wort Pfingsten hatte neuerdings eine besondere Bedeutung für sie angenommen – es gemahnte sie an eine zerknüllte Zehn-Shilling-Note, an die weißen Stufen zur Damentoilette hinunter – ‹Tragödie›, mit großen Buchstaben geschrieben. «Und was ist mit Kites Freunden geworden?» erkundigte sie sich.

«Ach, die haben keine Aussichten mehr, nachdem er tot ist – eine Bande ohne Anführer! Jetzt laufen sie weiß Gott einem siebzehnjährigen Burschen nach. Was kann denn so 'n Jüngelchen gegen einen Colleoni ausrichten?» Er lehnte sich über den Schanktisch und flüsterte ihr zu: «Gestern abend hat er dem Brewer das Gesicht zerfetzt.»

«Wer? Colleoni?»

«Nein – das Jüngelchen.»

«Ich weiß nicht, wer dieser Brewer ist», bemerkte Ida, «aber bei euch scheint's ja recht lustig zuzugehen.»

«Na, warten Sie nur, bis die Rennen anfangen», gab der Kellner zurück. «Dann wird's erst lustig. Colleoni will gern Alleinherrscher sein. Fix, gucken Sie mal durchs Fenster, da können Sie ihn sehn.»

Ida trat ans Fenster und blickte hinaus, aber wiederum sah sie nur das altbekannte Brighton. (Selbst an dem Tag, an dem Fred gestorben war, hatte sie nichts anderes gesehen.) Zwei Arm in Arm wandelnde Mädchen in Strandhosen, die gewohnten Autobusse nach Rottingdean, ein Zeitungsverkäufer, eine Frau mit Einkaufstasche, ein Junge in schäbigem Anzug, ein Vergnügungsdampfer, der eben von der Landebrücke abstieß, die langgestreckt, lichtgebadet und durchsichtig gleich einer Krabbe in der Sonne lag. Sie sagte: «Ich kann niemand sehn.»

«Jetzt ist er weg.»

«Wer? Colleoni?»

«Nein, der Junge.»

«Ach so», sagte Ida, «dieser Junge», und trat wieder an die Bar, um ihren Portwein auszutrinken.

«Der hat bestimmt seine Sorgen.»

«Ein junger Mensch wie der sollte seine Nase nicht in solche Sachen hineinstecken», sagte Ida. «Wenn das meiner wäre, den legt ich übers Knie, bis es ihm verginge.» Mit diesen Worten wollte sie ihn gerade aus dem Gedächtnis entlassen, ihm ihre Aufmerksamkeit entziehen, indem sie ihr Denken wie eine Baggermaschine auf seiner Achse weiterdrehte, als es ihr wieder einfiel: ein Gesicht, das sie über Freds Schulter weg in der Bar gesehen, der Klang eines zerbrechenden Glases, eine Stimme: «Der Herr bezahlt . . .» Sie besaß ein königliches Gedächtnis. «Ist Ihnen dieser Kolly Kibber mal untergelaufen?» fragte sie.

«Soviel Dusel hab ich nie gehabt», antwortete der Kellner.

«Das war doch 'ne komische Geschichte, daß er so plötzlich starb. Hat sicher den Leuten hier 'ne Menge zu reden gegeben.»

«Ich hab nichts darüber gehört», sagte der Kellner. «Hier herum hat ihn kein Mensch gekannt, er war ja nicht von Brighton. Ein Fremder.»

Ein Fremder – das Wort bedeutete ihr nichts; sie kam sich nirgends auf der Welt fremd vor. Sie schwenkte den Bodensatz des billigen Portweins in ihrem Glas und ließ, ohne sich an irgend jemand im besonderen zu wenden, die Worte fallen: «Das Leben ist doch ganz schön.» Sie war ein Mensch, der sich allen Dingen verwandt fühlte. Der Reklamespiegel hinter dem Rücken des Kellners warf ihr ihr eigenes Bild zurück, die behosten Mädchen gingen kichernd über die Parade, auf dem Dampfer ch Boulogne wurde eben zur Abfahrt der Gong geschlagen – ja, das Leben war schön. Nur Dunkelheit solcher Art, wie sie den Jungen umgab, wenn er von Franks Haus kam, zu Franks Haus zurückkehrte, war ihr etwas

Fremdes; und für das, was sie nicht begriff, hatte sie kein Mitleid. «Ich muß weiter», sagte sie.

Es war noch nicht eins, aber sie wollte sich nach allerlei erkundigen, ehe Corkery kam. Deshalb fragte sie gleich die erste Kellnerin, die sie zu fassen bekam: «Sind Sie die Glückliche?»

«Nicht daß ich wüßte», erwiderte das Mädchen abweisend.

«Ich meine, waren Sie das, die neulich diese Karte gefunden hat – von Kolly Kibber?»

«Ach so – nein, das war die da drüben», sagte die Kellnerin und schob ein spitzes, gepudertes, verächtliches Kinn vor.

Ida wechselte den Tisch. «Es kommt noch ein Freund von mir», erklärte sie. «Ich muß auf ihn warten, aber ich kann inzwischen schon bestellen. Ist die Fleischpastete gut?»

«Sie sieht sehr schön aus.»

«Hübsch braun obenauf?»

«Fein.»

«Wie heißen Sie, Kind?»

«Rose.»

«Ach sieh mal – waren Sie nicht die Glückliche, die neulich die Karte gefunden hat?»

«Haben die anderen Ihnen das erzählt?» fragte Rose. «Sie haben mir's bis zum heutigen Tag nicht verzeihen können. Sie denken, an meinem allerersten Tag hätt ich nicht solches Glück verdient.»

«Gleich am ersten Tag? Das war aber auch wirklich Glück! Den Tag vergessen Sie sicher nicht so leicht.»

«Nein», stimmte Rose bei, «an den werd ich immer denken.»

«Ich darf Sie aber hier nicht mit Schwatzen aufhalten.»

«Ach, wenn Sie nur wollten. Wenn Sie so tun könnten, als ob Sie mir 'ne Bestellung gäben. Ich hab gerade niemand sonst zu bedienen, und ich bin müde zum Umfallen von all den schweren Tabletts, die man rumschleppen muß.»

«Gefällt es Ihnen hier nicht?»

«Och», erwiderte Rose geschwind, «das hab ich nicht sagen wollen. Es ist 'ne gute Stelle. Ich möcht nicht um die Welt woanders hin. Ich möchte nicht in 'nem Hotel in Stellung sein oder im Café *Chessman,* und wenn sie mir den doppelten Lohn bezahlten. Hier ist es elegant», schloß sie, indem sie über das Wirrsal von grüngestrichenen Tischen, Narzissen, Papierservietten und Salzfässern hinsah.

«Sind Sie von hier?»

«Ich hab immer in Brighton gewohnt – mein ganzes Leben», gab das Mädchen Auskunft, «in der Nelson-Gasse. Hier ist das 'ne feine Stellung für mich, weil die Kellnerinnen hier logieren können. Wir sind nur zu dritt in meiner Kammer, und wir haben zwei Spiegel.»

«Wie alt sind Sie denn?»

Rose lehnte sich dankerfüllt über den Tisch. «Sechzehn», gestand sie, «aber das sag ich denen nicht. Ich sag immer siebzehn. Wenn sie's wüßten, dann hieße es sicher, ich wäre nicht alt genug. Dann schickten sie mich wieder –» sie zögerte eine lange Weile, ehe sie das verhaßte Wort herausbrachte – «heim.»

«Sie müssen sich gefreut haben», sagte Ida, «als Sie die Karte fanden.»

«O ja, sehr.»

«Könnte ich vielleicht ein Glas Dunkles bekommen, Kind?»

«Wir müssen es von nebenan holen lassen, hier haben wir keine Ausschankbewilligung», sagte Rose. «Wenn Sie mir das Geld geben wollten –»

Ida machte ihr Portemonnaie auf. «Den kleinen Mann, den vergessen Sie sicher auch nie . . .»

«Ach, er war gar nicht so . . .» begann Rose und hielt plötzlich inne, indem sie durch das Fenster des Cafés über die Parade nach der Landebrücke sah.

«Was war er gar nicht?» fragte Ida. «Was wollten Sie da eben sagen?»

«Ich weiß nicht mehr», sagte Rose kurz.

«Ich hatte Sie gefragt, ob Sie den kleinen Mann je vergessen würden.»

«Ich kann's wirklich nicht sagen. Jetzt will ich Ihr Bier bestellen», versuchte Rose abzulenken. «Kostet das so viel Geld – ein Glas Dunkles?» setzte sie hinzu, indem sie Miene machte, die zwei Shilling-Stücke vom Tisch zu nehmen.

«Der eine Shilling ist für Sie, Kind», sagte Ida. «Aber erzählen Sie mir erst, wie er aussah. Ich bin nun mal so 'ne neugierige Person, da kann man nichts machen. Es ist einfach meine Natur.»

«Ich weiß es nicht mehr. Ich kann mich nicht erinnern. Ich hab kein Gedächtnis für Gesichter.»

«Das können Sie wohl nicht haben, Kind, sonst hätten Sie ja den Preis von ihm verlangt. Sie müssen doch sein Bild in der Zeitung gesehn haben.»

«Ja, ich weiß. Ich bin nun mal dämlich in solchen Sachen.» Bleich und entschlossen und atemlos und schuldbewußt stand sie da.

«Und dann hätten Sie 10 Guineen bekommen, nicht bloß 10 Shilling.»

«Ich will Ihnen Ihr Bier besorgen.»

«Vielleicht warte ich doch lieber noch. Der Herr, der mich zum Essen eingeladen hat, kann dann bezahlen.» Ida nahm ihre zwei Shilling wieder an sich, und Roses Augen folgten ihrer Hand, wie sie sie wieder im Portemonnaie verstaute. «Wer spart, der hat», sagte Ida leise, während sie sich alle Einzelheiten des mageren Jungmädchengesichts einprägte, den großen Mund, die zu weit auseinanderstehenden Augen, die Blässe und darunter den unreifen Körper. Plötzlich wurde sie wieder lärmend und vergnügt, winkte mit der Hand und rief: «Phil Corkery, Phil Corkery!»

Mr. Corkery trug eine Sportjacke mit einem Vereinsabzeichen und darunter einen steifen Kragen. Er machte den Eindruck, als habe er eine Mastkur nötig – als verzehrten ihn Leidenschaften, die auszuleben er nie den Mut gehabt hatte.

«Mach kein so trübseliges Gesicht, Phil. Was willst du essen?»

«Fleischpastete», entschied Mr. Corkery mit düsterer Stimme. «Miss, wir möchten was zu trinken.»

«Wir müssen es holen lassen.»

«Also dann lassen wir uns lieber gleich zwei große Flaschen Guinness holen», sagte Mr. Corkery.

Als Rose zurückkam, stellte Ida sie ihrem Begleiter vor: «Das ist das glückliche Mädchen, das eine Karte gefunden hat.»

Rose setzte zum Rückzug an, aber Ida ließ es nicht zu, sondern packte sie fest an ihrem schwarzen, baumwollenen Ärmel. «Hat er viel gegessen?» nahm sie ihr Verhör wieder auf.

«Ich kann mich an gar nichts erinnern», sagte Rose, «wirklich nicht.» Ihre von der Sommerwärme etwas erhitzten Gesichter waren wie Plakate, die vor irgendeiner Gefahr warnen.

«Hat er so ausgesehen, als ob er bald sterben würde?» fuhr Ida unerbittlich fort.

«Wie kann ich das sagen?» fragte Rose zurück.

«Sie haben doch wahrscheinlich mit ihm gesprochen?»

«Nein, gesprochen hab ich nicht mit ihm. Ich hatte es eilig. Ich hab ihm nur eine Flasche Starkbier und ein Wurstbrot geholt, und dann hab ich ihn nicht mehr gesehn.» Sie riß ihren Ärmel aus Idas Hand los und war fort.

«Aus der ist nicht viel herauszukriegen», sagte Corkery.

«O doch», behauptete sie. «Mehr, als ich mir gedacht hatte.»

«Nanu – was kann denn das –»

«Na, was das Mädchen gesagt hat.»

«Viel hat sie nicht gesagt.»

«Gerade genug. Ich hatte ja von Anfang an das Gefühl, daß etwas an der Sache faul ist. Siehst du, im Taxi hatte er mir gesagt, daß er sterben müßte, und einen Augenblick lang hab ich ihm das auch geglaubt – es hat mich richtig mitgenommen, bis er dann sagte, er hätte mir nur was aufgebunden.»

«Na, gestorben ist er ja jedenfalls.»

«Aber so hatte er es nicht gemeint. Ich habe meine Instinkte.»

«So oder so», sagte Corkery, «bei der Untersuchung haben sie dann doch herausgefunden, daß er auf natürliche Weise gestorben ist. Kann nicht begreifen, weshalb du dir da noch den Kopf zerbrichst. Es ist ein so schöner Tag, Ida, komm doch, wir wollen in ein anderes Lokal, am Strand, da können wir ja die Sache weiter besprechen. Und überhaupt, wenn er sich das Leben genommen hat, dann ist das doch seine Sache.»

«Wenn er sich selber das Leben genommen hat», sagte Ida, «dann ist er dazu getrieben worden. Ich hab nun gehört, was das Mädchen gesagt hat, und das eine weiß ich: der Mann, der die Karte hier gelassen hat, das war nicht der Fred.»

«Du guter Gott!» erschrak Corkery. «Was willst du damit sagen? So solltest du nicht reden. Das ist gefährlich.» Er schluckte nervös, und man sah, wie der Adamsapfel an seinem mageren Hals auf und ab wippte.

«Gefährlich ist es schon», bekräftigte Ida und folgte dem schmächtigen sechzehnjährigen Körper, der eben wieder vorbeiflitzte, hörte, wie ein Glas in unsicherer Hand auf dem Servierbrett klirrte, «es fragt sich nur, für wen.»

«Komm, wir wollen in die Sonne raus», drängte Corkery. «Hier ist es nicht sehr warm.» Er hatte keine Unterjacke an, auch keinen Schlips, und nun schauderte ihn ein wenig in seinem Crickethemd und der leichten Flanelljacke.

«Ich muß nachdenken», erklärte Ida.

«Ich würd mich nicht in so was reinziehen lassen, Ida. Er ist dir doch gar nichts gewesen.»

«Keinem Menschen ist er was gewesen, das ist ja gerade das Schlimme», sagte Ida. Sie tauchte in die tiefsten Tiefen ihres Ichs, bis dort hinunter, wo ihre Erinnerungen, Instinkte, Hoffnungen lagen, und holte die einzige Lebensweisheit herauf, die ihr als Richtschnur diente. «Bei mir muß alles mit rechten Dingen zugehn, Phil», sagte sie. Und als sie es gesagt hatte, war ihr gleich besser, und mit schrecklicher Leichtfertigkeit setzte sie hinzu: «Auge um Auge, Phil. Willst du zu mir halten?»

Der Adamsapfel hüpfte. Ein Luftzug, aus dem alle Sonne entwichen war, fegte durch die Drehtür. Corkery spürte es auf seiner knochigen Brust. «Ich kann gar nicht begreifen, was dich auf die Idee gebracht hat, Ida», sagte er, «aber ich bin auch für Recht und Gesetz. Ich halte zu dir.» Seine eigene Kühnheit stieg ihm zu Kopf. Er legte seine Hand auf ihr Knie. «Für dich tu ich alles, Ida.»

«Nach dem, was *sie* mir gesagt hat», erwiderte Ida, «gibt es jetzt nur eins.»

«Und das ist?»

«Die Polizei.»

Ida wirbelte förmlich in die Polizeistube, lachte den einen der Polizisten dort an, winkte dem andern mit der Hand zu, obwohl sie keinen von ihnen kannte. Sie war frohgemut und entschlossen, mit Phil im Kielwasser.

«Ich möchte den Inspector sprechen», sagte sie zu dem Sergeant am Schreibpult.

«Er hat zu tun, meine Dame – weswegen wollten Sie ihn denn sprechen?»

«Ich kann warten», sagte Ida nur, indem sie sich zwischen den Polizeimänteln auf die Bank setzte. «Setz dich, Phil.» Sie strahlte sie alle mit unverfrorener Selbstsicherheit an. «Die Kneipen machen erst wieder um sechs auf», sagte sie, «bis dahin haben wir weiter nichts zu tun, Phil und ich.»

«Weswegen wollten Sie denn mit ihm reden, meine Dame?»

«Selbstmord», sagte Ida. «Selbstmord direkt vor eurer Nase, und ihr nennt es natürlichen Tod.»

Der Sergeant starrte sie an. Ida starrte zurück. Ihre großen, hellen Augen, denen ein gelegentlicher Tropfen Alkohol nichts anhaben konnte, gaben nichts preis, Verrieten keine Geheimnisse. Menschenfreundlichkeit, Gutmütigkeit, munteres Wesen legten sich davor wie Fensterladen vor ein Spiegelglasfenster. Die Waren dahinter konnte man nur erraten; solide, altmodische, abgestempelte Waren – Gerechtigkeit, Auge um Auge, Gesetz und Recht, Todesstrafe, ein bißchen Vergnügen hier und da, aber nichts Schmutziges, nichts Anrüchiges, nichts, dessen man sich zu schämen brauchte, nichts Geheimnisvolles.

«Sie machen sich doch nicht über mich lustig?»

«Ne, diesmal nicht, Sergeant!»

Er ging durch eine Tür und schloß sie hinter sich, und Ida setzte sich inzwischen bequemer auf ihrer Bank zurecht. «'n bißchen muffig ist's hier drin, Jungens», sagte sie. «Wie wär's, wenn wir noch 'n Fenster aufmachten?» Und gehorsam taten sie, was sie wollte.

Von der Tür aus rief der Sergeant zu ihr hinüber: «Sie können eintreten.»

«Komm, Phil», forderte sie ihren Begleiter auf und schleifte ihn hinter sich her in die winzige, enge Amtsstube, in der es nach Bodenwachs und Fischleim roch.

«Sie wollten mich wegen eines Selbstmords sprechen, Mrs. –?» sagte der Inspector. Er sah alt und müde und schüchtern aus. Er hatte versucht, eine Dose Fruchtbonbons hinter einem Schreibheft und dem Telefonapparat zu verstecken.

«Arnold, Ida Arnold. Ich denke, es schlägt vielleicht in Ihr Fach, Inspector», sagte sie mit dick aufgetragenem Spott.

«Ist das Ihr Gatte?»

«O nein, ein Freund. Ich wollte nur 'nen Zeugen dabei haben.»

«Und um wen handelt es sich, Mrs. Arnold?»

«Um 'nen Mann namens Hale, Fred Hale. Ach, Verzeihung – Charles Hale.»

«Über Hale wissen wir genau Bescheid, Mrs. Arnold. Er ist eines ganz natürlichen Todes gestorben.»

«O nein», widersprach sie, «Sie wissen nicht alles. Sie wissen nicht, daß er mit mir zusammen war, knapp zwei Stunden bevor sie ihn gefunden haben.»

«Sie waren aber nicht beim Inquest dabei?»

«Ich wußte nicht, daß er es war, bis ich sein Bild sah.»

«Und warum meinen Sie, daß etwas nicht stimmt?»

«Also, hören Sie», begann Ida. «Wir waren zusammen, und er hatte Angst wegen irgendwas. Wir waren bei der Kursaalpier. Ich wollte mich waschen und zurechtmachen gehen, aber er wollte absolut nicht, daß ich ihn allein ließ. Ich war nur fünf Minuten unten, und weg war er. Wo war er hin? Sie sagen, daß er ins Café *Snow* gegangen ist und dort Mittag gegessen hat, und von da den Pier runter und bis zu dem Glasunterstand in Hove. Sie werden nun sagen, er hätte mich einfach sitzenlassen, aber es war ja gar nicht Fred – ich meine Hale –, der bei *Snow* zu Mittag gegessen und die Karte dagelassen hat. Ich hab eben mit der Kellnerin gesprochen. Hale konnte Starkbier nicht leiden – er mochte keins trinken, als ich mit ihm zusammen war –, aber der Mann, der zu *Snow* kam, hat sich extra eine Flasche holen lassen.»

«Das beweist nichts», sagte der Inspector. «Es war ein heißer Tag, und er fühlte sich auch nicht wohl. Er hatte es satt, sein ganzes Programm durchzuführen. Es sollte mich gar nicht wundern, wenn er nicht geschwindelt und einen anderen an seiner Stelle zu *Snow* geschickt hätte.»

«Das Mädchen will kein Wort über ihn sagen. Sie weiß ganz gut Bescheid, aber sie rückt nicht mit der Sprache heraus.»

«Das läßt sich auch leicht erklären, Mrs. Arnold. Vielleicht hat der Mann ihr eine Karte dagelassen mit der Bedingung, daß sie den Mund hält.»

«Nein, das ist es nicht. Sie fürchtet sich. Jemand hat ihr bange gemacht. Vielleicht derselbe, der Fred in seinen Tod ... Und dann sind da auch noch andere Sachen.»

«Tut mir leid, Mrs. Arnold, aber es ist reine Zeitvergeudung, daß Sie sich so über die Sache aufregen. Sehen Sie, es hat ja eine Untersuchung der Todesursache stattgefunden. Das medizinische Gutachten stellt einwandfrei fest, daß er eines natürlichen Todes gestorben ist. Er hatte ein Herzleiden, der medizinische Name dafür ist Herzgefäßthrombose. Ich würde einfach sagen, die Hitze und die Menschenmenge und die Anstrengung waren zuviel für sein schwaches Herz.»

«Könnt ich vielleicht den Bericht sehn?»

«Das ist nicht üblich.»

«Ich war mit ihm befreundet, sehen Sie», sagte Ida mit leiser Stimme. «Es wäre mir eine Beruhigung.»

«Na schön, ich will es ausnahmsweise tun, damit Sie sich nicht weiter unnütze Gedanken machen. Zufällig hab ich den Bericht gerade hier auf dem Schreibtisch.»

Ida las ihn sorgfältig durch. «Dieser Doktor», fragte sie dann, «ist das 'n tüchtiger Arzt?»

«Ganz erstklassig.»

«Das scheint ja klar, nicht?» sagte Ida. Sie fing an, es alles nochmals durchzulesen. «Gründlich sind sie, das muß man ihnen lassen. Ich könnte weiß Gott nicht mehr von ihm wissen, wenn ich mit ihm verheiratet gewesen wäre. Blinddarmnarbe, überzählige Brustwarzen, was das nun auch sein mag, litt an Winden – das passiert mir auch an 'nem Feiertag. Es ist wirklich beinah respektlos, meinen Sie nicht auch? Er hätte das bestimmt nicht gemocht», brütete sie mit ihrer stets bereiten Gutherzigkeit über dem Bericht. «Und Krampfadern. Armer alter Fred. Was bedeutet das hier über seine Leber?»

«Hat zuviel getrunken, weiter nichts.»

«Das würde mich nicht wundern. Armer Fred. Also eingewachsene Zehennägel hat er gehabt. Es kommt mir nicht recht vor, daß sie das so ausposaunen.»

«Sie waren wohl sehr befreundet mit ihm?»

«Na, wir hatten uns eigentlich erst an dem Tag kennengelernt. Aber ich mochte ihn. Er war ein richtiger Gentleman. Wenn ich nicht beschwipst gewesen wäre, könnte das nicht passiert sein.» Sie warf sich in die Brust. «Mit mir zusammen wäre ihm nichts passiert.»

«Sind Sie durch mit dem Bericht, Mrs. Arnold?»

«Er läßt nichts aus, Ihr Doktor, was? Oberflächliche Quetschungen an den Armen. Wie denken Sie darüber, Inspector?»

«Das spielt keine Rolle. Das Pfingstgedränge, weiter nichts. Man wird hin und her gestoßen . . .»

«Herrgott, quatschen Sie doch nicht!» Ida konnte ihre Zunge nicht länger beherrschen. «Seien Sie doch bloß menschlich! Waren *Sie* im Pfingstgewühl aus? Wo sind Sie denn auf so 'ne Menschenmenge gestoßen? Brighton ist groß genug dafür, oder etwa nicht? Es ist doch nicht wie in 'nem Aufzug in der Untergrundbahn. Ich war da. Ich weiß es.»

Der Inspector sagte verstockt: «Sie leiden an Einbildungen, Mrs. Arnold.»

«Also die Polizei weigert sich, was zu tun? Sie wollen das Mädchen bei *Snow* nicht ins Verhör nehmen?»

«Der Fall ist abgeschlossen, Mrs. Arnold. Und selbst wenn es Selbstmord gewesen sein sollte – warum denn alte Wunden wieder aufreißen?»

«Jemand hat ihn dazu getrieben ... oder vielleicht war es überhaupt gar kein Selbstmord ... vielleicht ...»

«Wie gesagt, Mrs. Arnold, der Fall ist abgeschlossen.»

«So denken *Sie*!» entgegnete Ida. Sie stand auf und gab Phil mit einer Kinnbewegung zu verstehen, daß er ihrem Beispiel zu folgen habe. «Aber abwarten und Tee trinken. Wir zwei sprechen uns noch mal.» Von der Tür aus sah sie sich nach dem alten Mann um, bedrohte ihn mit ihrer erbarmungslosen Vitalität. «Oder vielleicht auch nicht», setzte sie hinzu. «Ich brauche Ihre Polizei nicht –» die Polizisten in der Wachtstube gerieten in Unruhe; einer lachte, ein anderer ließ eine Dose Schuhwichse hinfallen – «ich hab meine Freunde.»

Ihre Freunde – die waren überall unter Brightons klarem Himmel. Sie folgten ihren Frauen treulich zum Fischhändler; sie trugen die Sandeimer der Kinder an den Strand; sie standen an den Kneipen herum, bis geöffnet wurde; sie taten für einen Penny einen Blick in den Guckkasten mit der Aufschrift «Eine Liebesnacht». Sie brauchte sich nur an irgendeinen von ihnen zu wenden, denn Ida Arnold war ein braver Kerl. Sie hatte ein munteres Wesen, sie war gesund, sie konnte sich mit den besten unter ihnen ein bißchen beschwipsen. Sie amüsierte sich gern, ihre starken Brüste trugen ihre Fleischlichkeit offen und ehrlich die Promenade hinunter, aber man brauchte sie nur anzusehen, um zu wissen, daß auf sie Verlaß war. Sie war keine, die einen bei seiner Frau verklatschte, sie erinnerte einen am Morgen danach nicht an Dinge, die man vergessen wollte, sie war ehrlich, sie war gutherzig, sie gehörte zu der großen gesetzestreuen Mittelklasse; deren Vergnügungen waren bare Vergnügungen, mit ihr teilte sie ihren Aberglauben (die Planchette, die die Politur des Tischchens in ihrem Zimmer verkratzte, das Salzwerfen über die Schulter weg), sie hatte nicht mehr Liebe für irgendwen als alle die anderen.

«Die Ausgaben häufen sich», stellte Ida fest. «Macht nichts. Nach dem Rennen kommt schon alles ins Gleis.»

«Hast du 'nen Tip?» fragte Corkery.

«Direkt aus dem Maul des Gauls. Ach, das hätt ich nicht sagen sollen. Der arme Fred.»

«Einen guten Freund kannst du doch mitmachen lassen», bat Corkery flehentlich.

«Alles zu seiner Zeit», gab Ida zurück. «Sei du nur brav, dann weißt du nicht, was noch alles geschehen kann.»

«Jetzt glaubst du doch nicht mehr – oder?» versuchte Corkery ihre Meinung zu ergründen. «Nach alldem, was der Doktor geschrieben hat?»

«Was die Ärzte sagen, darauf hab ich noch nie was gegeben.»

«Aber warum soll dann –?»

«Das müssen wir eben herausbringen.»

«Wie aber?»

«Laß mir nur Zeit. Ich hab ja noch nicht angefangen.»

Die See war dem Ende der Straße quer vorgelagert, gleich einem Mietshof voll lustig wehender Wäsche, von dem jedem sein Teil gehörte. «Genau wie deine Augenfarbe», warf Phil Corkery gedankenvoll und mit leiser Sehnsucht dazwischen. Dann sagte er: «Könnten wir nicht jetzt – ein kleines Weilchen auf die Pier gehen, Ida?»

«Doch», willigte sie ein. «Die Pier – ja, wir wollen auf die Kursaalpier, Phil.» Als sie hinkamen, weigerte sie sich jedoch, durch das Drehkreuz zu gehen, sondern nahm wie eine Hökerin Aufstellung gegenüber dem Aquarium, bei der Damentoilette. «Hier wird angefangen», erklärte sie, «hier hat er auf mich gewartet, Phil», und sie richtete den Blick unverwandt auf die roten und grünen Lichter, den lebhaften Verkehr ihres Schlachtfelds, legte sich ihre Pläne zurecht, führte im Geist ihr Kanonenfutter ins Gefecht. Und nur fünf Schritte von ihr stand Spicer, gleich ihr auf das Erscheinen eines Feindes wartend. Ein einziger leichter Zweifel trübte ihren Optimismus. «Der Gaul», sagte sie, «der Gaul *muß* ganz einfach siegen, Phil. Sonst kann ich nicht durchhalten.»

2

Spicer war die ganzen Tage von einer inneren Unruhe erfüllt. Er hatte nichts zu tun. Wenn die Rennen wieder angingen, würde er sich nicht mehr so elend fühlen, nicht mehr so viel über Hale nachdenken müssen. Es war der ärztliche Befund, der ihn so aufgeregt hatte: «der Tod ist natürlichen Ursachen zuzuschreiben», wenn er mit eigenen Augen gesehen hatte, wie der Junge . . . Das war verdächtig, es konnte nicht mit rechten Dingen zugegangen sein. Er sagte sich, daß er einem Polizeiverhör standhalten könnte, nicht aber diesem Nichtwissen, der falschen Sicherheit dieses Urteils. Irgendwo mußte dabei ein Haken sein, und den ganzen sonnenbeschienenen Sommertag hindurch wanderte Spicer unfroh umher, auf der Ausschau nach widrigen Zwischenfällen. Er kam am Polizeirevier vorbei, an dem Ort, wo ES geschehen war, ja sogar bis zum Café *Snow* führte ihn sein Weg. Er wollte sich davon überzeugen, daß die Polizeibrüder nichts unternahmen (er kannte sämtliche Polizisten in

Zivil im Brightoner Bezirk), daß niemand ins Verhör genommen wurde, keiner sich herumtrieb, wo er sich nicht herumzutreiben hatte. Er wußte, daß es nur seine Nerven waren: «Sobald die Rennen losgehen, ist's mir wieder gut», redete er sich ein, gleich einem Menschen mit vergiftetem Körper, der sich selbst glauben machen will, wenn er sich nur einen einzigen Zahn ziehen lasse, werde alles wieder in Ordnung kommen.

Vorsichtig kam er die Parade herauf, von der Hover Seite her, von dem Glasunterstand, in dem sie Hale abgesetzt hatten – die Leiche mit dem bleichen Gesicht, den rotgeäderten Augen und mit nikotinbraunen Fingerspitzen. Spicer hatte ein Hühnerauge am linken Fuß und hinkte ein wenig, schleifte den einen seiner orangefarbenen Schuhe etwas nach. Er hatte um den Mund einen Ausschlag, der auch etwas mit Hales Tod zu tun hatte. Angst brachte immer seine Verdauung aus der Ordnung, und dann bekam er diesen Ausschlag – jedesmal ging ihm das so.

Ehe er in der Nähe des Café *Snow* die Straße kreuzte, sah er sich erneut vorsichtig um: das war auch wieder so eine kitzlige Stelle. Die Sonne verfing sich in den großen Spiegelglasscheiben, die ihre Strahlen gleich Scheinwerferlichtern auf ihn zurückwarfen. Ein leichter Schweiß brach auf seiner Stirn aus, als er vorbeiging. Eine Stimme sagte: «Ja, ist denn das nicht der kleine Spicer?» Weil er bei der Straßenüberquerung das Café im Auge behalten hatte, war ihm ganz entgangen, wer auf der Parade jetzt neben ihm stand, an das grüne Geländer über dem Kiesstrand gelehnt. Er wandte ihm sein feuchtes Gesicht mit scharfem Ruck zu: «Was machst denn du hier, Crab?»

«Ich bin froh, daß ich wieder zurück bin», sagte Crab, ein junger Mensch in malvenfarbenem Anzug, mit Schultern wie Kleiderbügel und schmaler Taille.

«Einmal haben wir dich geschaßt, Crab – ich dachte, das sollte genügen, damit du wegbleibst. Du hast dich verändert.» Crab hatte fuchsrotes Haar, außer an den Haarwurzeln, und sein Gesicht wies Spuren von plastischer Behandlung auf. «Hattest wohl Angst, wir würden dir auf die Sprünge kommen, wenn du dir nicht 'ne andere Fratze anlegtest?»

«Was, kleiner Spicer – ich und mich vor eurer Schwefelbande fürchten? Du wirst nächstens ‹von› zu mir sagen. Ich bin Colleonis rechte Hand.»

«Ja, ich hab immer sagen hören, er wäre links», sagte Spicer. «Wart nur, bis Pinkie erfährt, daß du wieder hier rumspukst.»

Crab lachte: «Pinkie ist auf der Polizeiwache», sagte er.

Auf der Polizeiwache. Spicer ließ den Kopf hängen, machte sich davon; sein orangefarbener Schuh schleifte über das Trottoir, sein Hühnerauge stach. Er hörte Crab hinter sich her lachen, in der Nase hatte er den Gestank von toten Fischen, er war ein kranker Mann. Die Polizeiwache –

die Polizeiwache: es war wie ein Geschwür, das sein Gift durch seine Nerven ergoß. Als er bei Frank anlangte, fand er keinen daheim. Gemartert schleppte er sich die knarrenden Stufen hinauf, an dem hinfälligen Geländer vorbei, bis zu Pinkies Stube. Die Tür stand offen, Leere gähnte ihm aus dem Drehspiegel entgegen; er hatte keine Botschaft hinterlassen, der Boden war voller Krümel. Es sah aus wie ein Zimmer, aus dem jemand plötzlich weggerufen worden ist.

Spicer blieb neben der Nußbaumkommode mit der ungleichmäßig aufgespritzten Maserung stehen: kein Zettel mit einer beruhigenden Botschaft in den Schubladen, keine Warnung. Er blickte sich überall um, während das Hühnerauge einen stechenden Schmerz durch seinen ganzen Körper sandte bis zum Gehirn hinauf, und plötzlich sah er sein eigenes Gesicht im Spiegel – das an den Wurzeln ergrauende borstige schwarze Haar, die unreine Gesichtshaut, die blutunterlaufenen Augen, und als sähe er auf eine Nahaufnahme im Kino, kam ihm plötzlich der Gedanke, daß dies ein Gesicht war, wie ein Denunziant es haben könnte, ein Mensch, der seine Freunde bei der Polizei verpfiff.

Er wich zurück; unter seinen Füßen knirschten Brotkrumen; er sagte sich, daß er kein Mann sei, der zum Angeber taugte: Pinkie, Cubitt und Dallow waren doch seine Kameraden. Er würde sie nicht verraten – obwohl ja nicht er es gewesen war, der den Mord begangen hatte. Er war von Anfang an dagegen gewesen; er hatte nur mitgeholfen; er wußte nur davon. Wieder stand er am oberen Treppenabsatz und sah an dem wackligen Geländer hinab. Eher würde er sich umbringen als sie verpfeifen, flüsterte er in das leere Treppenhaus hinein, aber in Wirklichkeit wußte er, daß er dazu nicht den Mut hätte. Besser wär's, sich davonzumachen; und er dachte mit Sehnsucht an Nottingham und eine Kneipe, die er kannte, eine Kneipe, die er früher mal gehofft hatte kaufen zu können, sobald er sein Schäfchen im trockenen hätte. Nottingham – das war ein angenehmer Ort, da war die Luft gut, kein Meersalz, das einem auf den trockenen Lippen brannte, und die Mädchen dort waren lieb. Wenn er nur fort könnte! Aber die anderen würden ihn niemals gehen lassen, dazu wußte er zuviel über zu vieles. Ja, er war auf Lebenszeit der Bande verschrieben, so erkannte er, als er die Treppen hinab in die winzige Diele blickte, auf den Linoleumstreifen auf dem Boden, das altmodische Wandtelefon an der Tür.

Während er hinsah, begann es zu läuten. Er blickte voll Furcht und Argwohn hinunter. Noch mehr schlimmen Nachrichten konnte er nicht standhalten. Wo waren sie nur alle hin? Hatten sie sich aus dem Staub gemacht und ihn ungewarnt seinem Schicksal überlassen? Selbst Frank war nicht in seinem Kellergeschoß. Es roch versengt, als hätte er sein Eisen brennend stehen lassen. Das Telefon läutete immer weiter. Laß sie läuten, dachte er. Sie werden es schließlich sattbekommen – warum muß ich die ganze Drecksarbeit hier machen? Weiter und weiter und weiter klingelte es. Wer es auch sein mochte, Ausdauer hatte er. Spicer trat an die oberste Treppenstufe und blickte finster nach dem Vulkanitgerät, das seinen Lärm durch das stille Haus spuckte. «Das Schlimme an der Sache», sagte er laut, als probe er eine Ansprache an Pinkie und die anderen, «ist, daß ich zu alt für solche Scherze werde. Ich muß es aufgeben. Seht bloß mein Haar an. Ich bin ganz grau, was? Ich muß es aufgeben.» Doch die einzige Antwort, die er bekam, war das regelmäßige Telefongeklingel.

«Warum kann nicht jemand an das verdammte Blasrohr gehn?» brüllte er den Treppenschacht hinunter. «Ich muß hier die ganze Arbeit allein machen, was?» Und er sah sich im Geiste wieder, wie er eine Karte in den Sandeimer eines Kindes fallen ließ, wie er eine Karte unter ein umgedrehtes Boot schob, Karten, die ihn das Leben kosten konnten. Mit einemmal rannte er mit einer Art von gespielter Wut die Treppe hinunter und hob den Hörer ab. «Na», schrie er in den Apparat, «wer zum Teufel ist denn das?»

«Ist das Mr. Franks Haus?» sagte eine Stimme. Eine Stimme, die er jetzt kannte. Es war das Mädchen aus dem Café *Snow*. Zu Tode erschrokken ließ er den Hörer sinken und wartete, und aus dem Hörer traf eine dünne Puppenstimme sein Ohr: «Ach bitte, ich muß mit Pinkie sprechen.» Es war beinahe, als ob sein bloßes Hinhören ihn verriete. Wieder horchte er, und die Stimme wiederholte mit verzweifelter Angst: «Ist das Mr. Franks Haus?»

Indem er den Mund von dem Telefon abkehrte, seine Zunge sonderbar verdrehte, heiser und unnatürlich redete, antwortete der verstellte Spicer: «Pinkie ist aus. Was wollen Sie?»

«Ich muß mit ihm reden.»

«Ich sag Ihnen doch, er ist aus.»

«Wer ist denn dort?» fragte das Mädchen plötzlich mit erschreckter Stimme.

«Das möchte ich gerne wissen. Wer sind *Sie*?»

«Eine Bekannte von Pinkie. Ich muß ihn erreichen. Es ist dringend.»

«Ich kann nichts machen.»

«Ach bitte. Sie müssen Pinkie erreichen. Er hat mir gesagt, ich müßte es ihm sagen, wenn jemals jemand –» Die Stimme blieb weg.

Jetzt brüllte Spicer ins Telefon. «Hallo – wo sind Sie? Wenn jemals jemand was?» Es kam keine Antwort. Er horchte, den Hörer dicht ans Ohr gepreßt, in das Stillschweigen hinein, das durch die Drähte surrte. Er begann den Haken heftig auf und nieder zu bewegen: «Hallo, hallo – ist dort das Amt?» Und dann kam plötzlich die Stimme wieder durch, als ob jemand eine Grammophonnadel auf eine Schallplatte aufgesetzt habe.

«Sind Sie dort? Können Sie mich hören – bitte?»

«Natürlich bin ich da. Was hat Pinkie Ihnen gesagt?»

«Sie müssen Pinkie irgendwo erreichen. Er hat gesagt, er wolle es wissen. Es ist eine Frau. Sie war mit einem Mann hier drin.»

«Was meinen Sie damit – eine Frau?»

«Sie hat mich ausgefragt», sagte die Stimme.

Spicer legte den Hörer auf: was das Mädchen auch sonst noch sagen mochte, wurde in der Leitung erdrosselt. Pinkie erreichen? Was konnte es nutzen, Pinkie zu erreichen? Die anderen, die hatten ihn erreicht. Und Cubitt und Dallow hatten sich beide aus dem Staube gemacht, ohne ihn auch nur zu warnen. Wenn er nun gegen sie aussagte, dann würde er ihnen nur in ihrer eigenen Münze heimzahlen. Aber das würde er nicht tun. Er war doch kein Angeber. Sie hielten ihn freilich für einen erbärmlichen Wicht. Sie würden *annehmen*, daß er sie denunzierte. Es würde ihm nicht mal als Verdienst angerechnet werden . . . und ein kleiner, selbstmitleidiger Tropfen prickelte durch die ausgetrockneten alten Tränendrüsen.

Ich muß nachdenken, sagte er immer wieder vor sich hin, ich muß nachdenken. Er öffnete die Haustür und trat ins Freie. Er nahm sich nicht einmal Zeit, nach seinem Hut zu greifen. Sein Haar war dünn, trocken und brüchig, von Schuppen durchsetzt. Er schritt rasch aus, ohne ein bestimmtes Ziel, aber jede Straße in Brighton führte zum Strand hinab. Ich bin zu alt für so ein Treiben, ich muß sehen, daß ich rauskomm, nach Nottingham. Er fühlte das Bedürfnis, allein zu sein, und stieg die Steinstufen zum Meer hinab. Es war der Nachmittag, an dem alle Geschäfte geschlossen blieben, und alle die kleinen Läden der See gegenüber unter der Promenade waren zu. Er schritt am Rand des Asphalts dahin, sein einer Fuß schleifte durch den Kies. Den Angeber würd ich nicht spielen, redete er lautlos die Flut an, wie sie anbrauste und sich wieder zurückzog, aber es war ja nicht meine Schuld, ich wollte doch den Fred nie umbringen. Unter der Landebrücke kam er in den Schatten, und einer der billigen Strandfotografen knipste ihn in diesem Augenblick und drückte ihm einen Bestellschein in die Hand. Spicer merkte es gar nicht. Die eisernen Pfeiler reichten hinunter in den nassen, aufgewühlten Kies und stützten über seinem Haupt die Autostraße, die Schießbuden und Guckkästen, die Sehenswürdigkeiten der Technik, den ‹wahrsagenden Robotmenschen›. Eine Möwe schoß zwischen den Pfeilern in schnurgeradem Flug auf ihn zu, gleich einem erschreckten Vögelchen, das sich in eine Kirche verflogen hat, bog dann ab und fand ihren Weg aus dem dunklen eisernen Schiff hinaus ins Sonnenlicht. «Nein, ich würde nicht den Verpfeifer spielen», sagte Spicer, «außer, ich würde dazu geradezu gezwungen . . .» Er stolperte über einen alten Stiefel und streckte, um sein

Gleichgewicht zu wahren, die Hand auf den Steinen aus; sie schlossen die ganze Kälte des Meeres in sich ein, waren unter diesen Pfeilern nie von der Sonne erwärmt worden.

Er dachte: Diese Frau – woher weiß die etwas – wie kommt sie dazu, Fragen zu stellen? Ich wollte ja nicht, daß Hale sterben sollte, es wäre nicht recht, wenn ich mit den andern büßen müßte, – ich hab ihnen immer gesagt, sie sollten die Finger davon lassen. Er kam wieder in die Sonne hinaus und kletterte zur Parade zurück. Hier werden die von der Polizei langkommen, wenn sie was wissen; sie versuchen ja immer, bei 'nem Verbrechen den Tatbestand wieder herzustellen. Er nahm zwischen dem Drehkreuz an der Pier und der Damentoilette Aufstellung. Es waren nicht viele Menschen unterwegs: er würde die Polizeibrüder schon gleich entdecken, falls sie ankämen. Da drüben war das Hotel *Albion*; er konnte das ganze Stück von der Großen Parade bis zum Old Steyne überblicken. Die blaßgrünen Kuppeln des Pavillons schwebten über den verstaubten Bäumen, er konnte jeden sehen, der an dem heißen, leeren Wochennachmittag unten beim Aquarium mit seinem weißen Deck, wo Tanztee war, nach den kleinen, gedeckten Arkaden durchging, an den billigen Lädchen vorbei, die zwischen See und Steinmauern ihre Zuckerstangen – den ‹Brighton Rock› – feilboten.

3

Das Gift wühlte in den Adern des Jungen. Er war beschimpft worden. Er mußte jemandem beweisen, daß er – ein Mann war. Wütenden Gesichtes trat er ins Café *Snow*, jung, schäbig, wenig vertrauenerweckend, und wie auf Verabredung wandten die Kellnerinnen ihm alle den Rücken zu. Da stand er, sah sich nach einem Tisch um, und keine kümmerte sich um ihn. Es war, als hegten sie Zweifel, ob er das Geld für eine Mahlzeit hätte. Er dachte daran, wie Colleoni durch die Riesenräume des Hotels stolziert war, dachte an die gestickten Kronen auf den Stuhllehnen. Plötzlich schrie er: «Ich wünsche bedient zu werden», und in seiner Wange pochte eine kleine Ader. Sämtliche Gesichter um ihn herum gerieten einen Augenblick lang in zitternde Bewegung, und waren dann sofort wieder still wie Wasser. Ein jeder blickte von ihm weg. Man ignorierte ihn. Ein Gefühl der Ermattung überkam ihn mit einem Schlag. Es war ihm, als habe er eine lange Strecke Weges zurückgelegt, um derart ignoriert zu werden.

«Es ist kein Tisch frei», sagte eine Stimme. Sie waren sich noch so fremd, daß er die Stimme nicht erkannte, bis sie hinzusetzte: «Pinkie». Er wandte sich, und da war Rose, zum Ausgehen bereit, in einem schäbigen schwarzen Strohhut, in dem sie aussah, wie sie in zwanzig Jahren einmal aussehen würde, nach vieler Arbeit, vielen Wochenbetten.

«Sie haben mich zu bedienen», sagte der Junge. «Wer denken die denn, daß sie sind?»

«Es ist kein Tisch frei.»

Alle blickten jetzt auf sie – mißbilligend.

«Komm mit hinaus, Pinkie.»

«Wofür bist du so aufgeputzt?»

«Es ist mein freier Nachmittag. Komm mit raus.»

Er folgte ihr auf die Straße, und indem er sie beim Handgelenk packte, ließ er das Gift über seine Lippen: «Ich könnte dir den Arm brechen.»

«Was hab ich denn getan, Pinkie?»

«Kein Tisch. Sie wollen mich da drin nicht bedienen, ich bin denen nicht fein genug. Sie werden schon sehen – einmal –»

«Was?»

Doch das Ausmaß seiner Ruhmsucht überwältigte ihn dermaßen, daß er keine Worte dafür fand. So sagte er nur: «Das braucht dich nicht zu kümmern. Ich werd's denen schon beibringen –»

«Haben sie dir meine Bestellung ausgerichtet, Pinkie?»

«Was für 'ne Bestellung?»

«Ich hab dir nach Hause telefoniert. Ich hab ihm gesagt, er soll dir's ausrichten.»

«Wem hast du das gesagt?»

«Ich weiß nicht.» Wie nebenher fügte sie hinzu: «Ich glaube, es war der Mann, der die Karte dagelassen hat.»

Wieder packte er sie beim Gelenk. «Der Mann, der die Karte dagelassen hat, ist tot», sagte er. «Du hast es ja gelesen.» Doch diesmal merkte man nicht, daß sie sich eingeschüchtert fühlte. Er war wohl zu freundlich gegen sie gewesen. Sie schenkte seiner Mahnung keine Beachtung.

«Hat er dich gesprochen?» fragte sie, und er dachte bei sich selbst: sie muß wieder 'nen Schreck eingejagt kriegen.

«Niemand hat mich gesprochen», antwortete er. Er stieß sie roh vorwärts. «Los, komm mit. Wir wollen 'n Stück gehen. Ich nehm dich heute nachmittag mit.»

«Ich wollte nach Hause gehen.»

«Du gehst nicht nach Hause. Du kommst mit mir. Ich habe Bewegung nötig», sagte er und blickte auf seine spitzen Schuhe, die noch nie über die Parade hinausgekommen waren.

«Wohin wollen wir denn gehen, Pinkie?»

«Irgendwo raus aufs Land. Wo Leute eben an so 'nem Tag hingehen», fertigte er sie ab. Er versuchte einen Augenblick, sich klarzumachen, wo das ‹Land› eigentlich war. Der Rennplatz – der war auf dem Lande; als ein

Autobus mit dem Schild «Peacehaven» ankam, hielt er seine Hand in die Höhe. «Da können wir hin», sagte er, «das ist auf dem Land. Da können wir miteinander reden. Ich muß dir verschiedenes klarmachen.»

«Ich dachte, wir wollten 'nen Spaziergang machen.»

«Das ist ein ‹Spaziergang›», sagte er grob, indem er sie die Stufen hinaufpuffte. «Du bist 'n Gelbschnabel, nichts weißt du. Du bildest dir doch nicht ein, daß man so wohin wirklich läuft – das sind ja mehrere Kilometer!»

«Wenn jemand sagt ‹Wir wollen spazierengehn› – meint er dann 'nen Bus?»

«Ja, oder 'n Auto. Ich hätte dich auch im Auto mitgenommen, aber die anderen sind drin ausgefahren.»

«Hast du 'n Auto?»

«Ohne Auto könnt ich gar nicht auskommen», prahlte der Junge, während der Autobus hinter Rottingdean hügelauf fuhr vorbei an roten Ziegelbauten hinter einer Mauer, einer weiten Strecke Parkland, einem Mädchen mit Hockeyschläger, das mitten auf dem kostspieligen, kurzgeschorenen Rasen stand und gespannt nach irgend etwas am Himmel Ausschau hielt. Das Gift begann in die Drüsen zurückzufließen, in die es gehörte: er wurde bewundert, keiner beleidigte ihn. Aber wenn er das Geschöpf ansah, das ihn bewunderte, wollte das Gift gleich wieder in sein Blut strömen. «Nimm den Hut da ab», befahl er. «Du siehst ja scheußlich aus.» Sie gehorchte; ihr Mausehaar lag platt an ihrem kleinen Schädel. Er sah es voller Widerwillen: *das* war es, worüber sie ihre Witze gerissen hatten mit seinem Heiraten – das! Er betrachtete sie aus seiner bitteren Unberührtheit heraus so, wie ein Kranker einen ihm gereichten Heiltrank betrachten mochte, den er nie und nimmer hinunterzwingen würde: lieber sterben – oder andere sterben lassen. Der kalkhaltige Straßenstaub wirbelte um die Fensterscheiben.

«Du hast mir gesagt, ich sollte anrufen», begann Rose, «und als heute . . .»

«Nicht hier!» fiel der Junge ihr ins Wort. «Wart, bis wir allein sind.»

Langsam hob sich der Kopf des Fahrers vor der weiten Himmelsfläche, ein paar weiße Federn wurden nach rückwärts ins Blaue hineingeweht: sie waren auf der Höhe der Dünen angelangt und wandten sich ostwärts. Seine spitzen Schuhe nebeneinandergestellt, die Hände in die Taschen vergraben, so saß der Junge da und spürte das Vibrieren des Motors durch seine dünnen Sohlen.

«Ich bin so froh», sagte Rose, «daß ich hier draußen bin – auf dem Land – mit dir zusammen.» Kleine, geteerte Bungalows mit Blechdach schoben sich nach rückwärts an ihnen vorbei, Gärten, aus dem Kalk herausgekratzt, trockene Blumenbeete gleich angelsächsischen Wappenschildern in das Hügelland eingeschnitten. Plakate riefen: «Macht hier halt!» – «Mazawattee-Tee» – «Antike Möbel», und hundert Meter tiefer wühlte die blaßgrüne See sich in Englands narbenreiche, schäbige Küste ein. Peacehaven selbst verlor sich unmerklich nach den Dünen zu, halbvollendete Straßen liefen in Graspfade aus. Sie gingen zwischen den Bungalows bis zum Rand der Klippen. Niemand war in der Nähe. Einer der Bungalows hatte zerbrochene Fenster, in einem andern waren wegen eines Todesfalls die Rollgardinen heruntergelassen worden. «Es macht mich ganz schwindlig, da runterzugucken», sagte Rose. Es war früher Geschäftsschluß, und der einzige Laden war zu; nicht die festgesetzte Stunde für Alkoholausschank und im Hotel nichts zu trinken erhältlich; ringsum prangte eine lange Reihe von Schildern «Zu vermieten» bis hin zu den kalkgrauen Wagenspuren der unfertigen Straßen. Über ihre Schulter konnte der Junge das rauhe Gefälle bis zum Kiesstrand hinabsehen. «Ich kriege ordentlich das Gefühl, ich müßte runterstürzen», sagte Rose und wandte sich von der See ab. Er ließ sie – keine Ursache, vorschnell zu handeln; vielleicht würde der Trank ihm niemals vorgesetzt.

«Sag mir jetzt», forderte er sie auf, «wer wen angerufen hat und weshalb?»

«Ich hab dich angerufen, aber du warst nicht da. *Er* kam ans Telefon.»

«Er?» wiederholte der Junge.

«Der die Karte damals dagelassen hat – an dem Tag, wo du reinkamst. Du weißt doch noch – als du nach was suchtest.» Ob er es noch wußte! – die Hand unter dem Tischtuch, das dumme, unschuldige Gesicht, von dem er vorausgesetzt hatte, es werde so leicht vergessen – «Du erinnerst dich an 'ne Menge», sagte er mit Stirnrunzeln.

«Den Tag könnte ich nicht vergessen», fuhr es ihr heraus, doch sofort schwieg sie wieder.

«Und du vergißt auch 'ne Menge. Ich hab dir eben gesagt, daß das nicht der Mann war, den du am Telefon gehört hast. Der Mann ist tot.»

«Es ist ja auch gleich», antwortete sie. «Die Hauptsache ist, daß jemand mich ausgefragt hat.»

«Über die Karte?»

«Ja.»

«Ein Mann?»

«Eine Frau. 'ne dicke, lustige. Du hättest sie lachen hören sollen. Als ob ihr nie im Leben was quer gegangen wäre. Ich traute ihr nicht. Sie ist 'ne ganz andere Art wie wir.»

Eine andere Art wie wir. Wieder runzelte er die Stirn nach der seichten, gefurchten Wasserfläche hin, weil sie mit diesem Wort eine Gemeinschaft zwischen ihnen andeutete, und schroff fragte er: «Was hat sie gewollt?»

«Alles hat sie wissen wollen. Wie der Mann ausgesehen hätte, der die Karte daließ.»

«Was hast du ihr gesagt?»

«Nichts hab ich ihr gesagt, Pinkie.»

Der Junge bohrte seinen spitzen Schuh in den dünnen, trockenen Rasen und beförderte eine leere Konservenbüchse rasselnd den Abhang hinab. «Ich denke nur an dich», erklärte er. «Mir ist's gleich. Ich hab mit der Sache nichts zu tun. Aber ich möchte nicht, daß du in Sachen reingezogen wirst, die vielleicht gefährlich sind.» Er warf ihr einen schnellen Seitenblick zu. «Du scheinst keine Angst zu haben. Was ich dir sage, ist ernst.»

«Ich würde keine Angst haben, Pinkie – nicht, wenn du da wärst.»

Voller Ärger grub er seine Nägel in die Hände. Sie behielt alles im Gedächtnis, was sie vergessen sollte, und vergaß alles, woran sie sich erinnern sollte. Die Vitriolflasche. Damals hatte er es fertiggebracht, ihr einen Schreck einzujagen, aber seither war er zu freundlich mit ihr gewesen: sie glaubte wirklich, daß er sie gern hatte. Na, dachte er, so war das wahrscheinlich, wenn man mit 'nem Mädchen ‹ging›, und wieder fielen ihm Spicers Witze ein. Er betrachtete das mausartige Haar, den knochigen Körper und das schäbige Kleid, und ihn schauderte unwillkürlich.

Sonnabend, kam ihm in den Sinn, heute ist Sonnabend, und er dachte an die häusliche Schlafstube, die grauenhafte allwöchentliche Turnübung seiner Eltern, die er von seinem eigenen Bett aus beobachtete. Das war es, was sie von einem erwarteten, jedes Weibsstück, das man kennenlernte, hatte ihr Auge nur auf dem Bett. Seine körperliche Unberührtheit steifte sich in ihm gleich einer geschlechtlichen Regung. Danach beurteilten sie einen – nicht danach, ob man die Courage hatte, einen Menschen totzuschlagen, Ringführer einer Bande zu sein, Colleoni unterzukriegen. Er sagte: «Wir wollen nicht ewig hierbleiben. Wir wollen jetzt wieder zurück.»

«Wir sind doch eben erst gekommen», bat das Mädchen. «Laß uns doch noch ein bißchen dableiben, Pinkie. Mir gefällt es auf dem Lande.»

«Du hast's ja nun gesehn», entgegnete er. «Was kannst du auf dem Lande denn *tun*? Die Kneipe ist geschlossen.»

«Wir könnten uns einfach hier hinsetzen. Wir müssen doch auf alle Fälle auf den Autobus warten. Du bist komisch. Du hast vor gar nichts Angst, nicht?»

Er lachte sonderbar auf, während er sich ungeschickt vor dem Bungalow mit dem zerbrochenen Fenster niederließ. «Ich Angst? Das ist spaßig.» Er legte sich hintenüber gegen die Wegböschung, die Weste aufgeknöpft; sein dünner, ausgefranster Schlips mit dem Streifenmuster hob sich hellfarbig von all dem Kalk ab.

«Das ist doch schöner als nach Hause gehn», sagte Rose.

«Wo ist ‹zu Hause›?»

«Nelson-Gasse. Kennst du die?»

«Ach – durchgekommen bin ich schon mal», sagte er obenhin. Aber er wäre imstande gewesen, den Straßenplan auf dem Gras so genau hinzuzeichnen wie ein Wegvermesser: die Heilsarmeebude an der Ecke mit ihrer falschen Gotik und ihren Fensterstangen, sein eigenes Elternhaus ein Stückchen weiter im Paradies-Gäßchen – all diese Häuser, die aussahen, als seien sie schwer bombardiert worden, mit losen Dachrinnen und Fenstern ohne Glas; eine eiserne Bettstatt, die in einem der Vordergärten verrostete, der übel zugerichtete löcherige Bauplatz, wo Häuser niedergerissen worden waren, um Platz für Musterwohnungen zu schaffen, die dann nie errichtet wurden.

Sie lagen nebeneinander auf der Kalkböschung, ihre heimatliche Geographie war die gleiche, und in seine Verachtung mischte sich ein wenig Haß. Er hatte geglaubt, er sei ihm entronnen, und nun war sein Elternhaus wieder auferstanden – hier dicht neben ihm, und machte seine Ansprüche.

Plötzlich sprach Rose wieder: «*Sie* hat nie da gewohnt.»

«Wer?»

«Die Frau, die mich aushorchen wollte. Die hat nie Sorgen gehabt.»

«Na», erwiderte er, «wir können ja nicht alle aus der Nelson-Gasse stammen.»

«Stammst du vielleicht auch daher – oder aus der Nachbarschaft?»

«Ich? Natürlich nicht. Wie kommst du darauf?»

«Ach, ich dachte, vielleicht wärst du auch von da. Du bist ja auch katholisch – in der Nelson-Gasse waren wir alle katholisch. Wir glauben an all das – Hölle und so. Aber der da kann man anmerken, daß sie an gar nichts glaubt.» Erbittert setzte sie hinzu: «Man sieht ihr an, daß ihr nie etwas schiefgeht.»

Er verwahrte sich gegen alle Verbindung mit dem Paradies-Gäßchen: «Ich halt nicht viel von Religion. Die Hölle – die ist eben da. Man braucht nicht daran zu denken – nicht, bis man stirbt.»

«Wenn man nun aber plötzlich stirbt?»

Er schloß die Augen unter der lichten, leeren Wölbung, und eine Erinnerung stieg in ihm auf, setzte sich in verstümmelte Worte um. «Du weißt doch, wie es heißt: ‹Zwischen Sattel und Erdenrand, etwas sucht er und etwas er fand›.»

«Gnade.»

«Stimmt – Gnade.»

«Aber wär es nicht schrecklich, wenn einem dazu nicht Zeit genug bliebe?» Sie drehte das Gesicht auf dem Kalkboden zu ihm hin und fuhr fort, als erwarte sie Rat von ihm: «Darum bet ich immer – daß ich nicht plötzlich sterben muß. Um was betest du?»

«Ich –? Gar nicht.» Allein, in demselben Augenblick, als er sprach, flehte er irgendeine persönliche oder unpersönliche Gottheit darum an, daß er die Beziehung zu ihr nicht fortzusetzen brauche, nicht wieder hineingerissen werde in das Leben der trostlosen, aufgesprengten Erdscholle, die sie beide Heimat nannten.

«Bist du mir wegen irgendwas böse?» fragte sie.

«Der Mensch will manchmal seine Ruhe haben», antwortete er, steif auf der Kalkbank ausgestreckt, in sein Schweigen vergraben. In der Stille schlug ein Fensterladen, und der Wellenschlag murmelte: Zwei, die miteinander ausgehn . . . Das waren *sie*! Und die Erinnerung an Colleonis Luxus, die gekrönten Stühle im *Cosmopolit* tauchte wieder auf, voll Schmähungen gegen ihn, Pinkie. «Red doch was!» sagte er. «Sag was! Weißt du nichts?»

«Du wolltest ja deine Ruhe haben!» warf sie in plötzlich aufflammendem Zorn zurück, so daß er erstaunt aufhorchte. Er hatte nicht geglaubt, daß sie dazu imstande sei. «Wenn ich dir nicht passe», fuhr sie fort, «dann kannst du mich in Frieden lassen. Ich hab dich nicht gebeten, du sollst mich mitnehmen!» Die Hände um ihre Knie geschlungen saß sie da, und auf den Backenknochen brannten ihre Wangen: Zorn war so gut wie Schminke für ihr mageres Gesicht. «Wenn ich dir nicht fein genug bin – mit deinem Auto und allem . . .»

«Wer hat denn gesagt –»

«Ach», sagte sie, «so dumm bin ich nicht. Ich hab schon gesehn, wie du mich angeguckt hast. Mein Hut . . .»

Der Gedanke überfiel ihn, daß sie womöglich aufstehen und davongehen könnte, zurück ins Café *Snow*, mit ihrem Geheimnis – bereit, es dem ersten besten Gast preiszugeben, der sie freundlich ansprach. Er mußte sie versöhnen, sie waren zusammen aus, er mußte all das tun, was von ihm erwartet wurde. Voll Widerwillen streckte er die Hand aus; sie legte sich eiskalt auf ihr Knie. «Du hast mich nicht richtig verstanden», sagte er. «Du bist 'n süßes Mädchen. Ich hab Verdruß gehabt, das ist alles. Geschäftliche Sorgen. Du und ich –» er schluckte mit Anstrengung – «wir passen ganz großartig zusammen.» Er sah, wie die Farbe aus ihrem Gesicht wich, wie es sich ihm zuwandte in blinder Bereitschaft, sich betrügen zu lassen, sah den wartenden Mund. Rasch zog er ihre Hand hoch und legte den Mund auf ihre Finger. Alles war besser als die Lippen. Die Finger fühlten sich rauh an auf seiner Haut und schmeckten ein wenig nach Seife. «Pinkie», sagte sie, «sei mir nicht böse. Du bist so lieb mit mir –»

Er lachte nervös auf: «Ja, du und ich», und hörte in demselben Augenblick das Tuten des Autobusses mit einer Freude, wie ein belagerter Soldat sie bei den Trompetenklängen der nahenden Entsatztruppen empfinden mochte. «Da –» sagte er. «Der Bus. Komm, wir gehen. Das Land, das ist nichts für mich. Ich bin 'n Stadtmensch. Du ja auch.» Sie stand auf. Einen Atemzug lang sah er die Haut ihres Schenkels über der Kunstseide, und das Prickeln der Geschlechtsbegierde durchfuhr ihn wie ein Krampfanfall. Das war ja, was schließlich und endlich jedem Mann zustieß: das stickige Zimmer, die Kinder, die nicht einschlafen wollten, die sonnabendliche Turnübung im anderen Bett. Konnte denn keiner – keiner entrinnen, wohin es auch sei? Es war furchtbar genug, um eine Welt zu morden . . .

«Es ist aber trotzdem schön hier», sagte sie und sah über die Kalkfurchen zwischen den Vermietschildern hin. Und der Junge lachte von neuem über die großen Worte, die die Menschen einem gemeinen Akt beilegten: Liebe, Schönheit . . . All sein Stolz spannte sich wie eine Uhrfeder um den Gedanken, daß *er* sich nicht täuschen ließ, daß *er* nichts mit Ehe und Kindergeburt zu tun haben wollte. Er strebte dahin, wo Colleoni jetzt war, und noch höher hinauf . . . Er wußte alles, jede Einzelheit des Geschlechtsaktes hatte er beobachtet, ihn konnten sie nicht mit schönen Worten breitschlagen. Nichts war daran, was einen lokken konnte, kein Gewinn stand gegen das, was man verlor. Als Rose sich ihm jedoch von neuem zuwandte, um sich küssen zu lassen, mußte er sich trotzdem seine grauenhafte Unwissenheit eingestehen. Sein Mund verfehlte den ihren, bebte zurück. Er hatte noch nie ein Mädchen geküßt.

Sie sagte: «Verzeih, daß ich so dumm bin. Ich hab noch nie . . .» Und brach plötzlich ab, um einer Möwe zu folgen, die aus einem der verdorrten Gärten aufstieg und sich über die Klippen in die See stürzte.

Im Autobus sprach er nicht mit ihr, sondern saß mürrisch und verlegen da, die Hände in den Taschen. Er begriff nicht, warum er so weit mit ihr hier herausgefahren war, bloß um wieder heimzufahren, ohne daß er irgend etwas ins reine gebracht hatte, das Geheimnis, die Erinnerung immer noch fest in ihrem Schädel verankert. Diese Landschaft entrollte sich wieder wie vorher, nur andersherum: «Mazawattee-Tee» – «Antike Möbel» – «Macht hier halt!» – bis das dünne Gras allmählich, in den ersten Asphalt auslief.

Auf der Landebrücke in Brighton schwangen die Angler ihre Haken ins Wasser. Musik drang wehmutsvoll in das windige Sonnenlicht hinaus. Sie gingen auf der Sonnenseite vorbei an *Eine Liebesnacht, Nur für Herren, Die Fächertänzerin.*

«Geht dein Geschäft schlecht?» fragte Rose.

«Ärger gibt es immer», versetzte der Junge.

«Wenn ich dir bloß helfen könnte, mich nützlich machen!» Er erwiderte nichts, ging weiter. Sie streckte ihre Hand nach der ungelenken, mageren Gestalt aus, sah die glatte Wange, das weiche Haarbüschel im Genick. «Du bist so schrecklich jung, Pinkie, für geschäftlichen Ärger.» Sie schob den Arm durch seinen. «Wir sind beide jung, Pinkie», und fühlte, wie sein Körper sich ihr hart und widerwillig entzog.

Ein Fotograf sagte: «Ein Bildchen von den Herrschaften hier am Meer?» und hob die Kappe von seinem Apparat. Der Junge warf rasch die Hände vors Gesicht und ging weiter.

«Magst du nicht geknipst werden, Pinkie? Dann hätten wir unser Bild in den Kasten hängen lassen könne, wo alle es sehen. Das kostet nichts.»

«Was es kostet, das ist mir gleich», sagte der Junge, indem er mit all dem Kleingeld, das er bei sich trug, in der Tasche klimperte.

«Guck, da hätten wir unser Bild auch aufhängen lassen können», wiederholte sie, indem sie vor dem Fotografenkiosk stehen blieb und die Bilder der Badeschönheiten, der Kurtheaterberühmtheiten und der anonymen Paare betrachtete, «neben den –» Sie stockte und rief dann überrascht: «Sieh bloß, da ist *er* ja!»

Der Junge starrte auf die See hinaus, dorthin, wo die grüne Flut sich wie ein feuchter Mund saugend um die Pfeiler wand. Widerstrebend wandte er sich ab, um hinzublicken – und da war Spicers Bild im Schaufenster des Fotografen, so daß ein jeder ihn sehen konnte, wie er aus der Sonne in den Schatten unter der Brücke eilte, verängstigt und gejagt und in vollster Hast, eine komische Figur, über die Fremde lachen mochten und sagen: Na, der da hat seine Sorgen. Hat nicht mal gemerkt, daß er geknipst worden ist.

«Das ist der Mann, der die Karte dagelassen hat», sagte Rose. «Von dem du gesagt hast, er wäre tot. *Der* ist nicht tot! Wenn's auch aussieht, daß er so rennt, weil er Angst hat, es könnt ihn erwischen, wenn er sich nicht beeilt», und sie lachte belustigt über die schwarzweiße Hast.

«Ein altes Bild», warf der Junge hin.

«O nein, bestimmt nicht. Das ist ja der Kasten, wo immer die Bilder von heute reinkommen. Damit die Leute sie kaufen.»

«Du weißt ja genau Bescheid.»

«Das weiß doch hier jeder», versetzte Rose. «Nein, wie komisch! Was er für lange Schritte macht – ganz aufgeregt. Nicht mal den Fotografen hat er gesehn.»

«Bleib mal hier stehen!» befahl der Junge. Innen im Kiosk war es dunkel, wenn man aus der Sonne kam. Ein Mann mit einem dünnen Schnurrbärtchen und stahlgeränderter Brille sortierte Haufen von Abzügen.

«Ich möchte ein Bild, das im Kasten hängt», verlangte der Junge.

«Bestellschein bitte», sagte der Mann und streckte gelbe Finger aus, die schwach nach Fixierbad rochen.

«Ich hab keinen Bestellschein.»

«Ohne Schein können Sie das Bild nicht bekommen», erklärte der Mann, während er ein Negativ gegen das elektrische Licht hielt.

«Was für ein Recht haben Sie», schimpfte der Junge, «ein Bild da aufzuhängen, ohne daß es Ihnen erlaubt worden ist? Geben Sie es her!» Aber die Stahlbrille blickte ihm interesselos ins Gesicht. Ein eigensinniger Junge. «Schaffen Sie mir den Bestellschein», wiederholte er, «dann können Sie Ihr Bild haben. Und jetzt machen Sie freundlichst, daß Sie weiterkommen, ich habe zu tun.»

Hinter seinem Kopf hingen eingerahmte Momentaufnahmen, durch Alter und minderwertige Chemikalien vergilbt, von König Eduard VII. (als Prinz von Wales) in einer Yachtmütze und vor einem Hintergrund von Guckkästen; auch Vesta Tilley war da, wie sie Autogramme ausstellte, Henry Irving, den Hals mit einem dicken Wollschal umwickelt zum Schutz gegen den Kanalwind. Lily Langtry trug Straußfedern, Mrs. Pankhurst einen Humpelrock, die englische Schönheitskönigin von 1923 ein Badekostüm. Die Geschichte eines Volkes. Doch es gewährte nur schwachen Trost, Spicer unter den Unsterblichen zu sehen.

«Spicer!» rief der Junge. «Spicer!» Er kam aus Franks kleiner dunkler Diele die Treppe herauf und ließ eine weißliche Spur von Dünensand auf dem Linoleum zurück. Unter seiner Hand fühlte er das zerbrochene Geländer wackeln. Er öffnete die Tür zu Spicers Zimmer – und da war er, auf dem Bett, das Gesicht nach unten gekehrt; eingeschlafen. Das Fenster war zu, durch die abgestandene Luft summte ein Insekt, und vom Bett her kam der Geruch von Whisky. Der Junge stand und blickte auf das ergrauende Haar. Er fühlte nicht das geringste Mitleid – für Mitleid war er nicht alt genug. Er zerrte Spicer auf die andere Seite herum und sah, daß er um den Mund einen Ausschlag hatte. «Spicer!»

Spicer schlug die Augen auf. Erst konnte er in dem halbdunklen Zimmer gar nichts erkennen.

«Ich hab mit dir zu reden, Spicer.»

Spicer richtete sich auf. «Mein Gott, Pinkie – ich bin froh, daß du da bist.»

«Freust dich immer, 'nen Freund zu sehn was, Spicer?»

«Crab ist mir zwischen die Beine gelaufen. Er sagte, du wärst auf der Polizei.»

«Crab?»

«Warst du denn gar nicht auf der Polizei?»

«Ich hatte 'ne freundliche Unterredung – wegen Brewer.»

«Nicht wegen –»

«Wegen Brewer.» Der Junge nahm Spicer plötzlich beim Handgelenk. «Das geht nicht so mit deinen Nerven, Spicer. Du hast 'ne Ausspannung nötig.» Verächtlich schnupperte er in der unreinen Luft umher. «Du trinkst zuviel.» Er trat ans Fenster und riß es auf, so daß die graue Wand gegenüber deutlicher hervortrat. Ein Weberknecht summte über die Scheibe, und der Junge fing ihn. Vibrierend wie eine winzige Uhrfeder lag er in seiner Hand. Dann begann er ihm Beine und Flügel auszureißen. «Sie liebt mich – von Herzen – mit Schmerzen», zählte er ab, «Spicer – ich bin mit meinem Mädchen aus gewesen.»

«Mit der vom Café *Snow*?»

Der Junge drehte den verstümmelten Insektenkörper in der Hand um und knipste ihn dann auf Spicers Bett hinüber. «Du weißt ja, wen ich meine», sagte er. «Und du hast 'ne Bestellung für mich gehabt, Spicer. Warum hast du sie mir nicht ausgerichtet?»

«Ich konnte dich nirgends finden. Wahrhaftig nicht, Pinkie. Und es war auch gar nicht so furchtbar wichtig. Irgend 'ne alte Wichtigmacherin, die sich an das Mädchen rangeschlängelt hat.»

«Sie hat dir aber doch 'nen Schrecken eingejagt», entgegnete der Junge. Er ließ sich auf den harten Holzstuhl vor dem Spiegel fallen, die Hände auf den Knien, und beobachtete Spicer. In seiner Wange klopfte der Puls.

«Ach, erschrocken war ich nicht», verteidigte sich Spicer.

«Aber du bist doch trotzdem Hals über Kopf *dorthin* gerannt, ohne dich auch nur umzusehn.»

«Was willst du damit sagen – dorthin?»

«Für dich gibt's nur ein Dorthin, Spicer. Du denkst fortwährend daran und träumst davon. Du bist zu alt für dieses Leben.»

«Dieses Leben?» sprach Spicer nach, indem er dem Jungen einen wütenden Blick zuschoß.

«Dieses Schwindlerleben mein ich natürlich. Du wirst nervös dabei, und dann führst du dich ganz unsinnig auf. Erst mit dieser Karte im Café *Snow*, und jetzt mit deinem Bild, das du an der Pier ausstellen läßt, daß jeder es sehen kann. Daß Rose es sieht.»

«Wahrhaftiger Gott, Pinkie, davon hatte ich keine Ahnung!»

«Du vergißt ganz, daß du dich vorsehen mußt.»

«Das Mädchen ist zuverlässig. So vernarrt, wie die in dich ist, Pinkie!»

«Von Weibern versteh ich nichts. Das überlaß ich dir und Cubitt und den übrigen. Ich weiß nur das, was ihr mir davon erzählt. Wie viele Male habt ihr mir nicht gesagt, daß es noch nie 'n Frauenzimmer auf der Welt gegeben hat, auf das Verlaß ist?»

«Ach, das ist alles Rederei.»

«Du meinst wahrscheinlich, ich bin bloß 'n dummer Schuljunge, dem man Ammenmärchen vormachen kann. Na schön – jetzt habt ihr mich ja so weit, daß ich sie euch glaube! Und deshalb kommt es mir gefährlich vor, dich und Rose in derselben Stadt zu lassen, gar nicht zu reden von dieser Frau und ihrer Aushorcherei. Du mußt von der Bildfläche verschwinden, Spicer.»

«Was meinst du damit?» stieß Spicer heraus. «Verschwinden?»

Er fummelte in seinem Rock herum und der Junge sah ihm zu, die Hände auf den Knien ausgespreizt. «So was würdest du doch nicht tun», sagte Spicer und fuhr fort, in der Tasche herumzufummeln.

«Na», erwiderte der Junge, «was glaubst du denn, daß ich meine? Ich meine bloß, du sollst dir Ferien nehmen, auf 'ne Zeitlang irgendwohin gehen.»

Spicer zog die Hand aus der Tasche. Er streckte dem Jungen eine silberne Uhr hin: «Mir kannst du trauen, Pinkie. Schau her, was die Jungens mir geschenkt haben. Lies, was darauf steht: ‹Zehn Jahre unser Kamerad. Von den Jungens im Stadion.› Das war vor fünfzehn Jahren. Ich leg keinen rein, Pinkie. Fünfundzwanzig Jahre Renngeschäfte! Du warst noch gar nicht auf der Welt, wie ich anfing.»

«Du hast 'ne Ausspannung nötig. Weiter hab ich nichts gesagt.»

«Ich würd ja gerne auf Urlaub gehn», sagte Spicer, «ich möchte nur nicht, daß du dächtest, ich hätte Angst. Ich will gleich fort. Ich pack nur meine Tasche und mach heute abend weg. Gott, ich freu mich, wegzukommen!»

«Nein», erwiderte der Junge und starrte auf seine Fußspitzen. «So eilig ist's nun wieder nicht.» Er hob den einen Fuß hoch. Die Sohle hatte ein großes, rundes Loch. Wieder fielen ihm die gestickten Kronen auf Colleonis Stühlen im *Cosmopolit* ein. «Ich brauch dich zu den Rennen.» Und er lächelte Spicer über das Zimmer hinweg zu. «'nen Kameraden, dem ich trauen kann.»

«Du *kannst* mir auch trauen, Pinkie.» Spicers Finger strichen über die silberne Uhr. «Warum lachst du? Bin ich schwarz im Gesicht oder was?»

«Ich dachte nur gerade an die Rennen», antwortete der Junge. «Davon hängt 'ne Menge für mich ab.» Er stand auf und stand mit dem Rücken gegen das abnehmende Licht, die hohe Hausmauer, die verschmierte Fensterscheibe, und betrachtete Spicer mit einer Art Neugier. «Und wo willst du denn hin, Spicer?» erkundigte er sich. Er war jetzt fest entschlossen, und zum zweitenmal in wenigen Wochen sah er einem Todgeweihten ins Gesicht. Er konnte nichts für seine Neugier. Ob vielleicht der alte Spicer gar nicht zu brennen brauchte? Er war ein ganz braver alter Kerl gewesen, viele andere waren schlimmer, vielleicht gelang es ihm, durch die Tore zu schlüpfen, in den – doch der Junge vermochte nicht, sich eine andere Ewigkeit vorzustellen als Höllenqualen. Bei dem bloßen Versuch zog sich seine Stirn in angestrengte Runzeln: ein glasklares Meer, eine goldene Krone – für den alten Spicer?

«Nottingham», antwortete er. «Da hat ein Freund von mir ein Wirtshaus, den *Blauen Anker* in der Union-Straße. Haus mit Schanklizenz. Erstklassig. Man kann da mittagessen. Er hat schon oft zu mir gesagt: ‹Warum beteiligst du dich nicht bei mir, Spicer? Dann könnten wir die alte Bude in 'n Hotel umbauen, dann machte sie sich viel besser bezahlt.› Wenn es nicht wegen dir und den Jungs wäre», erklärte Spicer, «dann läge mir gar nichts daran, wiederzukommen. Ich bliebe ganz gerne überhaupt weg.»

«Tja», war alles, was der Junge zu erwidern hatte, «ich muß gehen. Jetzt wissen wir wenigstens, wie wir stehen.» Spicer ließ sich auf das Kissen zurückfallen und legte den Fuß mit dem schmerzenden Hühnerauge hoch. Durch ein Loch in seinem Wollstrumpf sah man seine große Zehe mit der verkalkten Haut eines Mannes im mittleren Lebensalter. «Schlaf wohl», sagte der Junge und ging.

Er stieg die Treppe hinunter. Die Haustür lag an der Ostwand, und die Diele war in Dunkel gehüllt. Er knipste das Licht beim Telefon an und knipste es dann wieder aus, er wußte selber nicht warum. Dann läutete er im *Cosmopolit* an. Als ihm geantwortet wurde, konnte er von weitem die Tanzmusik aus dem Palmenhaus (Tanztee 3 Shilling) hinter dem Louis-Seize-Schreibzimmer hören. «Ich möchte Mr. Colleoni sprechen.» – «Der Nachtigall Singen, der Turmglocke Klingen» – das Lied brach plötzlich ab, und eine tiefe südländische Stimme kam durch den Draht gesurrt.

«Ist das Mr. Colleoni?»

Er konnte hören, wie jemand ein Glas niedersetzte, wie in einem Mischbecher Eisstückchen klinkerten. Er sprach weiter: «Hier Brown. Ich habe mir die Sache anders überlegt, Mr. Colleoni.» Draußen fuhr an der dunklen, engen, linoleumbelegten Diele ein Autobus vorbei; schlecht beleuchtet fuhr er in das graue Tagesende hinein. Der Junge drückte den Mund dicht an das Sprachrohr und sagte: «Er will keine Vernunft annehmen, Mr. Colleoni.» Die Stimme gluckste vergnügt zurück. Der Junge setzte seinen Vorschlag mit langsamer Gründlichkeit auseinander: «Ich werd ihm viel Glück wünschen und ihm dabei auf die Schulter klopfen.» Er unterbrach sich und fragte plötzlich in scharfem Ton: «Was sagen Sie da, Mr. Colleoni? – Nein. Ich dachte nur, Sie hätten gelacht. Hallo – hallo.» Er knallte den Hörer auf und wandte sich mit einer Empfindung des Unbehagens der Treppe zu. Das goldene Feuerzeug, die doppelreihige graue Weste, das ganze Bild dieser unerhört erfolgreichen Schwindlerlaufbahn beherrschten für einen Augenblick sein Denken:

wenn man die Messingbettstelle da oben, das Fläschchen lila Tinte auf dem Waschtisch, die Wurstbrotkrümel dagegenhielt . . . Seine Gewitztheit, eine Mitgabe der Gemeindeschule, ließ ihn einen Moment lang im Stich; erst als er das Licht andrehte, fühlte er sich wieder zu Hause. Er ging die Treppe hinauf, summte leise «Der Nachtigall Singen, der Turmglocke Klingen» – doch als seine Gedanken dichter um den düsteren, dräuenden, tödlichen Kern zu kreisen begannen, änderte sich das Lied in *«Agnus Dei, qui tollis peccata mundi . . .»*. Er bewegte sich steif und ungelenk, seine Jacke bauschte sich um seine unentwickelten Schultern; allein als er seine Stubentür öffnete – *Dona nobis pacem* –, grüßte sein blasses Gesicht ihn hochmutsvoll und stolz aus dem trüben Spiegel über dem Waschkrug, der Seifenschale, dem Becken mit verstaubtem Waschwasser.

Vierter Teil

1

Es war ein schöner Tag für das Rennen. Schon gleich mit dem ersten Zug strömten die Menschen nach Brighton; es war, als ob es noch einmal Pfingsten sei, nur daß die Besucher diesmal ihr Geld nicht ausgaben, sondern es fest in der Tasche behielten. Dichtgepackt standen sie auf dem Oberdeck der elektrischen Straßenbahn, die sie zum Aquarium hinunter rüttelte; gleich einem unerklärlichen Insekteneinfall wallten sie die Strandpromenade auf und ab. Als es elf schlug, war es unmöglich, in einen Autobus hineinzukommen, der zum Rennplatz fuhr. Ein Neger mit buntgestreifter Krawatte saß im Garten des Pavillon und rauchte eine Zigarre. Um ihn herum spielten ein paar Kinder Holzanfassen von Bank zu Bank. Er rief ihnen ein paar lustige Worte zu, indem er seine Zigarre stolz und behutsam vor sich hin streckte; seine breiten Zähne schimmerten wie auf einem Reklamebild. Die Kinder hielten mit dem Spielen inne und starrten zu ihm hinüber, während sie sich langsam zurückzogen. Wieder rief er sie in ihrer eigenen Sprache an, mit Worten, die ebenso hohl und ungeformt klangen wie die ihren, und sie musterten ihn argwöhnisch und wichen noch mehr zurück. Ohne sich anfechten zu lassen, steckte er die Zigarre wieder zwischen seine dickgepolsterten Lippen und fuhr fort zu rauchen. Ein Trupp von Straßenmusikanten kam die Straße herauf – ein Trupp von Blinden mit Trommeln und Trompeten; im Gänsemarsch schritten sie in der Gosse dahin, sich mit den Schuhen am Bordstein entlangfühlend. Von weitem schon konnte man die Musik hören, die sich trotz dem Menschenlärm, dem Geknall der Auspuffrohre und dem Geräusch der zum Rennplatz fahrenden Autobusse durchsetzte. Lustig schallte sie in die Luft hinaus, marschmäßig gleich einer Regimentskapelle; man hob die Augen in Erwartung des straff gespannten Kalbfells, der wirbelnden Schlegel, und sah die ausdruckslosen blinden Augen, die den Augen von Grubenpferden ähnelten, die Gosse entlangwandern.

Im Park des großen Mädchenpensionats über dem Meer sah man, wie die Schülerinnen sich feierlich auf ihren Hockeyspielplatz begaben:

feiste Torwächterinnen, gepolstert gleich Gürteltieren; Spielführerinnen, die mit ihren Helferinnen taktische Feinheiten erörterten; kleine Mädchen, die in der hellen Sonne wie wild herumrasten. Jenseits der aristokratischen Rasenfläche konnten sie durch die schmiedeeisernen Gartentore die plebejische Prozession all derer beobachten, für die die Autobusse keinen Platz gehabt, wie sie sich die Dünen heraufarbeiteten, Staub aufwirbelten, aus Papiertüten Gebäck aßen. Die Autobusse nahmen den Umweg über Kemp Town, aber die vollbeladenen Taxis kamen den steilen Hügel herauf (jede Fahrt kostete 9 Pence) – ein Packard, der auf die für Mitglieder reservierte Einfriedigung zuhielt, alte Morris-Modelle, Familiengesellschaften in seltsam hochbeinigen Wagen, die nach zwanzig Jahren noch immer in Betrieb waren. Es sah aus, als bewege sich die ganze Straße mit ihrer lärmenden Ansammlung von Fahrzeugen in dem staubigen Sonnenschein aufwärts wie eine Rolltreppe auf der Untergrundbahn. Die kleinen Mädchen begannen wie Ponies übers Gras zu rennen, sie mußten all die Aufregung draußen spüren, als sei dies ein Tag, an dem das Leben für viele eine Art Höhepunkt erreichte.

Die Quote für Black Boy war gefallen, nie wieder konnte das Leben ganz dasselbe sein, wie damals nach dem unüberlegten Einsatz von 5 Pfund auf Merry Monarch. Ein scharlachroter Rennwagen, ein winziges, verwegenes Autochen, das die Atmosphäre von unzähligen Wirtshäusern, von Nutten, die sich um Schwimmbassins drängten, von verstohlenen Zusammenkünften auf den Nebenwegen der großen Nordchaussee heraufbeschwor, wand sich mit unglaublicher Behendigkeit durch den Verkehr. Die Sonne faßte es, und es blinkte bis hinauf zu den Speisesaalfenstern der Mädchenschule. Es war bis zum Platzen voll: eine Frau saß auf den Knien eines Mannes, ein anderer Mann klammerte sich, auf dem Trittbrett stehend, von außen fest, während es sich nach rechts und links bog, hupte und auf seiner Fahrt die Dünen hinauf die reinsten Bocksprünge vollführte. Die Frau im Innern sang, durch das Tuten klang ihre Stimme schwach und zusammenhanglos. Es war ein volkstümliches Lied von Bräuten und Blumensträußen, etwas, wozu Austern und Guinnessbier, eine alte Londoner Kneipe besser gepaßt hätten als dieser kleine Frechdachs von Rennwagen. Auf der Höhe der Düne wurden die Worte die staubige Straße hinab zurückgeweht bis hin zu einem uralten Morris-Modell, das in seinem Kielwasser mit knapp fünfzig Kilometer Geschwindigkeit daherkam, bald zurückblieb, bald wieder einen stoßenden Anlauf nahm, mit lose hängendem Wagendach, verbogenen Kotflügeln und verfärbtem Windschutzfenster.

Durch das Klapp-klapp-klapp der alten Decke drangen die Worte bis zu den Ohren des Jungen. Er saß neben Spicer, der lenkte. Bräute und Blumensträuße! Voll mürrischen Ekels dachte er an Rose. Er konnte sich

Spicers Anregung nicht aus dem Kopf schlagen – es war, als sei eine unsichtbare Macht gegen ihn am Werk: Spicers Dummheit, die Fotografie an der Landebrücke, diese Frau – wer zum Teufel war sie eigentlich? –, die Rose auszuhorchen versuchte . . . Falls er sie wirklich heiratete, wäre es selbstverständlich nur für kurze Zeit – nur als allerletzter Ausweg, um ihr den Mund zu verschließen und ihm Zeit zu verschaffen. Eine *solche* Beziehung wollte er mit keiner haben: das Doppelbett, die Intimität – es machte ihm übel wie der Gedanke an das Alter. Er hockte ganz in der Ecke, um die Stelle zu vermeiden, wo der Motor durch den Sitz heraufschlug; in verbitterter Unberührtheit ließ er sich rütteln und stoßen. Heiraten – das war wie Kot an den Händen.

«Wo sind Dallow und Cubitt?» fragte Spicer.

«Ich wollte sie heut nicht dabeihaben», antwortete der Junge. «Heute haben wir was vor, wo die anderen besser wegbleiben.» Wie ein grausames Kind, das den spitzigen Zirkel hinter seinem Rücken versteckt, streckte er die Hand aus und legte sie mit geheuchelter Zuneigung auf Spicers Arm. «Dir kann ich's ja sagen. Ich will es mit Colleoni ins reine bringen. *Ihnen* würd ich nicht trauen. Sie sind gewalttätig. Du und ich, wir zwei beide können die Sache zusammen schmeißen.»

«Ich bin für Frieden», sagte Spicer. «Das bin ich immer gewesen.»

Der Junge grinste durch die offene Windschutzscheibe auf den langen Wirrwarr von Autos hinaus. «Das will ich ja eben jetzt deichseln», sagte er.

«Ein dauernder Friede», bestärkte ihn Spicer.

«*Den* Frieden wird keiner brechen», sagte der Junge. Der schwache Gesang starb in heller Sonne und Staub dahin: eine letzte Braut, ein letzter Strauß, ein Wort, das wie ‹Kranz› klang. «Wie macht man es, wenn man heiraten will?» fragte der Junge widerwillig. «Wenn man es eilig hat?»

«Nicht so einfach für dich», antwortete Spicer. «Denk bloß an dein Alter.» Er ließ die alten Gänge aufkreischen, während sie die letzte Strecke nach der weißen Einfriedigung mit den Zigeunerwagen auf dem Kalkboden nahmen. «Ich müßte mir's erst überlegen.»

«Dann überleg dir's rasch», sagte der Junge. «Vergiß nicht, daß du heut abend abdampfst.»

«Jaja, ich weiß», erwiderte Spicer. Eine Abreise stimmte ihn immer rührselig. «Mit dem Zug um 20 Uhr 10. Du solltest bloß die Kneipe dort sehen. Wir würden uns alle mit dir freuen. Nottingham ist 'ne feine Stadt. Es wird mir guttun, mich da oben 'n bißchen auszuruhn. Die Luft ist vorzüglich, und ein besseres Glas Bier wie im *Blauen Anker* kriegst du nirgends.» Er lachte. «Hab ganz vergessen, daß du ja nichts anrührst.»

«Hoffentlich erholst du dich gut», sagte der Junge.

«Du bist uns immer willkommen, Pinkie.»

Sie fuhren den alten Wagen zum Parkplatz und stiegen aus. Der Junge hakte Spicer unter. Das Leben war schön, solange man außen an der weißen, sonnengetränkten Mauer entlangschritt, vorbei an dem Lautsprecherauto mit dem Laienprediger, der an die Wiederkunft Christi glaubte, der genußreichsten aller Empfindungen entgegen, der Zufügung von Schmerz. «Du bist ein feiner Kerl, Spicer», sagte er, indem er den Arm des anderen drückte, und Spicer begann, ihn mit leiser, vertrauender Freundesstimme über alle Einzelheiten des *Blauen Anker* zu unterrichten. «Sie kaufen nur bei den besten Firmen», sagte er, «dafür sind sie bekannt. Ich hatte immer gedacht, wenn ich mal Geld genug hätte, dann wollt ich mich bei meinem Freund beteiligen. Er möchte es noch immer. Ich wäre beinah hin, als sie Kite umbrachten.»

«Du kriegst es leicht mit der Angst, was?» sagte der Junge. Die Lautsprecherautos rieten ihnen, bei wem sie ihr Geld anlegen sollten, und Zigeunerkinder jagten kreischend einem Kaninchen über den vertrampelten Kalk nach. Sie verschwanden im Tunnel unter dem Rennplatz und tauchten unten bei den Bungalows am Meer wieder auf, wo das kurze graue Gras sich den Abhang hinabzog. Alte Buchmacherkarten waren in den Kalk getreten: «Barker zahlt gut», ein selbstgefälliges lachendes Gesicht mit gelbem Aufdruck: «Keine Angst, ich zahle!», und alte Totalisatorenscheine lagen zwischen den verkümmerten Platanen. Sie gingen durch den Drahtzaun zum Sattelplatz. «Trink doch 'n Glas Bier, Spicer», sagte der Junge und drängte ihn vorwärts.

«Sehr nett von dir, Pinkie, danke schön, ich nehme gern eins», und während er es bei den Holztischen trank, sah sich der Junge die Buchmacherreihe an. Da waren Barker und Macpherson und George Beale («Die altbekannte Firma») und Bob Tavell aus Clapton, alle die vertrauten Gesichter, mit ihren windigen Redensarten und ihrer forcierten Fröhlichkeit. Die beiden ersten Rennen waren vorbei, an den Totalisatorschaltern standen lange Schlangen. Die Sonne beschien die weiße Tattersalltribüne auf der anderen Seite des Rennplatzes, und ein paar Pferde trabten vorbei zum Start. «Da ist der General Burgoyne», sagte ein Mann, «er ist nervös»; und er ging hinüber zu Bob Tavells Stand, um seine Wette zu decken. Die Buchmacher radierten und änderten ihre Ziffern, während die Pferde vorbeikamen mit Hufen, die wie Boxhandschuhe gegen den Rasen schlugen.

«Wirst du was dran wagen?» fragte Spicer, der sein Bier ausgetrunken hatte, und blies einen leichten, gasigen Malzatem in die Richtung der Buchmacher.

«Ich wette nicht», sagte der Junge.

«Das ist meine letzte Chance», fuhr Spicer fort, «im guten alten

Brighton. Es sollte mir auf 'n paar Pfund nicht ankommen. Mehr nicht. Mein übriges Geld spar ich für Nottingham.»

«Geh schon hin», ermunterte ihn der Junge. «Amüsier dich, solang du kannst.»

Sie gingen die Buchmacherreihe entlang bis zu Brewers Stand, an dem eine Menge Leute standen. «Er macht gute Geschäfte», sagte Spicer. «Hast du den Merry Monarch gesehn? Er geht in die Höhe», und während er sprach, wischten sämtliche Buchmacher die alte Ziffer sechzehn zu eins aus. «Zehner», sagte Spicer.

«Amüsier dich, solang du hier bist», wiederholte der Junge.

«Na, ich will schon die alte Firma mit meinem Auftrag beehren.» Und Spicer löste seinen Arm aus dem Pinkies und trat auf Tates Stand zu. Der Junge lächelte. Es war so leicht wie Erbsen aushülsen. «Memento Mori», sagte Spicer und kam dann mit seiner Karte in der Hand an. «Das ist ein komischer Name für 'nen Gaul. Was bedeutet Memento Mori?»

«Es ist ein Fremdwort», sagte der Junge. «Black Boy geht runter.»

«Ich wollte, ich hätte mich mit Black Boy gedeckt», sagte Spicer. «Da unten war 'ne Frau, die sagte, sie hätte 25 Pfund auf Black Boy gesetzt. Scheint mir ganz verrückt. Aber denk bloß, wenn er wirklich siegt», überlegte Spicer. «Mein Gott, was ich nicht alles mit 250 Pfund anfangen könnte! Ich kaufte mir sofort einen Anteil am *Blauen Anker*. Du sähst mich hier nicht wieder», schloß er und blickte sich ringsum, nach dem strahlenden Himmel, dem Staub über dem Rennplatz, den zerrissenen Wettscheinen und dem kurzen Gras, das sich nach der trägen dunklen See unter den Dünen hin erstreckte.

«Black Boy gewinnt nicht», sagte der Junge. «Wer war denn das, die Frau, die fünfundzwanzig auf ihn gesetzt hat?»

«Ach, irgendein Frauenzimmer. Sie stand da drüben am Ausschank. Warum setzt du nicht einen Fünfer auf Black Boy? Einmal kannst du doch zur Feier des Tages wetten.»

«Zur Feier welches Tages?» sagte der Junge rasch.

«Ach, ich hab ganz vergessen», gab Spicer zur Antwort. «Meine Ferien haben mir richtig gute Laune gemacht, deshalb mein ich, jeder müßte was zum Feiern haben.»

«Wenn ich feiern wollte», sagte der Junge, «dann suchte ich mir nicht den Black Boy dazu aus. Übrigens war das ja Freds Favorit. Der hat immer gesagt, das gäbe noch mal 'nen Derbysieger. So was würd ich kein glückliches Pferd nennen.» Dennoch konnte er nichts dagegen machen, daß er ihn an der Einfriedigung vorbeitraben sah, ein bißchen zu frisch, ein bißchen zu nervös. Ein Mann oben auf dem Stand für niedrige Einsätze machte Bob Tavell aus Clapton Zeichen, und ein Zuschauer, seinen Feldstecher auf die Tribünenseite gerichtet, begann plötzlich mit

Mein übriges Geld spar' ich . . .

. . . sagte Spicer, und soweit wäre das ein lobenswerter Vorsatz. Aber er fuhr ja fort: . . . für Nottingham. Soll heißen: fürs nächste Rennen, für die nächste Wette, für einen anderen Totalisator.

Jedermanns Sache, wofür er sein Geld spart, wenn er's dabei nur vermehrt.

den Armen zu fuchteln, um die Aufmerksamkeit der ‹Alten Firma› zu erregen. «Da», sagte der Junge, «was hab ich dir gesagt? Black Boy geht wieder runter.»

«Hundert zu acht, Black Boy, hundert zu acht», rief George Beales Vertreter, und jemand sagte: «Da laufen sie.» Aus den Erfrischungsbuden kamen die Menschen und drängten zur Einfriedigung; ihre Biergläser und Semmeln in der Hand. Barker, Macpherson, Bob Tavell – alle wischten sie die Ziffern von ihren Tafeln, nur die ‹Alte Firma› hielt durch bis zuletzt: «Black Boy, hundert zu sechs», während der aufgeregte Zuschauer mit dem Feldstecher beinahe den Veitstanz bekam. Die Pferde kamen in einem Klumpen vorbei, mit scharfem Getöse gleich splitterndem Glas, und verschwanden im Nu. «General Burgoyne», sagte jemand, und ein anderer: «Merry Monarch». Die Biertrinker begaben sich an ihre Holztische zurück und bestellten jeder noch ein Glas, die Buchmacher schrieben die Namen der Pferde an, die im Vier-Uhr-Rennen liefen, und auch ein paar Quoten.

«Da –» sagte der Junge, «was hab ich dir gesagt? Auf Pferde hat sich der Fred nie verstanden. Dieses verrückte Frauenzimmer ist um ihre 25 Pfund ärmer. Für die ist das heute kein glücklicher Tag. Wenn ich –» Aber die Stille, die Spannung, die jedesmal eintritt, wenn ein Rennen vorbei ist und alles auf die Bekanntgabe der Gewinne wartet, hatten eine dämpfende Wirkung. Außen vor den Totalisatoren warteten die Menschenreihen; der ganze Rennplatz war plötzlich verstummt, wartete auf das Signal zum Wiederbeginn, und in dieser Lautlosigkeit konnte man einen Gaul die ganze Entfernung von der Waage her wiehern hören. Eine innere Unruhe bemächtigte sich des Jungen in der hellen Stille. Sein angemaßtes Alter und die Erbitterung, die es hervorrief, die konzentrierte, engumschriebene Erfahrung des Brightoner Elendsquartiers flossen wie ein Giftstoff von ihm ab. Er wünschte auf einmal, Cubitt wäre bei ihm und Dallow. Es war allzuviel, womit er, ein Siebzehnjähriger, allein fertig zu werden hatte. Nicht nur Spicer. Am Pfingstmontag hatte er etwas begonnen, dessen Ende nicht abzusehen war. Der Tod war kein Ende; das Weihrauchfaß schwang und der Priester hob die Hostie hoch, der Lautsprecher verkündete die Sieger: «Black Boy. Memento Mori. General Burgoyne.»

«Bei Gott», hörte er Spicer neben sich, «ich hab gewonnen. Memento Mori ist Platz», und im Gedanken an das, was der Junge vorhin gesagt: «Und sie hat auch gewonnen. 25 Pfund! Was für 'n Dusel. Was sagst du jetzt zu Black Boy?» Pinkie schwieg. Bei sich selbst dachte er: Freds Pferd. Wenn ich nun einer von den verrückten Kerlen wär, die Holz anfassen, Salz hinter sich werfen, nicht unter 'ner Leiter durchgehn, dann hätt ich vielleicht jetzt Angst –

Spicer zupfte ihn: «Ich hab gewonnen, Pinkie. 'nen Zehner. Was sagst du dazu?»

– Angst, das weiter zu verfolgen, was er so sorgfältig geplant hatte. Von irgendwoher ein Stück weiter an der Einfriedigung entlang hörte er Lachen, weibliches Lachen, rund und voll und zuversichtlich – vielleicht das Frauenzimmer, das 25 Pfund auf Freds Gaul gesetzt hatte. Voll heimlichen Giftes wandte er sich zu Spicer, den Körper von der Wollust der Grausamkeit gestrafft: «Ja», sagte er und legte ihm den Arm um die Schulter, «geh du nur einkassieren.»

Zusammen näherten sie sich Tates Holzbude. Ein junger Mensch mit öligem Haar stand auf einer Stufe davor und zahlte aus. Tate selbst war irgendwo bei den teuren Plätzen, aber mit Samuel waren sie beide gut bekannt. Schon beim Herankommen rief Spicer ihm gutgelaunt zu: «Na, Sammy, jetzt heißt's rausrücken.»

Samuel sah die beiden, Spicer und den Jungen, auf dem abgetretenen, fadenscheinigen Gras herankommen, Arm in Arm wie die ältesten Freunde. Ein halbes Dutzend Leute kassierten ihren Gewinn ein und blieben in der Nähe herum stehen; endlich zog der letzte Gewinner ab. Schweigend warteten sie. Ein kleiner Mann mit einem Kontobuch in der Hand streckte seine Zungenspitze heraus und fuhr sich damit über die wunde Lippe.

«Du hast Glück, Spicer», sagte der Junge, indem er seinen Arm freundschaftlich drückte, «mach dir 'n paar angenehme Wochen mit deinem Zehner.»

«Du willst mir doch nicht schon Lebewohl sagen?» fragte Spicer.

«Ich warte nicht auf den Sechzehn-Uhr-dreißig-Zug. Ich seh dich nicht mehr.»

«Und was ist mit Colleoni? Wollten wir beide nicht . . .?» Die Pferde kamen wieder zum Starten angetrabt; die neuen Quoten wurden aufgezogen; die Menge drängte nach dem Totalisator und überließ ihnen allein den Fußpfad, auf dem sie dahinschritten. Am Ende des Fußpfads machte die kleine Gruppe halt.

«Ich hab mir's anders überlegt», antwortete der Junge. «Ich will Colleoni im Hotel aufsuchen. Mach, daß du dein Geld bekommst.» Ein hutloser Rennagent stoppte sie: «Einen Tip fürs nächste Rennen. Nur 'n Shilling. Ich hab heute schon zwei Gäule getippt, die gewonnen haben.» Durch seine Schuhe sahen die Zehen. «Tippen Sie sich davon», ließ ihn der Junge abfahren. Spicer konnte Abschiednehmen nicht leiden, er war ein rührseliges Gemüt; unbehaglich trat er von einem Fuß auf den andern, sein Hühnerauge stach. «Sieh nur», erwiderte er, «bei Tate haben sie die Quoten noch gar nicht angeschrieben.»

«Tate ist von jeher ein langsamer Kerl gewesen. Auch langsam im

Auszahlen. Schau lieber, daß du dein Geld kriegst.» Er drängte ihn näher, die Hand auf Spicers Ellbogen.

«Es ist doch alles in Ordnung?» fragte Spicer. Er sah nach der Gruppe von Wartenden hin: sie starrten zurück, durch ihn hindurch.

«Na, denn laß es dir also gutgehn», sagte der Junge.

«Du vergißt doch nicht die Adresse?» mahnte Spicer. «*Zum blauen Anker*, merk dir's, Union-Straße. Schreib mir, wenn's was Neues gibt. Ich glaube kaum, daß es bei mir viel zu schreiben geben wird.»

Der Junge hob die Hand, als wolle er Spicer auf den Rücken klopfen, und ließ sie wieder fallen. Die Gruppe stand noch immer wartend auf derselben Stelle. «Möglich», sagte der Junge. Er sah sich um: kein Ende abzusehen für das, was er sich vorgesetzt. Wütende Grausamkeit durchwühlte ihn. Wieder hob er die Hand, und diesmal klopfte er Spicer auf den Rücken. «Viel Glück!» sagte er in seiner hohen, gebrochenen Jünglingsstimme und klopfte ihn noch einmal.

Wie auf einen Schlag drängten die Männer aus der Gruppe sich um sie. Er hörte Spicer aufbrüllen «Pinkie!» und sah ihn hinstürzen. Ein schwerbeschlagener Stiefel hob sich und dann fühlte er einen Schmerz wie Blut seinen eigenen Nacken herunterrieseln.

Die Überraschung traf ihn zunächst heftiger als der Schmerz – der war nicht ärger als das Stechen einer Brennessel. «Ihr Idioten!» rief er dann. «Ihn sollt ihr erledigen, nicht mich!» und wandte sich um zu den grinsenden Gesichtern. Wie sie ihn anfeixten! Jeder einzelne hatte sein Rasiermesser gezückt, und zum erstenmal fiel ihm wieder ein, wie Colleoni ins Telefon gekichert hatte. Die Menschenmenge hatte sich beim ersten Anzeichen einer Schlägerei verflüchtigt, er hörte Spicer rufen: «Pinkie – um Gottes willen –» Ein ungesehener Kampf erreichte seinen Höhepunkt außerhalb seines Augenbereichs. Er hatte jetzt auf anderes aufzupassen: die langen, meuchlerischen Rasierklingen, von der Sonne erfaßt, wie sie tief am Boden über den Dünen von Shoreham hinschrägte. Er fuhr mit der Hand an die Tasche, um seine eigene Klinge herauszuziehen, da beugte sich der Mann ihm gegenüber vor und hieb auf seine Knöchel ein. Schmerz geschah ihm, und er wurde von Grauen und Staunen erfüllt, als sei einer seiner früheren Schulkameraden, die er so brutal zu mißhandeln pflegte, mit dem Zirkel zuerst auf ihn losgegangen.

Sie machten keinen Versuch, heranzukommen und ihn zu erledigen. «Dafür soll Colleoni mir büßen!» schluchzte er ihnen zu. Dann schrie er zweimal: «Spicer», bis ihm einfiel, daß Spicer ja nicht antworten konnte. Die Bande genoß ihr Händewerk, genau wie er selbst das seine genoß. Einer von ihnen beugte sich zu ihm, um mit der Klinge über seine Wange zu fahren, und als er die Hände zum Schutz hochhielt, hieben sie wieder auf seine Knöchel ein. Er begann zu weinen, während der Sechzehn-Uhr-dreißig-Zug zu einer Begleitmusik von Hufgetrommel hinter der Einfriedigung vorbeifuhr.

Dann schrie jemand vom Buchmacherstand aus «Polizei!», und sie schlossen sich alle zusammen und stießen in dichtem Klumpen auf ihn zu. Jemand versetzte ihm einen Tritt an den Oberschenkel, und er faßte mit der Hand in ein Rasiermesser, das bis zum Knochen durchdrang. Dann wichen sie in ihren schweren Stiefeln langsam auseinander, und er konnte durchbrechen. Ein paar folgten ihm über das Drahtgatter hinaus und geradewegs die Düne hinunter in der Richtung auf die Häuser und das Meer zu. Er weinte noch immer, während er hinkend weiterrannte, ja, er versuchte sogar zu beten. Man konnte zwischen Sattel und Erdenrand noch gerettet werden, aber nur dann, wenn man bereute, und während er die Kalkdüne hinabklomm, hatte er keine Zeit, auch nur Gewissensbisse zu fühlen. Unbeholfen, stolpernd rannte er, während Blut ihm über Gesicht und beide Hände troff.

Nur zwei Männer folgten ihm jetzt noch, und auch sie taten es mehr zum Jux, indem sie ihn mit Zischlauten vor sich her trieben, wie wenn sie eine Katze scheuchten. Er langte bei den ersten Häusern unten an, aber niemand war ringsum zu erblicken. Alle Leute waren auf dem Rennen, die Häuser leer, man sah nur Gärtchen mit Mosaikpflasterung, kleine Rasenflächen, Haustüren mit farbigen Scheiben, eine Mähmaschine, die jemand auf dem Kiespfad stehen gelassen hatte. Er wagte es nicht, in einem Haus Unterschlupf zu suchen, denn während er läutete, würden sie ihn einholen. Er hatte seine Rasierklinge jetzt hervorgezogen, aber gegen einen bewaffneten Feind hatte er sie noch nie gebraucht. Er mußte sich verbergen, und dabei hinterließ er die ganze Straße entlang eine Blutspur!

Seine beiden Verfolger waren außer Atem – sie hatten ihn an ihr Lachen verschwendet, und er hatte jüngere Lungen. Er gewann ihnen einen Vorsprung ab, wickelte ein Taschentuch um seine Hand und hielt den Kopf nach rückwärts, so daß das Blut an seinen Kleidern herunterlief. Als er um eine Ecke bog, sah er eine leere Garage und war darin verschwunden, ehe sie ihm nachgekommen waren. Da stand er im Halbdunkel, die Rasierklinge in Bereitschaft, und mühte sich, Reue zu empfinden. Spicer . . ., dachte er, Fred . . . – aber seine Gedanken weigerten sich, ihn weiter zu tragen als bis zu der Ecke, wo jeden Augenblick seine Verfolger auftauchen konnten. Er fand, daß er nicht die Kraft hatte, zu bereuen.

Und nach einer langen Weile, als die Gefahr vorbei zu sein schien und tiefe Dämmerung auf seinen Händen lag, da war es nicht die Ewigkeit, über die er nachsann, sondern seine Demütigung. Geweint hatte er, gebeten, hatte sich in die Flucht schlagen lassen! Dallow und Cubitt würden es erfahren. Was sollte jetzt aus Kites Bande werden? Er versuchte seine Gedanken auf Spicer zu lenken, doch die Welt hielt ihn in Banden. Er konnte keine Ordnung in sein Denken bringen. Mit schlappen Knien lehnte er an der Betonmauer, die Klinge vor sich hin gestreckt, und sah angespannt nach der Straßenecke. Ein paar Menschen kamen vorbei, ein fast unhörbarer Klang von ferner Musik biß sich vom Kursaal her wie ein Eitergeschwür in sein Gehirn, die Lampen auf der sauberen, kleinbürgerlichen Straße flammten auf.

Die Garage war nie als solche benutzt worden, sie hatte sich mit der Zeit in eine Art Gartenschuppen verwandelt; kleine grüne Triebe wanden sich raupenartig aus flachen Sandkästen hervor, ein Spaten stand da, ein verrosteter Rasenschneider, für den der Eigentümer in seinem winzigen Häuschen keinen Platz finden konnte; ein altes Schaukelpferd, ein Kinderwagen, der jetzt als Schubkarren diente, ein Stoß gebrauchter Grammophonplatten mit uralten Schlagern, das alles lag neben den Gartengeräten, ein paar übriggebliebene Fliesen, einer einäugigen Puppe in halbverschimmeltem Kleid. Raschen Blickes sah er sich um, die Klinge noch immer in Bereitschaft, während das Blut an seinem Hals gerann, von seinen Händen tropfte, denn das Taschentuch war aufgegangen. Der Bursche, dem dieses Haus gehörte, würde als Zuwachs zu seinen übrigen Reichtümern noch etwas hier vorfinden: den kleinen, allmählich eintrocknenden Blutfleck auf seinem Betonboden.

Wer dieser Besitzer auch sein mochte, er war von weither gekommen, um sich hier niederzulassen. Der zum Schubkarren gewordene Kinderwagen war über und über mit Zetteln bedeckt, der Hinterlassenschaft ungezählter Eisenbahnfahrten. Und nun war das Beste, wozu er es schließlich gebracht hatte, die kleine Villa unterhalb der Rennbahn. Denn es war kein Zweifel, daß dies das Endziel war, das hypothekenbelastete Häuschen am Ende des Gartens; wie an der regellosen Gezeitenlinie am Strand war hier all der Plunder aufgestapelt und würde nie mehr fortgeschafft werden.

Und der Junge haßte ihn. Er war namenlos, ohne Gesicht, aber dennoch haßte ihn der Junge – ihn, die Puppe, den Kinderwagen, das zerbrochene Schaukelpferd. Die jungen, frisch versetzten Pflänzchen irritierten ihn in ihrer Einfalt. Er fühlte sich hungrig und elend und zerschlagen. Er hatte Schmerz und Angst kennengelernt.

Jetzt natürlich war es an der Zeit, daß er seinen Frieden machte – jetzt, während Dunkelheit sich über den Talgrund senkte. Zwischen Sattel und Erdenrand war keine Zeit, man konnte nicht in einem kurzen Augenblick all seine Denkgewohnheiten ändern: die Gewöhnung hielt einen in Banden, indes man starb. Und es fiel ihm ein, wie Kite, nachdem sie ihn im St. Pankras-Bahnhof überfallen hatten und er im Wartezimmer in den letzten Zügen lag (ein Gepäckträger war gerade dabei, Kohlenstaub auf das erloschene Feuer zu schütten) – wie er die ganze Zeit von den Zitzen einer Frau gefaselt hatte.

Aber – so rannen die Gedanken des Jungen zwangsläufig weiter –, den Spicer hat es erwischt. Und eine große Erleichterung überkam ihn. Er konnte unmöglich etwas bereuen, was zu seiner Sicherheit diente. Das Frauenzimmer, das seine Nase in alles steckte, hatte jetzt keinen Zeugen mehr außer Rose, und mit Rose wollte er schon fertig werden. Dann, wenn ihn gar nichts mehr bedrohte, dann konnte er daran denken, seinen Frieden zu machen, heimzugehen. Sein Herz wurde schwach in einer leisen Sehnsucht nach dem engen dunklen Beichtstuhl, der Stimme des Priesters und den Menschen unter dem Marienbild, die vor den hellen Kerzen in ihren rosa Gläsern warteten, bis die Reihe an sie kam, von der ewigen Pein errettet zu werden. Früher hatte er sich unter ewiger Pein nicht viel vorstellen können: jetzt bedeutete sie ihm den Schmerz, der einem aus Rasierklingen ins Fleisch fuhr, in die Unendlichkeit verlängert.

Er schlich sich endlich aus der Garage weg. Die neue, grob aus dem Kalk herausgehauene Straße war fast menschenleer, nur ein Liebespaar stand eng aneinandergedrückt an einem Holzzaun, wo das Lampenlicht nicht hinreichte. Der Anblick würgte Übelkeit und grausame Gelüste in ihm herauf. Er hinkte an ihnen vorbei, seine verwundete Hand über der Rasierklinge geschlossen, mit seiner blutgierigen Unberührtheit, die eine von der ihren verschiedene Befriedigung heischte – gewohnheitsmäßig, tierisch und kurz.

Er wußte, wohin er gehen wollte. Nicht zu Franks Haus zurück in diesem Zustand, mit den Spinnweben aus der Garage an seinen Kleidern, mit der Niederlage in Gesicht und Hand eingeschnitten. Auf dem weißen Steindeck über dem Aquarium tanzten sie im Freien, und er begab sich an den Strand hinab, wo er mehr für sich allein war. Der trockene Tang, den die Stürme des letzten Winters hier abgesetzt hatten, knirschte unter seinen Füßen. Er konnte die Musik hören – «Du, die ich liebe . . .» Wickel sie in Zellophan, dachte er, leg sie in Stanniolpapier. Eine Motte, die sich an einem der Lichter verbrannt hatte, kroch über ein Stück Treibholz, und unter seinem kalkigen Schuh zermalmte er sie. Eines Tages – eines Tages – er hinkte über den Sand, seine blutige Hand weggestreckt, ein junger Diktator. Er war der Anführer von Kites Bande, dies war eine zeitweilige Niederlage. Eine einzige Beichte, wenn er in Sicherheit war, würde alles miteinander auslöschen. Der gelbe Mond zog schräg über Hove herauf, über dem streng mathematisch angelegten Regentschaftsplatz, und er hing seinen Wachträumen nach, dachte, während er in dem trockenen, der See entzogenen Sand weiterhinkte, vorbei an den geschlossenen Badekabinen: Ich werde ein Muttergottesbild stiften.

Er kletterte vom Sandstrand in die Höhe und schleppte sich mühsam über die Parade. Das Café *Snow* war noch hell beleuchtet. Ein Radio spielte. Er blieb draußen auf dem Fußsteig stehen, bis er Rose an einem Tisch nahe am Fenster bedienen sah, dann ging er hin und drückte sein Gesicht an die Scheibe. Sie gewahrte ihn sofort; sein schweigender Ruf hallte in ihrem Hirn nicht anders wider, als hätte er einen Telefonanruf an sie gerichtet. Er zog seine Hand aus der Tasche, aber schon sein verletztes Gesicht war Ängstigung genug für sie. Sie versuchte, ihm etwas durch das Glas hindurch zu sagen, doch er konnte sie nicht verstehen, es war ihm, als lausche er einer fremden Sprache. Dreimal mußte sie es wiederholen: «Geh an die Hintertür», bevor er ihre Lippen zu lesen vermochte. Der Schmerz in seinem Bein war schärfer; er schleppte sich um das Gebäude herum, und als er sich umwandte, kam ein Auto vorüber, ein Lancia mit uniformiertem Chauffeur – und Mr. Colleoni, Colleoni in Frack und weißer Weste, wie er sich zurücklehnte und lächelte und lächelte – der alten Dame in violetter Seide zulächelte, die ihm gegenübersaß. Oder vielleicht war es gar nicht Mr. Colleoni, sie waren so rasch und behende vorbeigefahren, sondern irgendein anderer reicher Mann in mittlerem Alter, der von einem Konzert im Pavillon ins Hotel *Cosmopolit* zurückkehrte.

Er bückte sich und sah durch die Briefkastenspalte der Hintertür: Rose kam den Gang herunter auf ihn zu, mit geballten Fäusten und einem zornigen Ausdruck im Gesicht. Sein Selbstvertrauen begann etwas zu schwinden. Sie hat bemerkt, dachte er, wie zerschlagen ich . . . Er hatte immer gewußt, daß ein Mädchen einem auf Mantel und Schuhe sieht. Wenn sie mich fortschickt, beschloß er, dann zerschlag ich die Vitriolflasche . . . aber als sie die Tür aufmachte, war sie voll stiller Anbetung wie immer. «Wer hat das getan?» flüsterte sie. «Wenn ich sie zu fassen bekäme . . .»

«Ach, es macht nichts», erwiderte der Junge mit dem Versuch zu prahlen. «Du kannst sie mir überlassen.»

«Dein liebes Gesicht.» Er erinnerte sich voll Widerwillen, daß er immer gehört hatte, sie hätte gern eine Narbe, daß das für sie ein Merkmal der Männlichkeit, geschlechtlicher Kraft bedeutete.

«Ist hier irgendwo ein Ort, wo ich mich waschen kann?» fragte er.

«Komm leise mit», flüsterte sie. «Hier durch geht's zum Keller», und sie ging voran in ein Kämmerchen, durch das die Heißwasserröhren liefen und wo ein paar Weinflaschen auf einem Behälter lagen.

«Kommen sie nicht hierher?» fragte er.

«Bei uns bestellt niemand Wein», gab sie Bescheid. «Wir haben doch keine Schanklizenz. Die Flaschen hier waren noch da, als wir das Café übernahmen.» Immer, wenn sie das Café erwähnte, sagte sie mit einem gewissen Selbstbewußtsein ‹wir›. «Setz dich», forderte sie ihn auf. «Ich will dir Wasser holen. Das Licht muß ich ausmachen, damit keiner was merkt.» Der Mond erhellte den Raum zur Genüge, so daß er sich umsehen konnte. Er vermochte sogar die Flaschenschilder zu lesen: lauter Empireprodukte, australische Rheinweine, ein afrikanischer Süßwein.

Sie blieb nur kurz weg, allein, sobald sie zurückkehrte, entschuldigte sie sich demütig: «Jemand wollte gerade bezahlen, und die Köchin konnte mich sehen.» Sie brachte eine weiße Puddingschale mit heißem Wasser und drei Taschentücher. «Mehr hab ich nicht», sagte sie und begann sie in Streifen zu reißen, «die Wäsche ist noch nicht zurückgekommen.» Und während sie den langen, nicht sehr tiefen Schnitt auswusch, der sich wie eine mit der Nadel geritzte Linie seinen Nacken hinabzog, setzte sie mit fester Stimme hinzu: «Wenn ich sie nur zwischen die Finger bekäme . . .»

«Sprich nicht soviel», sagte er und streckte ihr seine verletzte Hand hin. Das Blut war schon etwas geronnen. Ungeschickt verband sie ihn.

«Ist wieder jemand da gewesen und hat mit dir geredet und Fragen gestellt?»

«Der Mann, mit dem die Frau neulich da war.»

«Einer von der Polizei?»

«Ich glaub nicht. Er hat gesagt, daß er Phil heißt.»

«Diesmal scheinst du das Fragen besorgt zu haben.»

«Ach, sie erzählen einem immer alles mögliche.»

«Ich versteh es nicht», sagte der Junge. «Was wollen sie, wenn sie nicht von der Polizei sind?» Er streckte seine gesunde Hand aus und kniff sie in den Arm. «Du sagst ihnen doch nichts?»

«Kein bißchen», versicherte sie und blickte ihn in der Dunkelheit unterwürfig an. «Hattest du Angst?»

«Mir können sie nichts anhängen», versetzte er.

«Ich meine», sagte sie, «als sie das taten», und sie berührte seine Hand.

«Angst?» log er. «Natürlich hatte ich keine Angst.»

«Warum haben die denn das getan?»

«Ich hab dir schon gesagt, frag nicht.» Unsicher stand er auf mit seinem schmerzenden Bein. «Bürst mir die Jacke ab. So kann ich nicht aus. Ich muß anständig aussehen.» Er lehnte sich gegen die Weinflaschen, während sie mit der flachen Hand an ihm herunterstrich. Das Mondlicht schattete über die Kammer hin, die Weinkiste, die Flaschen, die schmalen Schultern, das glatte, verstörte Jünglingsgesicht.

Er fühlte einen Widerwillen bei dem Gedanken, daß er wieder auf die Straße hinaus sollte, zurück zu Franks Haus, zu den nie endenden

Besprechungen mit Dallow und Cubitt über den nächsten Schachzug. Das Leben – entworfen auf einem Messingbett inmitten von Wurstbrotkrümeln – war eine Reihe von komplizierten taktischen Übungen, so verwickelt wie die Rangierstellungen eines großen Bahnknotenpunktes. Dauernd mußte der Anzug, den man trug, aufgebügelt werden, Cubitt und Dallow lagen sich in den Haaren, oder Dallow war hinter Franks Frau her, das alte Telefon auf der Diele unten läutete einmal ums andere, und den ganzen Tag kam Judy herauf und schmiß Zettel mit Extraausgaben aufs Bett, und jedesmal bedeutete das ein Trinkgeld für sie, denn sie hatte nicht genug Geld für all die Zigaretten, die sie rauchte. Wie konnte man sich unter solchen Umständen eine großangelegte Strategie ausdenken? Ein plötzliches Heimatsgefühl überkam ihn für die kleine Rumpelkammer, ihre Stille, das fahle Licht auf den Weinflaschen. Eine Weile allein sein . . .

Aber er war nicht allein. Rose legte ihre Hand auf seinen Arm und fragte angstvoll: «Sie lauern dir doch nicht auf da draußen?»

Instinktiv wich er zurück, schnitt auf: «Die lauern mir nirgends auf. Die haben mehr abgekriegt, als sie mir gegeben haben. Eigentlich hatten sie es überhaupt nicht auf mich abgesehen, sondern auf den armen Spicer.»

«Den armen Spicer?»

«Ja. Der arme Spicer ist tot.» Und während er das sagte, drang lautes Lachen aus dem Restaurant zu ihnen – Frauenlachen, aus dem Bierstimmung und Kameradschaftlichkeit und Lebensbejahung sprach. «Ist die wieder da?» fragte der Junge.

«Ja – das ist sie.» An hundert Orten erklang dieses Lachen, es war der Inbegriff von Augen, denen Tränen fremd waren, von Sorglosigkeit, von der Kunst, dem Leben stets die beste Seite abzugewinnen, wenn Schiffe abdampften und andere weinten, von der Freude an schlüpfrigen Witzen im Kabarett; auch am Krankenbett konnte man es hören, in überfüllten Bahnabteilen, oder wenn das verkehrte Pferd durchs Ziel ging – das Lachen einer wackeren Seele, die das Leben so packte, wie es sich bot. «Sie macht mir angst», flüsterte Rose. «Ich weiß nicht, was sie will.»

Der Junge zog sie an sich: Taktik, Taktik. Nie war Zeit für Strategie. Und in der grauen Nachtbeleuchtung sah er, wie sie ihm ihr Gesicht zum Kuß bot. Von Widerwillen erfaßt, zögerte er; aber die Taktik gebot es! Er wünschte, er könnte sie schlagen, so daß sie aufschrie, doch statt dessen küßte er sie, jeder Sachkunde bar, am Mund vorbei. Dann zog er seine verächtlich gekräuselten Lippen zurück und sagte: «Horch . . .»

Sie erwiderte: «Du hast sicher schon viele Mädchen gehabt, nicht?»

«Natürlich hab ich das», warf er hin, «aber horch nur . . .»

«Du bist mein erster», sagte sie, «ich bin froh.» Wie sie es sagte, packte ihn wieder der Haß gegen sie. Nicht mal prahlen könnte man mit ihr: ihr erster! Er hatte sie keinem weggenommen, er hatte keinen Nebenbuhler, niemand sonst mochte sie auch nur ansehen, Cubitt und Dallow würden keinen Blick für sie übrig haben, für ihr farbloses, unverschöntes Haar, ihr schlichtes Wesen, die billigen Kleider, die er unter seiner Hand fühlte. Er haßte sie, wie er Spicer gehaßt hatte, und das machte ihn wachsam. Ungeschickt preßte er ihre Brüste in seinen Fingern, spielte sich mit hart entschlossener Zwecksucht in die Leidenschaft eines anderen Mannes hinein und dachte dabei: Es wäre nicht so arg, wenn sie nur mehr zurechtgemacht wäre, mit ein bißchen Schminke und Henna, aber daß so was *mich* in seiner Macht haben muß – die billigste, jüngste, unerfahrenste Schürze in ganz Brighton . . .

«O Gott», sagte sie, «du bist so süß zu mir, Pinkie. Ich hab dich lieb.»

«Du würdest mich doch nicht verraten – an *die*?»

Im Hausgang rief jemand: «Rose!» und eine Tür fiel zu.

«Ich muß gehen», sagte sie. «Was meinst du damit – dich verraten?»

«Was ich gesagt habe. Reden. Ihr sagen, wer die Karte dagelassen hat. Daß es nicht der – na, du weißt schon, war.»

«Ich sag's ihr nicht.» In der Weststraße fuhr ein Autobus vorbei, durch ein vergittertes Fensterchen fiel sein Widerschein auf ihr weißes, entschlossenes Gesicht. Sie war wie ein Kind, das seine Finger kreuzt und einen kleinen Privateid schwört. Leise sagte sie: «Mir ist es gleich, was du getan hast», als bekunde sie damit ihren Mangel an Interesse für eine zertrümmerte Fensterscheibe oder ein Schimpfwort, das mit Kreide an der Tür eines andern geschrieben stand. Er war sprachlos; und eine noch undeutliche Erkenntnis von dem Scharfsinn ihrer einfachen Natur, der langen Erfahrung ihrer sechzehn Jahre, den möglichen Tiefen ihrer Treue rührten ihn wie billige Musik, während der Lichtschein über ihr Gesicht huschte und über die Wand, während draußen der Autobus den ersten Gang einschaltete.

«Was sagst du da?» fragte er. «Ich hab doch nichts getan.»

«Ich weiß es ja nicht», gab sie zurück. «Aber es ist mir auch gleich.»

«Rose!» rief die Stimme wieder. «Rose!»

«Das ist *sie*», sagte Rose, «ich bin sicher, daß sie das ist. Weil sie mich wieder aushorchen will. Zuckersüß. Was weiß sie von *uns*?» Sie drückte sich an ihn, sagte: «Ich hab auch mal was Schlimmes getan. Eine Todsünde. Als ich zwölf war. Aber die – die weiß ja nicht mal, was Todsünde ist!»

«Rose – wo bist du, Rose?»

Der Schatten des sechzehnjährigen Gesichts schob sich im Mondlicht an der Wand hin. «Recht und Unrecht – darüber legt sie immer los. Ich hab sie bei Tisch reden hören. Als ob sie was wüßte!» Voller Verachtung flüsterte sie: «Nein, die wird nicht brennen. Nicht um die Welt!» Man hätte meinen können, sie spreche von einer feuchten Feuerwerksrakete. «Molly Carthew, die hat gebrannt. Oh – sie war so schön. Sie hat sich selbst umgebracht. Aus Verzweiflung. Das ist Todsünde. Das wird einem nie verziehn. Außer wenn man – wie ging das, was du von dem Sattel gesagt hast?»

Widerstrebend sagte er es ihr: «Sattel und Erdenrand. Das kann auch nichts nutzen.»

«Hast du das gebeichtet, was du getan hast?» bestand sie.

«Ich bin schon jahrelang nicht zur Messe gewesen», sagte er ausweichend – eine dunkle, trotzige Gestalt, die verbundene Hand auf dem australischen Rheinwein.

«Es ist mir ganz gleich», sagte sie. «Ich will lieber mit dir brennen, als so sein wie *sie.*» Verächtlich warf ihre unreife Stimme hin: «Sie weiß von nichts was.»

«Rose – ?» Die Tür öffnete sich vor ihrem Versteck. Die Wirtin in ihrer olivgrünen Dienstkleidung, den Zwicker an einem Häkchen vom Busen hängend, ließ mit ihrer Person das Licht von draußen ein, Radiogeplärr, Gelächter zerschlug die dunkle Theologie zwischen den beiden. «Kind», sagte sie, «was machst du hier? Und wer ist das andere Kind?» setzte sie hinzu, nach der schmächtigen Gestalt im Schatten hinschauend. Doch als das Licht auf ihn fiel, verbesserte sie sich: «Der Junge da?» Ihre Augen liefen zählend die Flaschen entlang. «Du kannst dir hier keine Verehrer mitbringen.»

«Ich geh schon», sagte der Junge.

Sie betrachtete ihn voll Argwohn und Widerwillen. Die Spinnweben hingen noch zum Teil an seinem Rock. «Wenn Sie nicht so jung wären», begann sie wieder, «würde ich die Polizei rufen.»

Mit dem einzigen Schimmer von Humor, den er je zeigte, erwiderte er: «Ich hab ein Alibi.»

«Und du –» wandte sich die Wirtin an Rose, «über dich reden wir nachher.» Sie folgte dem Jungen mit den Augen aus dem Raum und sagte dann angeekelt: «Ihr seid beide zu jung für solche Sachen.»

Zu jung – das war die Schwierigkeit. Spicer hatte diese Schwierigkeit nicht mehr gelöst, ehe er starb. Zu jung, ihr den Mund zu stopfen, indem er sie heiratete, zu jung, die Polizei davon abzubringen, daß sie sie als Zeugin aufrief, wenn es je so weit kam. Als Zeugin dafür – nun, daß Hale die Karte nicht selbst dagelassen hatte, daß Spicer es gewesen war, daß er, Pinkie, dann kam und unter dem Tischtuch danach fühlte. Selbst dieser Einzelheit entsann sie sich. Spicers Tod würde den Verdacht nur verschärfen. Er mußte sie auf irgendeine Weise verhindern zu reden – er mußte Ruhe haben.

Langsam stieg er die Treppe nach seinem Wohnschlafzimmer in

Franks Haus hinauf. Das Telefon läutete und läutete, und wie er es hörte, überkam ihn das Gefühl, daß er den festen Zugriff verlor, begann er sich all der Dinge bewußt zu werden, die er noch nicht Zeit gehabt zu erleben. Aus einem der unteren Zimmer kam Cubitt heraus, er kaute aus vollen Backen an einem Apfel und hielt ein zerbrochenes Taschenmesser in der Hand.

«Nein», sagte er, «Spicer ist nicht zu Hause. Er ist noch nicht heimgekommen.»

Vom ersten Treppenabsatz rief der Junge hinab:

«Wer will Spicer sprechen?»

«Sie hat schon aufgelegt.»

«Wer war es?»

«Ich weiß nicht. Eine von seinen Frauenzimmern. Er hat sich in 'n Mädchen verknallt, das er in der *Herzkönigin-Bar* kennengelernt hat. Wo ist denn Spicer, Pinkie?»

«Tot. Colleonis Leute haben ihn umgelegt.»

«O Gott!» sagte Cubitt. Er klappte sein Messer zu und spuckte den Apfel aus. «Ich hab ja immer gesagt, wir sollten Brewer in Frieden lassen. Was sollen wir nur machen?»

«Komm hier rauf», sagte der Junge. «Wo ist Dallow?»

«Aus.» Der Junge ging voran nach seinem Wohnschlafzimmer und knipste die einzige Birne an. Er dachte an Colleonis Zimmer im *Cosmopolit*. Aber irgendwie mußte man ja beginnen. «Du hast wieder auf meinem Bett gesessen», sagte er.

«Das war nicht ich, Pinkie. Das war Dallow. Aber Pinkie – sie haben *dich* ja auch zugerichtet!»

Wieder log der Junge. «Ich hab's ihnen ordentlich heimgezahlt.» Aber Lügen war eine Schwäche. Er war nicht ans Lügen gewöhnt. Er fuhr fort: «Wir brauchen uns nicht über Spicer aufzuregen. Er war 'n Feigling. Gut, daß er weg ist. Das Mädchen bei *Snow* hat gesehen, wie er die Karte da ließ. Na, wenn er mal begraben ist, wird keiner mehr seine Identität feststellen. Wir könnten ihn ja auch verbrennen lassen.»

«Du glaubst doch nicht, daß die Polizei –»

«Vor der Polizei bin ich nicht bange. Aber andere Leute spionieren rum.»

«Gegen das, was die Ärzte gesagt haben, kann keiner was machen.»

«Du weißt, wir haben ihn umgebracht, und die Ärzte haben gesagt, er ist auf natürliche Art gestorben. Mach dir deinen Vers darauf – ich kann's nicht.» Er setzte sich auf das Bett und fegte Dallows Krümel hinunter. «Ohne Spicer ist es sicherer für uns.»

«Du weißt es ja wohl am besten, Pinkie. Aber warum hat Colleoni –»

«Er hatte vielleicht Angst, daß wir es Tate auf dem Rennplatz geben würden. Ihr müßt mir Prewitt herschaffen, er muß mir was erledigen. Er ist der einzige Rechtsanwalt hier herum, auf den Verlaß ist. *Wenn* Verlaß auf ihn ist.»

«Was ist los, Pinkie? Doch nichts Ernstliches?»

Der Junge lehnte den Kopf an den Messingbettpfosten. «Vielleicht muß ich doch heiraten.»

Cubitt wälzte sich plötzlich vor Lachen, den großen Mund mit den schlechten Zähnen weit aufgerissen. Die Rollgardine hinter seinem Rükken war halb herabgezogen und schloß den Nachthimmel aus; nur die Kaminkappen ragten schwarz und phallisch in die mondbeschienene Luft. Der Junge schwieg, er ließ Cubitt nicht aus den Augen, horchte auf sein Lachen, als töne aus ihm die Verachtung der ganzen Welt.

Als Cubitt innehielt, sagte er: «Beeil dich. Läute Prewitt an. Er soll hier rumkommen.» Und er starrte an Cubitt vorbei auf die Holzeichel am Ende der Gardinenschnur, die leise gegen die Scheibe schlug, auf die Schornsteine und die Frühsommernacht.

«Er wird nicht herkommen.»

«Er muß. Ich kann *so* nicht ausgehn.» Er berührte die Schrunden an seinem Hals, wo er von den Rasierklingen zerfetzt worden war. «Ich muß die Sache in Ordnung bringen.»

«Du Hund, du!» lachte Cubitt. «Du bist weiß Gott noch zu jung für das Pläsier!» Das Pläsier. Und im Geist wandte sich der Junge mit Neugier und Widerwillen zurück zu dem gewöhnlichen, allzuwilligen kleinen Gesicht, den mondbeschienenen Flaschen auf der Kiste, dem mehrfach gebrauchten Wort ‹brennen›. Was verstanden die Menschen eigentlich unter dem ‹Pläsier›? Theoretisch wußte er alles, praktisch – nichts, gar nichts; er war alt einzig durch das Wissen anderer um die Lust, solcher, die ihre Begierden an die Wände der öffentlichen Aborte schmieren. Er kannte die einzelnen Züge, aber das Spiel hatte er nie gespielt. «Vielleicht», sagte er, «kommt es gar nicht soweit. Aber hol mir den Prewitt auf alle Fälle. Er weiß Bescheid.»

Mr. Prewitt wußte Bescheid. Davon überzeugte schon der erste Blick. Nichts war ihm fremd, keine Rechtsverdrehung, kein Manöver, keine kontradiktorische Klausel, kein zweideutiges Wort. Sein glattrasiertes gelbes, längst nicht mehr junges Gesicht war tief gefurcht von Gerichtsbeschlüssen. Er hielt eine braunlederne Aktentasche in der Hand und trug gestreifte Beinkleider, die gegen seine übrige Erscheinung etwas zu neu aussahen. Mit hohltönender Munterkeit, wie sie ihm neben der Anklagebank zur zweiten Natur geworden war, trat er ins Zimmer. An den Füßen hatte er lange, spitze, glänzend gewichste Schuhe, in denen sich das Licht spiegelte. Alles an ihm, von seiner frischfröhlichen Art bis zu seinem Gehrock, war funkelnagelneu, außer seinem eigenen Ich – und das war in manch einem Gerichtshof alt geworden, hatte viele Siege errungen – Siege, verderblicher als Niederlagen. Er hatte es gelernt, nicht hinzuhören: unzählige Verweise im Gerichtshof hatten ihn das gelehrt. Er war beschwichtigend, diskret, teilnehmend und so zäh wie Leder.

Der Junge nickte ihm zu, ohne sich von seinem Bett, auf dem er saß, zu erheben. «'n Abend, Mr. Prewitt», und Mr. Prewitt lächelte verständnisinnig, legte seine Aktentasche auf den Boden und setzte sich auf den harten Stuhl beim Waschtisch. «Eine prachtvolle Nacht», bemerkte er. Und dann: «O jemine, Sie sind aber ordentlich ins Gedränge gekommen.» Die Teilnahme war nicht echt; man konnte sie von seinen Augen abziehen wie ein Auktionsschildchen von einem antiken Feuerzeug.

«*Deswegen* will ich Sie nicht sprechen», sagte der Junge. «Sie brauchen keine Angst zu haben. Ich möchte nur Auskunft über etwas.»

«Doch hoffentlich keine Unannehmlichkeiten?» sagte Mr. Prewitt.

«Die möcht ich eben vermeiden. Wenn ich mich verheiraten wollte, was würd ich dann zu tun haben?»

«Ein paar Jahre warten», antwortete der Anwalt ohne Besinnen, als ob er beim Kartenspiel böte.

«Nächste Woche», sagte der Junge.

«Die Schwierigkeit dabei», versetzte Mr. Prewitt nachdenklich, «ist, daß Sie minderjährig sind.»

«Deswegen hab ich Sie ja gerufen.»

«Es gibt freilich Fälle», nahm Prewitt wieder das Wort, «wo Leute ein falsches Alter angeben. Aber das rat ich Ihnen darum beileibe nicht an – Wie alt ist denn das Mädchen?»

«Sechzehn.»

«Sind Sie ganz sicher? Wenn sie nämlich noch keine sechzehn wäre, dann könnte der Erzbischof in höchsteigener Person Sie im Dom von Canterbury trauen, und es wäre doch ungesetzlich.»

«Das hat schon seine Richtigkeit», antwortete der Junge. «Wenn wir aber beide unser Alter falsch angeben, sind wir dann auch richtig verheiratet – gesetzlich, mein ich?»

«So gesetzlich wie nur was.»

«Und die Polizei könnte das Mädchen nicht –»

«Zur Aussage gegen Sie veranlassen? Nicht ohne Ihre Einwilligung. Allerdings hätten Sie sich ein Vergehen zuschulden kommen lassen, dafür könnten Sie ins Gefängnis kommen. Und dann – bestehen noch andere Schwierigkeiten.» Mr. Prewitt lehnte sich zurück gegen den Waschtisch, wobei sein wohlgeordnetes graues Juristenhaar den Waschkrug streifte, und schaute dem Jungen ins Gesicht.

«Sie wissen, ich bezahle», sagte der.

«Zunächst», fuhr Mr. Prewitt fort, «müssen Sie nicht vergessen, daß es seine Zeit dauert.»

«Es darf nicht lange dauern.»

«Wollen Sie kirchlich heiraten?»

«Natürlich nicht», runzelte der Junge die Stirn. «Es ist doch keine wirkliche Heirat.»

«Wirklich genug.»

«Nicht wirklich, so wie wenn der Priester sie einsegnet.»

«Ihr religiöses Gefühl gereicht Ihnen zur Ehre», sagte der Anwalt. «Also dann soll es eine Ziviltrauung sein, nehme ich an. Sie könnten eine Bewilligung bekommen – vierzehn Tage müssen Sie am Ort der Amtshandlung gewohnt haben – das ist ja in Ihrem Fall in Ordnung –, dann ist nur noch ein Tag Voranmeldung nötig. Insoweit könnten Sie übermorgen heiraten – in Ihrem eigenen Wohnbezirk. Dann kommt aber wieder ein Haken. Für einen Minderjährigen ist es nicht so leicht zu heiraten.»

«Machen Sie nur weiter. Ich bezahle, was es kostet.»

«Es nützt nichts, wenn Sie einfach erklären, daß Sie einundzwanzig sind. Das kauft Ihnen keiner ab. Aber wenn Sie sagen, Sie wären achtzehn, dann könnten Sie heiraten, sofern Sie die Bewilligung Ihrer Eltern oder Ihres Vormunds beibringen. Leben Ihre Eltern noch?»

«Nein.»

«Wer ist Ihr Vormund?»

«Was wollen Sie damit sagen?»

Nachdenklich sagte Mr. Prewitt: «Wir könnten vielleicht einen Vormund beschaffen. Allerdings ist es riskant. Vielleicht wäre es besser, wenn Sie einfach die Verbindung mit ihm verloren haben. Er kann zum Beispiel nach Südafrika gegangen sein und Sie im Stich gelassen haben. So was könnten wir vielleicht ganz gut deichseln», setzte Mr. Prewitt gedämpft hinzu. «Frühzeitig allein in die Welt hinausgestoßen, haben Sie tapfer Ihren eigenen Weg gemacht.» Seine Augen schoben sich von Bettknauf zu Bettknauf. «Wir könnten um die persönliche Bewilligung des Standesbeamten einkommen.»

«Ich hätte nie gedacht, daß das alles so schwierig wäre», sagte der Junge. «Vielleicht kann ich mir auf irgend 'ne andere Weise behelfen.»

«Mit genügend Zeit», versetzte Mr. Prewitt, «läßt sich alles einrichten.» Er entblößte seine mit dickem Zahnstein belegten Zähne in väterlichem Lächeln. «Sprechen Sie das entscheidende Wort aus, mein Sohn, und ich verheirate Sie. Auf mich können Sie zählen.» Er stand auf, seine gestreifte Hose sah aus, als habe er sie sich für eine Trauung aus einer Leihanstalt besorgt. Wie er mit seinem unaufrichtigen Lächeln durch die Stube schritt, hätte man meinen können, er wolle soeben die Braut glückwünschend umarmen. «Wenn Sie mir jetzt nur eine Guinee für die

Konsultation geben möchten – ich muß ein paar kleine Einkäufe erledigen – für die Gattin . . .»

«Sind Sie denn verheiratet?» fragte der Junge und wurde plötzlich lebendig. Nie zuvor war ihm der Gedanke gekommen, daß Prewitt . . . Er sah sich das Lächeln an, die gelben Zähne, das gefurchte und verlebte und unverläßliche Gesicht, als könne er *daraus* vielleicht erfahren . . .

«Nächstes Jahr feiere ich Silberne Hochzeit», erzählte Mr. Prewitt. 25 Jahre ‹Pläsier› also! Cubitt steckte den Kopf zur Tür herein und sagte: «Ich geh auf 'n Weilchen aus.» Er grinste übers ganze Gesicht. «Wie steht's mit dem Heiraten?»

«Es geht vorwärts», erwiderte Mr. Prewitt, und er tätschelte seine Aktenmappe, als sei sie die runde Wange eines vielversprechenden Kindes. «Wir werden unseren jungen Freund schon unter die Haube bringen.»

Nur aushalten, bis es alles vorbei ist, dachte der Junge und legte sich auf das graue Kissen zurück, den wunden Fuß auf der hellila Daunendekke hochgelegt: Keine richtige Heirat, bloß etwas, damit sie jetzt mal den Mund hält. «Wiedersehn!» kicherte Cubitt am Fußende. Rose, das blindergebene Gesichtchen eines Kindes aus dem Volke, der süße Geschmack von Menschenhaut, Gefühlsregungen in dem dunklen Kämmerchen bei der Kiste mit Afrika-Wein – als er so auf dem Bett lag, wollte er sich wehren dagegen mit ‹Noch nicht› und ‹Nicht mit ihr›. Wenn es dann einmal geschehen mußte, wenn er allen anderen in das tierische Spiel folgen mußte, dann wenigstens erst, wenn er alt war, nichts sonst mehr zu gewinnen hätte, und mit einer, um die die anderen ihn beneiden konnten – nicht mit einem Mädchen, das so unreif, einfältig, so unwissend war wie er selber.

«Sie brauchen mir nur das Zeichen zu geben», wiederholte der Anwalt. «Wir wollen es schon miteinander in Ordnung bringen.» Cubitt war gegangen.

Der Junge sagte: «Sie finden 'nen Nicker auf dem Waschtisch.»

«Ich sehe nichts», entgegnete Mr. Prewitt ängstlich, indem er eine Zahnbürste beiseite schob.

«In der Seifenschale, unter dem Deckel.»

Dallows Kopf erschien in der Tür. «'n Abend», begrüßte er Mr. Prewitt, dann sagte er zu dem Jungen: «Was ist mit Spicer los?»

«Es war Colleoni. Sie haben ihn auf der Rennbahn erwischt», antwortete der Junge. «Mich hätten sie auch beinahe erwischt», und er hob seine verbundene Hand hoch und zeigte auf die Wunden an seinem Hals.

«Aber Spicer ist doch in seinem Zimmer. Ich hab ihn eben gehört.»

«Gehört?» sagte der Junge. «Du bildest dir Sachen ein.» Zum zweitenmal heute packte ihn Angst. Eine trübe Birne beschien Gang und Treppe, die Wände waren ungleichmäßig mit Nußbaummaserung bespritzt. Er fühlte, wie sein Gesicht sich verkrampfte, als habe etwas Widerwärtiges ihn berührt. Er hätte am liebsten gefragt, ob man diesen Spicer mehr als nur hören konnte, ob er auch zu sehen, zu fühlen sei . . . Er stand auf: was es auch sein mochte, man mußte ihm die Stirn bieten. Ohne ein weiteres Wort ging er an Dallow vorbei. Die Tür zu Dallows Kammer pendelte im Luftzug hin und her, so daß er nicht hineinsehen konnte. Es war ein winziger Raum – sie hatten alle winzige Kammern außer Kite; dessen Zimmer hatte *er* geerbt, und es diente nun als gemeinsamer Wohnraum. In Spicers Kammer würde nur Platz sein für ihn selbst – und Spicer. Durch das Hin- und Herschwingen der Tür konnte er ein Geräusch wie von knarrendem Leder hören. Wieder kamen ihm die Worte *Dona nobis pacem* in den Sinn; wieder fühlte er eine leise Sehnsucht nach etwas, das er verloren oder vergessen oder von sich gewiesen hatte.

Er ging den Korridor entlang und trat in Spicers Kammer. Seine erste Empfindung, als er Spicer über seine Reisetasche gebückt sah, bemüht, die Riemen anzuziehen, war Erleichterung – Erleichterung, daß es unzweifelhaft der lebendige Spicer war, den man anfassen und einschüchtern und herumkommandieren konnte. Ein langer Streifen Heftpflaster klebte auf seiner Wange, von der Türe aus betrachtete der Junge es mit aufwallender Grausamkeit: er hätte es gerne abgerissen, die Haut platzen sehen. Spicer blickte auf, legte die Handtasche auf den Boden, drückte sich unruhig gegen die Wand. «Ich dachte – ich war bange – Colleoni hätte dich erwischt», sagte er. Seine Angst verriet, daß er alles durchschaute. Der Junge sagte nichts, sondern fuhr fort, ihn von der Tür aus zu beobachten. Als entschuldige er sich, daß er noch am Leben war, erklärte Spicer: «Ich konnte mich fortmachen . . .» Seine Worte dorrten ab gleich einer Ranke Seetang, während sie über das Schweigen, die Gleichgültigkeit, die Entschlußkraft des Jungen hinstreiften.

Den Gang entlang kam Mr. Prewitts Stimme: «In der Seifenschale. Er hat gesagt, es wäre in der Seifenschale», und dann das Geklapper von lärmend hin und her geschobenem Porzellan.

2

«Jede einzige Stunde am Tag werde ich dieses Kind bearbeiten, bis ich was aus ihr herauskriege.» Sie erhob sich dräuend und schritt durch das Lokal, einem Kriegsschiff gleich, das zum Gefecht klar macht, ein Schlachtschiff der Partei, bei der das Recht lag in einem Krieg, der aller Kriege letzter sein sollte, dessen Signalflaggen verkündeten, daß jeder Mann seine Pflicht tun würde. Ihre starken Brüste, die nie ein Kind gesäugt hatten, fühlten erbarmungsloses Mitleid. Rose floh bei ihrem Anblick, allein Ida hielt unerbittlich auf die rückwärtige Tür zu. Alles war jetzt im Gang, sie hatte begonnen, die Fragen zu stellen, die sie damals gern gestellt hätte, als sie in *Henneky's Bar* von dem Inquest las, und was mehr war, sie erhielt Antwort. Und auch Fred hatte das Seine getan, hatte das richtige Pferd getippt, so daß sie jetzt außer Freunden auch Moneten hatte, ganze 200 Pfund – unerhörte Bestechungsmöglichkeiten.

«Guten Abend, Rose», sagte sie, als sie so in der Küchentür stand und sie versperrte. Rose setzte ein Tablett hin und wandte sich ab mit all der Furcht, dem Eigensinn und Unverständnis eines wilden Tieres, das nichts von Güte wissen will.

«Sie wieder», sagte sie. «Ich hab zu tun. Ich kann nicht mit Ihnen reden.»

«Aber Kind, die Wirtin hat's mir doch erlaubt.»

«Hier können wir nicht reden.»

«Wo denn sonst?»

«In meiner Kammer, wenn Sie mich bloß rauslassen wollen.»

Rose ging voran, die Treppe hinter dem Restaurant hinauf bis zu dem schmalen, linoleumbelegten Gang. «Hier behandeln sie euch anständig, nicht?» sagte Ida. «Ich war auch mal in 'nem Wirtshaus angestellt, das war, bevor ich den Tom kennenlernte – Tom ist mein Mann», erklärte sie geduldig, freundlich, unnachgiebig dem ihr zugekehrten Mädchenrükken, «da behandelten sie einen nicht so gut. Was, sogar Blumen!» rief sie erfreut aus beim Anblick des verwelkten Straußes auf einem Holztischchen und rupfte ein paar Blätter aus, als eine Tür ins Schloß fiel. Rose hatte sie ausgesperrt, und als sie leise pochte, hörte sie ein verstocktes Gemurmel: «Gehn Sie fort. Ich will nicht mit Ihnen sprechen.»

«Es ist 'ne ernste Sache – sehr ernst.» Das starke Porterbier, das Ida getrunken hatte, stieß ihr ein wenig auf; sie legte die Hand an den Mund und sagte gewohnheitsmäßig «Verzeihung», indem sie gegen die geschlossene Tür zu rülpste.

«Ich kann nichts machen. Ich weiß nichts.»

«Lassen Sie mich rein, Kind, dann erklär ich Ihnen alles. Ich kann doch nicht hier von der Treppe aus in Ihr Zimmer brüllen.»

«Was kann Ihnen denn an *mir* liegen?»

«Ich will nicht, daß Unschuldige leiden sollen.»

«Als ob Sie wüßten», kam anklagend die leise Stimme, «wer unschuldig ist!»

«Machen Sie auf, Kind.» Sie begann die Geduld zu verlieren, wenn auch nicht ernstlich, denn ihre Geduld war fast so tief wie ihr guter Wille. Sie tastete nach dem Handgriff und stieß gegen die Tür, denn sie wußte, daß Kellnerinnen der Besitz eines Schlüssels nicht erlaubt ist. Doch ein

Stuhl war unter den Türknauf gezwängt worden. Ärgerlich sagte sie: «Auf diese Weise kommen Sie mir nicht weg.» Sie warf sich mit ihrem Gewicht gegen die Tür, und der Stuhl gab nach und krachte, die Tür ging einen Spalt weit auf.

«Ich will Sie schon zwingen, mich anzuhören», sagte Ida. Wenn man einem Menschen das Leben rettete, so hatte sie immer gelernt, dann durfte man nicht zögern, den Gefährdeten notfalls zu betäuben. Sie schob die Hand durch und machte den Stuhl los, dann ging sie durch die offene Tür hinein. Drei eiserne Betten, eine Kommode, zwei Stühle und ein paar billige Spiegel – sie umfaßte es alles mit einem Blick und Rose dazu, die sich so weit weg, wie sie nur konnte, gegen die Wand gedrückt hatte und die Türe schreckerfüllt mit ihren unschuldigen, erfahrenen Augen betrachtete, als gäbe es nichts, was nicht dort hereinkommen könnte.

«Sind Sie nicht so albern», schalt Ida. «Ich bin Ihre Freundin. Ich will Sie nur vor diesem Jungen retten. Sie sind in ihn vernarrt, was? Verstehn Sie denn aber nicht – er ist ein schlechter Mensch!» Sie setzte sich auf eines der Betten und fuhr sanft und erbarmungslos fort.

Rose wisperte: «Sie wissen rein gar nichts.»

«Ich habe meine Beweise.»

«*Das* meine ich nicht», sagte das Kind.

«Er macht sich nichts aus Ihnen», sagte Ida. «Hören Sie doch zu, ich bin ja menschlich veranlagt. Sie können mir's glauben, ich bin zu meiner Zeit auch in einen und den anderen Jungen verliebt gewesen. Das ist so natürlich wie Atemholen. Nur darf man sich nicht gleich so davon umschmeißen lassen. Das ist kein einziger von ihnen wert, geschweige denn *der*. Das ist ein ganz verdorbener Mensch. Glauben Sie bloß nicht, daß ich 'ne Moraltante bin. Ich hab auch seinerzeit über die Schnur gehaun. Das will die Natur nun einmal so. Da», und sie streckte dem Kind ihre weichgepolsterte, beschützende Hand hin, «er steht in meiner Hand – der Venusgürtel. Aber ich hab's trotzdem immer mit dem Recht gehalten. Sie sind jung, Sie können noch Jungens genug im Leben kriegen. Eine Menge Spaß können Sie haben – Sie dürfen nur nicht alles mit sich machen lassen. Es ist doch, wie gesagt, nur natürlich. Wie das Atmen. Reden Sie sich nun bloß nicht ein, ich wäre gegen die Liebe. Das wär doch zu komisch – ich, Ida Arnold! Wer lacht da nicht?» Wieder stieg ihr das Bier in die Kehle, und sie legte die Hand vor den Mund. «Verzeihung, Kind. Sie sehn, wie fein wir zwei miteinander auskommen, wenn wir zusammen sind. Ich hab nie ein eigenes Kind gehabt, und irgendwie hab ich nun mal 'nen Narren an Ihnen gefressen. Sie sind so 'n liebes Dingelchen.» Plötzlich bellte sie los: «Gehn Sie von der Wand da weg und benehmen Sie sich vernünftig. Er liebt Sie ja gar nicht!»

«Das ist mir gleich», murmelte die kindische Stimme verstockt.

«Was wollen Sie damit sagen, es ist Ihnen gleich?»

«Ich liebe *ihn.*»

«Ihr Benehmen ist einfach krankhaft», sagte Ida. «Wenn ich Ihre Mutter wär, ich legte Sie mal ordentlich übers Knie. Was würden bloß Ihre Eltern sagen, wenn Sie das wüßten?»

«*Denen* wär's egal.»

«Und wie denken Sie sich, daß all das enden soll?»

«Ich weiß nicht.»

«Sie sind jung, das ist es», sagte Ida. «Romantisch. Das war ich auch mal. Das wächst sich aus. Was Ihnen fehlt ist nur 'n bißchen Erfahrung.»

Verständnislos erwiderten die Augen aus der Nelson-Gasse ihren festen Blick. In sein Erdloch zurückgetrieben, lugte das kleine Tier in die helle, winddurchwehte Welt hinaus. In dem Loch gab es Mord, Begattung, äußerste Armut, Treue und Gottesliebe, Gottesfurcht. Doch das kleine Tier war zu unwissend, um abzustreiten, daß nur in der blendenden Helle und der offenen Welt da draußen das zu finden war, was die Menschen Erfahrung nennen.

3

Der Junge sah auf den Leichnam hinunter, der mit prometheusartig gespreizten Gliedmaßen unten in Franks Treppenhaus lag. «Großer Gott», sagte Mr. Prewitt, «wie war denn das möglich?»

Der Junge erklärte: «Die Treppe hätte längst repariert werden sollen. Ich hatte es Frank gesagt, aber der Lump will ja keinen Penny ausgeben.» Er legte seine verbundene Hand auf die Balustrade und rüttelte daran, bis sie nachgab. Das stockige Holz fiel quer über Spicers Leiche, ein nußbaumfarbener Adler, der sich über die Nierengegend breitete.

«Das ist doch erst *nach* seinem Sturz passiert», protestierte Prewitt. Seine Advokatenstimme bebte.

«Sie irren sich», entgegnete der Junge. «Sie sind ja hier im Gang gewesen und haben selbst gesehn, wie er seine Reisetasche gegen das Geländer gelehnt hat. Das hätte er nicht tun sollen. Die Tasche war zu schwer.»

«Gott im Himmel, Sie dürfen mich nicht in diese Geschichte hineinziehen», wehrte sich der Anwalt. «Ich war nicht dabei. Ich suchte doch in der Seifenschale nach dem Geld. Dallow war bei mir.»

«Ihr habt es beide gesehn», beharrte der Junge. «Ganz famos. Es trifft sich wirklich großartig, daß wir so 'nen feinen, angesehenen Rechtsanwalt wie Sie dabei hatten. Ihr Wort wird uns rausreißen.»

«Ich leugne alles ab», erklärte Prewitt. «Ich mache, daß ich hier rauskomme. Ich werde eidlich aussagen, daß ich nie hier im Haus war.»

«Bleiben Sie, wo Sie sind», hielt ihn der Junge zurück. «Wir möchten gern weitere Unfälle vermeiden. Dallow, geh und ruf die Polizei an – und auch gleich den Doktor, das macht sich gut.»

«Sie können mich hier behalten», sagte Prewitt, «aber Sie können mich nicht zwingen, zu sagen, daß . . .»

«Sie sollen nichts sagen, was Sie nicht selber sagen wollen. Aber überlegen Sie bloß – was für 'nen Eindruck würde es machen, wenn sie mich hier wegen Mord festnähmen und Sie wären dabei gewesen – weil Sie in der Seifenschale nach was suchten? Das könnte mehr als einem Rechtsanwalt den Garaus machen.»

Mr. Prewitt starrte unverwandt auf den Durchbruch an der Treppenwindung, unter der die Leiche lag. Langsam sagte er: «Sie täten gut, den Körper aufzunehmen und das Holz darunterzuschieben. Die Polizei würde allerhand zu bemerken haben, wenn sie ihn so fände.» Er ging ins Schlafzimmer zurück und setzte sich hin, die Hand über den Augen. «Ich habe Kopfschmerzen», sagte er. «Ich sollte längst zu Hause sein.» Niemand achtete auf ihn. Spicers Tür knarrte im Zugwind. «Ich habe fürchterliches Kopfweh», sagte Mr. Prewitt.

Dallow schleifte die Handtasche den Gang entlang. Die Schnur von Spicers Pyjama hing heraus wie ein Stück Zahnpasta. «Wo wollte er hinfahren?» fragte Dallow.

«Nach Nottingham, in den *Blauen Anker*, Union-Straße», antwortete der Junge. «Wir wollen ihnen telegrafieren. Vielleicht möchten sie 'nen Kranz schicken.»

«Paßt auf mit Fingerabdrücken», beschwor der Anwalt sie vom Waschtisch aus, ohne seinen schmerzenden Kopf zu heben, bis ihn die Schritte des Jungen auf der Treppe aufsehen ließen. «Wo wollen Sie hin?» fragte er in scharfem Ton. Der Junge blickte von der Treppenwindung zu ihm hinauf. «Aus», sagte er.

«Sie können jetzt nicht weg», rief der Anwalt.

«Ich bin gar nicht hier gewesen», erklärte der Junge. «Nur Sie und Dallow waren dabei. Ihr habt gewartet, daß ich heimkäme.»

«Sie werden gesehen werden.»

«Das geht auf Ihre Gefahr», gab der Junge zurück. «Ich hab verschiedenes zu erledigen.»

«Sagen Sie mir nicht», rief Mr. Prewitt rasch und hielt dann plötzlich inne, «sagen Sie mir nicht», wiederholte er leise, «was Sie tun wollen . . .»

«Die Heirat muß in die Wege geleitet werden», sagte der Junge düster. Einen Moment lang sah er Mr. Prewitt prüfend an – die Gattin – 25 Jahre

‹Pläsier› –, als wollte er ihn gern etwas fragen, als sei er bereit, sich von einem so viel älteren Mann beraten zu lassen, als erwarte er etwas wie menschliche Weisheit von dem anrüchigen alten Rechtsverdreher.

«Besser, es geschieht bald», fuhr er leise und bedrückt fort. Er hatte noch immer den Blick auf das Gesicht des Anwalts geheftet, versuchte einen Abglanz der Lebenskenntnis zu entdecken, die das ‹Pläsier› ihm im Verlauf von 25 Jahren vermittelt haben mußte, doch er sah nur ein verängstigtes Gesicht, verbarrikadiert wie ein Gebäude während eines Aufruhrs. Er setzte seinen Weg die Treppe hinab fort, in den dunklen Schacht hinein, in den Spicer gestürzt war. Er hatte seine Entscheidung getroffen, jetzt blieb ihm nur, auf sein Ziel zuzugehen; er konnte fühlen, wie sein Blut aus dem Herzen gepumpt wurde und sich lustlos die Arterien entlang bewegte, gleich Untergrundzügen auf der inneren Ringbahn. Jede Station brachte einen der Sicherheit näher und dann wieder weiter davon fort, bis man um die Biegung war und die Sicherheit näherrückte, wie beim Haltepunkt Nottinghill – nur um dann wieder zurückzubleiben. Die ältliche Hure auf der Strandstraße von Hove machte keinerlei Anstalten, sich umzublicken, als er sie allmählich einholte – wie bei Zügen, die sich auf demselben Gleis bewegen, drohte keine Kollision. Beide hatten das gleiche Ziel vor Augen – sofern man in solcher Verbindung von einem Ziel reden konnte. Vor der *Norfolk Bar* lagen zwei elegante Rennwagen wie Doppelbetten hinter dem Randstein. Der Junge war sich ihrer nicht bewußt, doch ihr Bild grub sich automatisch in sein Hirn ein, löste seine Neidsekretion aus.

Im Café *Snow* war es beinahe leer. Er setzte sich an den Tisch, an dem einst Spicer gesessen, wurde aber nicht von Rose bedient. Ein ihm unbekanntes Mädchen kam, um seine Bestellung entgegenzunehmen. Verlegen brachte er heraus: «Ist Rose nicht hier?»

«Sie ist beschäftigt.»

«Könnte ich sie sehen?»

«Sie spricht gerade mit jemand oben in ihrer Kammer. Da können Sie nicht hin. Sie müssen solange warten.»

Der Junge legte eine halbe Guinee auf den Tisch. «Wo ist es?»

Das Mädchen zauderte. «Die Wirtin würde furchtbaren Krach schlagen.»

«Wo ist sie?»

«Sie ist ausgegangen.»

Der Junge legte noch eine halbe Guinee auf den Tisch.

«Durch die hintere Türe», sagte die Kellnerin, «und gradaus die Treppe hinauf. Aber es ist eine Frau bei ihr –»

Er hörte die Stimme der Frau, noch ehe er die Treppe hinauf war. Sie sagte: «Ich will ja nur zu Ihrem eigenen Besten mit Ihnen reden», aber er mußte sich anstrengen, um Roses Antwort aufzufangen.

«Lassen Sie mich – warum wollen Sie mich nicht lassen?»

«Um so was muß jeder Rechtdenkende sich kümmern.»

Der Junge konnte jetzt oben von der Treppe in die Kammer hineinsehen, obgleich der breite Rücken, das weite, lose Kleid, die vierschrötigen Hüften der Besucherin Rose fast verdeckten, die sich in einer Haltung von verstocktem Trotz an die Hinterwand gedrückt hielt. Klein und schmächtig in ihrem schwarzen Baumwollkleid mit weißer Schürze, die Augen gerötet, aber tränenlos, erschreckt und entschlossen, trug sie ihren Mut mit einer Art komischer Unzulänglichkeit, ähnlich dem kleinen Männchen, das auf dem Jahrmarkt dafür bezahlt wird, den starken Mann herauszufordern. «Lassen Sie mich in Ruhe – hören Sie!» sagte sie.

Es war die Nelson-Gasse, war das Paradies-Gäßchen, die dort in der Dienstbotenkammer standen, und einen Augenblick lang spürte er keine Feindseligkeit, sondern ein leises Heimweh. Er war sich bewußt, daß sie in sein Leben gehörte wie ein Zimmer oder ein Stuhl; sie war etwas, das ihn ergänzte; er dachte: Sie hat mehr Courage als Spicer. Das Schlechteste in ihm hatte sie nötig: ganz ohne Güte konnte es nicht auskommen. Mit leiser Stimme ließ er fallen: «Weswegen setzen Sie meinem Mädchen so zu?» Und der Zugehörigkeitsanspruch, den er damit erhob, klang ihm merkwürdig süß in den Ohren wie zur Kunst gewordene Grausamkeit. Schließlich und endlich: wenn er auch höher hinaus gewollt hatte als Rose, einen Trost hatte er – niedriger als ihn hätte sie nicht greifen können. Da stand er, ein Feixen auf seinen Zügen, als die beiden Frauen sich umdrehten. Zwischen Sattel und Erdenrand . . . – nun, er hatte jetzt erfahren, wie trügerisch dieser Trost war: hätte er irgendeine ſorsche, fesche Schürze an sich gefesselt, von der Art, wie er sie im *Cosmopolit* gesehen, dann wäre sein Triumph trotz allem nicht so groß gewesen. Wieder feixte er – bei der Überlegung, was für ein Paar er und sie abgaben, und das Heimweh schwand dahin vor einer Wallung trauriger Sinnlichkeit. Sie war gut, das hatte er herausgefunden, er aber war verdammt. Sie waren füreinander geschaffen.

«Lassen *Sie* sie nur in Ruhe!» erwiderte die Frau. «Über Sie weiß ich haarklein Bescheid.» Es war, als befinde sie sich auf fremdem Boden – die typische Engländerin im Ausland. Nicht einmal einen Sprachführer mit den gangbarsten Redensarten hatte sie bei sich. Sie war von diesen beiden so weit entfernt wie von der Hölle – oder dem Himmel. Gut und Böse lebten in demselben Land, redeten die gleiche Sprache, kamen wie alte Freunde zusammen, fühlten dieselbe Ergänzung, schlossen die Hände ineinander vor der eisernen Bettstatt. «Sie wollen doch sicher nur tun, was *recht* ist, Rose?» beschwor sie das Mädchen.

Wieder murmelte Rose: «Wenn Sie uns nur sein lassen wollten . . .»

«Sie sind 'n braves Mädchen, Rose. Sie dürfen mit *ihm* nichts zu tun haben!»

«Sie wissen ja gar nicht . . .»

Es blieb ihr nichts übrig, als von der Tür aus noch zu drohen: «Mit Ihnen bin ich noch nicht fertig. Ich hab hier Freunde!»

Fast sprachlos vor Erstaunen sah der Junge sie gehen. Dann sagte er: «Wer zum Teufel ist denn die?»

«Ich weiß es nicht.»

«Ich hab sie auch noch nie gesehn.» Doch eine Erinnerung prickelte ihn, verschwand dann sofort wieder: sie würde schon wieder auftauchen. «Was hat sie von dir gewollt?»

«Ich weiß nicht.»

«Du bist 'n gutes Ding, Rose», sagte der Junge, indem er die Finger um ihr scharfes Handgelenk preßte.

Sie schüttelte den Kopf: «Ich bin schlecht.» Sie flehte ihn an: «Ich will schlecht sein, wenn sie gut ist, und du –»

«Du kannst immer nur gut sein», sagte der Junge. «Manche würden dich deswegen nicht mögen, aber mir ist's gleich.»

«Ich will ja alles für dich tun. Sag mir, was ich tun soll. Ich will nicht so sein wie sie.»

«Es ist nicht, was du tust», sagte der Junge. «Es ist, was du denkst.» Er prahlte wieder. «Das liegt im Blut. Vielleicht hat das Weihwasser nicht richtig gewirkt, als ich getauft worden bin. Ich hab nie den Teufel aus mir herausgebrüllt.»

«Ist *sie* gut?» Kraftlos suchte sie Belehrung bei ihm.

«Die?» Der Junge lachte. «Die ist einfach gar nichts.»

«Wir können nicht hierbleiben», sagte Rose. «Ich wünschte, wir könnten.» Sie sah sich rings um, nach einem über und über stockfleckigen Stahlstich an der Wand, den drei schwarzen Bettstellen, den zwei Spiegeln, der einen Kommode, den blaßlila Blumensträußchen auf der Tapete, als sei sie in größerer Sicherheit hier, als sie in der stürmischen Sommernacht draußen je sein könne. «Es ist ein hübsches Zimmer.» Sie hätte es gern mit ihm geteilt, bis es für sie beide zum Heim wurde.

«Was würdest du dazu sagen, von hier wegzugehen?»

«Vom *Snow*? Ach nein, es ist 'ne gute Stellung. Ich möchte nirgends sonst sein wie bei *Snow*.»

«Ich meine – mich heiraten?»

«Dazu sind wir nicht alt genug.»

«Es ließe sich einrichten. Es gibt Mittel und Wege.» Er ließ ihr Handgelenk fahren und setzte eine unbekümmerte Miene auf: «Wenn du möchtest. Mir ist's gleich.»

«Oh –» sagte sie. «Ich möchte es. Aber sie werden uns niemals lassen.»

Obenhin erklärte er: «Es könnte nur nicht in der Kirche sein, wenigstens nicht gleich. Das wäre schwierig. Hättest du Angst?»

«Angst hätt ich nicht», sagte sie. «Aber werden sie uns denn lassen?»

«Mein Rechtsanwalt wird es irgendwie deichseln.»

«Hast du 'nen Rechtsanwalt?»

«Natürlich hab ich einen.»

«Das klingt irgendwie – so großartig – und alt.»

«Ohne Anwalt kann kein Mann auskommen.»

Sie sagte: «Es ist nicht, wo ich immer dachte, daß es mal sein würde.»

«Wo was sein würde?»

«Daß jemand mir 'nen Heiratsantrag machen würde. Ich dachte immer, im Kino oder vielleicht bei Nacht am Strand. Aber so ist's am besten», schloß sie, indem sie von dem Stahlstich nach den beiden Spiegeln blickte. Sie löste sich von der Wand und hob ihr Gesicht zu ihm auf. Er wußte, was sie von ihm erwartete, und betrachtete ihren ungeschminkten Mund mit Widerwillen. Sonnabend nachts, um elf Uhr – die uralte Turnübung. Er drückte seinen harten Puritanermund auf ihren, und wieder schmeckte er den süßlichen Geruch der menschlichen Haut. Er würde den Geschmack von Coty-Puder oder kußfestem Lippenstift, von jedwedem chemischen Produkt vorgezogen haben. Er schloß seine Augen, und als er sie wieder öffnete, war es nur, um zu sehen, wie sie, gleich einer Blinden, auf mehr Almosen wartete. Es gab ihm einen Stoß, daß sie nicht vermocht hatte, seinen Widerwillen zu erraten. «Weißt du, was das bedeutet?» fragte sie.

«Was was bedeutet?»

«Es bedeutet, daß ich dich nie im Stich lassen werde – nie, nie, nie!»

Sie gehörte ihm wie ein Zimmer oder ein Stuhl; der Junge holte ein Lächeln für das blinde, selbstverlorene Gesicht aus sich heraus – voll Unbehagen mit einem dunklen Gefühl der Scham.

Fünfter Teil

1

Alles ging gut: nicht einmal eine Schlagzeile über den Inquest gelangte in die Zeitungen; niemand stellte müßige Fragen. Der Junge ging mit Dallow heim, er hätte eigentlich überglücklich sein müssen. Er sagte: «Dem Cubitt würd ich nicht trauen, wenn er es wüßte.»

«Ach, Cubitt, der erfährt's nicht. Prewitt ist viel zu bange, um was zu sagen, und daß ich nicht schwatze, das weißt du ja, Pinkie.»

«Ich hab das Gefühl, daß jemand hinter uns her kommt, Dallow.»

Dallow blickte sich um. «Niemand da. Die Polizeibrüder in Brighton kenn ich allesamt.»

«Keine Frau?»

«Nein. Wen meinst du?»

«Ich weiß nicht.»

Die blinden Musikanten kamen am Rinnstein entlang, scharrten mit ihren Schuhen am Rande, tasteten sich in dem strahlenden Tageslicht vorwärts, leicht schwitzend. Der Junge ging am Straßenrand hin, ihnen entgegen. Sie spielten eine klagende, wehmütige Melodie, irgend etwas aus dem Gesangbuch über die Bürde des Menschen: es klang wie eine unheilkündende Stimme im Augenblick des Sieges. Der Junge stieß mit dem Anführer zusammen und puffte ihn mit einem leisen Fluch aus dem Weg, und alle übrigen traten unruhig einen Schritt auf die Fahrstraße hinaus, als sie ihren Anführer stolpern hörten; dort blieben sie, gleich Barken in einer Windstille auf dem unendlichen, landfernen Weltmeer, unsicher stehen, bis aller Zweifel, ob der Junge vorbei sei, geschwunden war, und tappten sich dann erst seitwärts zurück nach dem festen Land, dem Fußsteig.

«Was machst du denn da, Pinkie?» fragte Dallow. «Das sind doch Blinde.»

«Warum soll ich vor einem Bettler ausweichen?» Allein, er hatte nicht bemerkt, daß es Blinde waren, und war über seine Tat tief erschrocken. Es war ihm, als werde er auf einem Wege, den er nur ein Stück weit entlangwandern wollte, zu weit vorgestoßen. Er stand still und lehnte sich an das Geländer der Strandpromenade, während die

Menschen an ihm vorbeiströmten und die harte Sonne sich flacher zu legen begann.

«Was drückt dich, Pinkie?»

«Wenn ich mir den ganzen Klamauk mit Hale überlege. Er hat verdient, was er bekommen hat, aber wenn ich gewußt hätte, wie es alles gehen würde, dann hätt ich ihn vielleicht am Leben gelassen. Vielleicht war es nicht der Mühe wert, daß wir ihn ermordet haben. Ein schmieriger kleiner Journalist, der sich mit Colleoni zusammengetan hat und schuld war, daß sie Kite umbrachten. Warum sollte man sich mit dem überhaupt abgeben?» Plötzlich sah er über die Schulter. «Hab ich den alten Kerl da schon mal gesehn?»

«Das ist bloß 'n Kurgast.»

«Ich dachte, ich kenne seinen Schlips.»

«Solche gibt's Hunderte in den Läden. Wenn du einer wärst, der ins Glas sieht, würd ich sagen, du brauchtest 'ne Erholung. Was ist denn nur, Pinkie – alles geht doch fein. Keiner hat was wissen wollen.»

«Nur zwei Menschen hätten uns an den Galgen bringen können, Spicer und das Mädchen. Den Spicer hab ich erledigt, und das Mädchen heirat ich. Mir scheint, ich muß alles allein machen.»

«Na, jedenfalls sind wir dann in Sicherheit.»

«O ja, schon – *ihr* werdet in Sicherheit sein. Ich muß das ganze Risiko auf mich nehmen. *Du* weißt, daß ich den Spicer umgebracht habe. Prewitt weiß es auch. Es fehlte nur noch Cubitt, und um diesmal aufzuräumen, müßte ich einen Massenmord begehn.»

«Du solltest nicht so zu mir reden, Pinkie. Du hast dich zu sehr abgesperrt seit Kites Tod. Du brauchst 'n bißchen Zerstreuung.»

«Den Kite hab ich gern gehabt», sagte der Junge. Er stierte geradeaus, nach Frankreich hin, einem unbekannten Land. In seinem Rücken, jenseits des Hotels *Cosmopolit*, lagen die Dünen, war ein Dorf mit Vieh und Regenweiher, ebenso ein unbekanntes Land. Sein Gebiet war dies hier, der volkreiche Strand, einige tausend Quadratmorgen Häuser, eine schmale Halbinsel von elektrifizierten Gleisen, die nach London führten, ein paar Bahnhöfe mit ihren Erfrischungsräumen und belegten Brötchen. Das war Kites Bereich gewesen, gut genug für Kite, und als Kite in dem Wartesaal von St. Pankras gestorben war, war es, als sei ihm ein Vater gestorben, der ihm ein Vermächtnis hinterließ mit der Verpflichtung, es nie für eine fremde Umwelt preiszugeben. Sogar Kites Eigentümlichkeiten hatte er übernommen – das Nägelbeißen, die alkoholfreien Getränke. Die Sonne riß sich von der See los und spie, gleich einem Tintenfisch, die Färbung der Qual, des Duldens gen Himmel.

«Spann aus, Pinkie. Hau mal über die Stränge. Du hast es nötig. Komm mit mir und Cubitt raus nach der *Herzkönigin*, zum Feiern.»

«Du weißt doch, daß ich keinen Alkohol anrühre.»

«An deinem Hochzeitstag wirst du sowieso müssen. Wer hat schon mal von 'ner alkoholfreien Hochzeit gehört?»

Die Küste entlang wanderte ganz langsam ein alter Mann. Er wandte die Steine um, stöberte zwischen dem trockenen Tang nach Zigarettenstummeln, Resten von Eßwaren. Die Möwen, wie Kerzen am Meeresstrand aufgereiht, stiegen auf und stießen unterhalb der Promenade ihre Schreie aus. Der Greis fand einen Stiefel und verstaute ihn in seinem Sack, und eine der Möwen ließ sich von der Parade herabfallen und schoß durch das eiserne Kirchenschiff der Kursaalpier, weiß und zielbewußt in all der Dunkelheit: halb Geier, halb Taube. Letzten Endes mußte man immer was Neues dazulernen.

«Also gut. Ich komm mit», sagte der Junge.

«Es ist das beste Landwirtshaus zwischen hier und London», versuchte Dallow ihm Lust zu machen.

Sie fuhren in dem alten Morris aufs Land hinaus. «Ich hab gern so 'ne Spritztour ins Freie», sagte Dallow. Es war die Stunde zwischen Dämmerung und Dunkelheit, wenn die Autolampen in der grauen Sichtweite so schwach und unnötig brennen wie ein Nachtlicht im Kinderzimmer. An der breiten Verkehrsader zogen die Reklameplakate vorbei, Bungalows und ein baufälliger Bauernhof, kurzes, kalküberstäubtes Gras, wo ein Bauzaun abgerissen worden war, eine Windmühle, die Tee und Limonade anbot, ihre großen, unbrauchbaren Flügel klaffend in die Luft gereckt.

«Dem armen alten Spicer hätte dieser Ausflug auch Spaß gemacht», sagte Cubitt. Der Junge saß neben Dallow, der das Steuer hielt, und Cubitt saß hinter ihnen. Im Straßenspiegel konnte der Junge sehen, wie er auf den schlechten Federn gelinde auf und ab hopste.

Die *Herzkönigin* war hinter den Benzinpumpen mit Scheinwerfern beleuchtet. Es war eine altenglische Scheune, als Ausflugswirtshaus für Autofahrer umgebaut, der man jedoch bei der Anlage von Speisesaal und Bars gewisse Anklänge an ihren bäuerlichen Ursprung belassen hatte; wo früher die Pferdekoppel gewesen war, befand sich jetzt ein Schwimmbassin. «Wir hätten uns 'n paar Mädchen mitbringen sollen», bedauerte Dallow. «Hier in dieser Bude können wir uns keine suchen. Hier ist's piekfein.»

«Kommt in die Bar», sagte Cubitt und ging voran. An der Schwelle blieb er stehen und nickte nach einem Mädchen hin, das ganz allein an der langen Stahlbar unter dem alten Dachgebälk saß und trank. «Wir müssen was zu ihr sagen, Pinkie. Du weißt schon ungefähr – ‹er war so 'n guter alter Kamerad, wir verstehen, wie Ihnen zumute sein muß› . . .»

«Was quasselst du da?»

«Das ist doch Spicers Mädchen», erklärte Cubitt.

Der Junge stand in der Tür und musterte sie widerstrebend: Haar so hell wie Silber, eine breite, leere Stirn, gutgeformte kleine Hinterbacken, die der hohe Schemel etwas zusammendrückte, so saß sie da, allein mit ihrem Glas und ihrem Kummer.

«Wie steht's, Sylvie?» sprach Cubitt sie an.

«Es ist schrecklich.»

«Scheußlich, nicht? Er war so 'n guter alter Kamerad. Der beste, den einer sich wünschen konnte.»

«Du warst dabei, nicht?» wandte sie sich an Dallow.

«Billy hätte die Treppe ausbessern lassen müssen», erwiderte Dallow. «Darf ich dich mit Pinkie bekannt machen, Sylvie – unsere Nummer eins.»

«Waren Sie auch dabei?»

«Er war nicht da», antwortete Dallow für den Jungen.

«Darf ich Ihnen noch was zu trinken bestellen?» fragte der Junge.

Sylvie trank rasch aus. «Ganz gern, danke. Einen Sidecar-Cocktail.»

«Zwei schottische Whisky, einen Sidecar, eine Grapefruitlimonade.»

«Nanu», wunderte sich Sylvie, «trinken Sie nicht?»

«Nein.»

«Ich wette, Sie gehen auch nicht mit Mädchen.»

«Da hast du's richtig getroffen, Sylvie», sagte Cubitt, «gleich auf den ersten Hieb.»

«Ich bewundere Menschen wie Sie», sagte Sylvie. «Ich finde es himmlisch, wenn man sich so in Form hält. Spicie hat immer gesagt, einmal würden Sie dann doch über die Stränge schlagen – und dann, o Gott, muß das wunderbar sein!» Sie setzte ihr Glas hin, paßte nicht ordentlich auf und verschüttete ihren Cocktail. Sofort entschuldigte sie sich: «Ich bin nicht beschwipst. Mir ist nur der arme Spicie so in die Knochen gefahren.»

«Sei doch nicht so, Pinkie», redete Dallow ihm zu. «Komm trink auch was. Das pulvert dich auf.» Und zu Sylvie: «Ihm ist es auch in die Knochen gefahren.» In der Tanzdiele spielte die Kapelle: «Lieb mich heut nacht – Und vergiß es bei Tag. All unsre Wonne ...»

«Ja, trinken Sie was», ermunterte ihn auch Sylvie. «Ich hab mich so schauderhaft aufgeregt. Ihr seht alle, wie ich geheult hab. Sehn meine Augen nicht gräßlich aus? Ich mag mich kaum blicken lassen. Ich versteh ganz gut, warum Leute ins Kloster gehn.» Die Musik brach den Widerstand des Jungen nieder; halb mit Abscheu, halb mit Neugier betrachtete er das Mädchen: die wußte, was es mit dem ‹Pläsier› auf sich hatte. Sprachlos in seinem versehrten Stolz schüttelte er den Kopf. Er wußte, wo *seine* Stärke lag, er war der Oberste, seinem Ehrgeiz waren keine Schranken gezogen, nichts durfte ihn der Spottsucht von Menschen aussetzen, die erfahrener waren als er. Mit Spicer verglichen und zu leicht befunden werden ... jammervoll wandte er die Augen ab, während die Musik mit ihrem «... vergiß es bei Tag» die Kunde von dem hinaussäuselte, worüber alle so viel besser Bescheid wußten als er.

«Spicie hat immer gesagt, er glaubte nicht, daß Sie überhaupt schon mal ein Mädchen gehabt haben», sagte Sylvie.

«Es gibt 'ne Menge, wovon Spicer nichts gewußt hat.»

«Sie sind schrecklich jung dafür, daß sie schon so berühmt sind!»

«Wir zwei beide machen uns besser davon», sagte Cubitt zu Dallow. «Sind hier scheint's überflüssig. Komm mit, die Badeschönheiten beäugen.» Schwerfällig schoben sie ab.

«Dallie hat es immer gleich raus, wenn mir 'n Junge gefällt», sagte Sylvie.

«Wer ist Dallie?»

«Ihr Freund, Mr. Dallow, Sie Dummsack. Tanzen Sie, Mr. – ich weiß wahrhaftig nicht mal Ihren richtigen Namen.»

Er blickte sie mit erschreckten und begehrenden Augen an: sie hatte Spicer gehört, der süßliche gezogene Klang ihrer Stimme war die Telefondrähte entlanggefahren, wenn sie sich mit Spicer verabredete, er hatte Briefe in lila Umschlägen von ihr bekommen, an seinen Namen adressiert: selbst ein Mensch wie Spicer hatte etwas gehabt, worauf er stolz sein konnte, womit er vor seinen Freunden renommierte – ‹mein Mädchen›. Er erinnerte sich an den Kranz, der bei Frank abgegeben worden war, mit der Inschrift: «Ewig untröstlich». Ihre Treulosigkeit war ein Anreiz für ihn: sie gehörte keinem – war nicht wie ein Tisch oder Stuhl. Langsam sagte er, während er den Arm um sie legte, ihr das Glas aus der Hand nahm und ungeschickt ihren Busen drückte: «Ich heirate in einem oder zwei Tagen.» Es war, als mache er Anspruch auf seinen Teil an der Treulosigkeit: er würde sich durch bloße Erfahrung nicht aus dem Felde schlagen lassen. Er hob ihr Glas und trank es aus. Sein erster Alkohol rührte ihn an dem Gaumen wie ein schlechter Geruch, floß süß die Kehle hinab. Das also war es, wonach die Menschen so besessen waren, dies – und das ‹Pläsier›. Mit einer Art Grauen legte er ihr die Hand auf den Schenkel: Rose und er – 48 Stunden, nachdem Prewitt die Sache ins reine gebracht hatte – allein in Gott weiß welcher Wohnung – und dann, was dann? Die althergebrachten Gesten kannte er so wie ein Mensch die Grundsätze der Schießkunst kennen mochte, wenn er sie in Kreide aufgezeichnet auf einer Tafel sah, aber dieses Wissen in Handeln umzusetzen, es in ein zusammengeschossenes Dorf, eine geschändete Frau zu verwandeln, dazu gehörte das Mitspiel der Nerven. Und seine waren vor

Abscheu erstarrt: berührt zu werden, sich hinzugeben, sein Ich bloßzulegen . . . Sein Lebtag lang hatte er alle Intimität von sich gehalten wie auf der Spitze eines Rasiermessers – so weit wie möglich.

Er sagte: «Komm. Wir wollen tanzen.»

Langsam kreisten sie über die Diele. Durch Erfahrung geschlagen zu werden war schlimm genug, aber von Unreife und Unschuld geschlagen zu werden, von einem Mädchen, das im Café *Snow* Teller herumtrug, von einer kleinen sechzehnjährigen Nutte . . .

«Spicie hatte eine schrecklich hohe Meinung von dir», sagte Sylvie.

«Komm raus zu den Autos», sagte er.

«Ach, das kann ich doch nicht – wo Spicie erst seit gestern tot ist.» Sie standen und klatschten, und der Tanz setzte von neuem ein. In der Bar klinkerte der Mischbecher, und hinter der großen Trommel und dem Saxophon sah man die Blätter eines Bäumchens am Fenster angeklatscht.

«Ich bin gerne auf dem Land. Es ist so romantisch, nicht? Magst du das Land auch gern?»

«Nein.»

«Dies hier ist *richtiges* Land. Vorhin hab ich ein Huhn gesehn. Hier nehmen sie nur ihre eigenen Eier zu den Gin-Cocktails.»

«Komm raus zu den Autos.»

«Ja – mir ist auch so. Herrgott, wär das fein! Aber ich kann nicht, wo der arme Spicie doch . . .»

«Du hast doch Blumen geschickt, nicht? Und du hast geweint . . .»

«Wie meine Augen aussehen!»

«Also, mehr kannst du doch nicht tun.»

«Es hat einfach mein Herz gebrochen. Der arme Spicie – so plötzlich . . .»

«Ja, ich weiß. Ich hab deinen Kranz gesehen.»

«Es kommt einem wirklich zu gräßlich vor, nicht? Daß ich hier so mit dir tanze, wo er . . .»

«Komm raus zu den Autos.»

«Armer Spicie.» Aber sie ging voraus, und voll innerer Unruhe sah er, wie eilig sie es hatte – sie rannte buchstäblich über ein hellerleuchtetes Dreieck, da, wo früher ein Bauernhof gewesen, auf den dunklen Autopark und das ‹Pläsier› zu. Angewidert dachte er: In drei Minuten werd ich also wissen . . .

«Welches ist dein Wagen?»

«Der Morris da.»

«Der ist nichts für uns», erklärte Sylvie. Wie ein Pfeil schoß sie an der Wagenreihe entlang. «Der Ford hier.» Sie riß die Tür auf, sagte: «Oh, Verzeihung» und schloß sie wieder, kletterte in den Rücksitz des nächsten Autos und wartete da auf ihn. «Ach», kam ihre Stimme leidenschaftlich leise aus dem Halbdunkel innen, «ich schwärme für 'nen Lancia.» Er stand am Schlag, in der tönenden Dunkelheit zwischen ihm und dem helläugigen, leeren Gesicht. Den Rock über die Knie hinaufgezogen, erwartete sie ihn mit wollüstiger Bereitschaft.

Im Schatten des gemeinen, verhaßten Aktes wurde er sich auf einen Augenblick der Ungeheuerlichkeit seines Ehrgeizes bewußt: sah die Suite im *Cosmopolit*, das goldene Feuerzeug, Stühle, geprägt mit Kronen für eine fremde Frau, die Eugénie hieß. Hale verlor sich vor seinem Auge wie ein Stein, über die Klippe geschleudert. Er selbst stand am Eingang eines langen, spiegelglatten Parkettgangs, überall waren Büsten großer Männer, begeisterte Zurufe ertönten, Mr. Colleoni neigte sich tief wie ein Abteilungsvorstand im Warenhaus, indem er einen Schritt zurückwich, eine Armee von Rasierklingen war hinter ihm aufgereiht: ein Eroberer. Hufe trommelten über die Endstrecke der Rennbahn, ein Lautsprecher rief den Namen des Siegers, Musik spielte. Seine Brust schmerzte bei der Anstrengung, die ganze Welt zu umschließen.

«Na, du weißt, wie man's macht, was?» hörte er Sylvie.

Angstvoll und mit Grauen dachte er: Und jetzt – was weiter?

«Rasch», trieb Sylvie, «bevor sie uns hier erwischen.»

Der Parkettboden rollte sich auf wie ein Teppich. Das Mondlicht traf einen Woolworth-Ring und ein rundes Knie. In schmerzvoller, schneidender Wut sagte er: «Wart hier. Ich schick dir Cubitt», und wandte dem Lancia den Rücken, ging nach der Bar zurück. Gelächter aus dem Schwimmbad hielt ihn auf. Er blieb am Eingang stehen, den Geschmack des Alkohols noch auf der Zunge, und betrachtete das schlanke Mädchen in roter Gummikappe, das kichernd im Licht des Scheinwerfers stand. Seine Gedanken wanderten unaufhaltsam zu Sylvie und wieder zurück, gleich einer elektrischen Rangierlokomotive. Furcht und Neugier fraßen an der stolzen Zukunft, er fühlte Übelkeit aufsteigen, fing an zu würgen. Heiraten, dachte er, Tod und Hölle! Lieber sollen sie mich aufknüpfen.

Ein Mann in Badehose kam das obere Sprungbrett entlanggelaufen, schnellte ab und überschlug sich in dem strahlenden, perlmuttenen Licht, brach durch die Wasserfläche. Dann hielten die beiden Schwimmer Zug um Zug auf die Untiefe zu, machten kehrt und kamen nebeneinander zurück, geschmeidig und ohne zu eilen, voller Wohlgefühl und Freude an ihrem vertraulichen Spiel.

Der Junge stand und beobachtete sie, und als sie zum zweitenmal angeschwommen kamen, sah er sein eigenes Bild in dem scheinwerfererhellten Wasser unter ihren Stößen erschauern, die engen Schultern und die hohle Brust und er fühlte seine braunen, spitzen Schuhe auf den glänzend nassen Fliesen ausrutschen.

2

Cubitt und Dallow plapperten die ganze Zeit auf dem Rückweg, ein bißchen besäuselt; der Junge starrte geradeaus in den hellen Kern der Finsternis. Plötzlich sagte er voller Wut: «Ihr habt gut lachen.»

«Na, du hast doch nicht so übel abgeschnitten», meinte Cubitt.

«Ihr könnt lachen. Ihr denkt, ihr seid in Sicherheit. Aber ich hab euch alle satt. Am liebsten möchte ich Schluß machen, weg.»

«Mach ausführliche Flitterwochen», sagte Cubitt und grinste. Eine Eule schrie in schmerzlichem Hunger, als sie tief über einer Tankstation niederstieß, hinein in den Scheinwerferkegel und wieder heraus, auf ihren pelzigen, räuberischen Schwingen.

«Ich heirate nicht», sagte der Junge.

«Ich hab mal 'nen Burschen gekannt», gab Cubitt zum besten, «der hatte derartige Angst, daß er sich das Leben nahm. Sie mußten die Hochzeitsgeschenke alle zurückschicken.»

«Ich heirate nicht.»

«Das denken viele vorher.»

«Nichts kann mich dazu bringen, daß ich heirate.»

«Du *mußt* heiraten», stellte Dallow fest. Eine Frau sah aus einem Fenster in *Charlies Absteig-Café*; sie wartete auf jemand und sah nicht nach dem vorbeifahrenden Auto – wartete bloß.

«Trink 'nen Schluck», sagte Cubitt; er war betrunkener als Dallow. «Ich hab 'ne Flasche mitgenommen. Jetzt kannst du nicht mehr sagen, du tränkst nicht – wir haben dich gesehn, Dallow und ich.»

Der Junge sagte zu Dallow: «Ich will nicht heiraten. Warum sollte ich?»

«Du bist selbst daran schuld», antwortete Dallow.

«Woran ist er schuld?» fragte Cubitt. Dallow antwortete nicht, legte nur seine freundschaftliche, lastende Hand auf des Jungen Knie. Der Junge schielte rasch nach dem dämlichen, treuen Gesicht hinüber und erzürnte sich darüber, wie solche Freundestreue einen hemmen und antreiben konnte. Dallow war der einzige Mensch, dem er traute, und er haßte ihn, als sei er sein Schulmeister. Schon weniger fest sagte er: «Nichts kann mich dazu bringen», während er auf die lange Reihe von Plakaten sah, die in der Unterbootsbeleuchtung vorbeihuschten: Guinness ist gut für dich. Haben Sie schon Worthington versucht? Pflegen Sie Ihr Haar! – eine ganze Litanei von Beschwörungen, die einem Verhaltungsmaßregeln gaben: Werden Sie Hausbesitzer! Eheringe nur bei Bennett kaufen.

Bei Frank wurde er mit der Ankündigung empfangen: «Dein Mädchen ist oben.» In hoffnungslosem Aufruhr ging er die Treppe hinauf in sein

Zimmer: er würde die Tür aufmachen und sagen: Ich hab's mir anders überlegt mit dem Heiraten – oder vielleicht: Mein Anwalt sagt, es läßt sich doch nicht einrichten . . . Das Treppengeländer war noch immer kaputt, und er sah senkrecht nach unten, dorthin, wo Spicers Leiche gelegen hatte. Cubitt und Dallow standen eben genau dort und lachten über irgendwas. Die scharfe Kante eines gebrochenen Pfostens schrammte seine Hand; er legte sie an den Mund und trat ein. Ich muß ruhig bleiben, dachte er, meinen Verstand zusammennehmen, aber er spürte, wie der Alkohol in der Bar an seiner inneren Sicherheit gezehrt hatte. Man konnte seiner Lasterhaftigkeit so leicht verlustig gehen wie seiner Tugend – eine einzige Berührung konnte ihr ein Ende machen. Er warf ihr einen Blick zu. Sie schreckte zusammen, als er sie leise fragte: «Was machst du hier?» Sie hatte den Hut auf, den er nicht leiden konnte, und riß ihn herunter, sowie er sie ansah. «Und noch dazu zu dieser Nachtzeit», fuhr er fort, denn er dachte, wenn er es richtig anfinge, könnte er vielleicht einen Streit vom Zaun brechen.

«Hast du das gesehen?» beschwor ihn Rose. Sie hatte das Lokalblatt in der Hand. Er hatte sich nicht die Mühe genommen hineinzusehen, und nun war hier auf der Vorderseite das Bild von Spicer, wie er schreckgejagt unter den eisernen Bogen dahinschritt. Die Redaktion hatte im Kiosk mehr Erfolg gehabt als er! «Hier heißt es», sagte Rose, «es passierte –»

«Auf der Treppe», fiel der Junge ein. «Ich hatte Frank die ganze Zeit gesagt, daß er dieses Geländer ausbessern lassen müßte.»

«Aber du hast doch gesagt, sie hätten ihn auf dem Rennplatz erwischt. Und er war der Mann, der –»

Er sah ihr mit gespielter Festigkeit ins Gesicht: «Dir die Karte gab? So hast du gesagt. Vielleicht war er ein Bekannter von Hale. Der kannte 'ne Menge solche Burschen, die ich nicht kannte. Was ist schon dabei?» Angesichts ihres blöden Starrens wiederholte er die Frage zuversichtlicher: «Was ist dabei?» Von sich selbst wußte er, daß er jede Verräterei ins Auge fassen konnte, aber sie war ein gutes Geschöpf, ihr Gutsein zog ihr Grenzen; es gab Dinge, die sie sich nicht vorzustellen vermochte, und es war ihm jetzt, als sähe er ihre Einbildungskraft in der großen Wüstenei der Furcht dahinschwinden.

«Ich dachte», sagte sie, «ich dachte . . .» Und sie blickte an ihm vorbei auf das niedergebrochene Geländer am Treppenabsatz.

«Was hast du gedacht?»

Seine Finger schlossen sich in leidenschaftlichem Haß um das Fläschchen in seiner Tasche.

«Ich weiß nicht. Ich hab letzte Nacht nicht schlafen können. Ich hatte solche Träume.»

«Was für Träume?»

Grauen im Auge sah sie ihn an: «Ich hab geträumt, du wärst tot.»

Er lachte: «Ich bin jung und munter», und dachte dabei mit wiederaufsteigender Übelkeit an den Autopark und daran, was in dem Lancia vor sich gegangen war.

«Du willst doch nicht hier bleiben, Pinkie?»

«Warum nicht?»

«Ich würde denken –» sagte sie, die Augen wiederum auf das zerbrochene Geländer geheftet. «Ich hab so schreckliche Angst», fuhr es dann aus ihr heraus.

«Dazu ist keine Ursache», sagte er und kitzelte die Vitriolflasche.

«Deinetwegen hab ich so Angst», fuhr sie fort. «Auf meine Meinung kommt's ja nicht an, das weiß ich. Ich weiß schon, du hast 'nen Rechtsanwalt und ein Auto und Freunde, aber hier dieses Haus –» Sie verhedderte sich hoffnungslos in dem Versuch, das Gefühl zu ermitteln, das ihr sein häusliches Territorium einflößte – ein Ort der Unfälle und unaufgeklärten Geschehnisse; der Fremde mit der Karte, der Kampf auf der Rennbahn, der jähe Sturz. Eine Art Kühnheit und Unerschrockenheit kam plötzlich in ihre Züge, so daß er wieder ein ganz leises Sichregen seiner Sinnlichkeit spürte: «Du mußt von hier weg. Du mußt mich heiraten, wie du gesagt hast.»

«Es geht doch nicht. Ich hab mit meinem Anwalt gesprochen. Wir sind zu jung.»

«Das ist mir egal. Es ist doch überhaupt keine *richtige* Heirat. Standesamt oder nicht – das macht keinen Unterschied.»

«Du gehst hübsch dahin zurück, woher du gekommen bist», sagte er schroff. «Du kleine Nutte.»

«Ich kann nicht», sagte sie. «Sie haben mich rausgesetzt.»

«Weswegen?» Es war, als schlössen sich Handschellen um ihn. Er mißtraute ihr.

«Ich war frech zu 'ner Kundin.»

«Warum? Zu was für 'ner Kundin?»

«Rätst du das nicht?» rief sie und fuhr leidenschaftlich fort: «Wer ist sie denn überhaupt? Ihre Nase reinstecken . . . einen drangsalieren . . . Du mußt's doch wissen.»

«Ich hab keinen Dunst, wer sie ist», sagte der Junge.

Sie raffte all ihre falsche Erfahrung (aus der Zwei-Penny-Leihbibliothek) in der Frage zusammen: «Ist sie eifersüchtig? Ist sie eine . . . du weißt schon, was ich meine?» Und in ihrem Blick lauerte, sprungbereit, Besitzwille, unter der unschuldigen Frage getarnt wie Geschütze auf einem Handelsschiff: sie gehörte ihm wie ein Tisch oder Stuhl, aber ein Tisch besaß einen auch – er trug seines Besitzers Fingerabdrücke.

Er lachte befangen: «Was, die? Die ist ja alt genug, um meine Mutter zu sein.»

«Was will sie dann aber?»

«Ich wünschte, ich wüßte es.»

«Meinst du», sagte sie, «ich sollte das hier –» sie hielt ihm die Zeitung hin – «der Polizei zeigen?»

Die Naivität – oder die Schlauheit – der Frage gab ihm einen Schock. Konnte man sich je sicher fühlen mit einem Menschen, der sich so wenig bewußt war, wie tief er in die ganze Sache verwickelt war? Er sagte: «Du mußt achtgeben», und dachte mit stumpfem, ermattetem Widerwillen (es war ein zu grauenhafter Tag gewesen): Ich werde sie eben doch heiraten müssen. Er rang sich ein Lächeln ab – seine Gesichtsmuskeln gehorchten ihm jetzt – und sagte: «Höre, du brauchst dir keine Gedanken über das alles zu machen. Ich heirate dich schon. Es gibt Möglichkeiten, wie man das Gesetz umgehen kann.»

«Wozu sollen wir uns um das Gesetz kümmern?»

«Solch leichtfertiges Gerede mag ich nicht», gab er mit gespieltem Zorn zurück. «Ich laß mich auf nichts ein, außer Heiraten. Wir müssen richtig verheiratet sein.»

«Das sind wir ja doch nicht, wie wir uns auch anstellen. Der Pater in der Johanniskirche sagt –»

«Du mußt nicht zuviel auf die Priester hören», sagte er, «die kennen die Welt nicht so wie ich. Die Ideen ändern sich mit der Zeit, die Welt geht vorwärts . . .» Seine Worte purzelten durcheinander vor ihrer holzschnitthaften Anbetung. Dieses Gesicht – es sprach es so deutlich aus wie mit Worten, daß Ideen sich niemals änderten, die Welt sich nicht von der Stelle rührte: immerdar lag es da, das verheerte, umstrittene Gebiet zwischen den zwei Ewigkeiten. Sie blickten aufeinander wie aus zwei feindlichen Lagern, doch gleich Truppen am Weihnachtsfest fühlten sie sich als Kameraden. Er sagte: «Für dich bleibt es sich ohnehin gleich – und ich will verheiratet sein – gesetzlich.»

«Wenn du es möchtest . . .» Und sie willigte mit einer Geste vollkommener Nachgiebigkeit ein.

«Vielleicht», fuhr er fort, «könnten wir es auf diese Weise deichseln. Wenn dein Vater einen Brief schriebe . . .»

«Er kann nicht schreiben.»

«Dann könnte er immer sein Kreuz drunter malen, wenn ich einen Brief schreiben ließe . . . Ich weiß nicht recht, wie man so was anfängt. Vielleicht, wenn er aufs Amtsgericht ginge. Prewitt könnte dazu sehen.»

«Mr. Prewitt?» gab sie schnell zurück. «War das nicht der – auf der Verhandlung vom Inquest, der hier dabei . . .»

«Ja, und was dann?»

«Ach nichts», sagte sie. «Ich dachte nur . . .» Aber er konnte sehen, wie ihre Gedanken immer weiter liefen, aus dem Zimmer hinaus zum Treppengeländer hin und zu dem Sturz in die Tiefe, dann ganz und gar aus jenem Tag hinaus.

Unten hatte jemand das Radio angedreht – vielleicht einer von Cubitts Späßen, um die hochromantische Stimmung anzudeuten. Am Telefon vorbei kamen die quengelnden Töne die Treppe herauf bis in seine Stube: die Kapelle Soundso aus dem Hotel Soundso mit dem Ende ihres Tagesprogramms. Das schaltete ihre Gedanken um, und er überlegte, wie lange es wohl nötig sein würde, daß er sie mit romantischen Gebärden oder dem Liebesakt ablenkte – wie viele Wochen und Monate –, denn die Möglichkeit von Jahren vermochte sein Hirn nicht einmal in Erwägung zu ziehen. Eines Tages würde er wieder frei sein. Er streckte ihr die Hände hin, als wäre sie der Kriminalpolizist mit den Handschellen, und sagte: «Morgen wollen wir die Sache in Ordnung bringen – zu deinem Vater hingehen. Es sind ja nur ein paar Tage nötig», seine Lippenmuskeln wollten bei der Vorstellung fast versagen, «bis man heiraten kann.»

3

Furcht hielt ihn gepackt, während er allein dem Gebiet wieder zustrebte, das er verlassen hatte – oh, vor Jahren. Die blasse See gerann auf dem Kiesstrand, und der grüne Turm des *Metropol* sah aus wie eine ausgegrabene Münze mit uraltem Patinabelag. Die Möwen schossen bis zur obersten Promenade empor, sie schrien und flochten ihre Flugbahnen im Sonnenlicht, und ein bekannter und beliebter Schriftsteller stellte sein rundliches, allzu berühmtes Gesicht im Fenster des *Royal Albion* zur Schau, wie er sinnend auf das Meer hinausblickte. Es war ein so klarer Tag, daß man die französische Küste mit den Augen suchte.

Der Junge kreuzte nach dem Old Steyne hinüber, er ging langsam. Den Berg hinauf über dem Steyne wurden die Straßen enger: das schäbige Geheimnis unter der aufgeputzten Kleidung, die deformierte Brust. Jeder Schritt war ein Rückzug. Er hatte geglaubt, auf immer sei er dem allen entflohen, habe die ganze Länge der Parade dazwischengeschoben, und jetzt drängte äußerste Armut ihn zurück: ein Laden, wo Damen für zwei Shilling sich die Haare schneiden lassen konnten, im gleichen Gebäude wie ein Sargmacher, der in Eiche, Ulmenholz oder Blei arbeitete; als einziger Schaufensterschmuck ein mit altersgrauem Staub bedeckter Kindersarg und eine Friseurpreisliste. Die Heilsarmee-Zitadelle bezeichnete mit ihren Zinnen genau die Grenzlinie seines heimatlichen Territoriums. Die Furcht, erkannt zu werden, überkam ihn zugleich mit einem unklaren Schamgefühl, als seien es die Straßen seiner Kindheit, denen das Recht zu verzeihen zustände, statt daß er ihnen die öde und trübe Vergangenheit vorwerfen dürfe. An der *Albert-Herberge* vorbei («Gute Unterkunft für Reisende») – und da war er, oben auf dem Hügel, mitten im dichtesten Bombardement –, eine lose hängende Dachtraufe, Glasfenster, eine eiserne Bettstelle in einem Vorgarten von der Größe einer Tischplatte. Das halbe Paradies-Gäßchen war aufgerissen wie von Bombeneinschlägen; die Kinder spielten um das steile Gefälle von Schutthaufen herum; ein Stück Kamin zeugte davon, daß hier einmal Häuser gestanden hatten, und eine amtliche Bekanntmachung kündigte den Bau neuer Wohnungen an auf einem Pfahl, der in dem aufgerissenen Kies und Asphalt gegenüber der schmutzigen, baufälligen Häuserreihe steckte – allem, was vom Paradies-Gäßchen übrig war. Sein elterliches Haus war verschwunden, eine flache Stelle zwischen dem Schutt mochte den ehemaligen Herd bezeichnen, die Stube an der Treppenbiegung, wo die sonnabendliche Turnübung stattgefunden hatte, war jetzt nichts weiter als Luft. Von Grauen gepackt fragte er sich, ob all das für ihn wieder aufgebaut werden müsse; als Luft sah es besser aus.

Er hatte Rose die vorhergehende Nacht zurückgeschickt und schleifte sich jetzt zu ihr hin. Es hatte keinen Zweck, sich länger aufzulehnen – er mußte sie heiraten, er mußte sich in Sicherheit bringen. Die Kinder spielten in den Schutthaufen mit Woolworth-Pistolen Spion; einer Gruppe Mädchen sah er verdrossen zu. Ein Kind mit dem Bein in einer eisernen Schlinge hinkte blind in ihn hinein; er stieß es weg; ein anderes sagte mit einer hohen Piepsstimme: «Hände hoch!» Sie riefen ihm seine Kindheit ins Gedächtnis, und er haßte sie dafür. Es war wie der furchtbare Anruf Unschuldsvoller, aber *da* war keine Unschuld; man mußte einen weit längeren Weg zurücklegen, bis man auf Unschuld stieß; Unschuld war ein sabbernder Mund, ein zahnloser Kiefer, der an der Mutterbrust sog; vielleicht nicht einmal das; Unschuld war der häßliche Schrei der Geburt.

Er fand das Haus in der Nelson-Gasse, und noch bevor er Zeit hatte zu klopfen, ging die Tür auf. Rose hatte ihn durch die zerbrochene Scheibe kommen sehen, sagte: «Oh, ich bin so froh . . . ich dachte, vielleicht . . .» In dem elenden kleinen Hauseingang, der wie ein Abtritt stank, sprach sie rasch und leidenschaftlich weiter. «Es war einfach furchtbar gestern abend – du weißt, weil ich ihnen immer Geld geschickt hatte . . . sie begreifen nicht, daß jeder mal seine Stellung verliert . . .»

«Ich werd schon mit ihnen fertig werden», sagte der Junge. «Wo sind sie?»

«Du mußt dich vorsehen», warnte ihn Rose. «Sie haben schlechte Laune.»

«Wo sind sie?»

Doch es gab eigentlich kaum eine Wahl: es war nur eine einzige Tür da und eine mit alten Zeitungen ausgelegte Treppe. Auf den untersten Stufen, zwischen den schmutzigen Fußstapfen, starrte das lohfarbene Kindergesicht der Violet Crow ihn an, des Mädchens, das 1936 unter der Westpier vergewaltigt und eingegraben worden war. Er öffnete die Tür, und da, neben dem schwarzen Küchenofen, der kalten, toten Holzkohle auf dem Boden, saßen die Eltern. Sie hatten gerade ihre Laune: betrachteten ihn mit stummer und hochmütiger Gleichgültigkeit: ein kleiner, schmächtiger, ältlicher Mann mit einem Gesicht, das tief geprägt war mit den Hieroglyphen von Sorge und Argwohn; die Frau in mittlerem Alter, dumm, rachsüchtig. Das Geschirr war nicht gewaschen, im Ofen kein Feuer.

«Sie brummen!» sagte Rose ganz laut zu ihm. «Sie wollten mich gar nichts tun lassen, nicht mal das Feuer anzünden. Ich hab gern ein sauberes Haus, du kannst's mir glauben. Unseres würd nicht so aussehen.»

«Hören Sie, Mr. –» sagte der Junge.

«Wilson», half Rose ein.

«Wilson. Ich möchte Rose heiraten. Es scheint, ich muß Ihre Einwilligung haben, weil sie so jung ist.»

Sie wollten ihm nicht antworten. Sie schirmten ihre üble Laune, als sei sie ein hellschimmerndes Stück Porzellan, das nur sie besaßen – etwas, das sie den Nachbarn als ‹mein› zeigen konnten.

«Es hat keinen Zweck», sagte Rose, «wenn sie brummen.»

Eine Katze beobachtete sie von einer Holzkiste aus.

«Ja oder nein», verlangte der Junge Bescheid.

«Es nützt nichts», wiederholte Rose, «wenn sie solche Laune haben.»

«Antworten Sie auf 'ne klare Frage», sagte der Junge. «Kann ich Rose heiraten oder nicht?»

«Komm morgen wieder», bat Rose. «Dann brummen sie wahrscheinlich nicht mehr.»

«Ich mach ihnen nicht den Hof», erklärte der Junge. «Sie sollten sich geehrt fühlen –»

Der Mann stand plötzlich auf und stieß die tote Kohle wütend über den Fußboden. «Machen Sie, daß Sie hier rauskommen», sagte er. «Mit Ihnen woll'n wir nichts zu tun haben – nie, nie, nie», setzte er hinzu, und einen Augenblick lang glomm in den eingesunkenen, verlorenen Augen eine Art Treue auf, die den Jungen schrecklich an Rose erinnerte.

«Stille, Vater», sagte die Frau. «Red nicht mit ihnen.» Und sie gab sich weiter ihrer Laune hin.

«Ich bin hergekommen, weil ich ein Geschäft mit Ihnen machen will», fing der Junge wieder an. «Wenn Sie kein Geschäft mit mir machen wollen –» Er sah sich in dem trostlosen Raum um. «Ich dachte, 10 Pfund könnten Ihnen vielleicht was nütze sein», und durch das blinde, gehässige Stillschweigen sah er Ungläubigkeit, Geldgier, Mißtrauen zum Tageslicht durchstoßen. «Wir wollen nicht –» begann der alte Mann von neuem und lief dann leer wie ein Grammophon. Er fing an zu denken: nacheinander konnte man seine Gedanken auftauchen sehen.

«Wir brauchen Ihr Geld nicht», kam die Frau wieder dazwischen. Jedes von ihnen hatte seine eigene Art von Treue.

Rose sagte: «Mach dir nichts draus, was sie sagen. Ich bleib nicht hier.»

«Warten Sie 'nen Augenblick, warten Sie 'nen Augenblick», sagte der Mann. «Sei du stille, Mutter.» Und zu dem Jungen: «Wir könnten Rose nicht gehen lassen, nicht für zehn Nicker, nicht mit 'nem Fremden. Wie sollen wir denn wissen, ob Sie sie ordentlich behandeln?»

«Ich will Ihnen zwölf geben», bot der Junge.

«Das is keine Geldfrage», erklärte der Mann. «Sie gefallen mir. Wir möchten ja Rose nicht im Wege stehn, wenn sie sich verbessern kann, aber Sie sind zu jung.»

«Über fünfzehn geh ich nicht», sagte der Junge. «Tun Sie's oder lassen Sie's – wie Sie wollen.»

«Wenn wir nicht ja sagen, können Sie nichts machen», warf der Mann ein.

Der Junge rückte ein wenig von Rose ab. «Soviel liegt mir nun wieder nicht daran.»

«Geben Sie 15 Guineen.»

«Sie haben mein Angebot.» Er sah sich voll Grauen in der Küche um. Nein, niemand konnte sagen, er habe nicht recht daran getan, von alldem wegzustreben, jedes Verbrechen war gerechtfertigt zu diesem Zweck ... Wenn der Mann seinen Mund auftat, hörte der Junge seinen eigenen Vater sprechen; die Gestalt dort in der Ecke war seine eigene Mutter; er feilschte um seine Schwester, fühlte kein Begehren ... Er wandte sich zu Rose: «Ich geh», und fühlte eine allerleiseste Regung des Mitleids für eine Güte, die nicht morden konnte, um zu entrinnen. Es hieß ja, Heilige besäßen – wie ging doch das? – ‹heroische Tugenden›, heldenhafte Tugenden, heldenhafte Geduld, heldenhafte Leidenskraft, aber er konnte nichts Heldenhaftes entdecken in dem knochigen Gesicht, den vorstehenden Augen, der bleichen Ängstlichkeit, während er und ihr Vater einander in unredlichem Spiel zu übervorteilen suchten und ihr Leben der Einsatz war. «Na», sagte er, «dann auf Wiedersehn», und wandte sich nach der Tür. Von da sah er zurück: sie nahmen sich aus wie eine Familiengruppe. Ungeduldig und voll Verachtung gab er nach. «Also schön. Dann Guineen. Ich schicke Ihnen meinen Anwalt», und als er in den stinkenden Gang hinaustrat, war Rose hinter ihm, mit fliegendem Atem ihren Dank zu stammeln.

Er hielt das Spiel durch bis zur letzten Karte, holte ein Grinsen heraus und eine Schmeichelei: «Für dich tät ich noch mehr.»

«Du hast es wunderbar gemacht», sagte sie und brachte inmitten der Klosettgerüche ihre Liebe dar. Aber ihr Lob war Gift, denn es zeugte von ihrem Besitzerrecht über ihn, führte geradewegs zu dem, was sie von ihm erwartete, dem grauenerregenden Akt einer Begierde, die er selbst nicht fühlte. Sie folgte ihm hinaus in die Nelson-Gasse, ins Freie. Die Kinder spielten noch immer zwischen den Ruinen des Paradies-Gäßchens, und von der See her strich ein Wind über die Stelle, wo einst sein Heim gewesen war. Ein undeutlicher Wunsch nach Vernichtung, nach der unvergleichlichen Überlegenheit völliger Leere weitete sich in ihm.

Sie wiederholte, was sie schon einmal gesagt: «Ich hab mir so oft ausgedacht, wie es wohl sein würde.» Nebelhaft wanderte ihr Geist durch die Geschehnisse des Nachmittags und förderte die unerwartete Feststellung zutage: «Ich hab's noch nie erlebt, daß sie so rasch mit Brummen aufgehört haben. Sie müssen dich wohl mögen.»

4

Ida Arnold biß in einen Schokoladenkrapfen, und die Füllung quoll zwischen ihren breiten Vorderzähnen hervor. Sie lachte ein bißchen kehlig, sah sich in dem Pompadour-Salon um und sagte: «So viel Geld hab ich nicht mehr zum Ausgehen gehabt, seitdem ich von Tom weg bin.» Sie biß von neuem hinein, und ein Stück Cremefüllung blieb auf ihrer rundlichen Zunge liegen. «Und das verdanke ich nur dem Fred. Hätte der mir nicht den Tip für Black Boy gegeben . . .»

«Warum läßt du nicht die ganze Sache sein, Ida», unterbrach Corkery sie, «und machst dir einfach ein paar gute Tage? Es ist 'n gefährliches Unternehmen.»

«Gefährlich, das ist es schon», gab sie zu. Aber kein wirkliches Gefühl von Gefährdung wollte sich hinter diesen großen, lebhaften Augen einnisten. Nichts konnte sie soweit bringen, daß sie glaubte, auch sie würde eines Tages dort sein, wo die Würmer . . . denn ihr Denken vermochte sich einfach nicht auf dieser Bahn zu bewegen: sobald sie ein Stückchen darauf vorangekommen war, stellten die Weichen sich ganz von selbst um und sandten sie federnd wieder die altgewohnte Strecke entlang, für die sie von jeher eine Dauerfahrkarte gehabt hatte – zwischen Reklameplakaten, die ‹reizende Eigenheime› anpriesen, kleinen

Wäldchen für ländliche Liebesstunden. Sie betrachtete ihren Schokolade-Eclair und sagte dann: «Die ahnen ja gar nicht, was sie sich alles eingebrockt haben.»

«Überlaß das doch der Polizei.»

«I wo. Ich weiß, was recht ist. Mir kann keiner was vormachen. – Wer mag wohl das dort sein?»

Ein älterer Herr in Chevreauschuhen, mit weißem Westenstreifen und Diamantnadel, kam durch den Teeraum angewackelt. «Distängeh», kommentierte Ida Arnold.

Dicht hinter ihm her trottete ein Sekretär, der eine Liste verlas: «Bananen, Orangen, Trauben, Pfirsiche . . .»

«Treibhaus?»

«Treibhaus.»

«Wer ist das wohl?» wiederholte Ida Arnold.

«Ist das alles, Mr. Colleoni?» sagte der Sekretär.

«Was für Blumen haben Sie?» fragte Mr. Colleoni. «Und könnten Sie mir Mandarinen besorgen?»

«Leider nein, Mr. Colleoni.»

«Meine liebe Frau», begann Mr. Colleoni, aber seine Stimme verklang im Weiterschreiten, sie konnten nur noch das Wort ‹Leidenschaft› hören. Ida Arnold rollte ihre Augen über die elegante Einrichtung des Pompadour-Salons hin. Scheinwerferartig blieben sie auf einem Kissen, einem Diwan, dem schmalen Buchhaltermund ihres Gegenübers haften. «Hier könnten wir es uns gemütlich machen», sagte sie und ließ den Blick nicht von seinem Mund.

«Teuer», erwiderte Corkery nervös; seine allzu geübte Hand streichelte seine dürren Beine.

«Geht alles auf Kosten von Black Boy. Und im Belvedere – du weißt ja –, da können wir uns nicht amüsieren. Zu etepetete.»

«Und hier möchtest du dich gern 'n bißchen amüsieren?» fragte Corkery. Er blinzelte. An seinem Gesichtsausdruck konnte man nicht erkennen, ob er ihre Zustimmung erhoffte oder fürchtete.

«Warum auch nicht? Das schadet, soviel ich weiß, keinem Menschen was. Es liegt nun mal in der menschlichen Natur.» Sie biß wieder ein Stück Krapfen ab und wiederholte ihre altbekannte Losung. «Man muß doch schließlich 'n bißchen Spaß im Leben haben.» Es machte Spaß, auf der Seite von Recht und Gerechtigkeit zu kämpfen, Spaß, menschlich zu sein . . .

«Geh du hin und hol meine Reisetasche», sagte sie, «und in der Zeit nehm ich hier ein Zimmer. Schließlich und endlich bin ich dir ja was schuldig. Du hast dein Teil getan . . .»

Mr. Corkery errötete ein wenig. «Halbpart», sagte er.

Sie grinste ihn lustig an. «Black Boy bezahlt die Rechnung hier. Und *ich* bezahle dabei, was ich schuldig bin.»

«Ein Mann hat es lieber . . .» sagte er in nicht sehr überzeugendem Ton.

«Glaub du mir – ich weiß, was ein Mann gern hat», schnitt sie seinen Einwand ab. Das Cremetörtchen, der tiefe Diwan und die luxuriösen Möbel wirkten wie ein Aufpeitschungsmittel in ihrem Tee, eine bacchische und geile Stimmung kam über sie. Aus jedem Wort, das er oder sie äußerten, las sie nur die eine Bedeutung heraus. Mr. Corkery errötete, versank tiefer in seine Verlegenheit: «Ein Mann kann nun mal nicht gegen seine Gefühle an», und wurde von ihrer ungeheuren Belustigung ganz erschüttert.

«*Was* du mir nicht erzählst», sagte sie. «Was *du* mir nicht erzählst . . .»

Während er fort war, gab sie sich ihren Karnevalsvorbereitungen hin, zwischen den Zähnen noch den süßen Kuchengeschmack. Die Erinnerung an Fred Hale wich immer weiter zurück, gleich einer Gestalt auf dem Bahnsteig, wenn der Zug abfährt: er gehörte zu etwas, was sie hinter sich gelassen hatte; die winkende Hand erhöht nur die Aufregung, mit der man dem neuen Erlebnis entgegensieht. Neu – und dennoch unendlich alt. Mit rotgeäderten erfahrenen Augen sah sie sich in dem großen gepolsterten Vergnügungstempel von Schlafzimmer um, musterte den zur Erde reichenden Spiegel, den Schrank, das riesige Bett. Ungeniert ließ sie sich darauf nieder, während der Empfangsherr auf ihre Entscheidung wartete. «Es federt», sagte sie, «es federt», und blieb noch eine ganze Weile sitzen, nachdem er gegangen war, um die Kampagne für den heutigen Abend zu planen. Hätte in diesem Augenblick jemand ihr den Namen Fred Hale genannt, sie würde kaum gewußt haben, wer gemeint war. Jetzt stand ein anderes Interesse im Vordergrund. Mochte ihn die Polizei für die nächste Stunde haben!

Dann stand sie langsam auf und begann sich auszuziehen. Sie war nie gewohnt gewesen, sich in viele Kleidungsstücke einzuwickeln, so dauerte es kaum eine Minute, bis sie nackt dem langen Spiegel preisgegeben war: ein fester, ausladender Körper, eine ordentliche Handvoll. Sie stand auf einem dicken, weichen Teppich, umgeben von goldenen Rahmen und rotsamtenen Portieren, und ein Dutzend volkstümliche, gewöhnliche Redensarten entfalteten sich in ihrem Gehirn – ‹Eine Nacht der Liebe›, ‹Man lebt nur einmal›, und noch mehr dergleichen. Zu wahrer Leidenschaft hatte sie dasselbe Verhältnis wie ein Guckkastenbild. Sie sog die Schokolade aus ihren Zähnen und lächelte, während ihre runden Zehen sich in den Teppich einwühlten, im Gedanken an die große, fabelhafte, allesverheißende Überraschung, die sie Mr. Corkery bereiten würde.

Draußen vor dem Fenster ebbte das Meer, schabte über den Kiesstrand, legte ein Boot frei, ein Stück verrostetes Eisen, und der alte Mann bückte sich auf seiner Suche zwischen den Steinen. Die Sonne ging hinter den Häusern von Hove unter und Dämmerung kam geschlichen, Mr. Corkerys Schatten wurde länger, als er langsam vom *Belvedere* heraufkam, die Reisetasche in der Hand, denn er wollte das Taxi sparen. Eine Möwe schoß schreiend auf eine tote Krabbe hernieder, die gebrochen, vernichtet an den eisernen Fundamenten der Pier lag. Es war die Stunde der nahenden Dunkelheit und des Abenddunstes vom Kanal und der Liebe.

5

Der Junge schloß die Tür hinter sich und wandte sich um, den erwartungsvollen, belustigten Gesichtern entgegen.

«Na», fragte Cubitt, «alles in Ordnung gebracht?»

«Natürlich», sagte der Junge. «Wenn ich etwas will –» Seine Stimme verzitterte unsicher. Auf seinem Waschtisch standen ein halb Dutzend Flaschen, das ganze Zimmer roch nach abgestandenem Bier.

«Wenn du was willst», spottete Cubitt. «Das ist gut.» Er machte noch eine Flasche auf; in der warmen, muffigen Stubenluft stieg der Schaum rasch hoch und floß auf die marmorne Waschtischplatte.

«Was soll das alles heißen?» fragte der Junge.

«Wir feiern», sagte Cubitt. «Du bist doch katholisch, nicht? Ein Verlöbnis – so nennen die Kathol'schen das.»

Der Junge beobachtete sie: Cubitt etwas betrunken, Dallow in Gedanken, zwei magere, hungrige Gesichter, die er kaum kannte – Mitläufer am äußersten Rand der Gaunergesellschaft, die lächelten, wenn man lächelte, und die Stirn runzelten, wenn man selbst die Stirn runzelte. Jetzt aber lachten sie, weil Cubitt lachte, und plötzlich wurde ihm klar, wie weit es mit ihm abwärts gegangen war seit jenem Nachmittag, als er auf der Landungsbrücke das Alibi ausdachte, die Befehle erteilte, all das tat, was sie selber nicht den Mut hatten zu tun.

Franks Frau, Judy, steckte den Kopf zur Tür herein. Sie war im Schlafrock. Ihr Tizianhaar war an den Schläfen braun. «Viel Glück, Pinkie», sagte sie und zwinkerte mit ihren geschwärzten Wimpern. Sie hatte eben ihren Büstenhalter gewaschen: das Stückchen rosa Seide machte einen feuchten Fleck auf dem Boden. Niemand bot ihr etwas zu trinken an. «Immer arbeiten, arbeiten, arbeiten», muffte sie sie an, bevor sie wieder über den Gang zum Heißwasserhahn zurückging.

Weit abwärts ... und dennoch hatte er keinen einzigen falschen

Schritt getan: wäre er nicht ins *Café Snow* gegangen, hätte er nicht mit dem Mädchen geredet, säßen sie jetzt alle auf der Anklagebank. Wenn er Spicer nicht getötet hätte . . . Kein einziger falscher Schritt, jeder einzelne Schritt aber war bedingt gewesen durch einen Druck, von dem er selbst nicht wußte, woher er kam: eine Frau, die Fragen stellte, Telefonbotschaften, die Spicer ängstigten. Er dachte: und wenn ich das Mädchen geheiratet hab – wird es damit sein Bewenden haben? Wo kann es mich sonst noch hintreiben? Und mit einem Zucken der Mundwinkel überlegte er: in was für schlimmere Dinge noch –?

«Wann ist der glückliche Tag?» fragte Cubitt, und alle lächelten gehorsam, nur Dallow nicht.

Das Hirn des Jungen begann wieder zu arbeiten. Er bewegte sich langsam auf den Waschtisch zu. «Habt ihr nicht ein Glas für mich?» sagte er. «Soll ich nicht mitfeiern?»

Er sah Dallows Erstaunen, sah Cubitts Unsicherheit, den Zweifel der Mitläufer, die nicht wußten, wem sie folgen sollten, und er lachte zu ihnen hinüber, er – der Kluge, Überlegene.

«Nanu, Pinkie», stammelte Cubitt.

«Ich bin keiner, der trinkt, und ich bin keiner, der heiratet», sagte der Junge. «So denkt *ihr*. Aber das eine paßt mir, warum sollte mir also nicht auch das andere passen. Gib mir 'n Glas.»

«Gefällt dir», sagte Cubitt mit unbehaglichem Grinsen. «Von wegen gefallen . . .»

«Hast du sie nicht gesehn», erkundigte sich der Junge.

«Ich und der Dallow, wir sind ihr eben begegnet. Auf der Treppe. Aber es war zu dunkel . . .»

«Sie ist reizend», sagte der Junge, «viel zu gut für so 'ne Schwemme. Und gescheit. Bildet euch nur nichts Verkehrtes ein. Ich hatte natürlich keine Veranlassung, sie zu *heiraten*, aber wie die Dinge liegen –» Jemand reichte ihm ein Glas. Er tat einen langen Zug – die bittere kohlensäurehaltige Flüssigkeit ekelte ihn an –, also das war es, wonach die anderen so wild waren – und er mußte seine Lippenmuskeln anspannen, um seine Abneigung zu verbergen. «Wie die Dinge liegen», wiederholte er dann, «bin ich froh», und mit verstecktem Widerwillen sah er auf den Rest blasser Flüssigkeit im Glas, bevor er ihn hinuntergoß.

Dallow beobachtete ihn stillschweigend, und der Junge empfand mehr Zorn auf seinen Freund als auf seinen Feind: gleich Spicer wußte er zu viel, aber was er wußte war viel tödlicher als das, was Spicer gewußt hatte. Spicer hatte nur von Dingen gewußt, die einen auf die Anklagebank brachten, aber Dallow kannte, was sein Spiegel und seine Bettücher kannten: die geheime Angst und die Demütigung. Mit verhaltener Wut sagte er: «Was ist los mit dir, Dallow?»

Das dumme, zerbrochene Gesicht sah ihn in hoffnungslosem Nichtverstehen an.

«Eifersüchtig?» begann der Junge zu prahlen. «Ihr habt alle Ursache dazu, wartet nur, bis ihr sie gesehen habt. Das ist keine von euren angemalten Schneppen. Vornehm. Ich heirate sie euretwegen, aber ich nehm sie mit mir ins Bett, weil sie mir gefällt.» Mit bösem Blick wandte er sich zu Dallow: «Was spukt in *deinem* Kopf herum?»

«Na», erwiderte Dallow, «es ist doch die, mit der du dich auf'm Pier verabredet hattest? Ich dachte nicht, daß an der so viel dran wäre.»

«Du», fauchte der Junge, «was weißt schon du. So 'n ungebildeter Kerl. Du kannst was Besseres gar nicht beurteilen.»

«Eine Herzogin», sagte Cubitt und lachte.

Außerordentliche Empörung zuckte in des Jungen Hirn und seinen Fingern. Es war beinahe, als sei jemand, den er liebte, beleidigt worden. «Sieh dich vor, Cubitt», sagte er.

«Achte nicht auf ihn», beschwichtigte Dallow den Jungen. «Wir wollen ja nicht, daß du dich verliebt . . .»

«Wir haben ein paar Geschenke für dich, Pinkie», sagte Cubitt. «Möbel für den Hausstand», und er zeigte auf zwei gemeine kleine Gegenstände neben dem Bier auf dem Waschtisch – alle Galanteriewarenhändler in Brighton führten sie –: einen winzigen Puppennachttisch in Form eines Radioapparats mit der Aufschrift «Der kleinste prima Zwei-Röhren-Empfangsapparat in der Welt», und einen senftopfförmigen Klosettsitz mit den Worten «Für mich und meinen Schatz». Es war, als ob ihn plötzlich all das Grauen, das er je gefühlt, wieder überwältigte, die entsetzliche Einsamkeit seiner Unberührtheit. Er schlug nach Cubitts Gesicht, und Cubitt wich lachend aus. Die beiden Mitläufer schlichen sich aus dem Zimmer. Sie hatten kein Verlangen nach Schlägereien. Auf der Treppe hörte der Junge sie lachen. Cubitt sagte: «Du wirst sie daheim brauchen. Ein Bett ist nicht das einzige Möbelstück.» Er spottete, wich aber gleichzeitig nach rückwärts aus.

Der Junge drohte: «Bei Gott, ich will's dir noch so machen, wie ich's dem Spicer gemacht hab!»

Cubitt begriff nicht gleich. Eine ganze Weile verstrich. Er begann zu lachen und sah erst dann Dallows perplexes Gesicht und *hörte.* «Was sagst du da?» stieß er heraus.

«Er ist verrückt», mischte sich Dallow ein.

«Du hältst dich für so schlau», sagte der Junge. «Das meinte Spicer auch.»

«Es war doch das Geländer», sagte Cubitt. «Du warst doch gar nicht zu Hause. Was willst du eigentlich sagen?»

«Natürlich war er nicht zu Hause», bekräftigte Dallow.

«Du meinst, du weißt alles.» Der ganze Haß des Jungen lag in dem Worte ‹weißt› – und sein Widerwille: er ‹wußte›, so wie Prewitt wußte nach zwanzig Jahren ‹Pläsier›. Er versuchte sich mit Stolz zu wappnen, aber die ganze Zeit fielen seine Augen zurück auf die Demütigung. Der kleinste prima . . . Man konnte alles wissen, was es in der Welt gab, und doch wenn man diese eine schmutzige Balgerei nicht kannte, dann wußte man nichts, nichts.

«Was meint er nur mit alldem?» sagte Cubitt.

«Du brauchst nicht hinzuhören», antwortete Dallow.

«*Das* meine ich», sagte der Junge, «Spicer war ein Feigling, und ich bin der einzige in der ganzen Bande, der zu handeln versteht.»

«Du handelst ein bißchen zu viel!» gab Cubitt zurück. Und dann: «Willst du damit sagen, daß es nicht das Geländer war?» Die Frage erschreckte ihn selbst, er wollte keine Antwort darauf haben. Hastig wandte er sich nach der Tür, behielt dabei aber den Jungen im Auge.

«Natürlich war's das Geländer», sagte Dallow. «Ich war ja dabei, nicht?»

«Ich weiß nicht», zweifelte Cubitt, «ich weiß nicht», und näherte sich weiter der Tür. «Brighton ist nicht groß genug für ihn. Ich bin fertig mit euch.»

«Geh!» sagte der Junge. «Mach, daß du fortkommst. Geh fort und verhungre.»

«Ich werd schon nicht verhungern», gab Cubitt zurück. «Es gibt noch andere in dieser Stadt . . .»

Als die Tür sich schloß, wandte der Junge sich an Dallow. «Los, geh du nur auch. Ihr denkt, ihr könnt ohne mich fertig werden, aber ich brauche nur zu pfeifen . . .»

«Du brauchst mit mir nicht so zu reden», sagte Dallow. «Ich geh nicht von dir fort. Mir paßt es nicht, so bald wieder mit Crab Freundschaft zu schließen.»

Doch der Junge achtete nicht auf ihn. Wieder sagte er: «Ich brauche nur zu pfeifen –» er schnitt auf: –«und sie kommen zurückgestürzt.» Er ging hinüber zu seinem Messingbett und legte sich hin – er hatte einen langen Tag hinter sich. «Ruf den Prewitt für mich an. Sag ihm, von ihren Leuten aus besteht keine Schwierigkeit. Er soll die Sache fix in Ordnung bringen.»

«Übermorgen, wenn das geht?»

«Ja», nickte der Junge. Er hörte die Tür zufallen und lag mit pochender Wange da und starrte die Decke an. Es ist nicht meine Schuld, dachte er, wenn sie mich so wütend machen, daß ich Gott weiß was tun möchte. Wenn mich die Menschen nur in Frieden lassen wollten . . .! Seine Einbildungskraft erschlaffte an dem Wort. Er machte einen schwachen

Versuch, sich ‹Frieden› vorzustellen, mit geschlossenen Augen, und hinter seinen Lidern sah er eine graue Finsternis, die kein Ende nahm, ein Land, das er nicht einmal durch eine Ansichtskarte kannte, ein Ort, weit fremder für ihn als der Grand Canyon und das Taj Mahal. Er öffnete die Augen, und sofort begann Überlegung wieder in seinen Adern zu wühlen – denn dort auf dem Waschtisch lagen Cubitts Einkäufe. Er war wie ein Bluter – jede Verletzung schlug eine fast unheilbare Wunde.

Eine Glocke läutete gedämpft im Korridor des *Cosmopolit*: durch die Mauer, gegen die das Bettende stand, konnte Ida Arnold eine Stimme hören, wie sie sprach, fort und fort: jemand, der einen Bericht vorlas, vielleicht in einem Sitzungszimmer, oder in ein Diktaphon sprach. Phil lag in seiner Unterhose auf dem Bett und schlief, den Mund ein wenig geöffnet, daß man einen gelben Zahn mit einer kleinen Metallplombe sah. Spaß . . . menschliche Natur . . . fügt niemand den geringsten Schaden zu . . . verläßlich wie ein Uhrwerk tauchten die alten Entschuldigungen in ihrem wachsamen, traurigen Gehirn auf – nichts entsprach jemals der tiefen Erregung ihrer ständigen Sehnsucht. Immer enttäuschten die Männer, wenn es dazu kam. Sie hätten ebensogut ins Kino gehen können.

Aber es fügte niemandem den geringsten Schaden zu, es entsprach bloß der menschlichen Natur, niemand hätte sie als wirklich schlecht bezeichnen können – ein wenig frei und leicht vielleicht, ein wenig bohemienhaft: es war ja nicht so, als ob sie wirklich etwas davon gehabt hätte, als ob sie – wie gewisse Leute – einen Mann aussaugen und ihn dann fallen lassen würde wie ein Stück Dreck – ihn fortwerfen würde wie einen alten Handschuh. Sie wußte, was recht war und was unrecht war. Gott hat nichts gegen ein bißchen menschliche Natur – die hat er schon in Rechnung gestellt –, und ihre Gedanken wandten sich von Phil in der Unterhose ab und ihrer Mission, Gutes zu tun, zu trachten, daß das Böse leide, zu . . .

Sie richtete sich im Bett auf und schlang ihre Arme um ihre großen nackten Knie und fühlte, wie die Erregung wieder in ihrem enttäuschten Körper wach wurde. Armer alter Fred – der Name löste in ihr nicht mehr das Gefühl von Schmerz oder Leid aus. Sie vermochte sich jetzt nicht mehr viel von ihm ins Gedächtnis zurückzurufen außer einem Monokel und einem gelben Rock, und die gehörten dem armen alten Charlie Moyne. Die Jagd war es, auf die es ankam. Es war wie eine Genesung nach einer Krankheit.

Phil öffnete ein Auge – gelb von sexueller Anstrengung – und beobachtete sie mißtrauisch. Sie sagte: «Aufgewacht, Phil?»

«Es muß fast schon Zeit zum Dinner sein», sagte Phil. Er lächelte ihr nervös zu. «Ich zahl dir 'nen Penny für deine Gedanken, Ida.»

«Ich dachte gerade», sagte Ida, «das, was wir jetzt eigentlich nötig hätten, wär einer von Pinkies Leuten. Einer, der Angst hat, oder 'ne Wut auf ihn. Manchmal müssen die ja Angst kriegen. Wir brauchen bloß zu warten.»

Sie stand aus dem Bett auf, öffnete ihre Reisetasche und begann die Kleider herauszunehmen, von denen sie dachte, sie eigneten sich für ein Dinner im *Cosmopolit.* Im Schein der rosa Lese-, Liebeslampe glitzerten Silberreifen. Sie reckte die Arme: jetzt fühlte sie weder Begierde noch Enttäuschung mehr, ihr Kopf war klar.

Am Strand entlang war es fast schon dunkel, der Saum des Meeres war wie eine Schriftzeile in weißer Tünche: große, ausfahrende Buchstaben. Aus dieser Entfernung besagten sie nichts. Ein Schatten bückte sich mit unendlicher Geduld und grub aus dem Kies ein uraltes Stück Strandgut aus.

Sechster Teil

1

Als Cubitt zur Haustür herauskam, waren die Mitläufer bereits verschwunden. Die Straße war menschenleer. Er ging dahin in einer dumpfen, bitteren, unverstehenden Empfindung gleich einem Menschen, der sein Heim zerstört hat, ohne zuvor für ein anderes Sorge getragen zu haben. Der Nebel stieg vom Meer auf, und er hatte seinen Mantel nicht mitgenommen. Er war zornig wie ein Kind: er würde nicht danach zurückgehen, das wäre so gut wie zuzugeben, daß er unrecht hatte. Das einzige, was man jetzt tun konnte, war, in der *Krone* einen starken Whisky zu trinken.

An der Bar machten sie ihm respektvoll Platz. In dem mit einer Ginreklame quer überschriebenen Spiegel konnte er sein eigenes Bild sehen – das kurze, flammende Haar, das stumpfe, offene Gesicht, breite Schultern. Gleich Narziß am Teiche starrte er sich selber an und erholte sich dabei etwas: er war nicht der Mensch, der sich mit Füßen treten ließ, er war wertvoll. «Trinken Sie 'nen Whisky mit mir?» fragte jemand. Es war der Verkäufer im Gemüsegeschäft an der Ecke. Cubitt legte ihm seine dicke Pfote in herablassender Zustimmung auf die Schulter: er, der Mann, der im Leben so manches zuwegegebracht hatte, würdigte den blassen, unwissenden Burschen, der sich von seinem Kaufmannswinkel aus das Leben eines solchen Mannes ausmalen mochte, seiner Freundschaft. Das Verhältnis gefiel Cubitt. Er ließ sich noch zwei Whiskies auf Kosten des Gemüsehändlers geben.

«Haben Sie 'nen Tip, Mr. Cubitt?»

«Ich hab andere Dinge im Kopf als Tips», erwiderte Cubitt dunkel, indem er einen Schuß Sodawasser dazugab.

«Wir stritten uns vorhin hier drin über Gay Parrot im Zwei-Uhr-vierzig-Rennen, ich meine . . .»

Gay Parrot – der Name bedeutete nicht das geringste für Cubitt. Der Alkohol wärmte ihn, der Nebel war in seinen Kopf eingedrungen: er beugte sich vor, gegen den Spiegel zu und sah «Booths Gin . . . Booths Gin» in gekrümmter Zeile über sich. Er war in hochpolitische Dinge verwickelt – Menschen waren ermordet worden, der arme alte Spicer ... Wie auf einer schwerbeladenen Waage maß er ab, wem er Vasallentreue zollen solle. Er kam sich so wichtig vor wie ein Verträge schließender Premierminister.

«Es muß noch mehr Blut fließen, bis wir das Ende davon erleben», äußerte er geheimnisvoll. Er wußte, was er sagte: er verriet nichts; aber was konnte es schaden, wenn man diesen armen Einfaltspinseln einen Einblick in die Geheimnisse menschlichen Erlebens gewährte. Er schob sein Glas vor und kündete an: «Jetzt spendier ich eine Runde», aber als er sich umsah, waren seine Kumpane rechts und links fort; ein Gesicht warf nur einen Blick zurück durch die Scheibe der Zwischentür, verschwand; sie ertrugen eben die Gesellschaft eines wahren Mannes nicht.

«Macht nix», sagte er, «macht nix», trank seinen Whisky aus und ging ebenfalls. Der nächste Schritt war natürlich, Colleoni aufzusuchen. Er würde zu ihm sagen: Hier bin ich, Mr. Colleoni. Mit Kites Bande bin ich fertig. Ich arbeite nicht unter so 'nem Bürschchen. Geben Sie mir Mannesarbeit, und ich verrichte sie. Der Nebel legte sich ihm jetzt auf die Knochen, unwillkürlich schauerte er – ein richtiger Schüttelfrost ... Er dachte: wenn bloß auch Dallow ... und plötzlich versank all sein Selbstvertrauen in Einsamkeit – die ganze Wärme des Trinkens sickerte aus ihm heraus, und der Nebel nahm von ihm Besitz gleich sieben Teufeln. Wenn nun Colleoni einfach kein Interesse zeigte? Er kam zur Strandstraße hinunter und sah durch den leichten Seenebel die hohen Lichter des *Cosmopolit*: es war die Cocktailstunde.

Durch und durch vor Kälte zitternd setzte sich Cubitt in einen der kleinen Glaspavillons und starrte geradeaus. Es war Ebbe, aber der Nebel lagerte zwischen Küste und Meeresrand, man hörte nur ein Gleiten und Zischen. Er zündete eine Zigarette an, das Streichholz erwärmte auf einen Augenblick seine zusammengebogenen Hände. Er hielt das Paket einem alten Herrn in schwerem Überzieher hin, der auch in dem Pavillon saß. «Ich rauche nicht», sagte der Greis scharf und fing an zu husten – ein ständiges Häck-häck-häck nach der unsichtbaren See hin.

«Eine kalte Nacht», sagte Cubitt. Der alte Herr drehte seine Augen auf ihn wie ein Opernglas und fuhr fort zu husten: «Häck-häck-häck», mit Stimmbändern, so trocken wie Stroh. Irgendwo draußen auf dem Meer begann eine Geige zu spielen – es war, als ob ein Meertier sich wehklagend der Küste entgegendehne. Cubitt dachte an Spicer, der gern eine hübsche Melodie gemocht hatte. Armer alter Spicer! Der Nebel kam jetzt hereingeweht, dichte, wollige Schwaden wie Ektoplasma. Cubitt war einmal in Brighton auf einer Séance gewesen: er wünschte, mit seiner Mutter, die schon seit zwanzig Jahren tot war, eine Verbindung herzustellen. Ganz plötzlich war es über ihn gekommen, daß die alte Dame ihm vielleicht etwas mitzuteilen habe. Und das war auch so: sie befand sich auf der siebenten Ebene, wo alles wunderschön war; zwar hatte ihre Stimme etwas beschwipst geklungen, aber das war weiter nicht unnatürlich. Die Jungens hatten ihn deswegen ausgelacht, besonders Spicer. Na, der alte Spicer würde jetzt nicht mehr lachen. Er konnte jetzt selber zu jeder Zeit dazu aufgerufen werden, ein Glöckchen zu läuten und ein Tamburin zu schütteln. Nur gut, daß er gern Musik hatte.

Cubitt stand auf und schlenderte bis zum Drehkreuz an der Westpier, das im Nebel nur unklar sichtbar war. Dann ging er weiter nach dem Konzertsaal; er begegnete keiner Seele. Alle die Menschen, die sich auf der Pier befinden mochten, waren im Konzertsaal versammelt. Cubitt umwanderte ihn von außen und sah hinein: ein Mann im Frack fiedelte ein paar Reihen von Zuhörern in Mänteln etwas vor – inselumschlossen gute vierzig Meter draußen über der See, mitten im Nebel. Im Kanal ertönte irgendwo eine Dampfersirene, eine zweite antwortete, und dann noch eine – gleich Hunden, die einander in der Nacht aufwecken.

Zu Colleoni gehen und sagen . . . es war alles wirklich ganz leicht; der alte Knopf sollte sich dafür bei ihm bedanken. Cubitt blickte zurück – nach der Küste und sah über dem Nebel die hohen Lichter des *Cosmopolit*, und sie schreckten ihn. Solcherart Gesellschaft war er nicht gewöhnt. Er ging die eiserne Treppe zu den Herrentoiletten hinab und ließ den Whisky aus sich abfließen, hinein in das Wellengeplätscher unter den Streben. Als er wieder emportauchte, fühlte er sich noch einsamer als vorher. Er holte einen Penny aus der Tasche und schob ihn in einen der Automaten ringsum: ein Robotgesicht, hinter welchem eine elektrische Birne kreiste, Eisenhände, die sich Cubitt darboten. Ein blaues Kärtchen schoß auf ihn zu: «Ihr Charakterbild». Cubitt las: «Sie lassen sich stark durch Ihre Umgebung beeinflussen und neigen zu Launenhaftigkeit und Wetterwendischkeit. Ihre Gefühle für andere sind eher heftig als nachhaltig. Sie haben eine frischfröhliche, heitere Natur. Was Sie unternehmen, führen Sie zu gutem Ende. Sie werden stets Ihr Teil an den guten Dingen des Lebens erlangen. Ihr Mangel an Initiative wird wettgemacht durch Ihren gesunden Menschenverstand und Sie werden Erfolg haben, wo anderen Mißerfolg beschieden ist.»

Er schleppte sich langsam weiter an den Automatenmaschinen vorbei, um den Augenblick hinauszuzögern, wo ihm nichts übrigbleiben würde, als ins *Cosmopolit* hineinzugehen. «Ihr Mangel an Initiative . . .» Zwei Fußballmannschaften aus Blei warteten hinter Glas, durch einen Penny in Aktion gesetzt zu werden; eine alte Hexe, der die Wergfüllung aus den Krallen heraushing, erbot sich, ihm wahrzusagen. «Ein Liebesbrief» brachte ihn zum Stehen. Die Planken waren nebelfeucht, das lange Brückendeck war menschenleer, die Violine kratzte immer weiter. Er empfand plötzlich das Bedürfnis nach einem starken, sentimentalen Liebesverhältnis, Orangenblüten und Knutscherei in einem Winkel. Seine dicke Pfote sehnte sich nach einer klebrigen Mädchenhand. Er brauchte jemand, der nichts gegen seine Witze sagen, der mit ihm lachen würde über den zweiröhrigen Radioapparat. Er hatte es nicht böse gemeint. Die Kälte reichte ihm bis an den Magen, und ein bißchen halbverdauter Whisky stieg wieder in seinen Hals auf. Er wäre beinahe wieder in Franks Haus zurückgekehrt. Doch Spicer fiel ihm noch rechtzeitig ein. Der Junge war wahnsinnig, blutdürstig, es war nicht sicher. Einsamkeit zwang ihn die verlassenen Planken entlang. Er nahm seine letzte Kupfermünze heraus und warf sie ein. Eine kleine rosa Karte kam heraus mit einer aufgedruckten Briefmarke: einem Mädchenkopf mit langem Haar, der Inschrift «Treue Liebe». Adressiert war sie «An meinen lieben Schatz, Knutschwinkel, mit Liebesgrüßen von Gott Amor», und sie zeigte das Bild eines jungen, befrackten Mannes, der vor einem Mädchen in dickem Pelz kniete und ihr die Hand küßte. In der einen Ecke waren über der Musterschutznummer 745812 zwei von einem Pfeil durchbohrte Herzen. Cubitt dachte: das ist gut gemacht, sehr billig für einen Penny. Rasch sah er sich um: keine Seele. Er wandte die Karte um und begann zu lesen. Der Brief kam von «Amors Tempel, Liebespfad». «Mein liebes kleines Mädchen. Also du gibst mir den Laufpaß, weil Du einen vornehmeren Verehrer gefunden hast. Du kannst nicht ahnen, wie Du durch Deinen Treubruch mein Leben zunichte gemacht, meine Seele in mir zermalmt hast, gleich dem Schmetterling unter dem Rad. Dennoch wünsche ich nur Dein Glück, nichts sonst.»

Cubitt grinste verlegen. Er war tief bewegt. So ging es allemal, wenn man mit einer ging, die keine Nutte war – sie ließen einen sitzen. Selbstentäußerung, Tragödien, Schönheit, das alles spukte wild in Cubitts Hirn. Wenn es eine Nutte war, dann ging man selbstverständlich mit dem Rasiermesser zu ihr hin, barbierte sie gehörig, aber die hier gedruckte Liebe war was wirklich Vornehmes. Er las weiter. Es war Literatur, es war so, wie er selbst gern schreiben würde. «Und wenn ich mir alles überlege, an Deine wunderbare, fesselnde Schönheit denke, an Deine Kultur, dann fühle ich, was für ein Narr ich gewesen sein muß, daß ich träumte, Du könntest mich je wirklich lieben.» Ein Unwürdiger. Die Rührung prickelte hinter seinen Lidern, und vor Kälte und Schönheit schlotterte er im Nebel. «Doch denk daran, immer, daß ich Dich liebe, und solltest Du jemals eines Freundes bedürfen, so schick mir das kleine Zeichen meiner Liebe zurück, das ich Dir gab, und ich werde Dein Knecht und Sklave sein. Dein tieftrauriger John.» Es war sein eigener Name: ein Omen.

Wieder schritt er an dem erleuchteten Konzertsaal vorbei und das verlassene Deck hinunter. Geliebt und verloren. Tragisch wühlte Gram unter seinem Fuchshaar. Was kann der Mensch tun, als trinken? Er ließ sich gegenüber dem Brückenkopf noch einen Whisky geben und ging weiter, indem er die Füße ein wenig allzu fest aufsetzte, auf das *Cosmopolit* zu. Es tönte, als trüge er eiserne Gewichte unter den Sohlen; so mochte ein Standbild sich fortbewegen, halb Fleisch, halb Stein.

«Ich möchte Mr. Colleoni sprechen.» In seiner Stimme lag Trotz und Herausforderung. Der Plüsch, die Vergoldungen wischten sein Selbstvertrauen aus. Unruhig wartete er neben dem Empfangsschalter, während ein Page sämtliche Räume des Hotels nach Mr. Colleoni durchsuchte. Der Empfangschef blätterte in einem dicken Buch und schlug dann ein *Wer ist's?* auf. Über den dicken Teppich kam der Page zurück, gefolgt von Crab, der mit siegesbewußtem Ausdruck und nach Pomade duftendem Haar auf ihn zukam.

«Mr. Colleoni, hab ich gesagt», wandte sich Cubitt an den Empfangschef, doch der schenkte ihm keine Beachtung, leckte an seinem Finger, wandte eine Seite von *Wer ist's* nach der andern um.

«Sie wollten Mr. Colleoni sprechen?» fragte Crab.

«Das ist richtig.»

«Leider unmöglich. Er ist beschäftigt.»

«Beschäftigt», äffte Cubitt nach. «Das ist ein feines Wort dafür. Beschäftigt.»

«Na, wenn das nicht der Cubitt ist», erwiderte Crab. «Sie möchten wohl 'ne Stellung?» Er sah sich mit geschäftiger, wichtigtuerischer Miene um und sagte zu dem Empfangschef: «Ist das da drüben nicht Lord Feversham?»

«Ganz recht.»

«In Doncaster hab ich ihn oft gesehen», bemerkte Crab, indem er auf einen Nagel seiner linken Hand schielte. Dann schwang er zu Cubitt herum. «Kommen Sie mit, hier können wir nicht reden», und bevor Cubitt antworten konnte, schlängelte er sich mit großer Geschwindigkeit zwischen den vergoldeten Stühlen durch.

«Es ist so», fing Cubitt an. «Pinkie –»

Halbwegs durch das Vestibül blieb Crab stehen und verbeugte sich, und beim Weitergehen wurde er plötzlich vertraulich. «Ein schönes Weib.» Er flimmerte wie ein Film aus der Frühzeit. Zwischen Doncaster und London hatte er hunderterlei verschiedene Manieren aufgeschnappt; in einem Abteil erster Klasse, nach einer erfolgreichen Versammlung hatte er sich gemerkt, wie Lord Feversham mit einem Gepäckträger sprach, auf welche Weise der alte Digby eine Frau musterte.

«Wer ist das?» interessierte sich Cubitt.

Doch Crab schenkte der Frage keine Beachtung. «Hier können wir reden.» Es war der Pompadour-Salon. Durch die vergoldete Glastür jenseits der Bouletischchen konnte man kleine Schilder sehen, die nach einem Netzwerk von Gängen wiesen, geschmackvoll verzierte Schilder, die an die Tuilerien erinnerten: ‹Damen›, ‹Herren›, ‹Damenfrisiersalon›, ‹Herrenfrisiersalon›.

«Ich will mit Mr. Colleoni sprechen», sagte Cubitt. Er atmete Whisky über die eingelegten Möbel hin, allein, er fühlte sich eingeschüchtert und der Verzweiflung nahe. Nur schwer widerstand er der Versuchung, Crab mit ‹Sir› anzureden. Crab war hochgekommen seit Kites Tagen, war fast den Augen entschwunden. Er war jetzt ein Teil der feinen Welt – mit Lord Feversham und der schönen Frau; er war erwachsen.

«Mr. Colleoni hat nicht Zeit, jeden zu empfangen», sagte Crab. «Er ist ein vielbeschäftigter Mann.» Er zog eine von Mr. Colleonis Zigarren aus der Tasche und steckte sie in den Mund; Cubitt bot er keine an. Mit unsicherer Hand hielt Cubitt ihm ein Streichholz hin. «Lassen Sie nur, lassen Sie nur», wehrte Crab und suchte in seiner doppelreihigen Weste herum. Er zog ein goldenes Feuerzeug hervor und zückte es nach seiner Zigarre hin. «Also, was wollen Sie, Cubitt?» fragte er.

«Ich dachte, vielleicht . . .» sagte Cubitt, aber zwischen all den vergoldeten Möbeln starben seine Worte dahin. «Sie wissen ja, wie es ist», setzte er hinzu, indem er sich verzweifelt rundum schaute. «Möchten Sie nicht was trinken?»

Crab ließ sich nicht lange bitten. «Nun – meinetwegen, aber nur ein Glas, zur Erinnerung an alte Zeiten.» Er schellte dem Kellner.

«Alte Zeiten», wiederholte Cubitt.

«Setzen Sie sich», lud Crab ihn ein, und seine Hand umschrieb mit Besitzermiene einen Kreis um die vergoldeten Stühle. Cubitt setzte sich auf eine Ecke. Die Stühle waren klein und hart. Er sah, wie ein Kellner sie beobachtete und wurde rot. «Was nehmen Sie?»

«Einen Sherry», sagte Crab. «Trocken.»

«Für mich 'nen Whisky mit Soda», bestellte Cubitt. Während er auf ihn wartete, saß er schweigend da, Hände zwischen den Knien, mit gesenktem Kopf. Ab und zu sah er sich verstohlen im Zimmer um. Hier also war Pinkie hingegangen, um Colleoni zu sprechen – an Courage fehlte es ihm jedenfalls nicht.

«Hier lebt es sich angenehm», bemerkte Crab. «Natürlich – für Mr. Colleoni ist nur das Beste gut genug.» Er nahm sein Glas und sah zu, wie Cubitt zahlte. «Er hat gern feine Sachen. Wenn ich sage, daß er seine fünfzigtausend Nicker wert ist, dann ist das niedrig gegriffen. Wenn Sie mich um meine Meinung fragen», fuhr Crab fort, indem er sich zurücklehnte, an seiner Zigarre sog und Cubitt mit fernen und überlegenen

Augen ansah, «so sage ich, er wird sich noch mal politisch betätigen. Die Konservativen halten sehr viel von ihm – er hat Verbindungen.»

«Pinkie –» begann Cubitt, und Crab lachte. «Hören Sie auf mich», sagte er. «Schauen Sie, daß Sie da rauskommen, solange noch Zeit dazu ist. Da ist keine Zukunft . . .» Er sah schräg über Cubitts Kopf hinweg und machte eine Bewegung mit dem Kinn: «Sehen Sie den Herrn dort, der eben zur Toilette geht? Das ist Mais. Der Brauer. Seine hunderttausend Nicker wert.»

«Ich dachte selber», versuchte es Cubitt nochmals, «ob nicht Mr. Colleoni . . .»

«Kein Gedanke daran», fiel ihm Crab ins Wort. «Fragen Sie sich doch selbst – was könnten Sie schon Mr. Colleoni nützen?»

Cubitts demütige Bittstellerei machte einem dumpfen Zorn Platz. «Ich war gut genug für Kite!»

Crab lachte wieder. «Verzeihen Sie», sagte er, «aber Kite . . .» Er klopfte die Asche ab, auf den Teppich, und fuhr fort: «Hören Sie auf mich. Machen Sie, daß Sie von der Bande wegkommen. Mr. Colleoni wird eine Säuberungsaktion vornehmen. Er hat gern, daß dergleichen anständig geschieht. Keine Gewalttätigkeit. Die Polizei hält große Stücke auf Mr. Colleoni.» Er sah auf die Uhr. «Ja, nun muß ich machen, daß ich weiterkomme. Ich hab eine Verabredung im Hippodrom.» Gönnerhaft legte er Cubitt die Hand auf den Arm. «Na schön», sagte er, «um der alten Zeiten willen werd ich ein gutes Wort für Sie einlegen. Nützen wird es nichts, aber ich will es trotzdem tun. Grüßen Sie Pinkie und die Jungens von mir.» Er war gegangen – ein Hauch von Pomade und Havanna –, verbeugte sich an der Tür leicht vor einer Frau, einem alten Herrn mit Monokel an schwarzem Bande. «Wer zum Kuckuck –?» sagte der alte Herr.

Cubitt trank aus und ging ebenfalls. Eine ungeheure Niedergeschlagenheit ließ ihn den fuchsigen Schädel senken, ein Gefühl von ungerechter Behandlung drang durch die Whiskydämpfe: irgendwann würde irgendwer für irgendwas zu büßen haben! Alles, was er sah, schürte die Flamme. Als er in die Eingangshalle trat, machte ihn der Anblick eines Pagen mit Präsentierteller ganz wild. Alle sahen sie nach ihm hin, warteten nur darauf, daß er gehe – aber hatte er nicht dasselbe Recht wie Crab, hier zu sein? Er blickte sich um, und da, allein an einem Tischchen, vor sich ein Glas mit Portwein, saß die Frau, mit der Crab bekannt war. Er schielte begehrlich zu ihr hinüber, und sie lächelte ihm zu: . . . wenn ich an deine wunderbare, fesselnde Schönheit denke, deine Kultur . . . Die Empfindung von der maßlosen Tragik des ihm widerfahrenen Unrechts trat an die Stelle seiner Wut. Er sehnte sich nach einem Menschen, dem er sich restlos anvertrauen könne, der sein Kreuz mit ihm trüge – hier stieß ihm auf ... Ich will dein liebender Sklave sein. Der ungelenke Körper drehte sich in den Angeln wie eine Tür, die schwerfälligen Füße änderten ihre Richtung und steuerten auf den Tisch zu, wo Ida Arnold saß.

«Ich konnte nichts dafür», redete sie ihn an, «aber als Sie vorhin hier vorbeikamen, hab ich gehört, daß Sie Pinkie kennen.»

Als sie zu sprechen anfing, stellte er mit ungeheurer Erleichterung fest, daß sie keine ‹Vornehme› war. Er hatte ein Gefühl, als ob weit von der Heimat zwei Landsleute sich begegnet wären. «Sind Sie mit Pinkie bekannt?» fragte er mit ungefüger Zunge; in seinen Beinen machte sich der Whisky bemerkbar. «Darf ich mich 'n bißchen zu Ihnen setzen?»

«Müde?»

«Ja», nickte er. «Sehr.» Das Auge auf ihren großen, wohlwollenden Busen gerichtet, ließ er sich nieder. Dabei fiel ihm ein, was er kurz zuvor über seinen Charakter erfahren hatte: ‹Sie haben eine frischfröhliche, heitere Natur. Bei Gott, das hatte er. Man mußte ihn nur richtig behandeln.

«Darf ich Ihnen was zu trinken anbieten?»

«Nein, nein», lehnte er ab, denn er wußte ja, was sich gehörte. «Das geht auf meine Rechnung.» Aber als die Gläser ihnen vorgesetzt wurden, erinnerte er sich, daß er völlig pleite war. Er hatte einen von den Jungens anpumpen wollen – aber dann kam der Streit ... Er sah zu, wie Ida Arnold mit einem Fünf-Pfund-Schein bezahlte.

«Kennen Sie Mr. Colleoni?» fragte er.

«Na, kennen möcht ich es gerade nicht nennen.»

«Crab hat gesagt, was für 'ne schöne Frau Sie sind. Hatte ganz recht.»

«Oh – Crab», ließ sie unbestimmt fallen, als erkenne sie den Namen nicht.

«Sie sollten sich aber vorsehen», kam Cubitt wieder. «Sie sind keine, die sich in Sachen reinziehen lassen sollte.» Er starrte in sein Glas wie in eine unergründliche Finsternis: draußen war Unschuld, fesselnde Schönheit und Kultur – Unwürdig! Eine Träne quoll aus dem blutunterlaufenen Augapfel hervor.

«Sind Sie ein Freund von Pinkie?» fragte Ida Arnold.

«Behüte, nee», und Cubitt griff wieder nach seinem Whiskyglas.

Eine unklare Erinnerung an die Bibel und den Platz, auf dem sie neben dem ‹Brett› im Schrank lag, den Roman von Warwick Deeping, die *Good Companions*, regte sich in Ida Arnolds Gedächtnis. «Ich hab Sie doch mit ihm zusammen gesehn», log sie: ein Hof, eine Näherin am Feuer, ein Hahn, der krähte ...

«Ich bin kein Freund von Pinkie.»

«Mit Pinkie befreundet zu sein ist auch nicht ratsam», sagte Ida

Arnold. Cubitt starrte weiter in sein Glas wie ein Wahrsager, der anderen ihr Verhängnis verkündet, in seine Seele. «Fred, der war mit Pinkie befreundet», fuhr sie fort.

«Was wissen Sie von Fred?»

«Die Leute reden ja», gab Ida zurück, «die Leute reden immerzu.»

«Da haben Sie recht», sagte Cubitt. Die gesprenkelten Augäpfel hoben sich: sie blickten auf Trost, Verständnis. Er war nicht gut genug für Colleoni, mit Pinkie hatte er gebrochen – hinter ihrem Kopf, draußen vor dem Hotelfenster lagen Düsternis und die verebbende See –, wie durch den Architekturbogen einer Ansichtskarte starrte ihm trostlose Öde entgegen. «Teufel noch mal», bekräftigte er, «Sie haben recht.» Er fühlte ein ungeheures Beichtbedürfnis, aber in seinem Kopf verwirrten sich die Tatsachen. Er wußte nur, daß ein Mann in solchen Stunden eine verstehende Frau nötig hatte. «Ich war nie dafür», erklärte er. «Barbieren – das ist was anderes.»

«Natürlich», stimmte Ida Arnold flink und unbedenklich zu. «Barbieren ist was anderes.»

«Und mit Kite – das war ein unglücklicher Zufall. Sie wollten ihn eigentlich nur barbieren. Colleoni ist doch kein Narr. Es ist nur einem ausgerutscht. Zur Feindschaft war gar kein Grund.»

«Noch ein Glas?»

«Das sollte auf meine Kosten gehen», entschuldigte sich Cubitt. «Aber ich bin völlig pleite. Bis ich die Jungens wieder seh.»

«Das war schön von Ihnen – daß Sie so mit Pinkie gebrochen haben. Dazu gehörte Mut, nach dem, was mit Fred passiert war.»

«Och – ich laß mich nicht von ihm einschüchtern. Mit gebrochenen Geländern . . .»

«Was meinen Sie damit – mit gebrochenen Geländern?»

«Ich hatt es ganz freundschaftlich gemeint. Ein Spaß ist 'n Spaß. Wenn einer sich verheiratet, dann muß er auch 'n Witz vertragen können.»

«Verheiratet? Wer verheiratet sich?»

«Pinkie natürlich.»

«Doch nicht mit der Kleinen dort bei *Snow*?»

«Freilich.»

«So ein blödes kleines Ding», sagte Ida Arnold in scharfem Zorn. «Herrgott noch mal – was für ein Wahnsinn!»

«Er ist aber nicht blöd», sagte Cubitt. «Er weiß genau, was zu seinem Vorteil ist. Wenn sie sich's einfallen ließe, 'n bißchen zu plappern –»

«Sie meinen, es war nicht Fred, mit der Karte?»

«Der arme alte Spicer», fuhr Cubitt fort und beobachtete die Blasen, die in seinem Whisky aufstiegen. Eine Frage stieg unklar mit ihnen auf: «Woher wissen Sie denn . . .?», versank aber wieder in dem benebelten

Gehirn. «Ich habe Luft nötig», sagte er. «Es ist so muffig hier drin. Was meinen Sie, wenn Sie und ich . . .?»

«Warten Sie nur 'nen kleinen Augenblick», antwortete Ida Arnold. «Es kommt gleich ein Freund von mir. Ich möchte gern, daß Sie den auch kennenlernen.»

«Diese Zentralheizung», beklagte sich Cubitt. «Furchtbar ungesund. Man geht raus und erkältet sich, und dann hat man gleich . . .»

«Wann ist die Hochzeit?»

«Wem seine Hochzeit?»

«Die von Pinkie.»

«Ich bin kein Freund von Pinkie.»

«Sie hatten nichts mit Freds Tod zu tun, nicht?» bestand Ida Arnold mit sanfter Stimme.

«Sie verstehen einen!»

«Barbieren, das wäre was anderes gewesen.»

Wütend brach Cubitt plötzlich aus: «Ich kann kein Stückchen Brighton Rock sehen, ohne daß ich . . .» Er rülpste und sagte mit Tränen in der Stimme: «Barbieren ist ganz was anderes.»

«Die Ärzte sagten ja: natürliche Todesursache. Weil er ein schwaches Herz gehabt hätte.»

«Kommen Sie mit raus», bat Cubitt. «Ich muß frische Luft haben.»

«Nur 'nen Augenblick, ja? Was meinen Sie damit – Brighton Rock?»

Stumpf blickte er sie wieder an, sagte dann: «Ich muß frische Luft haben. Und wenn ich daran zugrunde geh. Diese Zentralheizung . . .» schimpfte er. «Ich krieg so leicht Erkältungen.»

«Warten Sie nur noch 'nen Augenblick.»

Von außerordentlicher Spannung erfaßt, legte sie ihm die Hand auf den Arm: fern am Horizont zeigte sich der erste Schimmer der Enthüllung. In diesem Augenblick fühlte auch sie endlich die warme, stickige Luft, die rings um sie her aus versteckten Heizungsröhren aufwallte und sie ins Freie trieb. «Nun schön», sagte sie, «ich komme mit Ihnen raus. Wir wollen ein Stückchen zusammen gehen . . .» Mit nickendem Kopf sah er sie an, alles schien ihm auf einmal unerhört gleichgültig, als hätte er die Macht über sein eigenes Denken verloren, wie man eine Hundeleine aus der Hand fahren läßt, bis sie vor einem verschwindet, viel zu weit weg, als daß man ihr nachlaufen könnte, in den Wald hinein . . . Er horchte erstaunt auf, als er sie sagen hörte: «Ich gebe Ihnen – 20 Pfund.» Was hatte er ihr erzählt, das soviel Geld wert war? Sie lächelte ihn verführerisch an. «Lassen Sie mich nur rasch gehen, mir die Hände waschen und 'ne Spur Puder auflegen.» Er gab keine Antwort, er war zu erschrocken, aber sie wartete erst gar nicht auf Antwort: hast-du-nicht-gesehen lief sie auf die Treppe zu, nahm sich keine Zeit, auf den Lift zu warten. ‹Sich waschen gehen› – so hatte sie auch zu Fred gesagt. Sie rannte hinauf, zwischen Menschen durch, die zum Dinner gekleidet gerade herunterkamen. Sie hämmerte an ihre Tür, und Phil Corkery ließ sie ein. «Rasch», sagte sie. «Ich muß einen Zeugen haben.» Er war gottlob fertig mit Umziehen, und sie jagte ihn die Treppe hinunter. Doch sowie sie die Halle wieder betrat, sah sie, daß Cubitt gegangen war. Sie lief auf die Freitreppe hinaus, aber er war nicht mehr zu sehen.

«Na . . .?» sagte Corkery.

«Weg ist er. Macht auch nichts», fand sie sich mit der Tatsache ab. «Ich weiß jetzt schon. Es war kein Selbstmord. Ermordet haben sie ihn.» Langsam sagte sie vor sich selbst hin: «. . . Brighton Rock . . .» Für viele Frauen wäre es ein hoffnungsloser Fingerzeig gewesen, aber Ida Arnold war durch das Brett geschult. Sonderbarere Dinge waren schon unter ihren Fingern hervorgespenstert, wenn sie mit dem alten Crowe ‹saß›, und mit unerschütterlichem Selbstvertrauen begann ihr Kopf zu arbeiten.

Die Nachtluft blies durch Corkerys dünnes, vergilbtes Haar. Vielleicht, kam ihm in den Sinn, daß man an einem solchen Abend – nach dem Ablauf der Liebeshandlungen – jeder Frau ein bißchen Poesie schuldig sei. Schüchtern berührte er ihren Ellbogen: «Was für eine Nacht», begann er. «Ich hätte mir nie träumen lassen, daß ich so eine Nacht . . .» Aber er vollendete seinen Satz nicht, denn sie wandte ihm ihre großen, nachdenklichen Augen zu, unverstehend, voll anderer Gedanken. «So ein blödes kleines Ding», sagte sie, «daß sie ihn heiraten will . . . mein Gott, wo doch kein Mensch wissen kann, was er mit ihr vorhat.» Und ganz aufgeregt setzte sie in einer fröhlichen Aufwallung ihres Rechtsgefühls hinzu: «Wir müssen sie retten, Phil.»

2

Am Fuße der Treppe wartete der Junge. Das große Rathaus lag über ihm wie ein Schatten – Abteilungen für Geburten und Todesfälle, für Automobilscheine, für Gemeindesteuern – irgendwo in irgendeinem langen Korridor das Standesamt. Er sah auf die Uhr und sagte zu Mr. Prewitt: «Zum Kuckuck mit ihr. Sie ist unpünktlich.»

Prewitt gab zurück: «Das ist das Vorrecht der Braut.»

Bräutigam und Braut: die Stute und der Hengst, der ihr diente – es war wie eine Feile auf Metall oder das Gefühl von Samt auf einer wunden Hand. Der Junge sagte: «Ich und Dallow – wir wollen ihr 'n Stück entgegengehn.»

Prewitt rief hinter ihm her: «Wenn sie aber einen anderen Weg kommt? Wenn Sie sie nicht treffen . . . Ich werde hier warten.»

Sie wandten sich nach rechts und links aus der Amtsstraße heraus. «Das is nicht der richtige Weg», sagte Dallow.

«Wozu sollten wir auf sie warten?»

«Jetzt kannst du nicht mehr davon loskommen.»

«Wer will denn das? Ich mache mir bloß 'n bißchen Bewegung, kann ich das nicht?» Er blieb stehen und starrte in das Schaufenster eines kleinen Papierwarenladens – Zwei-Röhren-Radioapparate – überall dieselbe Schweinerei.

«Hast du Cubitt gesehn?» fragte er und fuhr fort, in das Fenster zu starren.

«Nein», antwortete Dallow. «Von den Jungens auch keiner.»

Die Tageszeitungen von London und aus Brighton, ein Plakat mit den Schlagzeilen der heutigen Sensationen: Heftiger Auftritt in der Stadtratssitzung. Frau ertrinkt beim Schwarzen Felsen. Zusammenstoß in der Clarence-Straße. Eine Zeitschrift mit Wildwest-Geschichten, eine Nummer von *Filmhumor.* Hinter den Tintenflaschen und Füllfedern, den Papiertellern für Ausflüge und den kleinen, zotenhaften Spielwaren standen die Werke bekannter Sexualforscher. Der Junge starrte hinein.

«Ich weiß, wie dir's zumute ist», sagte Dallow. «Ich bin selbst mal getraut worden. Es geht einem sozusagen auf den Magen. Nerven ganz einfach. Wenn du's wissen willst, ich bin sogar gegangen und hab mir eins von diesen Büchern gekauft, aber es stand nichts drin, was ich nicht schon wußte. Außer über Blumen. Über ihren Stempel. Du kannst dir nicht vorstellen, wie komisch es bei Blumen zugeht.»

Der Junge wandte sich und öffnete den Mund, um zu sprechen, doch seine Zähne klappten wieder zu. Flehend und entsetzt sah er auf Dallow. Wenn Kite hier gewesen wäre, dachte er, dann hätte er reden können – aber wenn Kite hier gewesen wäre, hätte er es nicht nötig gehabt, zu reden . . . dann wäre er nie in all das hineingeraten.

«Und dann die Bienen . . .» begann Dallow zu erklären, hielt aber sogleich wieder ein. «Was ist los, Pinkie? Du siehst nicht gut aus.»

«Die Regeln kenn ich ganz gut», sagte der Junge.

«Was für Regeln?»

«Die Regeln brauchst du mir nicht beizubringen», fuhr der Junge in stürmischem Zorn fort. «Jeden Sonnabend hab ich ihnen zugesehen, oder vielleicht nicht? Hopsen und pflügen.» Seine Augen irrten weg, als sehe er etwas Grauenerregendes vor sich. Leise sagte er: «Als ich 'n kleiner Junge war, hab ich mir geschworen, ich wollte 'n Geistlicher werden.»

«Ein Geistlicher? Du ein Geistlicher? Das ist gut», sagte Dallow. Er lachte gekünstelt, wechselte unruhig den Fuß, so daß er mitten in einen Haufen Kot trat.

«Warum soll einer nicht Priester werden?» fragte der Junge. «Die wissen Bescheid. Die bleiben weg von –» sein Mund mitsamt dem Kiefer hing plötzlich lose herunter, man hätte meinen können, er werde gleich weinen, doch wütend hieb er mit den Händen nach dem Fenster – Frau ertrinkt, zwei Röhren, *Leidenschaft in der Ehe*, all das Grauen – «von dem da.»

«Was hast du gegen 'n bißchen Ulk?» widersprach Dallow, während er seinen Schuh am Straßenrand abkratzte. Das Wort Ulk schüttelte den Jungen wie Malariafieber. Er sagte: «Du hast wohl nicht die Annie Collins gekannt?»

«Nie von ihr gehört.»

«Sie ging in dieselbe Schule wie ich», sagte der Junge. Er warf einen Blick die graue Straße hinunter, und dann spiegelte das Glas vor *Leidenschaft in der Ehe* von neuem sein hoffnungsloses Gesicht. «Sie hat ihren Kopf auf die Schienen gelegt», fuhr er fort, «oben bei Hassocks. Sie mußte zehn Minuten auf den Sieben-Uhr-fünf-Zug warten. Er hatte Verspätung wegen Nebel. Es riß ihr den Kopf weg. Fünfzehn war sie. Sie sollte ein Kind kriegen und wußte, wie das tat. Zwei Jahre vorher hatte sie schon eins gehabt, und sie hätten zwölf Jungens darauf festnageln können.»

«Es kommt eben vor», sagte Dallow. «Alles Glückssache.»

«Ich habe Liebesgechichten gelesen», redete der Junge weiter. Noch nie hatte er so viel von sich gegeben wie jetzt, während er auf die Papierteller starrte und das Zweiröhrenradio: Feines und Unflätiges. «‹Franks Frau Angeline kehrte ihre schimmernden Augen Sir Mark zu.› Sie machen mir ganz übel – viel übler als die andere Sorte –» Dallow schien ganz erschüttert von dieser ungewohnten gejagten Zungenfertigkeit – «die Sorte, die man von unter dem Ladentisch weg kauft. Spicer brachte die immer mit. Über Mädchen, die sich schlagen ließen: ‹Voller Scham, sich so vor dem Jungen bloßzustellen, bückte sie sich . . .› Es ist alles dasselbe», schloß er, indem er seine vergifteten Augen vom Fenster wegdrehte, die lange, elende Straße Punkt für Punkt absuchend, das mit Sägemehl bepuderte Pflaster unter den aufgerissenen Leibern in dem Metzgerfenster, den Fischladen, der weithin seinen Geruch verbreitete. «Das ist Liebe», grinste er Dallow hart und traurig an. «Das ist Ulk. Das ist Pläsier.»

«Die Welt muß doch weitergehen», sagte Dallow, dem unbehaglich zumute war.

«Warum?»

«Mich brauchst du nicht zu fragen. Du weißt es ja selbst am besten. Du bist doch römisch, nicht? Du glaubst . . .»

«*Credo in unum Satanum*», sagte der Junge.

«Lateinisch versteh ich nicht. Ich weiß bloß . . .»

«Schieß los», forderte ihn der Junge auf. «Laß hören. Dallows Glaubensbekenntnis.»

«Die Welt ist gar nicht so schlimm, wenn man's nicht zu toll treibt.»

«Ist das alles?»

«Es wird Zeit, daß du zum Standesamt gehst. Horch, es schlägt eben zwei.» Ein Glockenspiel stellte sein blechernes Geläut ein und schlug – eins – zwei –

Das ganze Gesicht des Jungen entspannte sich wieder. Er legte seine Hand auf Dallows Arm. «Du bist ein guter Kerl, Dallow, du weißt 'ne Menge. Sag mir –» Seine Hand glitt ab. Er sah an Dallow vorbei die Straße hinunter. Hoffnungslos sagte er: «Da ist sie. Was macht sie in dieser Straße hier?»

«Beeilen tut sie sich auch nicht gerade», kommentierte Dallow, während er nach der langsam näher kommenden Gestalt sah. In dieser Entfernung sah sie nicht einmal so alt aus, wie sie war. «Da hat Prewitt wirklich ein Kunststück fertiggebracht», setzte er hinzu, «daß er euch überhaupt die Heiratslizenz verschafft hat, wenn man es sich richtig überlegt.»

«Die Eltern haben eingewilligt», erwiderte der Junge tonlos. «Der Moral wegen ist es das beste.» Er sah dem Mädchen entgegen, als sei sie eine Fremde, die er zum erstenmal treffen sollte. «Und dann, siehst du, war auch Glück dabei, weil ich nicht polizeilich angemeldet war. Nirgends konnten sie mich finden. Dann haben sie mich ein paar Jahre älter gemacht. Keine Eltern. Kein Vormund. 'ne rührende Geschichte hat der alte Prewitt ihnen vorerzählt.»

Sie hatte sich feingemacht für die Hochzeit, den alten Hut abgelegt, den er nicht leiden konnte, einen neuen Regenmantel, eine Spur Puder und billigen Lippenstift. Sie ähnelte einer buntbemalten kleinen Madonnenfigur in einer häßlichen Kirche: eine Papierkrone auf ihrem Kopf oder ein aufgemaltes Herz hätte an ihr nicht besonders erstaunlich ausgesehen: man konnte zu ihr beten, durfte aber keine Antwort erwarten.

«Wo bleibst du?» fragte der Junge. «Weißt du nicht, daß du zu spät kommst?»

Sie gaben sich nicht einmal die Hände. Eine schauderhafte Förmlichkeit kam über alle beide.

«Sei nicht böse, Pinkie. Siehst du –» sie würgte die Tatsache beschämt heraus, als gestehe sie ein, mit seinem Feind verhandelt zu haben – «ich war in der Kirche.»

«Wozu?» wollte er wissen.

«Ich weiß nicht, Pinkie. Es war mir so wirr. Ich dachte, wenn ich zur Beichte ginge . . .»

Er grinste plötzlich. «Beichte? Na, das ist großartig.»

«Siehst du, ich wollte . . . ich dachte . . .»

«Na was denn, zum Kuckuck?»

«Ich wollte im Stande der Gnade sein, wenn ich dich heirate.» Sie schenkte Dallow keinerlei Beachtung. Der theologische Ausdruck lag sonderbar und schulmeisterlich auf ihrer Zunge. Sie waren zwei Katholiken, die miteinander auf der grauen Straße standen. Sie verstanden einander. Sie benutzten Ausdrücke, die Himmel und Hölle gemeinsam waren.

«Und hast du's getan?» sagte der Junge.

«Nein. Ich ging hin und schellte und fragte nach Pater James. Aber dann fiel mir ein, daß es keinen Zweck hätte zu beichten. Deshalb ging ich wieder weg.» Sie sagte es mit einem Gemisch von Furcht und Stolz. «Wir begehen Todsünde.»

«Solange wir beide am Leben sind», sagte der Junge mit bitterer und unglücklicher Befriedigung, «hat es keinen Zweck, daß wir jemals zur Beichte gehen.» Er hatte sich seine Sporen im Bereiten von Schmerz verdient: erst in der Schule, mit dem Zirkel; dann mit dem Rasiermesser; über beides war er hinaus. Jetzt war ihm, als seien die Morde an Hale und Spicer geringfügige Taten, das reinste Knabenspiel gewesen, als habe er solches kindisches Beginnen hinter sich gelassen. Das Morden hat nur zu diesem geführt – zu dieser Fäulnis. Ehrfurcht vor seinen eigenen Kräften erfüllte ihn. «Wir machen besser, daß wir weiterkommen», sagte er und berührte ihren Arm mit einer Geste, die an Zärtlichkeit grenzte. Wie schon früher einmal hatte er das Gefühl, sie zu brauchen.

Mr. Prewitt begrüßte sie mit offizieller Wohlgelauntheit. Es war, als äußere er all seine Scherze im Gerichtssaal, um etwas Bestimmtes zu erreichen, das Ohr des Richters zu gewinnen. In der großen städtischen Halle, aus der nach allen Seiten Gänge zu Geburt und Tod liefen, roch es nach Desinfektionsmitteln. Die Wände waren gekachelt wie in einem öffentlichen Abort. Irgend jemand hatte eine Rose verloren. Das veranlaßte den Anwalt, sofort ungenau zu zitieren: «Rosen, Rosen überall, und nirgends ein Tannenzweig.» Eine weiche, hohle Hand dirigierte den Jungen am Ellbogen: «Nein, nein, nicht dorthin. Das ist das Steuerbüro. Das kommt erst später.» Er führte sie die große Steintreppe hinauf. Ein Beamter mit gedruckten Formularen in der Hand kam an ihnen vorbei. «Und woran denkt die kleine Miss?» fragte Mr. Prewitt. Sie antwortete ihm nicht.

In der Kirche durften nur Bräutigam und Braut die Stufen zum Hochaltar emporsteigen, hinter den Schranken niederknien, wo der Priester mit der Hostie sie erwartete.

«Kommen die Eltern?» fragte Mr. Prewitt. Sie schüttelte den Kopf. «Das Gute daran ist», sagte Mr. Prewitt, «daß es schnell vorbei ist. Nur die Namen an der vorgezeichneten Stelle sind zu unterzeichnen. Nehmen Sie hier Platz. Wir müssen natürlich warten, bis wir an der Reihe sind.»

Sie setzten sich. In einer Ecke lehnte ein Besen an der Kachelwand. Die Fußtritte eines Beamten quietschten auf der eisigen Pflasterung einen anderen Gang hinunter. Nach kurzer Zeit öffnete sich eine große braune Tür; sie sahen innen eine Reihe von Beamten, die jedoch nicht aufsahen; ein Mann und eine Frau traten auf den Korridor hinaus. Ihnen folgte eine Putzfrau und ergriff den Besen. Der Mann – er war in mittlerem Alter – sagte «Danke», gab ihr ein Trinkgeld. «Wir können doch noch den Zug um 15 Uhr 15 erreichen», sagte er dann. Auf dem Gesicht der Frau konnte man ein gewisses ungläubiges Erstaunen lesen, zu unbestimmt, als daß man es hätte Enttäuschung nennen können. Sie hatte einen braunen Strohhut auf und trug eine Aktenmappe in der Hand. Sie war ebenfalls im mittleren Alter. Es war, als ob sie dächte: Ist das alles, was dran ist – nach all diesen Jahren? Sie gingen die breite Treppe hinab, ein wenig voneinander entfernt, gleich Fremden in einem Warenhaus.

«Wir sind dran», sagte Mr. Prewitt und erhob sich flink und energisch. Er ging voraus, durch das Zimmer, wo die Beamten saßen und arbeiteten. Keiner hob auch nur den Kopf, sie fuhren ungestört fort, ihre Zahlen aufs Papier zu setzen. In einem kleinen inneren Raum mit grüngestrichenen Wänden wie in einem Krankenhaus erwartete sie der Standesbeamte. Ein Tisch, drei oder vier Stühle an der Wand. So hatten sie sich das Heiraten nicht gedacht – einen Augenblick lang erschreckte sie die kalte Armut dieser Handlung nach staatlicher Vorschrift.

«Guten Morgen», begrüßte sie der Standesbeamte. «Vielleicht setzen sich die Zeugen einen Moment, und Sie beide . . .» Er winkte sie zu sich an den Schreibtisch und starrte sie mit goldumränderter, glasiger Wichtigkeit an – es war, als sehe er in seinem Amt eine fast priesterliche Funktion. Das Herz des Jungen schlug, die Wirklichkeit des Augenblicks machte ihn ganz elend. Er zeigte einen Ausdruck von mürrischem Eigensinn und Stumpfsinn.

«Sie sind beide sehr jung», sagte der Beamte.

«Es ist abgemacht», erwiderte der Junge. «Sie brauchen nicht darüber zu reden. Es ist abgemacht.»

Der Standesbeamte warf ihm einen Blick tiefen Mißfallens zu. Dann sagte er: «Sprechen Sie mir nach», und leierte so schnell die Worte «Ich erkläre feierlich, daß mir kein gesetzlicher Hinderungsgrund bekannt ist» herunter, daß der Junge nicht zu folgen vermochte. Der Beamte sagte scharf: «Es ist ganz einfach. Sie brauchen es nur nachzusagen . . .»

«Sprechen Sie langsamer», sagte der Junge. Er hätte gern seine Hand auf den Hebel gelegt, um der Schnelligkeit Einhalt zu tun, aber es ging weiter: ehe er sich's versah, nur wenige Sekunden waren verstrichen, da wiederholte er die zweite Formel: «zu meiner mir gesetzlich angetrauten Ehefrau.» Er versuchte es lässig hinzusagen und vermied es, Rose anzusehen, aber die Worte waren schwer von Schmach.

«Kein Ring?» fragte der Standesbeamte schneidend.

«Wir brauchen keine Ringe», entgegnete der Junge. «Hier ist doch keine Kirche», und er fühlte, nie mehr könne er sein Gedächtnis von dem kalten grünen Büro und dem glasigen Gesicht losreißen. Er hörte, wie Rose neben ihm wiederholte: «Ich fordere die hier Anwesenden zu Zeugen auf . . .» und dann das Wort ‹Ehemann› und er sah sie scharf an. Hätte er die geringste Selbstgefälligkeit auf ihrem Gesicht gefunden, er hätte hineingeschlagen. Doch nur Erstaunen stand darauf, als lese sie aus einem Buch vor und sei auf eine verkehrte Seite geraten.

«Sie unterzeichnen hier», zeigte der Standesbeamte. «Die Gebühr ist sieben und einen halben Shilling.» Er trug eine Miene amtlicher Unbekümmertheit zur Schau, während der Anwalt herumkramte.

«Die hier Anwesenden», sagte der Junge und ließ ein gebrochenes Lachen hören, «das seid ihr, Prewitt und Dallow.» Er nahm den Halter, und die harte Amtsfeder kratzte ins Papier hinein, so daß die Fasern daran hängen blieben. In alten Zeiten, fiel ihm ein, unterzeichnete man einen solchen Pakt mit seinem Blut. Er trat zurück und sah zu, wie Rose unbeholfen ihren Namen hinschrieb – seine zeitliche Sicherheit im Austausch gegen zwei Ewigkeiten der Höllenpein. Er hatte nicht den allermindesten Zweifel, daß sie Todsünden auf sich luden, und eine Art düsteren Frohlockens und Stolzes erfüllte ihn. Jetzt fühlte er sich als vollgereiften Mann, um den die Engel wehklagten.

«Ihr hier Anwesenden», wiederholte er, ohne sich im geringsten um den Beamten zu kümmern, «kommt mit, wir wollen was trinken gehen.»

«Nanu», versetzte Mr. Prewitt, «das überrascht mich von Ihnen.»

«Ach, der Dallow kann Ihnen sagen, daß ich jetzt gern eins trinke», sagte der Junge und sah zu Rose hinüber. «Alles tu ich jetzt.» Er nahm sie beim Ellbogen und ging voran auf den gekachelten Gang hinaus und ins Treppenhaus. Der Besen war fort, und jemand hatte die Blume aufgehoben. Ein Paar stand auf, als sie herauskamen: der Markt war fest. «Das war 'ne Hochzeit», sagte er. «Habt ihr schon so was gesehn? Jetzt sind wir –»
Er wollte sagen ‹Mann und Frau›, doch sein Inneres schreckte vor der Definition zurück. «Jetzt müssen wir feiern», sagte er, und wie ein alter Verwandter, der stets todsicher auf die richtige Taktlosigkeit verfällt, fuhr sein Kopf fort: *was* feiern? und er dachte an das im Lancia wollüstig ausgestreckte Mädchen und die lange Nacht, die heraufstieg.

Sie gingen in die Kneipe an der Ecke. Es war beinahe die mittägliche Polizeistunde, und er ließ allen große Gläser Bitterbier vorsetzen, nur

Rose bekam einen Portwein. Sie hatte den Mund nicht aufgemacht, seit der Standesbeamte ihr die Formel abverlangt hatte. Mr. Prewitt sah sich rasch im Kreise um und steckte seine Brieftasche an eine sichere Stelle. Mit seiner dunkelgestreiften Hose hätte er wirklich auf einer Hochzeit sein können. «Die Braut soll leben», sagte er in scherzhaftem Ton, der jedoch vollkommen ins Leere fiel – es war, als habe er versucht, im Gerichtssaal einen Witz zu machen und den stummen Verweis des Richters gespürt: geschwind faltete sein altes Gesicht sich wieder zu ernstem Ausdruck und ehrerbietig sagte er: «Auf Ihr Glück, liebes Kind.»

Sie erwiderte nichts; sie betrachtete sich selber in einem Spiegel mit der Aufschrift «Extrastarkes Braunbier». In der neuartigen Umgebung mit einem Vordergrund von Bierseideln war es ein ihr fremdes Gesicht. Es schien eine ungeheure Last von Verantwortung zu tragen.

«'n Penny für Ihre Gedanken», brachte Dallow die alte Redensart vor. Der Junge setzte sein Glas Bitterbier an den Mund und kostete zum zweitenmal – die Übelkeit von anderer Leute Vergnügen blieb ihm in der Kehle stecken. Er betrachtete sie säuerlich, wie sie so wortlos die Blicke seiner Gefährten zurückgab; und wiederum empfand er, wie sie ihn ergänze. *Er* kannte ihre Gedanken: sie schlugen unbeachtet in seinen eigenen Nerven. Mit giftigem Triumph in der Stimme sagte er: «Ich kann dir sagen, was sie denkt. 'ne schöne Hochzeit, denkt sie. Sie denkt: ‹so hatt ich mir's nicht vorgestellt.› Das stimmt, wie?»

Sie nickte, hielt ihr Glas Portwein so, als hätte sie nicht gelernt, wie man trinke.

«Mit meinem Körper zoll ich dir Ehre», begann er zu ihr hin zu zitieren, «mit all meinem weltlichen Gut . . . und dann», sagte er, zu Prewitt gewandt, «geb ich ihr ein Goldstück.»

«Schluß, meine Herrschaften», rief der Kellner und spülte noch nicht völlig geleerte Gläser in seinem Bleitrog, wischte mit einem in Schaum getränkten Lappen über die Bar.

«Wir stehen mit dem Priester oben beim Hochaltar, sehen Sie . . .»

«Trinken Sie aus, meine Herrschaften.»

Mr. Prewitt wurde es ungemütlich: «Eine Heirat ist so gut wie eine andere in den Augen des Gesetzes», und er nickte dem Mädchen, das sie alle mit verhungerten, unerwachsenen Augen ansah, ermutigend zu. «Sie sind ganz regelrecht verheiratet. Glauben Sie mir.»

«Verheiratet?» fragte der Junge. «Nennen Sie das verheiratet?» Er ließ den mit Bier durchsetzten Speichel über die Zunge laufen.

«Nur sachte», redete Dallow ihm zu, «nur sachte. Mach's doch dem Mädchen nicht so schwer. Du gehst auch wirklich zu weit.»

«Wir schließen, meine Herren, trinken Sie aus!»

«Verheiratet!» wiederholte der Junge. «Fragt bloß sie.» Die beiden Männer tranken mit erschrockenen, zur Seite gekehrten Augen aus, und Mr. Prewitt sagte: «Nun, ich muß weiter.» Verächtlich sah der Junge sie an: nichts verstanden sie; und wieder rührte ihn das fast unmerkliche Gefühl der Verbundenheit mit Rose an – auch sie wußte, daß dieser Nachmittag nichts, gar nichts bedeutete, daß gar keine Heirat stattgefunden hatte. Mit rauher Freundlichkeit sagte er: «Komm. Wir wollen gehen», und hob die Hand, um sie ihr auf den Arm zu legen – sah dann das Doppelbildnis im Spiegel («Extrastarkes Braunbier») und ließ sie wieder fallen: Ein Ehepaar, blinkte das Bild ihm zu.

«Wohin?» fragte Rose.

Wohin? Daran hatte er nicht gedacht – daß man sie irgendwo hinbringen mußte – Flitterwochen, ein Wochenende an der See, das Geschenk aus Margate, das seine Mutter auf dem Kamin stehen gehabt hatte; von einem Seebad ins andere, nur die Landebrücke war verschieden.

«Auf Wiedersehen», sagte Dallow; er blieb einen Augenblick an der Tür stehen, fing den Blick des Jungen auf, die Frage, die Bitte, verstand nichts und trabte mit fröhlichem Winken hinter Mr. Prewitt drein, ließ sie allein miteinander.

Es war, als seien sie noch nie allein gewesen, obwohl der Kellner da war und Gläser abtrocknete: nicht richtig allein, weder in der Kammer im Café *Snow* noch über dem Meer in Peacehaven – nicht allein, so wie sie jetzt allein waren.

«Wir müssen gehen», sagte Rose.

Sie standen auf dem Gehsteig und hörten, wie die Tür der *Krone* sich hinter ihnen schloß und abgeriegelt wurde. Es war ihnen, als würden sie aus dem Garten Eden des Nichtwissens ausgestoßen. Auf dieser Seite hatten sie nichts zu erwarten als Erfahrung.

«Gehn wir zu Frank hin?» fragte das Mädchen. Es war einer jener Augenblicke plötzlicher Stille, wie sie am geschäftigsten Nachmittag manchmal eintreten: keine Straßenbahnklingel, kein Aufschrei aus den Dampfröhren der Kopfstation, nur eine Schar von Vögeln schoß gemeinsam über dem Old Steyne in die Luft und blieb dort schweben, als sei unter ihnen ein Verbrechen verübt worden. Sehnsüchtig dachte er an sein Zimmer bei Frank – wie genau er die Stelle kannte, an der er in der Seifenschale nach Geld zu tasten hatte; alles war ihm vertraut dort, nichts fremd; es teilte seine bittere Unberührtheit mit ihm.

«Nein», antwortete er ihr. Und als der Lärm wieder einsetzte, das Gerassel und Krachen und Rufen des Nachmittags: «Nein.»

«Wohin?»

Er lächelte mit verzweifelter Bosheit – wohin nahm man eine schicke Blondine mit, wenn nicht ins *Cosmopolit,* nachdem man für das Wochenende im Pullmanwagen hergereist, in einem scharlachroten Tourenwagen über die Dünen gefahren war. Teures Parfum und Pelzwerk, gleich einer frischbemalten Pinasse ins Restaurant zu segeln, das war etwas, worüber man nachher zum Entgelt für den nächtlichen Akt renommieren konnte. Wie als Kasteiung sog er Roses Schäbigkeit mit einem einzigen langen Blick in sich auf. «Wir nehmen uns eine Suite im *Cosmopolit*», sagte er.

«Nein, aber wohin – wirklich?»

«Du hast mich ja gehört – ins *Cosmopolit.*» Er brauste plötzlich auf. «Meinst du, ich wäre nicht gut genug?»

«Du schon», sagte sie. «Aber ich nicht.»

«Wir gehen hin. Ich kann's mir leisten. Das ist das richtige. Da war mal 'ne Frau, Eugenje hieß sie, die ging immer dorthin. Darum haben sie Kronen auf ihren Stühlen.»

«Wer war das?»

«Eine vom Ausland.»

«Bist du denn schon dagewesen?»

«Natürlich bin ich dagewesen.»

Plötzlich schlug sie die Hände mit einer erregten Bewegung zusammen. «Mir hat geträumt», sagte sie und blickte dann gespannt auf, um zu sehen, ob er sich am Ende doch nur lustig mache.

Er sagte obenhin: «Der Wagen wird gerade repariert. Wir wollen zu Fuß hingehen und sagen, sie sollen meine Tasche abholen. Wo ist deine?»

«Meine was?»

«Deine Tasche.»

«Sie war so kaputt und schmutzig . . .»

«Na, ganz egal», schnitt er in seiner inneren Verzweiflung auf, «wir kaufen dir 'ne neue. Wo sind deine Sachen?»

«Sachen . . .»

«Herrgott, wie dumm du bist», sagte er. «Ich meine . . .» Doch der Gedanke an die bevorstehende Nacht ließ ihm die Zunge gefrieren. Er trieb vorwärts den Fußsteig entlang, den dahinschwindenden Nachmittag im Gesicht.

Sie sagte: «Es war nichts da . . . nichts, worin ich dich heiraten konnte, nur das hier. Ich hab sie um ein bißchen Geld gebeten, aber sie wollten mir keines geben. Sie hätten ein Recht darauf. Es wäre ihr's.»

Einen halben Schritt auseinander schritten sie dahin. Ihre Worte kratzten in schüchternem Versuch an der Schranke wie die Krallen eines Vogels an der Fensterscheibe: Er konnte die ganze Zeit fühlen, wie sie sich mühte, an ihn zu gelangen; selbst ihre Demut schien ihm eine Falle. Die eilige, gewöhnliche Trauung war ein Anspruch gegen ihn. *Sie* kannte den Grund dafür nicht; sie dachte – Gott erbarm! –, daß er sie wirklich wollte. Grob sagte er: «Du brauchst dir nicht einzubilden, daß wir Flitterwochen halten können. So 'n Unsinn. Ich hab dazu keine Zeit. Ich hab zu tun. Ich muß . . .» Er hielt inne und wandte sich ihr gewissermaßen bittend zu: «Nimm's mir nicht übel, ich werd ziemlich oft weg sein müssen.»

«Ich wart auf dich.» Schon konnte er die Geduld der Armen, der Langverheirateten unter ihrer Haut gleich einer zweiten Persönlichkeit hervorbrechen sehen, eine bescheidene und schamlose Gestalt hinter einem Transparent.

Sie kamen bei der Strandpromenade heraus, und der Abend trat einen Schritt zurück; sie betrachtete sie mit Wohlgefallen, als sei es eine neue, andere See. Er fragte unvermittelt: «Was hat dein Vater heute gesagt?»

«Er hat kein Wort gesagt. Er hatte schlechte Laune.»

«Und die Alte?»

«Die hatte auch ihre schlechte Laune.»

«Das Geld haben sie aber genommen.»

Gegenüber dem *Cosmopolit* kamen sie zum Stillstand und rückten unter dem riesigen Hotelbau ein wenig näher aneinander. Er dachte an den Pagen, der einen Namen ausrief, und an Colleonis goldenes Zigarettenetui . . . Langsam und wohlüberlegt sagte er (und wehrte sich dabei gegen jedes unbehagliche Gefühl): «Na, da drin können wir's uns gemütlich machen.» Er faßte sich mit der Hand an seine schlapp niederhängende Krawatte, strich sich die Jacke glatt und strammte die schmalen Schultern in fruchtlosem Versuch. «Komm.» Sie folgte einen Schritt hinter ihm, wie er die Straße querte, die Freitreppe hinaufging. Zwei alte Damen saßen in Korbstühlen auf der Terrasse in der Sonne, über und über in Schleiertücher eingewickelt; sie strömten unerschütterliche Geborgenheit aus: wenn sie einander anredeten, sahen sie sich nicht an, ließen ihre Bemerkungen gewissermaßen in die verstehende Luft tropfen. «Willie sagte . . .» – «Ich mochte Willie immer gut leiden.»

Der Junge machte mehr Lärm als nötig, während er die Treppe heraufkam.

Über den schweren Teppich hin schritt er zum Empfangsbüro, Rose dicht hinter sich. Es war gerade niemand da. Er wartete voller Wut – das war eine persönliche Beleidigung. Ein Page rief: «Mr. Tannensarg – Mr. Tannensarg» durch die Halle. Der Junge wartete. Ein Telefon läutete. Als die Eingangstür sich wieder drehte, konnten sie hören, wie eine der alten Damen sagte: «Es war ein schwerer Schlag für Basil.» Dann erschien ein schwarzberockter Mann und fragte: «Kann ich etwas für Sie tun?»

Wütend sagte der Junge: «Ich habe hier gewartet . . .»

«Sie hätten ja klingeln können», sagte der Empfangschef kalt und schlug ein Register auf.

«Ich wünsche ein Zimmer», sagte der Junge. «Ein Doppelzimmer.»

Der Hotelbedienstete sah an ihm vorbei auf Rose, schlug dann eine Seite um. «Wir haben kein Zimmer frei.»

«Es kommt nicht darauf an, was es kostet», sagte der Junge. «Ich nehme eine Suite.»

«Es ist nichts frei», wiederholte der Mann, ohne aufzusehen.

Der Page, der mit einem Tablett in der Hand gerade zurückkam, blieb stehen und sah hin. Der Junge sagte mit leiser, wütender Stimme: «Sie können mich nicht von hier ausschließen. Mein Geld ist so gut wie das von jedem anderen . . .»

«Kein Zweifel», sagte der Empfangschef, «aber es ist zufällig kein Zimmer frei.» Er wandte ihm den Rücken, um nach einem Topf Gummi zu greifen.

«Komm», sagte der Junge zu Rose. «Weg aus dieser Stinkbude.» Er schritt die Stufen wieder hinab, an den alten Damen vorbei; Tränen der Demütigung brannten ihm in den Augen. Er fühlte einen irrsinnigen Drang, ihnen allen zuzubrüllen, daß sie ihn nicht so behandeln könnten, daß er ein Mordbursche war, Menschen töten konnte, ohne sich fangen zu lassen. Er hätte gern geprahlt. Er konnte sich dieses Hotel so gut leisten wie irgend sonstwer: er besaß ein Auto, 200 Pfund auf der Bank, beschäftigte einen Rechtsanwalt . . .

Rose sagte: «Wenn ich 'nen Ring angehabt hätte . . .»

Wütend gab er zurück: «Einen Ring? . . . Was für 'nen Ring? Wir sind doch nicht verheiratet. Vergiß das nicht. Wir sind nicht verheiratet.» Doch als sie auf die Straße hinauskamen, beherrschte er sich mit ungeheurer Mühe und dachte mit Bitterkeit daran, daß er seine Rolle weiterspielen mußte – eine Ehefrau konnten sie nicht *zwingen* auszusagen, aber daran verhindern konnte nichts eine Frau, außer – Liebe, Begierde, dachte er mit finsterem Grauen. Er wandte sich ihr wieder zu und entschuldigte sich, wenn es auch wenig überzeugend klang: «Ich bin nur so wütend, weil ich es dir doch versprochen hatte –»

«Es ist mir gleich», sagte sie. Und plötzlich erklärte sie mit weit offenen Augen, in denen Erstaunen über die eigene Tollkühnheit zu liegen schien: «Mir kann nichts den Tag heute verderben.»

«Wir müssen sehn, wo wir sonst hinkönnen.»

«Mir macht es keinen Unterschied – zu Frank?»

«Nicht heute nacht», lehnte er ab. «Ich mag keinen von den Jungens drumherum haben.»

«Es wird uns schon was einfallen», sagte sie. «Es ist noch gar nicht dunkel.»

Dies waren die Stunden – solange keine Rennen stattfanden und er keine geschäftlichen Besprechungen hatte –, die er in Franks Haus auf dem Bett ausgestreckt verbrachte. Gewöhnlich aß er dann Schokolade oder ein Wurstbrötchen, während er zusah, wie die Sonne sich zwischen den Schornsteinkappen fortbewegte, schlief ein, wachte auf, aß wieder etwas und döste dann weiter in die Dämmerung hinein. Später kamen die Jungens mit den Abendzeitungen, und das Leben hob wieder an. Jetzt fühlte er sich wie verloren: er wußte nicht, was er mit all der Zeit anfangen sollte, wenn er nicht allein war.

«Einen Tag», schlug sie vor, «wollen wir wieder aufs Land, wie damals . . .» Sie blickte über das Meer hin und entwarf ihre Pläne – er konnte sehen, wie die Jahre an ihren Augen vorbeizogen gleich Ebbe und Flut.

«Ganz, wie du willst», sagte er.

«Laß uns zur Pier gehn», schlug sie vor. «Ich bin nicht da gewesen seit dem Abend, wo wir uns trafen – weißt du noch?»

«Ich auch nicht», log er rasch und ohne Besinnen und dachte dabei an Spicer und die Finsternis und die Blitze über dem Meer – den Anfang von etwas, dessen Ende nicht abzusehen war. Sie gingen durch das Drehkreuz. Es waren eine Menge Menschen da. Eine Reihe Angler beobachteten, was in der dicken grünlichen Dünung mit ihrem Köder geschah; unter ihren Füßen hob und senkte sich das Wasser.

«Kennst du das Mädchen dort?» fragte Rose auf einmal.

Der Junge wandte gleichgültig den Kopf. «Wo?» sagte er. «Ich kenne hier herum keine Mädchen.»

«Da drüben», zeigte Rose. «Ich möchte wetten, daß sie von dir spricht.»

Das dicke, dumme, unreine Gesicht schwamm in seine Erinnerung zurück, rieb gleich einem monströsen Fisch im Aquarium die Nase ans Glas – ein Stachelroche aus einem anderen Ozean – gefährlich. Fred hatte mit ihr gesprochen, und er war am Strand damals zu ihnen getreten – sie hatte ausgesagt – was sie erzählt hatte, wußte er nicht mehr – jedenfalls nichts von Bedeutung. Jetzt beobachtete sie ihn, verzapfte Gott weiß was für Lügen. Zum Teufel! dachte er, mußte er denn die halbe Welt umbringen?

«Sie kennt *dich* aber», sagte Rose.

«Hab sie nie gesehen», log er im Weitergehen.

«Es ist zu fein, mit dir hier rumzugehn», sagte Rose. «Jeder kennt dich. Ich hätte nie geglaubt, daß ich mal jemand Berühmten heiraten würde.»

Wer wird der nächste sein, grübelte er, wer wird . . .? Einer der Angler kreuzte ihren Weg, um seinen Köder zu werfen, er wirbelte seine Leine, so daß sie weit draußen das Wasser schnitt. Es war kalt auf der sonnenlosen Seite der Pier: auf der einen Seite war es Tag, auf der anderen vorgeschrittener Abend. «Wir wollen auf die andere Seite hinüber», sagte er. Wieder fiel ihm Spicers Mädchen ein. Warum hatte er sie damals im Auto zurückgelassen? Verdammt noch mal, die wußte jedenfalls Bescheid . . .

Rose hielt ihn an. «Guck mal», sagte sie. «Möchtest du mir nicht so eine schenken? Zur Erinnerung. Sie kosten nicht viel, nur n' Sixpence.» Sie stand vor einem kleinen Glaskasten, ähnlich einer Fernsprechzelle. «Verewigen Sie Ihre Stimme auf einer Grammophonplatte!» sagte die Aufschrift.

«Komm schon», sagte er. «Sei nicht albern. Was hast du von so was?»

Zum zweitenmal bekam er es mit einem Ausbruch unvermittelten maßlosen Unwillens bei ihr zu tun. Sie war sanft, sie war willfährig, sie war sentimental – und dann, ganz plötzlich, war sie gefährlich. Wegen eines Hutes, einer Grammophonplatte. «Schon gut», sagte sie. «Geh weg. Du hast mir noch nie was geschenkt. Nicht mal heute. Wenn du mich nicht willst, warum gehst du dann nicht weg? Warum läßt du mich nicht in Ruhe?» Vorübergehende drehten sich um und sahen zu ihnen hin, auf seine abweisende, zornige Miene, ihren verzweiflungsvollen Groll. «Wozu willst du mich eigentlich?» schrie sie ihm ins Gesicht.

«Um Gottes willen . . .» suchte er ihre Stimme zu dämpfen.

«Lieber ging ich ins Wasser», fing sie an, doch er schnitt ihr das Wort ab. «Du kannst deine Platte haben.» Er lächelte nervös. «Ich dachte einfach, du wärst verrückt», erklärte er. «Wozu willst du mich auf einer Platte hören? Du hörst mich doch von jetzt an jeden Tag.» Er drückte ihren Arm. «Du bist ein gutes Ding. Es ist nicht, daß ich dir was mißgönne. Du kannst alles haben, worauf du Lust hast.» Dabei dachte er: Jetzt hat sie mich da, wo sie mich haben will . . . auf wie lange? «Das hast du alles doch nicht gemeint, jetzt eben, was?» schmeichelte er ihr. In dem Bemühen, liebenswürdig zu sein, runzelte sich sein Gesicht wie das eines Greises.

«Es ist so über mich gekommen», antwortete sie, vermied aber sein Auge mit einem Ausdruck, den er nicht entziffern konnte, dunkel und verzweiflungsvoll.

Er fühlte sich erleichtert, doch ihre Bitte widerstrebte ihm. Er mochte nicht gerne auf eine Platte sprechen – es erinnerte ihn irgendwie an Fingerabdrücke. «Willst du denn wirklich», sagte er, «daß ich dir was schenke? Wir haben doch überhaupt kein Grammophon, und du könntest es gar nicht hören. Wozu also?»

«Ich will kein Grammophon», erwiderte sie. «Ich möchte es ganz einfach bei mir haben. Vielleicht bist du eines Tages mal irgendwo fort, und dann könnte ich mir ein Grammophon borgen. Und dann würdest du sprechen», schloß sie mit einer plötzlichen Inbrunst, die ihn schreckte.

«Was soll ich denn sagen?»

«Ach, irgendwas. Sag irgendwas zu mir. Sag ‹Rose› und – dann noch was.»

Er ging in die Zelle und schloß die Tür. Vor sich sah er einen Schlitz für sein Sixpence-Stück, ein Mundstück, die Anweisung «Laut sprechen, Mund dicht am Apparat!» Der wissenschaftliche Hokuspokus machte ihn nervös; er blickte über seine Schulter, und da draußen stand sie richtig, beobachtete ihn, ohne das Gesicht zu verziehen. Er sah sie als eine Fremde: ein ungepflegtes Mädchen aus der Nelson-Gasse, und ein ungeheurer Groll packte ihn. Er steckte seine Münze in den Automaten, und mit leiser Stimme, aus Furcht, man könne seine Worte draußen hören, entledigte er sich seiner Botschaft, damit sie sich in die Vulkanitplatte eingrabe: «Der Teufel soll dich holen, du kleine Hure, warum scherst du dich nicht nach Hause zurück, damit ich mein Lebtag Ruhe vor dir habe?» Er hörte die Nadel kratzen und die Platte schwirren, dann ein Einschnappen und nichts weiter.

Die schwarze Scheibe in der Hand, kam er zu ihr hinaus. «Hier», sagte er, «nimm sie. Ich hab was draufgesprochen – was Liebevolles.»

Sie ergriff sie sorgsam und trug sie wie etwas, das vor jedem anderen beschützt werden mußte. Es wurde jetzt selbst auf der Sonnenseite kalt – und diese Kälte fiel zwischen sie gleich einer unanfechtbaren Feststellung: geht jetzt lieber heim. Er hatte das Gefühl, als drückte er sich vor seiner wirklichen Arbeit – eigentlich hätte er in der Schule sein müssen, aber er hatte seine Aufgabe nicht gelernt. Sie gingen durch das Drehkreuz, und er beobachtete sie von der Seite, um herauszufinden, was sie jetzt erwartete: hätte sie irgendwie Aufregung gezeigt, er würde sie geohrfeigt haben. Doch sie preßte nur die Platte an sich, ebenso bedrückt wie er.

«Na», sagte er, «irgendwo werden wir ja hingehn müssen.»

Sie zeigte auf die Stufen, die zu dem gedeckten Gang unter der Pier führten. «Laß uns dahin gehn», sagte sie, «da ist es geschützt.»

Er sah sich scharf nach ihr um: es war, als wolle sie ihm bewußt eine Prüfung auferlegen. Einen Augenblick zögerte er, dann lachte er zu ihr hinüber. «Schön», sagte er, «wir wollen *dorthin* gehn.» Eine Art Sinnlichkeit trieb ihn: die Verschmelzung von Gut und Böse.

In den Bäumen des Old Steyne brannten die kleinen, bunten Lämpchen schon, aber es war zu früh für Illumination, die hellen Farben kamen im letzten Tagesschein nicht zur Geltung. Der lange Tunnel unter der Parade war der lauteste, gewöhnlichste, billigste Teil in Brightons Vergnügungsprogramm: Kinder in papiernen Matrosenmützen mit der

Aufschrift «Ich bin kein Engel» sausten an ihnen vorbei, ein Geisterzug fuhr mit seiner Ladung von Liebespärchen in eine quietschende, kichernde Finsternis. Die ganze Länge des Tunnels auf der Landseite zogen sich die Schaubuden hin, auf der anderen waren die kleinen Läden: Eis (halbe Portionen), Schalentiere, Fotowaage, ‹Rocko›. Bis zur Decke reichten die Regale; kleine Türen im Hintergrund bildeten den Eingang zu der Dunkelheit dahinter, und auf der Seeseite gab es überhaupt keine Türen, nichts als ein Regal über dem andern von dem Steinstrand bis hinauf zum Dach: ein wahrer Wellenbrecher von ‹Brighton Rock›, den Zuckerstangen, die Brightons allbekannte Spezialität waren, erhob sich dem Meer gegenüber. Die Lichter im Tunnel waren immer an, die Luft war warm und dick und von menschlichem Atem vergiftet.

«Na, was willst du haben», fragte der Junge. «Schnecken oder ‹Brighton Rock›?» Er wartete auf ihre Antwort, als hänge etwas wirklich Wichtiges davon ab.

«Ich hätte gern 'ne Stange ‹Brighton Rock›», antwortete Rose.

Wieder grinste er. Nur der Teufel, so kam ihm in den Sinn, konnte ihr das eingegeben haben. Sie war gut, aber sie war in ihm, wie man sich Gott im Abendmahl einverleibte – im Gedärm. Gott vermochte nicht, dem bösen Mund zu entrinnen, der freiwillig seine eigene Verdammnis essen mochte. Er stapfte zu einem Türeingang gegenüber und sah hinein. «Miss», rief er, «Miss. Zwei Stangen Rocko.» Er blickte sich in dem kleinen, vergitterten Raum mit den rosa Wänden um, als gehöre er ihm; denn sein Gedächtnis war der Besitzer, er war durch Fußtritte geprägt, ein bestimmter Fleck auf dem Fußboden hatte ewige Bedeutung; hätte die Registrierkasse nicht genau am gleichen Platz gestanden wie damals, er würde es bemerkt haben. «Was ist das?» fragte er und machte eine Kopfbewegung nach einer Schachtel hin, dem einzigen Gegenstand im Laden, der ihm nicht vertraut war.

«Das ist Bruch», sagte sie. «Billiger als die ganzen Stangen.»

«Direkt aus der Fabrik?»

«Nein. Es ist hier passiert. Irgendein ungeschickter Kerl muß die Schachtel umgestoßen haben», beschwerte sie sich. «Ich wünschte, ich wüßte wer . . .»

Er nahm seine zwei Stangen und wandte sich um, obgleich er wußte, was er sehen würde: nichts. Die Promenade war hinter den zahllosen Reihen von Zuckerstangen nicht sichtbar. Ein plötzliches Gefühl seiner ungeheuren Tüchtigkeit überkam ihn. «Guten Abend», sagte er, bückte sich unter der niedrigen Tür und trat ins Freie. Wenn er sich nur seiner Tüchtigkeit rühmen, seinem Stolz, der fast zu schwer auf ihm lastete, irgendwie Luft machen könnte . . .

Nebeneinander standen sie da und lutschten ihre Zuckerstangen. Eine vorbeieilende Frau schob sie geschäftig beiseite. «Laßt andere Leute durch, Kinder.» Ihre Blicke trafen sich: ein Ehepaar –

«Wohin jetzt?» sagte er mißmutig.

«Vielleicht sollten wir uns was suchen – irgendwo.»

«So eilig ist das nicht.» Seine heimliche Angst gab seiner Stimme einen rauhen Klang. «Es ist ja noch früh. Möchtest du ins Kino?» Wieder schmeichelte er ihr. «Wir sind noch nie zusammen in einem gewesen.»

Doch das Machtgefühl hatte ihn wieder verlassen. Wieder stieß ihre leidenschaftliche Beteuerung: «Du bist so gut zu mir» ihn ab.

Finster in seinen bequemen Sessel gedrückt (er hatte die teuersten Plätze genommen), fragte er sich in dem Halbdunkel bitter und ohne Umschweife, was sie eigentlich von ihm erwarte. Ein erleuchtetes Zifferblatt neben der Leinwand zeigte deutlich die verstreichenden Minuten. Es war ein hochromantischer Film: prächtige Aufmachung, mit größter Sachkenntnis fotografierte Oberschenkel, esoterische Betten, wie geflügelte Fischerboote gebaut. Ein Mann wurde getötet, aber darauf kam es nicht an. Worauf es ankam, das war das ‹Pläsier›. Die beiden Hauptdarsteller bewegten sich mit stolzer Würde auf die Bettücher zu: «Ich liebte dich auf den ersten Blick – damals in Santa Monica . . .» Jemand sang ein Lied unter einem Fenster, ein Mädchen im Nachthemd zeigte sich, die Uhr neben der Leinwand ging immer weiter. In plötzlicher Wut zischelte er Rose zu: «Wie Katzen.» Es war die gemeinste Verrichtung unter der Sonne – wozu Angst haben vor etwas, was die Hunde in den Straßen taten? Die Musik heulte: «Ich weiß im tiefsten Innern, o meine Göttin . . .» – «Vielleicht gehen wir doch lieber zu mir heim», flüsterte er und dachte dabei: Da werden wir nicht allein sein – vielleicht passiert irgendwas – vielleicht trinken die Jungens, um zu feiern – vielleicht ist heute nacht gar kein Bett frei . . . Der Filmschauspieler mit seinem Anstrich von schwarzem Schnurrbärtchen in der teigigen Leere seines Gesichts sagte: «Du bist mein. Mein ganz allein.» Er setzte in der ruhelosen Sternlandschaft, überströmt von unwahrscheinlichem Mondlicht, sein Lied fort, und plötzlich begann der Junge aus unerklärlichen Gründen zu weinen. Er schloß die Augen, um die Tränen zurückzudrängen, doch die Musik ging weiter – es war, wie wenn einem Gefangenen die plötzliche Aussicht auf Befreiung winke. Er fühlte den Zwang und sah in hoffnungslos weiter Ferne – unbegrenzte Freiheit; keine Furcht, keinen Haß, keinen Neid. Es war ihm, als sei er tot und denke an die Wirkung einer guten Beichte, die Worte der Absolution: doch da er tot war, blieb es bloße Erinnerung – er vermochte keine Zerknirschung zu empfinden –, all seine Rippen lagen wie eiserne Reifen um seine Brust und hielten ihn gefesselt in ewiger Unbußfertigkeit. Nach einer langen Weile sagte er: «Wir wollen gehn. Es ist besser, daß wir gehn.»

Es war jetzt ganz finster, und die farbigen Lämpchen brannten die ganze Hover Strandlinie entlang. Langsam gingen sie am Café *Snow*, dann am *Cosmopolit* vorbei. Ein Flugzeug schwebte in niedriger Höhe surrend meerwärts, sein rotes Licht entschwand. In einem der Glashäuschen entzündete ein Greis ein Streichholz, um seine Pfeife anzustecken, und gab damit einen Mann und ein Mädchen preis, die ineinander verkrochen in der Ecke saßen. Aus Meeresnähe her wehte klagende Musik zu ihnen. Eine Blondine mit Garbo-Wangen blieb auf den Stufen zur *Norfolk Bar* stehen, um sich zu pudern. Irgendwo läutete ein Totenglöcklein, und in einer Kellerwohnung spielte ein Grammophon ein Kirchenlied. «Vielleicht finden wir morgen früh irgendwas, wo wir hingehen können», sagte der Junge.

Er hatte seinen Hausschlüssel mit, läutete aber an der Tür. Er hatte ein Bedürfnis nach Menschen, Unterhaltung . . . aber keiner öffnete ihm. Wieder schellte er. Es war ein altmodischer Klingelzug, der sein Läuten weit ins Haus hinein verbreitete, jene Art Glocke, die aus langem Wissen um Staub und Spinnen und unvermietete Zimmer so gut den Eindruck des leeren Hauses zu vermitteln versteht. «Sie können doch nicht alle aus sein», schalt er, indem er seinen Schlüssel ins Schloß steckte.

Im Eingang hatten sie eine Birne brennen lassen, und sofort bemerkte er den Zettel unter dem Telefon, erkannte die formlose, weitausholende Handschrift von Franks Frau: «Ein Pärchen ist am besten allein. Wir sind alle aus, um die Hochzeit zu feiern. Verriegelt Eure Tür! Amüsiert Euch gut.» Er zerknüllte das Papier und ließ es auf das Linoleum fallen. «Komm mit rauf», sagte er. Oben legte er die Hand auf das neue Stück Treppengeländer und sagte: «Siehst du, es ist jetzt ausgebessert.» Ein Geruch von Kohl und Kochen und versengten Tüchern lag über dem dunklen Gang. Er schob sein Kinn vor: «Das dort war dem ollen Spicer seine Kammer. Glaubst du an Geister?»

«Ich weiß nicht.»

Er stieß seine eigene Tür auf und knipste die nackte, staubige Birne an. «Da hast du's», lud er sie ein. «Du kannst es tun, du kannst's auch lassen», und trat beiseite, um das breite Messingbett freizugeben, den Waschtisch mit dem zersprungenen Krug, den polierten Schrank mit der billigen Spiegeltür.

«Es ist besser wie 'n Hotel», antwortete sie. «Gemütlicher.»

Sie standen beide mitten im Zimmer, als wüßten sie nicht, wohin sie sich nun wenden sollten. «Morgen räume ich 'n bißchen auf», sagte sie.

Er schlug heftig die Tür zu. «Du rührst hier nichts an», verwies er sie. «Das ist hier mein Zuhause, verstehst du? Ich will nicht, daß du hier herkommst, alles änderst . . .» Angsterfüllt betrachtete er sie. In sein eigenes Zimmer, seine Höhle zu kommen und etwas Fremdes da zu finden . . . «Warum nimmst du nicht den Hut ab?» fragte er. «Du bleibst doch hier, nicht?» Sie legte Hut und Regenmantel ab – dies war das Ritual der Todsünde, um dessentwegen – so dachte er – die Menschen einander ewiger Höllenqual überantworteten. Die Klingel unten ging. Er achtete nicht darauf. «Es ist Sonnabend abend», sagte er mit einem bitteren Geschmack auf der Zunge. «Zeit fürs Bett.»

«Wer ist das?» fragte sie, und die Glocke läutete wieder, teilte dem, der draußen stand, unmißverständlich mit, daß das Haus nicht mehr verlassen sei. Sie trat durch das Zimmer zu ihm hin, ihr Gesicht war weiß. «Ist es die Polizei?» fragte sie.

«Warum soll das die Polizei sein? Irgendein Bekannter von Frank.» Doch ihre Vermutung bestürzte ihn. Er stand und wartete auf ein nochmaliges Läuten. Es kam nicht. «Na», sagte er, «wir können doch nicht die ganze Nacht so stehen bleiben. Wir wollen lieber zu Bett gehen.» In sich fühlte er eine schauderhafte Leere, als hätte er seit Tagen nichts gegessen. Er versuchte zu tun, als sei alles wie gewöhnlich, nahm seinen Rock ab, hing ihn über einen Stuhlrücken. Als er sich umdrehte, stand sie noch immer da wie zuvor: ein schmächtiges, halbwüchsiges Kind, zitterte sie zwischen Waschtisch und Bett. «Aha», verspottete er sie mit ausgedörrtem Mund, «du hast Angst.» Es war als sei es vier Jahre früher und er treibe einen Schulfreund durch seinen Hohn dazu, daß er etwas Unerlaubtes tat.

«Hast du denn keine Angst?»

«Ich?» Er lachte unsicher und kam auf sie zu: ein Embryo der Sinnlichkeit, fühlte er, wie die Erinnerung an ein Gewand, einen Rücken seiner spotteten: Ich liebte dich gleich auf den ersten Bick – damals in Santa Monica . . . Von einer Art Raserei erfaßt, packte er sie an den Schultern: dafür also war er dem Paradies-Gäßchen entronnen – und stieß sie auf das Bett zu. «Es ist Todsünde», sagte er, denn was er der Unschuld an Genuß erpressen konnte, das wollte er sich nehmen, Gott im Munde schmecken . . . Ein Messingbettknauf, ihre stummen, erschreckten, hingebenden Augen – und er löschte alles aus in einer traurigen, brutal entschlossenen Umarmung. Ein Schmerzensschrei, und dann begann das Bimmeln der Hausglocke von neuem. «Teufel», sagte er. «Können sie einen nicht in Frieden lassen?» Er öffnete die Augen auf das graue Zimmer, um zu sehen, was er getan hatte: ein tieferer Tod, so schien ihm, war hier geschehen als der, den Hale und Spicer gestorben waren.

Rose sagte: «Geh nicht, Pinkie, geh nicht.»

Ein seltsames Triumphgefühl erfüllte ihn: er war durch die letzte menschliche Scham hindurchgegangen – und es war gar nicht so schwer gewesen. Er hatte sich entblößt und niemand hatte gelacht. Er brauchte Mr. Prewitt und Spicer nicht mehr, nur noch – und ein leises Gefühl der Zärtlichkeit für seine Partnerin bei dem Akt erwachte in ihm. Er streckte die Hand aus und kniff sie ins Ohrläppchen. Die Glocke läutete durch die leere Diele. Ein ungeheures Gewicht schien von ihm genommen. Jetzt konnte er einem jeden entgegentreten. «Ich will bloß sehn, was für 'n verfluchter Kerl das ist.»

«Geh nicht, Pinkie, ich fürchte mich.»

Er aber hatte das Gefühl, daß er sich nie wieder fürchten werde. Damals, als er vom Rennplatz talab rannte, da hatte er sich gefürchtet – gefürchtet vor Körperschmerz und mehr noch vor ewiger Verdammnis, plötzlichem Ende ohne Beichte und Absolution. Jetzt war es ihm, als sei er schon verdammt und brauche nie mehr etwas zu fürchten. Die klanglose Hausglocke rasselte, der lange Draht im Eingang surrte, und die nackte Birne brannte über dem Bett. Das Mädchen, der Waschtisch, das rußige Fenster, der Umriß eines Schornsteins, eine Stimme, die flüsterte: «Ich hab dich so lieb, Pinkie» – dies also war die Hölle: nichts, worüber man sich zu ängstigen brauchte, einfach sein eigenes, wohlbekanntes Zimmer. Er sagte:

«Ich komm gleich wieder. Hab keine Angst. Ich komm ja wieder.»

Am Treppenkopf legte er die Hand auf das neue, noch nicht gestrichene Stück Geländer. Er rüttelte ein bißchen daran und überzeugte sich, wie fest es war. Er hätte sich am liebsten seiner Tüchtigkeit laut gerühmt. Die Glocke unter ihm schwang hin und her. Er blickte hinab: der Schacht war tief, aber ganz sicher konnte man nicht sein, daß einer wirklich tot unten ankäme. Vorher hatte er sich das gar nicht überlegt – aber manchmal lebten Menschen noch stundenlang mit gebrochenem Rückgrat. Ein alter Mann, den er kannte, lief bis zum heutigen Tag mit gespaltenem Schädel in der Welt herum, und bei kaltem Wetter, wenn er niesen mußte, knackte es darin. Die Glokke bimmelte wieder, sie wußte ja, daß der Junge zu Hause war. Er hatte das Gefühl, als ob alles um ihn her ihm wohlwollte. Doch als er weiter die Treppe hinabging, verfingen sich seine Zehen in dem abgenutzten Linoleum: er war zu gut für dieses Haus. In sich fühlte er unbesiegliche Kräfte – seine Vitalität war da oben nicht geschwächt worden, sondern vielmehr gestärkt. Nur eines hatte er verloren, das war seine Angst. Er ahnte nicht, wer vor der Tür stand, als er einer Art boshafter Unfugstimmung nachgab. Er legte seine Hand auf die alte Glocke und brachte sie zum Verstummen. Der draußen, das fühlte er, riß weiter an dem Draht, und ein sonderbares Tauziehen entwickelte sich zwischen ihm und dem Unbekannten über die ganze Diele hin. Der Junge gewann das Spiel. Das Zerren hörte auf und eine Hand trommelte auf die Tür. Der Junge ließ die Glocke fahren und schlich sich an die Tür, doch hinter ihm schlug die Glocke mit ihrem gesprungenen, hohlen, drängenden Ton sofort wieder an. Ein zusammengeballtes Stück Papier – «Riegelt Eure Tür ab – amüsiert Euch gut!» – lag vor ihm auf dem Boden.

Dreist riß er die Tür auf, und vor ihm stand Cubitt, schwer und hoffnungslos betrunken. Jemand hatte ihm ein blaues Auge geschlagen, und sein Atem war sauer – das Trinken brachte immer seine Verdauung in Unordnung.

Das Triumphgefühl des Jungen wuchs, er ward sich eines ungeheuren Sieges bewußt. «So», sagte er. «Und was willst *du* hier?»

«Ich hab meine Sachen noch oben», sagte Cubitt. «Ich will meine Sachen haben.»

«Komm rein und hol sie dir.»

Cubitt drückte sich seitwärts zur Tür herein. Er sagte: «Ich hatte nicht gedacht, daß ich dich treffen würde . . .»

«Mach zu», schnitt ihm der Junge die Rede ab. «Hol deine Sachen und pack dich.»

«Wo ist Dallow?»

Der Junge antwortete nicht.

«Frank?»

Cubitt räusperte sich, sein saurer Atem blies bis zu dem Jungen hin. «Hör, Pinkie», sagte er, «ich und du – warum sollen wir nicht gut Freund bleiben? So wie früher immer.»

«Wir zwei sind nie Freunde gewesen.»

Cubitt achtete nicht auf seine Worte. Er stellte sich mit dem Rücken gegen das Telefon und beobachtete den Jungen aus betrunkenen, wachsamen Augen. «Ich und du», wiederholte er, während ihm der saure Schleim in die Kehle stieg und seine Stimme dick machte, «ich und du, wir können doch einer nicht ohne den andern auskommen. Sind nun mal Spießgesellen.»

Der Junge, an die gegenüberliegende Wand gelehnt, ließ ihn nicht aus dem Auge.

«Ich und du – das is so, wie ich sage. Können nicht jeder für sich allein fertig werden», wiederholte Cubitt.

«Wahrscheinlich», sagte der Junge, «hat der Colleoni dich nicht geschenkt haben wollen. Aber ich nehm nichts, was andere übriglassen, Cubitt.»

Cubitt fing an, ein bißchen zu weinen – das war ein Stadium, das er immer durchmachte: der Junge konnte an seinen Tränen abschätzen, wie viele Gläser er getrunken hatte. Widerstrebend drangen ihm zwei Tränen wie Alkoholtropfen aus den gelben Augäpfeln. «So brauchst du es wirklich nicht zu nehmen, Pinkie!»

«Hol dir lieber deine Sachen.»

«Wo is Dallow?»

«Aus», antwortete der Junge. «Sie sind alle aus.» Wieder regte sich in ihm der Geist grausamer Boshaftigkeit: «Wir zwei sind ganz allein, Cubitt.» Er blickte hinüber auf den neuen Fleck Linoleum an der Stelle, wo Spicer heruntergestürzt war. Aber es wirkte nicht: das Tränenstadium war zu kurz, danach kam mürrische Stimmung, Zorn . . .

«Du kannst mich nicht wie 'n Hund behandeln», sagte Cubitt.

«So wie der Colleoni dich behandelt hat, meinst du wohl?»

«Ich bin hergekommen, weil ich gut Freund sein wollte. Du kannst es nicht riskieren, mit mir nicht gut Freund zu sein.»

«Ich kann mehr riskieren, als du dir einbildest», sagte der Junge.

Cubitt legte geschwind seinen Worten einen anderen Sinn unter. «Dann pump mir fünf Nicker.»

Der Junge schüttelte den Kopf. Plötzlich packten ihn Ungeduld und Hochmut: das war alles unter seiner Würde, dieses Gezänk auf dem abgetretenen Linoleum unter der nackten, verstaubten Birne mit – Cubitt. «Zum Teufel noch mal», sagte er, «hol dir deine Siebensachen und pack dich.»

«Ich weiß allerhand, was ich von dir erzählen könnte.»

«Nichts.»

«Fred . . .»

«Der brächte *dich* an den Galgen.» Der Junge grinste. «Mich nicht. Ich bin zu jung zum Hängen.»

«Und dann Spicer.»

«Spicer ist hier runtergestürzt.»

«Ich hab gehört, wie du . . .»

«Du hast mich gehört? Wer soll dir das glauben?»

«Dallow war dabei.»

«Vor Dallow hab ich keine Angst. Dem kann ich trauen», sagte der Junge und setzte mit ruhiger Stimme hinzu: «Laß dir sagen, Cubitt – wenn du mir gefährlich wärst, dann wüßt ich, was ich mit dir zu tun hätte. Du kannst deinem Schöpfer danken, daß du mir nicht gefährlich bist.» Er drehte Cubitt den Rücken und stieg die Treppe hinauf. Hinter sich konnte er den anderen nachkeuchen hören: die Luft war ihm ausgegangen.

«Ich bin doch nicht hergekommen, weil ich mich streiten wollte, Pinkie. Höre, pump mir doch 'n paar Pfünder, ich bin total pleite.»

Der Junge erwiderte nichts, trotz dem «Denk doch an früher!», sondern bog nach seinem eigenen Zimmer ab.

«Wart nur 'nen Augenblick», rief Cubitt plötzlich hinter ihm drein. «Ich werd dir allerhand erzählen, du gemeiner Hund, du. Mir ist von jemandem Geld angeboten worden – zwanzig Nicker, jawohl! Du . . . du . . . dir werd ich's schon eintränken, was du bist!»

Der Junge blieb vor seiner Tür stehen. «Na also», forderte er Cubitt auf, «dann schieß los.»

Cubitt rang nach den richtigen Worten, konnte sie nicht finden. Er verplemperte seine Wut und seinen Groll in nichtssagenden Redensarten. «Du bist gemein, niederträchtig bist du. Du bist so niederträchtig, daß du deinen besten Freund umbringen würdest, wenn du damit bloß dein eigenes Fell retten könntest. Du bist ja sogar vor 'nem Mädchen bange –» er lachte dick auf – «die Sylvie, die hat mir erzählt –» Aber sein Anwurf traf nicht, er kam zu spät. Jetzt war der Junge durch die letzte menschliche Schwäche hindurchgegangen. Amüsiert und mit einem gewissen infernalischen Stolz hörte er zu: das Bild, das Cubitt da entwarf, hatte nichts mit ihm zu tun, es glich den Bildern, wie die Menschen sie von Christus malten, Abbildern ihrer eigenen Rührseligkeit. Wie ein Professor war er, der einem Fremden ein Land beschreibt, über das er nur in Büchern gelesen hat: mit Import- und Exportstatistiken, Tonnengehalt und Mineralvorkommen und ob der Staatshaushalt sich ausbalanciert hat – und dabei kennt der Fremde die ganze Zeit über das Land aus eigener Erfahrung, hat in seiner Wüste Durst gelitten und ist am Fuß seines Gebirges überfallen worden . . . Gemein, niederträchtig, furchtsam: er lachte leise, spöttisch auf, es war, als habe er sich hoch über den Schatten jener Nacht emporgeschwungen, von der Cubitt sprach. Er machte seine Tür auf, ging hinein, schloß sie hinter sich, riegelte ab.

Rose saß mit baumelnden Beinen auf dem Bett wie ein Schulkind in der Klasse, das auf den Lehrer wartet, um seine Lektion herzusagen. Vor der Tür fluchte Cubitt und stieß mit dem Fuß dagegen, rüttelte am Knauf und zog dann ab. Mit unendlicher Erleichterung – an betrunkene Männer war sie gewöhnt – sagte sie: «Oh, dann ist es nicht die Polizei.»

«Warum sollte es die Polizei sein?»

«Ich weiß nicht. Ich dachte, vielleicht . . .»

«Vielleicht was?»

Er konnte ihre Antwort nur mit Mühe hören. «Kolly Kibber.»

Einen Augenblick lang überwältigte ihn Erstaunen. Dann lachte er leise mit unendlicher Überlegenheit und Geringschätzung über eine Welt, in der Worte wie ‹Unschuld› gängig waren. «So was», sagte er. «Das ist wirklich großartig. Du hast's die ganze Zeit gewußt. Hast's erraten. Und ich dachte, du wärst so ein Gelbschnabel, daß noch die Eierschale an dir hinge. Und dabei –» im Geiste baute er ihr Bild auf an jenem Tag in Peacehaven, zwischen den Weinvorräten im Café *Snow* – «dabei hast du's die ganze Zeit über gewußt!»

Sie leugnete es nicht. Wie sie so dasaß, die Hände zwischen die Knie gepreßt, gab sie alles zu. «Einfach großartig», wiederholte er. «Wenn man sich's richtig überlegt, bist du doch genau so schlecht wie ich.» Er kam durch das Zimmer auf sie zu und schloß mit einer Art Hochachtung: «Zwischen dir und mir ist eigentlich nicht der geringste Unterschied.»

Mit kindlicher Hingegebenheit sah sie zu ihm auf und beteuerte feierlich: «Nicht der geringste.»

Er fühlte, wie sich die Begierde von neuem in ihm regte gleich einer Übelkeit in den Gedärmen. «Was für 'ne Hochheitsnacht!» sagte er. «Hattest du dir gedacht, daß 'ne Hochheitsnacht so wäre?» . . . das Goldstück im Handinnern, das Niederknien vor dem Hochaltar, die Segnung . . . Fußtritte im Gang, Cubitt hämmerte an die Tür, hämmerte und schlurfte weiter, die Treppenstufen knarrten, eine Tür flog zu. Noch einmal sprach sie ihr Gelübde aus, während sie ihn in den Armen hielt, in der Stellung, die Todsünde war: «Nicht der geringste Unterschied.»

Der Junge lag in Hemdärmeln auf dem Bett und träumte. Er war auf einem asphaltierten Spielplatz. Eine halbverdorrte Platane, das Geläut einer gesprungenen Glocke, Kinder, die auf ihn zukamen. Er war neu, er kannte niemand, er wurde von Angst verzehrt – sie kamen auf ihn zu, weil sie etwas wollten . . . Dann fühlte er eine behutsame Hand auf seinem Ärmel, und in einem an dem Baum hängenden Spiegel sah er sich selbst und dahinter Kite: einen Mann in mittlerem Alter, gutgelaunt, der aus dem Mund blutete. «Prachtvolle Zitzen», sagte Kite und steckte ihm ein Rasiermesser in die Hand. Da wußte er, was er zu tun hatte: man brauchte sie nur zu lehren, daß er zu allem fähig war, daß es für ihn keine Spielregeln gab.

In der Absicht, zuzustoßen, fuhr er mit der Hand aus, murmelte etwas Unverständliches und drehte sich auf die andere Seite. Ein Stück Bettdekke fiel ihm über den Mund, er konnte nur schwer atmen. Er war auf der Landebrücke und konnte sehen, wie die Pfeiler brachen – eine schwarze Wolke kam über den Kanal dahergerast und das Meer hob sich, die ganze Pier wankte und kam dann auf tieferer Ebene zum Stillstand. Er wollte schreien – kein Tod war so furchtbar wie Ertrinken. Das Deck der Pier lag in steilem Winkel wie das eines Dampfers, der im Begriff ist, in den tödlichen Fluten zu versinken: er klomm die fußglatte Abdachung empor, weg von der See, und rutschte wieder aus, sank tiefer und tiefer, bis in sein Bett im Paradies-Gäßchen. Er lag noch da und dachte: Was für ein Traum! und hörte dann die verstohlenen Bewegungen seiner Eltern in dem anderen Bett. Es war Sonnabend nacht. Sein Vater keuchte wie ein Mensch am Ende eines Wettrennens, und seine Mutter stieß einen grauenvollen Laut genießerischen Schmerzes aus. Haß erfüllte ihn, Abscheu, Einsamkeit: er war vollkommen verlassen, hatte keinen Teil an ihrem Denken – minutenlang war er tot, wie eine Seele im Fegefeuer, die das schmähliche Handeln eines geliebten Menschen ansehen muß.

Dann schlug er ganz plötzlich die Augen auf, als ob der Alpdruck nicht darüber hinausgehen könnte: es war pechschwarze Nacht, er konnte nichts sehen und wähnte sich auf ein paar Augenblicke wieder im Paradies-Gäßchen. Dann schlug eine Uhr drei – ein metallener Ton wie das Zuschlagen eines Müllkastendeckels im Hinterhof –, und mit ungeheurer Erleichterung kam ihm zum Bewußtsein, daß er allein war. Schlaftrunken stand er aus dem Bett auf und tastete sich zum Waschtisch hin. Sein Mund war verklebt und hatte einen schlechten Geschmack. Er nahm sein Zahnglas, schenkte sich Wasser ein und hörte eine Stimme sagen: «Pinkie? Was ist denn, Pinkie?» Das Glas fiel ihm aus der Hand, und wie das Wasser ihm über die Füße lief, wußte er wieder . . .

Gedämpft sagte er in die Dunkelheit hinein: «Gar nichts. Schlaf nur wieder ein.» Das Gefühl des Triumphs, der Überlegenheit war fort. Er sah auf die Zeit vor ein paar Stunden zurück, als wäre er betrunken oder in einem Traum befangen gewesen. Die Seltsamkeit seines Erlebens hatte ihn momentan über sich hinausgehoben. Jetzt würde nie wieder etwas Seltsames geschehen – er war erwacht. Man mußte diese Dinge mit Alltagsvernunft behandeln. Sie wußte. Vor seinem vollwachen, berechnenden Hinschauen hellte sich die Dunkelheit auf – er konnte nun die Umrisse der Bettknäufe und eines Stuhls sehen. Er hatte einen Zug gewonnen und einen Zug verloren: sie konnten sie nicht *zwingen* auszusagen, aber sie wußte . . . Sie liebte ihn – was das auch bedeuten mochte –, Liebe aber war nichts Ewiges wie Haß und Abscheu. Wenn ihnen ein ansprechendes Gesicht, ein eleganter Anzug über den Weg lief . . . Mit Grauem begriff er plötzlich, daß er sich ihre Liebe ein ganzes Leben lang erhalten mußte; nie würde er imstande sein, sie fallenzulassen: wenn er aufstieg, mußte er das Nelson-Gäßchen gleich einer sichtbaren Narbe mitnehmen; die standesamtliche Trauung war so unwiderruflich wie ein Sakrament. Nur der Tod konnte ihm je wieder die Freiheit schenken.

Ein starkes Verlangen nach frischer Luft überkam ihn, und er schlich sich an die Tür. Im Gang draußen konnte er nichts sehen; nur leises Atmen drang aus dem Zimmer, das er soeben verlassen, und aus Dallows Kammer. Er hatte ein Gefühl wie ein Blinder, der sich von Menschen beobachtet weiß, die er nicht sehen kann, tastete sich durch bis zum Treppenkopf, dann weiter, die Treppe hinab in die Diele, knarrend Schritt für Schritt. Er streckte die Hand aus und berührte das Telefon, wandte sich dann mit ausgestrecktem Arm nach der Haustür. Auf der Straße waren die Laternen aus, doch die Dunkelheit, nicht länger von vier Wänden umfaßt, schien ihm nicht mehr so dicht über dem weiten Umkreis der Stadt. Er erkannte Geländerstangen an den Kellertreppen, eine dahinschleichende Katze und, von dem dunklen Himmel aufgefangen, das phosphoreszierende Leuchten der See. Es war eine seltsame

Welt, in der er sich zum erstenmal allein fand. Ein trügerisches Gefühl der Freiheit erfaßte ihn, während er leise dem Kanal zuschritt.

In der Montpellier-Straße waren die Lichter an; kein Mensch weit und breit, vor einem Grammophongeschäft eine leere Milchflasche, weit unten der erleuchtete Uhrturm und die öffentlichen Toiletten; die Luft war frisch wie Landluft. Er konnte sich einbilden, er sei entronnen. Um seine Hände zu wärmen, steckte er sie in die Hosentaschen, und da fühlte er ein Stück Papier, das da nichts zu suchen hatte. Er zog es heraus – es war ein Blatt aus einem Notizbuch, mit den großen, ungeformten Zügen einer fremden Handschrift. Er hielt es in dem grauen Licht in die Höhe und las mit Anstrengung: «Ich liebe Dich, Pinkie. Ganz gleich, was Du tust. Ich liebe Dich auf ewig. Du bist gut zu mir gewesen. Wo Du auch hingehst, da will ich mit Dir gehen.» Sie mußte es geschrieben haben, während er mit Cubitt sprach, und es in seine Tasche gesteckt haben, während er schlief. Er zerknüllte es in der Hand – dort vor dem Fischladen stand ein Müllkasten –, dann besann er sich eines Besseren. Eine dunkle Empfindung sagte ihm, daß man nie wissen konnte – vielleicht würde es ihm einmal von Nutzen sein.

Er hörte Geflüster, sah sich scharf um, schob den Zettel wieder in die Tasche. In einem Durchgang zwischen zwei Läden saß eine alte Frau auf dem Erdboden. Er konnte ihr verfallenes, entfärbtes Antlitz nur mit Mühe erkennen – es war wie der Anblick der Verdammnis. Dann hörte er sie murmeln: «Gesegnet bist du unter den Frauen», sah, wie die grauen Finger sich mit dem Rosenkranz zu schaffen machten. Nein, das war keine verdammte Seele! Entsetzt und bedrückt betrachtete er sie: dies war eine von den Erlösten.

Siebenter Teil

1

Es kam Rose durchaus nicht sonderbar vor, daß sie so allein aufwachte. Sie war ein Fremdling im Lande der Todsünde und nahm an, daß alles so sein müsse. Er war wohl seinen Geschäften nachgegangen. Kein Wecker gellte, um sie aufzujagen, doch das Morgenlicht weckte sie, das durch die unverhüllten Fenster einfiel. Einmal hörte sie Fußtritte im Gang, und ein andermal rief eine Stimme gebieterisch «Judy». So lag sie da und dachte darüber nach, was eine Frau wohl zu tun hätte – oder richtiger, eine Geliebte.

Allein sie blieb nicht lange liegen – das war zu erschreckend, das ungewohnte Nichtstun. Es war gar nicht wie richtiges Leben – nichts zu tun zu haben. Wenn sie nun dachten, sie wüßte Bescheid – über den Ofen, der angezündet, den Tisch, der gedeckt, den Abfall, der fortgeschafft werden mußte. Eine Uhr schlug sieben mit unbekanntem Klang (ihr Leben lang hatte sie im Bereich derselben Uhr gelebt): die Schläge schienen langsamer und weicher durch die Frühsommerluft zu fallen, als sie es bisher je gehört. Sie fühlte sich glücklich und angstvoll: sieben Uhr war schrecklich spät. Sie kletterte aus dem Bett und war eben dabei, ihr Vaterunser und «Gegrüßt seist du, Maria» herunterzusagen, als sie sich erinnerte . . . Was nutzte es jetzt noch, zu beten? Mit alldem war sie fertig – sie hatte ihr Teil erwählt: wenn sie ihn verdammten, mußten sie sie gleichfalls verdammen.

Im Krug war nur ein Fingerhoch Wasser mit dickem grauem Überzug, und als sie den Deckel von der Seifenschale nahm, fand sie darin drei Pfund-Noten um eine halbe Krone gewickelt. Sie deckte die Schale wieder zu: das war wieder etwas, woran sie sich zu gewöhnen hatte. Sie sah sich rings im Zimmer um, öffnete einen Schrank und fand darin eine Blechdose mit Keks und ein paar Stiefel; unter ihrem Fuß knirschten Krumen. Die Grammophonplatte fiel ihr ins Auge, sie lag noch auf dem Stuhl, auf den sie sie gelegt hatte. Der Sicherheit halber verstaute sie sie im Schrank. Dann öffnete sie die Tür: kein Ton oder sonstiges Zeichen, daß Menschen im Haus lebten; sie sah übers Geländer und das neue Holz knarrte unter ihrem Griff. Irgendwo unten mußte die Küche sein, das Wohnzimmer, die Plätze, wo sie zu arbeiten hatte. Behutsam ging sie hinunter – sieben Uhr – was für wütende Gesichter . . . In der Diele stieß sie mit dem Fuß an ein verknülltes Papier. Sie glättete es und las eine Botschaft, mit Bleistift geschrieben: «Riegelt Eure Tür ab – amüsiert Euch gut!» Sie verstand sie nicht – genausogut hätte es eine Ziffernnachricht sein können – und nahm an, es müsse etwas mit dieser fremdartigen Welt zu tun haben, wo man auf dem Bett sündigte und Menschen plötzlich ihr Leben verloren und fremde Männer mit dem Fuß an anderer Leute Schlafzimmertür stießen und einen mitten in der Nacht verfluchten.

Sie fand die Treppe zum Kellergeschoß; dort, wo sie unter der Diele hinführte, war es dunkel, aber Rose konnte keinen Schalter finden. Einmal fiel sie beinahe über irgend etwas und hielt sich mit klopfendem Herzen an der Wand fest, denn sie dachte an die Aussagen beim Totengericht, nachdem Spicer hinuntergestürzt war. Sein Tod lieh dem Haus in ihren Augen eine besondere Bedeutung, denn sie war noch nie irgendwo gewesen, wo kurz zuvor jemand gestorben war. Unten angelangt, öffnete sie die erste Tür, zu der sie kam, mit großer Vorsicht, denn sie erwartete, mit einem Fluch empfangen zu werden. Es war richtig die Küche, aber sie war leer. Keine der Küchen, die sie bisher kennengelernt, glich ihr: weder die im Café *Snow*, sauber, blitzblank, geschäftig, noch die zu Hause, wo es einfach der Raum war, in dem man sich aufhielt, kochte und aß, wo die Eltern ihre Launen hatten, sich in kalten Nächten wärmten und auf ihrem Stuhl dösten. Dies hier war wie die Küche in einem Haus, das verkauft werden soll: der Ofen angefüllt mit kaltem Koks, auf dem Fensterbrett zwei leere Sardinenbüchsen, unter dem Tisch eine schmutzige Untertasse, wohl für eine Katze, die nicht da war, ein offenstehender Schrank mit leeren Flaschen.

Sie ging hin und rüttelte an dem toten Koks: der Ofen fühlte sich kalt an, es konnte stunden-, ja tagelang kein Feuer darin gebrannt haben. Auf einmal kam ihr der Gedanke, daß sie womöglich verlassen worden war. Dergleichen geschah vielleicht in *dieser* Welt: plötzliche Flucht, bei der man alles zurückließ, seine leeren Flaschen und sein Mädchen und die Ziffernbotschaft auf einem Zettel. Als die Tür aufging, erwartete sie, einen Polizisten zu sehen.

Es war Dallow in Pyjamahosen. Er schaute hinein, sagte: «Wo ist denn Judy?» und schien sie erst dann zu bemerken. «Sie sind ja früh auf», begrüßte er sie.

«Früh?» Sie konnte nicht begreifen, was er meinte.

«Ich dachte, es wäre Judy, die da rumstöberte. Sie kennen mich doch noch? Ich bin Dallow.»

Sie sagte: «Ich dachte, vielleicht sollte ich den Ofen anstecken.»

«Wozu?»

«Frühstück.»

Er sagte: «Wenn das Frauenzimmer jetzt vergessen hat –» Er trat an den Küchenschrank und zog eine Schublade auf. «Was wollen Sie denn nur?» fragte er. «Sie brauchen doch kein Feuer. Hier ist ja genug zu essen.» In der Schublade lagen alle möglichen Büchsen: Sardinen, Heringe . . . «Aber Tee», sagte sie.

Er sah sie sonderbar an. «Man sollte meinen, Sie wären auf Arbeit aus. Hier will keiner Tee. Wozu die Mühe? Im Schrank dort ist Bier, und Pinkie trinkt Milch direkt aus der Flasche.» Er stapfte zur Tür zurück. «Nehmen Sie sich, wozu Sie Lust haben, Kind, wenn Sie hungrig sind. Will Pinkie was?»

«Er ist ausgegangen.»

«Herrjeh, was ist denn über unser Haus gekommen?» Er blieb in der Tür stehen und sah sie von neuem an, wie sie mit hilflosen Händen dort am Ofen stand. «Sie *möchten* doch nicht gern arbeiten, oder?»

«Nein», antwortete sie mit zweifelnder Stimme.

Er konnte sich keinen Vers darauf machen. «Ich will Ihnen ja nicht dreinreden«, sagte er. «Sie sind Pinkies Mädchen. Machen Sie nur Feuer im Ofen, wenn Sie gern wollen. Ich werd Judy schon Bescheid sagen, wenn sie bellt, aber ob Sie Koks finden können, das weiß der Himmel. Der Ofen ist seit letztem März nicht angewesen.»

«Ich will ja keinem in die Quere kommen», versicherte Rose. «Ich bin nur runtergekommen . . . ich dachte . . . ich *müßte* Feuer machen.»

«Sie brauchen hier nichts anzurühren», sagte Dallow. «Sie können mir's glauben, hier tut jeder bloß, was er will.» Dann setzte er hinzu: «Sie haben wohl nicht eine mit rotem Haar hier rumstöbern sehen, was?»

«Ich hab keinen Menschen gesehn.»

«Na», schloß Dallow, «dann auf Wiedersehen.» Sie war wieder allein in der kalten Küche. Brauchen hier nichts anzurühren . . . jeder tut nur, was er will . . . Sie lehnte sich an die weißgetünchte Wand und sah einen alten Streifen Fliegenpapier über der Anrichte hängen; vor langer Zeit hatte jemand eine Mausefalle vor einem Loch im Boden aufgestellt, aber der Köder war weggefressen worden und die Falle war zugeschnappt, ohne etwas zu fangen. Es war gelogen, wenn die Leute sagten, mit einem Mann zu schlafen mache keinen Unterschied: durch den Schmerz hindurch gelangte man zu dieser – Freiheit, Seltsamkeit. Ein stummes Beglücktsein, eine Art Stolz regte sich in ihrer Brust. Sie öffnete unerschrocken die Küchentür, und dort auf dem Treppenabsatz über sich sah sie Dallow mit der rothaarigen Judy, wie er sie genannt hatte. Die Lippen aufeinandergeklebt, standen sie in zornig-leidenschaftlicher Haltung da – man konnte meinen, sie seien im Begriff, einander das Ärgste anzutun, dessen sie fähig waren. Die Frau trug einen lila Schlafrock mit einem Strauß staubiger Papiermohnblüten, dem Überbleibsel irgendeines Waffenstillstandstages. Als sie so Mund an Mund kämpften, schlug die schöntönende Uhr die halbe Stunde. Rose beobachtete sie vom Fuß der Treppe aus. In einer Nacht hatte sie Jahre durchlebt. Sie kannte jetzt all das.

Die Frau sah sie und löste ihren Mund von dem Dallows. «Nanu», sagte sie, «wer ist denn das?»

«Das ist Pinkies Mädchen», sagte Dallow.

«Sie sind zeitig auf. Hungrig?»

«Nein. Ich dachte bloß – vielleicht sollt ich Feuer machen.»

«Wir stecken den Ofen nicht oft an», belehrte sie die Frau. «Das Leben ist zu kurz dazu.» Sie hatte Pickel rund um ihren Mund und sah aus, als liebe sie Geselligkeit über alles. Nachdem sie sich über ihr hellrotes Haar gestrichen hatte, kam sie die Treppe herunter und drückte ihren Mund, der so feucht und saugend wie eine Seeanemone war, auf Roses Wange. Sie brachte einen schwachen, abgestandenen Duft von kalifornischem Mohn mit. «Also, Liebes», sagte sie, «jetzt gehörst du mit zu uns», und sie schien Rose mit einer einzigen großzügigen Geste den halbnackten Mann, die kahlen dunklen Stufen, die öde Küche darzubieten. Ganz leise, so daß Dallow es nicht hören konnte, flüsterte sie ihr ins Ohr: «Du sagst doch keinem was, daß du uns gesehn hast, Kindchen? Frank regt sich sonst auf, und es bedeutet eigentlich nichts, nicht das geringste.»

Rose schüttelte stumm den Kopf: dieses fremde Land schluckte einen allzu schnell auf – kaum war man durch den Zoll, so bekam man auch schon die Einbürgerungspapiere vorgelegt, wurde angeworben ...

«Du bist 'n liebes Kerlchen», lobte sie die Frau. «Wer mit Pinkie befreundet ist, der gehört mit zu unserem Kreis. Du wirst die Jungens sicher bald kennenlernen.»

«Ich möcht's bezweifeln», sagte Dallow von seinem Treppenabsatz aus.

«Du meinst –»

«Wir müssen ernstlich mit Pinkie reden.»

«Ist Cubitt gestern abend hergekommen?» erkundigte sich Judy.

«Ich weiß nicht», sagte Rose. «Ich kenne ja keinen. Jemand hat geläutet und tüchtig geflucht und gegen die Tür gestoßen.»

«Das war Cubitt», erklärte die Frau mit freundlicher Stimme.

«Wir müssen ernstlich mit Pinkie reden. Es ist nicht sicher für uns», wiederholte Dallow.

«Na, Kind, ich muß jetzt wohl wieder zu Frank zurück.» Sie blieb eine Stufe über Rose stehen. «Wenn du mal 'n Kleid gereinigt haben willst, dann macht dir das keiner besser wie Frank. Wenn ich's auch nicht selber sagen sollte. Fettflecken kriegt keiner so raus wie Frank. Und unseren Mietern macht er ganz billige Freundschaftspreise.» Sie beugte sich zu Rose nieder und legte ihr einen sommersprossigen Finger auf die Schulter. «Das hier könnte ganz gut 'ne leichte Reinigung vertragen.»

«Aber ich hab sonst nichts anzuziehen, nur dies hier.»

«Na, in dem Fall . . .» Sie beugte sich noch weiter vor und flüsterte vertraulich: «Laß dir eins von deinem Männchen kaufen», dann raffte sie ihren verblichenen Morgenrock zusammen und verschwand die Treppe hinauf. Rose konnte ein Bein sehen, so kalkweiß, als wäre es noch nie in die frische Luft hinausgekommen, und mit rötlichem Flaum bedeckt, einen schutzigen Pantoffel, einen halb abgerissenen Absatz. Es schien ihr, alle seien sie sehr freundlich zu ihr: die Todsünde mußte gute Kameradschaft mit sich bringen.

Stolz schwellte ihre Brust, als sie aus dem Keller wieder heraufkam. Sie war in die Gemeinschaft aufgenommen worden. Sie hatte ebensoviel erlebt wie jede andere Frau. Wieder in ihrem Zimmer angelangt, setzte sie sich aufs Bett und wartete und hörte, wie die Uhr acht schlug. Hungrig war sie nicht. Sie war sich ungeheurer Freiheit bewußt: kein Stundenplan, an den sie sich halten, keine Arbeit, die verrichtet werden mußte. Man hielt ein bißchen Schmerz aus und kam dann auf der anderen Seite in diese erstaunliche Freiheit hinaus. Nur eines begehrte sie jetzt noch – anderen ihr Glück zu zeigen. Sie konnte jetzt wie jeder andere Gast ins Café *Snow* spazieren, mit dem Löffel auf den Tisch klopfen, Bedienung verlangen. Sie konnte prahlen . . . es war eine Phantasie, aber wie sie so auf dem Bett saß und die Zeit verstreichen ließ, wurde daraus eine greifbare Idee, etwas, was sie wirklich tun könnte. In weniger als einer halben Stunde machten sie dort auf, um Frühstück zu servieren. Wenn sie Geld genug hätte . . . sie brütete, die Augen auf der Seifenschale. Schließlich sind wir ja doch verheiratet, dachte sie, wenigstens gewissermaßen. Und er hat mir gar nichts geschenkt als bloß die Grammophonplatte. Er wird mir sicher 'ne halbe Krone gönnen. Sie stand auf und horchte, dann trat sie leise an den Waschtisch. Die Finger auf dem Deckel wartete sie – jemand kam den Gang entlang: Dallow war es nicht und auch nicht Judy – vielleicht war es der Mann, den sie Frank nannten. Die Tritte verklangen: sie nahm den Deckel ab und wickelte die halbe Krone aus. Keks hatte sie schon gestohlen, aber Geld noch nie. Sie dachte, eigentlich müßte sie sich jetzt schämen – aber sie fühlte nichts dergleichen, nur wiederum diesen sonderbaren Stolz im Innern. Sie war wie ein Kind in einer neuen Schule, das merkt, es kann die geheimnisvollen Spiele und Losungsworte des Spielplatzes sofort instinktiv verstehen.

In der Welt draußen war es Sonntag – das hatte sie vergessen. Die Kirchenglocken, die über Brighton hindröhnten, erinnerten sie jetzt daran. Auch hier wieder Freiheit in der Frühsonne, Befreiung von den stillen Gebeten am Altar, von den furchtbaren Forderungen, die vor dem Hochaltar an einen gestellt wurden. Sie hatte sich jetzt auf immerdar der anderen Seite zugesellt. Die halbe Krone war wie eine Medaille für erwiesene Dienste. Leute kamen von der Halb-Acht-Uhr-Messe zurück, andere waren auf dem Weg zur Morgenandacht um halb neun – sie sah ihren schwarzen Kleidern nach wie ein Spion. Sie beneidete sie nicht und sie verachtete sie nicht: sie hatten ihr Seelenheil, und sie hatte Pinkie und ewige Verdammnis.

Bei *Snow* waren eben die Rollgardinen hochgezogen worden. Ein Mädchen, das sie kannte, sie hieß Maisie, deckte ein paar Tische. Es war die einzige von allen, aus der sie sich etwas machte, eine neue Kellnerin gleich ihr und nicht viel älter. Sie sah ihr von draußen zu, ihr und Doris, der Oberkellnerin mit ihrem gewohnten spöttischen Lächeln, die nichts tat, als mit einem Staublappen flüchtig über die Tische hinfahren, an denen Maisie schon gewesen war. Rose schloß die Hand fester um ihre halbe Krone – sie brauchte nur hineinzugehen, konnte sich setzen, Doris sagen, sie solle ihr eine Tasse Tee und ein Brötchen bringen, ein Trinkgeld geben – sie war jetzt der ganzen Gesellschaft überlegen. Sie war verheiratet. Sie war eine Frau. Sie war glücklich. Was mochten sie wohl empfinden, wenn sie sie so zur Tür hereinkommen sahen?

Aber sie ging nicht hinein. Das war es ja eben. Wenn nun Doris zu weinen anfing? Wie würde sie sich dann vorkommen, daß sie so mit ihrer Freiheit protzte? Dann trafen sich durch die Scheiben ihre und Maisies Blicke. Da stand die Kollegin von gestern mit ihrem Staubtuch, mager, unreif, und sah sie an wie ihr eigenes Spiegelbild. Und *sie* stand jetzt da, wo Pinkie gestanden – draußen, und sah hinein. Das war es, was die Priester meinten, wenn sie sagten ‹ein Fleisch›. Und genauso, wie sie vor ein paar Tagen gewinkt hatte, so winkte jetzt Maisie ihr – mit einem Blick nach seitwärts, einem kaum merklichen Kopfnicken nach der Seitentür. Es war nicht einzusehen, warum sie nicht zum Vordereingang hineingehen sollte, doch sie gehorchte Maisie. Es war, als wiederhole sie einfach eine frühere Handlung.

Die Tür ging auf, und da stand Maisie. «Rose, was ist dir nur passiert?» Sie sollte Wunden vorzuweisen haben: sie fühlte sich schuldig, weil sie nichts als Glück fühlte. «Ich wollte nur kommen und dir sagen, daß ich mich verheiratet habe», sagte sie.

«Verheiratet?»

«Sozusagen.»

«O Rose, wie ist es?»

«Wunderbar.»

«Habt ihr 'n Zimmer für euch?»

«Ja.»

«Und was machst du den ganzen Tag?»

«Gar nichts. Nur so herumliegen.»

Das kindliche Gesicht vor ihr faltete sich kummervoll zusammen. «O Gott, Rose, du hast Glück. Wo hast du ihn getroffen?»

«Hier.»

Finger, die noch knochiger waren als ihre eigenen, packten sie am Handgelenk: «O Rosie, hat er nicht 'nen Freund?»

Sie sagte leichthin: «Er hat keine Freunde.»

«Maisie», rief eine schrille Stimme vom Café aus, «Maisie!» Tränen lagen zum Vergießen bereit in Maisies Augen – nicht in Roses. Sie hatte der Freundin nicht weh tun wollen, und in einer Aufwallung von Mitgefühl sagte sie: «Ach, *so* schön ist es wieder nicht, Maisie.» Sie suchte den Eindruck ihres Glücks wieder zu zerstören. «Manchmal ist er häßlich zu mir. Ach, ich kann dir sagen», setzte sie drängend hinzu, «so rosig ist's nun auch wieder nicht.»

Aber, dachte sie, als sie sich wieder der Parade zuwandte, wenn es nicht rosig ist, was ist es denn?

Und ganz gewohnheitsmäßig überlegte sie, während sie ohne ihren Morgentee wieder Franks Haus zuwanderte, was hab ich eigentlich getan, daß ich ein solches Glück verdiene? Sie hatte eine Sünde begangen – das war die Erklärung: sie brauchte ihr Teil Glück in dieser Welt auf, nicht in der jenseitigen, und sie sorgte sich deswegen nicht. Sie war von ihm geprägt, wie seine Stimme dem Vulkanit aufgeprägt war.

Ein paar Türen vor Franks Haus, aus einem Laden, wo Sonntagszeitungen verkauft wurden, rief Dallow sie an. «He, Mädchen.» Sie blieb stehen. «Es ist Besuch für Sie gekommen.»

«Wer?»

«Ihre Mutter.»

Sie fühlte eine Regung der Dankbarkeit und des Mitleids – ihre Mutter war nie so glücklich gewesen wie sie selbst jetzt war. Sie sagte: «Geben Sie mir den *Weltkurier* – Mutter hat gern 'ne Sonntagszeitung.» Im Hinterzimmer ließ jemand eine Grammophonplatte laufen. «Würden Sie mich wohl später mal herkommen und 'ne Platte spielen lassen, die ich zu Haus hab?» fragte sie den Ladeninhaber.

«Das tut er bestimmt», antwortete Dallow.

Sie ging über die Straße und läutete an Franks Tür. Judy machte ihr auf; sie war noch immer im Morgenrock, hatte aber inzwischen ihr Korsett darunter angezogen. «Du hast Besuch», empfing sie Rose.

«Ich weiß.» Rose lief die Treppe hinauf: sie selbst erlebte den größten Triumph, den sie vom Leben erwarten konnte – ihre Mutter zum erstenmal im eigenen Haus zu begrüßen, sie aufzufordern, auf ihrem eigenen

Stuhl Platz zu nehmen, ihr mit derselben Erfahrung ins Gesicht zu sehen. Jetzt, so fühlte Rose, gab es nichts mehr, was ihre Mutter über die Männer wußte und sie selbst nicht, das war die Belohnung für das schmerzhafte Ritual auf dem Bett. Froh riß sie die Tür auf, und da war – die Frau.

«Was tun Sie –» fing sie an und fuhr dann fort: «Unten haben sie gesagt, es wär meine Mutter.»

«Ich mußte ihnen ja irgendwas sagen», erklärte die Frau in sanftem Ton. «Kommen Sie rein, Kindchen», sagte sie dann, «und machen Sie die Türe zu» – als ob es *ihr* Zimmer wäre.

«Ich will Pinkie rufen.»

«Ich würd mich gern mal mit Ihrem Pinkie unterhalten.» Man konnte nicht um sie herumkommen, sie stand da wie eine Mutter am Ende einer Sackgasse, vollgekritzelt mit den Kreidepöbeleien eines Feindes. Sie war daran schuld – so schien es Rose –, wenn Pinkie oft plötzlich so grob war, ihr die Nägel ins Fleisch preßte. Sie erwiderte: «Sie bekommen Pinkie nicht zu sehen. Ich will nicht, daß jemand Pinkie ärgert.»

«Er wird bald mehr als genug Ärger haben.»

«Wer sind Sie eigentlich?» beschwor Rose sie. «Warum mischen Sie sich in unsere Sachen? Sie sind doch nicht von der Polizei?»

«Ich bin wie alle andern auch. Ich will, daß Recht geschieht», bemerkte die Frau gutgelaunt, nicht anders, als bestellte sie ein Pfund Tee. Ihr großes, fleischiges Gesicht war über und über mit Lächeln behangen. «Ich möchte gern machen, daß *Sie* in Sicherheit kommen», fügte sie hinzu.

«Ich brauch von niemand Hilfe», wies Rose sie ab.

«Sie sollten heimgehen.»

Rose ballte die Fäuste zu Schutz und Trutz des Messingbettes, des Krugs mit verstaubtem Waschwasser. «Ich bin *hier* daheim.»

«Es hat keinen Zweck, daß Sie böse werden, Kindchen», fuhr die Frau fort. «Ich werd mich auch nicht wieder über Sie aufregen. Sie können ja nichts dafür. Sie verstehen ganz einfach nicht, wie alles sich verhält. Wirklich, Sie tun mir leid, Sie armes kleines Ding», und sie kam auf dem Linoleum auf Rose zu, als wolle sie sie in die Arme schließen.

Rose wich nach dem Bett zurück: «Bleiben Sie von mir weg!»

«Regen Sie sich bloß nicht auf, Kind. Das nützt nichts. Sehen Sie – ich bin fest entschlossen.»

«Ich weiß nicht, was Sie meinen. Warum können Sie nicht gerade rausreden?»

«Ich muß Ihnen verschiedenes beibringen – aber schonend.»

«Bleiben Sie weg von mir, sonst schrei ich!»

Die Frau blieb stehen. «Jetzt woll'n wir doch mal ganz vernünftig reden, nicht? Ich bin nur zu Ihrem eigenen Besten hergekommen. Sie müssen gerettet werden, Kind. Es ist nun mal so –» einen Augenblick lang schien sie das richtige Wort nicht zu finden, dann setzte sie mit gedämpfter Stimme hinzu – «daß Ihr Leben in Gefahr ist.»

«Wenn das alles ist – dann machen Sie, daß Sie fortkommen.»

«Alles!» Die Frau war ganz entsetzt. «Was soll das heißen: alles?» Dann lachte sie resolut: «Na, wissen Sie, Kind – 'nen Moment lang war ich jetzt aber wirklich platt. Alles! Hat der Mensch Töne . . . Es sollte wahrhaftig genug sein, oder nicht? Ich spaße jetzt nicht. Wenn Sie es noch nicht wissen, dann müssen Sie's endlich erfahren. Das ist ein Kerl, der vor nichts haltmacht.»

«Und dann?» fragte Rose mit unbewegtem Gesicht.

Die Frau wisperte leise zu ihr hin: «Er ist ein Mörder.»

«Glauben Sie vielleicht, das wußte ich nicht?»

«Um Gottes willen – wollen Sie damit sagen . . .»

«Es gibt nichts, was *Sie* mir sagen können.»

«Du irrsinnige kleine Närrin – daß du ihn geheiratet hast, wenn du das wußtest! Ich möchte dich weiß Gott am liebsten sein lassen.»

Die Frau hing ein neues Lächeln auf ihr Gesicht, so wie man irgendwo einen Kranz aufhängt. «Nein, ich will nicht wieder in Wut geraten, Kind. Wenn ich dich sein ließe, dann könnte ich nachts bestimmt nicht schlafen. Das wäre nicht *recht.* Hör mich an – vielleicht weißt du gar nicht, was passiert ist. Ich hab jetzt alles heraus. Sie haben den Fred nach der Parade runtergeschleppt, in eines von diesen kleinen Lädchen, und ihn da erwürgt – oder sie hätten ihn jedenfalls erwürgt, wenn nicht vorher sein Herz ausgesetzt hätte.» Mit fast scheuer Stimme sagte sie: «Sie haben einen Toten erwürgt», und fuhr dann erzürnt fort: «Du hörst ja gar nicht zu!»

«Das weiß ich schon alles», log Rose. Sie dachte angestrengt nach, denn Pinkies Warnung: «Laß dich in nichts hineinziehen», lag ihr im Ohr. Wild und verschwommen dachte sie: Er hat sein Bestes für mich getan, jetzt muß ich ihm helfen. Sie beobachtete die Frau scharf: nie würde sie dieses runde, gutmütige, alternde Gesicht vergessen, es starrte sie an wie das eines Schwachsinnigen aus den Trümmern eines gebombten Hauses. Dann sagte sie: «Na, wenn Sie denken, daß es so war, warum gehn Sie denn dann nicht zur Polizei?»

«Jetzt sprichst du vernünftig», antwortete die Frau. «Ich möchte es nur alles richtig klarmachen. Es verhält sich nämlich so, Kind: ich hab einer gewissen Person Geld bezahlt und dafür allerhand erfahren. Und andere Dinge wieder hab ich selbst ausgeknobelt. Aber die betreffende Person will nicht aussagen. Aus bestimmten Gründen. Und man braucht 'ne Menge Beweismaterial – weil die Ärzte erklärt haben, es wär 'n natürlicher Todesfall gewesen. Wenn nun du –»

«Warum geben Sie's nicht auf?» unterbrach Rose sie. «Es ist doch nun mal geschehen, nicht? Warum nicht das Ganze sein lassen?»

«Das wäre nicht recht. Außerdem – er ist 'n gefährlicher Mensch. Denk bloß daran, was neulich hier passiert ist. *Mir* kannst du nicht weismachen, daß das ein Unfall gewesen sein soll!»

«Sie haben sich wohl nicht überlegt», fiel Rose ein, «warum er das getan hat? Man bringt doch keinen ohne Grund um.»

«Nun, weshalb hat er's denn getan?»

«Ich weiß nicht.»

«Frag ihn doch.»

«Ich brauch es nicht zu wissen.»

«Du meinst, er ist in dich verliebt», sagte die Frau. «Aber da irrst du dich.»

«Er hat mich geheiratet.»

«Und warum? Weil sie eine Frau nicht zwingen können, gegen ihren Mann auszusagen. Du bist einfach eine Zeugin, so wie der andere Mann ein Zeuge war. Kind, du», und wieder versuchte sie, die paar Schritte, die sie von Rose trennten, zu durchmessen, «ich will dich doch nur retten. Er würde *dich* ebensogut umbringen wie jeden andern, sobald er dächte, er selbst wäre in Gefahr.»

Mit ihrem Rücken zum Bett sah Rose sie näher kommen. Sie ließ sich ihre großen, kühlen, an das Kneten von Kuchenteig gewöhnten Hände von ihr auf die Schultern legen. «Die Menschen ändern sich manchmal», wandte sie ein.

«Nein, das stimmt nicht. Schau mich an. Ich hab mich auch nie geändert. Es ist wie bei diesen Zuckerstangen – wenn du auch ein Stück nach dem andern abbeißt bis ganz unten hin, kannst du doch immer noch ‹Brighton Rock› drauf lesen. So ist nun mal die menschliche Natur.» Trauervoll blies sie ihren Atem – einen süßen, weinhaltigen Atem – über Roses Gesicht.

«Beichte . . . Reue . . .» flüsterte Rose.

«Das alles ist bloß Religion», gab die Frau zurück. «Glaub nur mir. Womit wir es zu tun haben, das ist die Welt.» Patsch, patsch, klopfte sie Rose auf die Schulter, und der Atem pfiff ihr durch die Kehle. «Pack dir deine Tasche und komm mit mir fort. Ich werd schon nach dir sehen. Da brauchst du gar keine Angst zu haben.»

«Pinkie . . .»

«Mit Pinkie werd ich schon fertig werden.»

Rose sagte: «Ich will alles – alles tun, was Sie wollen . . .»

«So ist's recht, Kind.»

«Wenn Sie uns nur in Frieden lassen.»

Die Frau trat von ihr zurück. Zwischen den Kränzen hing auf einen

Augenblick ein zorniger Ausdruck, der nicht dazu stimmte. «Eigensinnig», sagte sie. «Wenn ich deine Mutter wär . . . ordentlich verhauen . . .» Das knochige, entschlossene Gesicht sah ihr fest in die Augen, Kampfbereitschaft bis zum äußersten lag zwischen den unnachgiebigen Augen und dem verstockten Mund: Kriegsschiffe machten klar zum Gefecht und Bombengeschwader stiegen in die Luft auf. Es sah aus wie die Karte eines Feldzuges, mit Fähnchen abgesteckt.

«Und dann noch was», bluffte die Frau. «Sie können dich ins Gefängnis stecken. Weil du alles weißt. Sie haben's mir gesagt. Ein Komplice, so nennt man das. Mitschuldig nach geschehener Tat.»

«Wenn sie Pinkie festnähmen», sagte Rose ganz erstaunt, «meinen Sie denn dann, mir läge daran was?»

«Guter Gott», rief die Frau, «ich bin doch nur deinetwegen hierher gekommen. Ich hätte mir wahrhaftig nicht die Mühe gemacht, erst mit dir zu reden, ich wollte bloß nicht, daß Unschuldige leiden sollten.» Die Redewendung fiel aus ihrem Mund wie eine Fahrkarte aus dem Automaten. «Willst du denn keinen Finger rühren, um zu verhindern, daß er dich umbringt?»

«Mir würde er nichts antun.»

«Du bist jung. Du kennst die Welt nicht so wie ich.»

«Es gibt auch Dinge, die *Sie* nicht wissen.» Dunkel brütete sie, neben dem Bett stehend, während die Frau weiter mit ihr rechtete: ein Gott weinte in einem Garten und schrie am Kreuze auf, Molly Carthew ging ins ewige Feuer.

«Ich weiß eines, was du nicht weißt. Den Unterschied zwischen Recht und Unrecht. *Das* haben sie dir in der Schule nicht beigebracht.»

Rose antwortete nicht; die Frau hatte ganz recht; die beiden Worte bedeuteten ihr nichts. Ihr Geschmack war ausgelöscht durch stärkere Speise: Gut und Böse. Über die konnte die fremde Frau ihr nichts sagen, was sie, Rose, nicht schon wußte. Durch Proben, so unfehlbar wie mathematische Gleichungen, wußte sie, daß Pinkie schlecht war – und was lag in diesem Falle daran, ob er im Recht war oder im Unrecht?

«Du bist wahnsinnig», sagte die Frau wieder. «Ich glaube, du würdest keinen Finger aufheben, wenn er dich umbringen wollte.»

Rose kehrte langsam in die Außenwelt zurück – größere Liebe hat niemand als dies . . . Sie sagte: «Nein, vielleicht nicht. Ich weiß es nicht. Aber vielleicht . . .»

«Wenn ich nicht so gutmütig wäre, dann ließ ich dich wahrhaftig sein. Aber ich hab eben Verantwortungsgefühl.» Ihr Lächeln hing sehr ungewiß auf ihren Zügen, als sie an der Tür stehen blieb: «Du kannst deinem jungen Ehemann von mir ausrichten, daß ich ihm bald auf die Pelle rücke! Ich hab meine Pläne.» Sie ging hinaus und schloß die Tür, riß sie dann aber noch einmal zu einem letzten Angriff auf. «Sieh dich bloß vor, meine Liebe!» rief sie warnend. «Du wirst ja wohl kein Kind von einem Mörder wollen.» Sie grinste erbarmungslos über den kahlen Schlafstubenboden hinweg: «Ich an deiner Stelle würde meine Vorsichtsmaßregeln treffen!»

Vorsichtsmaßregeln . . . Rose stand am Fußende und preßte die Hand an ihren Körper, als könne sie durch diesen Druck entdecken . . . *Das* war ihr nie in den Sinn gekommen; und der Gedanke, in was sie sich vielleicht eingelassen, überströmte sie mit einer erhebenden Empfindung. Ein Kind . . . und dieses Kind würde wieder ein Kind haben . . . es war, als stelle sie damit ein ganzes Freundesheer für Pinkie auf. Wenn die da oben ihn und sie verdammten, dann würden sie auch die Kinder mitverdammen müssen, dafür wollte sie schon sorgen. Davon, was sie beide gestern nacht dort auf dem Bett getan, war kein Ende abzusehen: es war ewiges Geschehen.

2

Der Junge stand im Türeingang des Zeitungsladens und sah Ida Arnold herauskommen. Sie sah ein bißchen rot, ein bißchen hochmütig aus, wie sie so die Straße hinuntersegelte; einmal blieb sie stehen und gab einem kleinen Jungen einen Penny. Er war so überrascht davon, daß er ihn fallen ließ, während er ihrem schweren und makellosen Rückzug nachsah.

Der Junge stieß ein plötzliches Lachen aus, rostig und nicht ganz echt. Er dachte: sie ist betrunken . . . Dallow sagte: «Um ein Haar wärst du ihr in die Arme gelaufen.»

«Wem?»

«Deiner Schwiegermutter.»

«Ihrer . . . woher weißt denn *du* das?»

«Sie hat nach Rose gefragt.»

Der Junge legte den *Weltkurier* auf den Ladentisch zurück; eine Schlagzeile: «Überfall auf Schulmädchen im Eppinger Wald» lief quer über die Vorderseite. Während er über die Straße zu Franks Haus ging und die ganze Treppe hinauf, dachte er scharf nach. Auf halbem Weg hielt er einen Augenblick inne: Sie hatte ein künstliches Veilchen aus einem angesteckten Strauß verloren. Er hob es von der Treppe auf, es roch nach kalifornischem Mohn. Dann trat er ein, die Blume im Handinnern versteckt, und Rose kam ihm zur Begrüßung entgegen. Er vermied ihren Mund. «Nun», sagte er und mühte sich, durch seinen

Ausdruck eine Art rauher, aber freundlicher Lustigkeit an den Tag zu legen, «wie ich höre, war deine Mutti da.» Er wartete gespannt auf ihre Antwort.

«Ach ja», sagte Rose nicht sehr fest, «sie hat mal reingesehen.»

«Heute hat sie also nicht ihren launischen Tag?»

«Nein.»

Wütend bearbeitete er das Veilchen in seiner Hand. «Na, hat sie gefunden, daß dir das Verheiratetsein gut bekommt?»

«O ja, ich glaub schon . . . Viel hat sie nicht gesagt.»

Der Junge ging zum Bett hin und schlüpfte in seine Jacke. «Du bist auch aus gewesen, hör ich?» sagte er.

«Ich wollte 'n paar Freundinnen besuchen.»

«Was für Freundinnen?»

«Oh – bei *Snow*.»

«Nennst du *die* Freundinnen?» fragte er geringschätzig. «Na, hast du sie getroffen?»

«Nicht richtig. Nur eine – Maisie, einen Augenblick.»

«Und dann bist du rechtzeitig wieder zurück gewesen, um deine Mutter anzutreffen. Möchtest du nicht wissen, wo ich mich rumgetrieben habe?»

Sie starrte ihn dumm an: sein Benehmen erschreckte sie.

«Wenn du magst.»

«Was willst du damit sagen, wenn ich mag? *So* dumm bist du doch nicht.» Das anatomische Drahtgerippe der Blume stach ihn in die Hand. Er sagte: «Ich muß rasch mal mit Dallow sprechen. Warte hier», und ließ sie allein.

Er rief über die Straße nach Dallow, und als er herüberkam, fragte er ihn: «Wo ist Judy?»

«Oben.»

«Arbeitet Frank?»

«Ja.»

«Dann komm mit in die Küche.» Er ging voraus, die Kellertreppe hinunter; im Dämmer des unteren Geschosses knirschten seine Füße über toten Koks. Er setzte sich auf eine Ecke des Küchentischs und sagte: «Nimm dir was zu trinken.»

«Zu früh», sagte Dallow.

«Hör zu», fing der Junge an. Ein schmerzhafter Ausdruck flog über sein Gesicht, als sei er im Begriff, sich ein schauderhaftes Geständnis abzuringen. «Dir trau ich», sagte er.

«Na ja, freilich», nickte Dallow. «Was ist denn mit dir los?»

«Es steht nicht alles zum Besten. Die Leute kriegen mit der Zeit 'ne ganze Menge raus. Herrgott noch mal!» rief er aus. «Ich hab Spicer umgelegt und das Mädchen geheiratet. Muß ich denn alles kurz und klein schlagen?»

«War Cubitt gestern abend hier?»

«Ja, er war da und ich hab ihn rausgesetzt. Er hat gebettelt – er wollte mir 'n Fünfer abknöpfen.»

«Hast du 'n ihm gegeben?»

«Ich bin doch nicht ganz von Gott verlassen. Meinst du, ich laß mich von so 'ner Kreatur erpressen?»

«Du hättest ihm was geben sollen.»

«Seinetwegen mach ich mir keine Sorgen.»

«Das solltest du aber.»

«Schweig still, kannst du nicht», schrie ihn der Junge plötzlich mit schriller Stimme an. Er zeigte mit dem Daumen nach der Decke. «Wegen der da oben bin ich unruhig.» Er öffnete die Hand und sagte: «Zum Teufel, jetzt hab ich die Blume fallen lassen!»

«Blume . . .?»

«Sei still, hörst du nicht, und paß auf», sagte er leise, wütend. «Das ist gar nicht ihre Mutter gewesen.»

«Wer denn sonst?»

«Das Weibsbild, das sie die ganze Zeit her ausgehorcht hat . . . die damals mit dem Fred in dem Taxi saß . . .»

Einen Augenblick nahm er seinen Kopf in beide Hände; das sah aus wie Kummer oder Verzweiflung, war es aber nicht: es war der Andrang von Erinnerungen. «Ich hab Kopfschmerzen», sagte er dann. «Ich muß mir klar werden . . . Rose hat mir gesagt, daß es ihre Mutter war. Was bezweckt sie damit?»

«Du meinst doch nicht», fragte Dallow, «daß sie geschwatzt hat?»

«Das muß ich rauskriegen», sagte der Junge.

«Der würd ich getraut haben», versicherte Dallow. «Durch und durch.»

«So sehr würd ich keinem trauen. Nicht mal dir, Dallow.»

«Aber wenn sie schwatzt – warum läßt sie sich dann mit der ein – warum geht sie dann nicht zur Polizei?»

«Ja, warum geht kein einziger von allen zur Polizei?» Mit gepeinigtem Ausdruck starrte er auf den kalten Ofen. Sein Nichtwissen ließ ihm keine Ruhe. «Ich versteh nicht, was sie eigentlich bezwecken.» Die Empfindungen anderer Menschen begannen plötzlich an seinem Hirn zu bohren: noch nie zuvor hatte er dieses Verlangen gespürt, zu verstehen. Wütend sagte er: «Am liebsten möcht ich die ganze verdammte Lumpenbande barbieren!»

«Alles in allem», beruhigte Dallow ihn, «kann sie ja nicht viel wissen. Sie weiß bloß, daß es nicht Fred gewesen ist mit der Karte damals. Wenn du mich fragst, ist sie 'ne dumme kleine Pute. Verliebt, das ja, aber dämlich.»

«Der Dämliche bist du, Dallow. Sie weiß 'ne Menge. Sie weiß, daß ich den Fred umgelegt hab.»

«Bist du sicher?»

«Sie hat mir's selbst gesagt.»

«Und dann hat sie dich geheiratet?» wunderte sich Dallow. «Ich will verdammt sein, wenn ich begreife, wonach die Weiber aus sind.»

«Mir scheint, wenn wir uns nicht beeilen und was tun, dann weiß bald ganz Brighton, was wir mit dem Fred angestellt haben. Ganz England. Die ganze gottverdammte Welt!»

«Ja – aber was können *wir* dagegen tun?»

Der Junge ging über den knirschenden Koks zum Kellerfenster. Draußen ein winziger zementierter Hof mit einem alten, wochenlang unbenutzten Müllkasten, ein versperrtes Gitter, ein säuerlicher Geruch. Er sagte: «Jetzt nützt es nichts mehr, wenn wir stoppen. Jetzt müssen wir weitermachen.» Oben kamen Leute vorbei, von der Körpermitte aufwärts unsichtbar: ein schäbiger Schuh mit verbeulter Kappe schlurfte über das Pflaster; ein bärtiges Gesicht zeigte sich plötzlich auf der Suche nach einem Zigarettenstummel. Langsam fuhr der Junge zu sprechen fort: «Es sollte nicht so schwer sein, sie stumm zu machen. Wir haben Fred und Spicer ja auch stumm gemacht, und sie ist nur 'n kleines Ding . . .»

«Du bist wohl verrückt!» wehrte Dallow ab. «So kannst du doch nicht weitermachen!»

«Vielleicht muß ich. Nix dran zu ändern. Vielleicht ist das immer so, wenn man erst mal angefangen hat, daß man dann immer weiter und weitermachen muß.»

«Wir irren uns bestimmt», redete Dallow ihm Vernunft zu. «Ich möchte um fünf Pfünder mit dir wetten, daß sie's ehrlich meint. Höre – du hast mir's ja selbst erzählt – wie verschossen sie in dich ist.»

«Warum hat sie dann gesagt, es wär ihre Mutter gewesen?» Er beobachtete eine vorbeigehende Frau: jung bis zu den Schenkeln, weiter hinauf konnte man nicht sehen. Ein Krampf des Abscheus packte ihn: er hatte klein beigegeben, er war sogar *darauf* stolz gewesen – was er mit Spicers Mädchen, der Sylvie, in einem Lancia getan hatte. Ach, es war weiter nicht schlimm, wahrscheinlich mußte man von allem einmal getrunken haben – wenn man es nur dabei bewenden ließ, ‹nie wieder› sagte – nicht weiter, immer weitermachte . . .

«Das kann ich selber sehn», bestand Dallow. «So klar wie nur was. Wenn die nicht in dich verschossen ist!»

Verschossen. Hohe, niedergetretene Absätze, nackte Beine, die sich aus seinem Gesichtsfeld fortbewegten. «Wenn sie verschossen ist», sagte er, «dann ist es noch leichter – dann wird sie tun, was ich ihr sage.» Ein Stück Zeitungspapier kam die Straße hinabgeflattert: der Wind kam von der See.

Dallow sagte: «Pinkie, mit dem Morden muß es ein Ende haben. Ich mach nicht mehr mit.»

Der Junge drehte dem Fenster den Rücken. Sein Mund wollte lustig aussehen, konnte es nicht. Er sagte: «Aber angenommen, sie bringt sich selber um?» Ein wahnwitziger Stolz zuckte in seiner Brust auf, es war wie eine Inspiration, wie wenn die Liebe zum Leben von neuem in das öde Herz einzöge: das leere Haus und dann die sieben Teufel, die schlimmer waren als der erste . . .

«Um Himmels willen, Pinkie», sagte Dallow. «Du bildest dir Sachen ein . . .»

«Das werden wir bald sehen», entgegnete der Junge.

Er kam die Stufen aus dem Keller herauf, sah sich hier und dort nach der parfümierten Blume aus Samt und Draht um. Nirgends konnte er sie sehen. Da sagte Roses Stimme «Pinkie» über das neue Geländer hinweg: sie wartete da oben gespannt auf ihn. «Pinkie», wiederholte sie, «ich muß dir's sagen. Ich wollte nicht, daß du dir Gedanken machst – aber jemand muß sein, den ich nicht anzulügen brauche. Das war gar nicht Mutter, Pinkie.»

Er kam langsam auf sie zu, indem er sie scharf beobachtete, abwog. «Wer war es dann?»

«Es war diese Frau, die immer zu *Snow* kam und mich ausfragen wollte.»

«Was hat sie von dir gewollt?»

«Daß ich mit ihr von hier wegginge.»

«Warum?»

«Pinkie – sie *weiß*.»

«Warum hast du dann gesagt, es wär deine Mutter gewesen?»

«Ich hab's dir ja gesagt – ich wollte nicht, daß du dir Gedanken machtest.»

Er stand neben ihr, sah sie scharf an. Sie gab seinen Blick mit ängstlicher Aufrichtigkeit zurück, und er fand, daß er ihr so viel glaubte, wie er überhaupt jemandem zu glauben vermochte. Sein ruheloser, dreister Stolz verebbte, er hatte ein merkwürdiges Gefühl von Frieden, als ob er – auf eine Zeitlang – nicht vorauszuplanen brauchte.

«Aber dann», fuhr Rose ängstlich fort, «dachte ich, vielleicht *solltest* du dir Gedanken machen.»

«Schon recht», sagte er und legte ihr in ungeschickter Umarmung die Hand auf die Schulter.

«Sie hat was davon gesagt, daß sie jemandem Geld bezahlt hätte. Sie hat gesagt, sie wollte dir bald einheizen.»

«Ich mach mir deswegen keine Gedanken», sagte er und drängte sie zurück. Dann hielt er inne, sah ihr über die Schulter. Auf der Schwelle lag die Blume. Er hatte sie fallen lassen, als er die Tür schloß – und dann – er begann sofort seine Berechnung – dann ist sie mir gefolgt, natürlich hat sie die Blume gesehn, gemerkt, daß ich schon *wußte*. Das erklärt alles, ihr Geständnis . . . Die ganze Zeit, während er mit Dallow da unten war, hatte sie sich überlegt, was sie tun sollte, um ihren Fehler wieder auszugleichen. Er lachte wieder: Grauen vor der Welt schnürte ihm die Kehle ab wie eine ansteckende Krankheit.

«Was ist, Pinkie?»

«Die Blume da», sagte er.

«Welche Blume . . . wo . . .?»

Vielleicht hatte sie sie gar nicht gesehen, vielleicht war sie trotz alldem aufrichtig . . . wer konnte es wissen? Wer, so dachte er, wird es jemals wissen? Und plötzlich empfand er einen gewissen traurigen Anreiz bei dem Gedanken: was lag überhaupt daran? Ein Narr war er gewesen, daß er sich einbildete, es könnte etwas an der Sache ändern. So oder so, er durfte nichts riskieren. Wenn sie es wirklich aufrichtig meinte mit ihrer Liebe, dann würde es um so leichter für ihn sein – das war der ganze Unterschied. «Ich mach mir keine Gedanken», wiederholte er. «Dazu ist gar keine Ursache. Ich weiß, was ich zu tun hab. Selbst wenn sie alles herausgekriegt hat, weiß ich, was ich zu tun hab.» Er beobachtete sie verschlagen, schob die Hand vor und drückte ihre Brust. «Es tut nicht weh», sagte er.

«Was tut nicht weh, Pinkie?»

«So, wie ich es machen werde –» Behende rückte er von seiner dunklen Anspielung wieder ab. «Du willst mich doch nicht verlassen, wie?»

«Niemals!» sagte Rose.

«Das meinte ich bloß», nickte er ihr zu. «Du hast es ja auch aufgeschrieben, nicht? Verlaß dich nur auf mich – wenn es zum Schlimmsten kommen sollte, dann werd ich alles schon so einrichten, daß es nicht weh tut – dir nicht und mir nicht. Du kannst dich auf mich verlassen», fuhr er rasch und mühelos fort, während sie ihn mit dem benommenen Ausdruck eines Menschen musterte, der hinters Licht geführt worden ist, weil er ein zu schweres, übereiltes Versprechen gegeben hat. «Ich wußte es ja», betonte er, «daß du es so nehmen würdest. Ich meine, daß wir uns nie trennen können. Wie du's mir geschrieben hast.»

Sie flüsterte entsetzt: «Das ist Tods . . .»

«Eine mehr oder weniger», unterbrach er sie, «was kann das für 'nen

Unterschied machen? Zweimal kann man nicht verdammt werden, und wir sind ja schon verdammt – sagen sie. Es ist ja auch nur für den Fall, daß das Schlimmste . . . wenn sie das mit Spicer herausbekommt.»

«Spicer», stöhnte Rose, «du willst doch nicht sagen, daß Spicer auch . . .»

«Ich meine nur», erklärte er, «wenn sie herausfindet, daß ich hier war – im Haus –, aber darüber brauchen wir uns nicht den Kopf zu zerbrechen, bis es wirklich soweit ist.»

«Aber Spicer –» flüsterte Rose.

«Ich war einfach hier, als es passierte, weiter nichts. Ich hab ihn nicht mal selbst fallen sehen, sondern mein Anwalt . . .»

«Der war auch hier?»

«O ja.»

«Jetzt weiß ich wieder», sagte Rose. «Das hab ich ja in der Zeitung gelesen. Sie konnten doch nicht glauben, daß er etwas wirklich Unrechtes decken würde, das konnten sie nicht. Ein Rechtsanwalt.»

«Der alte Prewitt», sagte der Junge, «na . . .» Und wieder ließ er sein rostiges Lachen hören. «Der ist ja der Inbegriff von Ehrenhaftigkeit!»

Er griff wieder an ihre Brust und sprach sich dann etwas ermutigender aus. «Nein, nein – wir brauchen uns wirklich nicht weiter zu ängstigen, wenigstens nicht, bis *sie* es herausbekommt. Und selbst dann bleibt uns ja immer noch *der* Ausweg. Aber vielleicht kommt es gar nicht soweit. Und wenn sie es *nicht* herausbekommt, na –» seine Finger berührten sie mit einem heimlichen Umschwung seiner Empfindungen – «dann machen wir eben einfach so weiter, was?» Und er versuchte, dem Grauenvollen den Anstrich von Liebe zu geben: «So wie jetzt.»

3

Und dennoch war es der ‹Inbegriff der Ehrenhaftigkeit›, der ihm Angst einjagte. Falls Cubitt diese Frau auf die Idee gebracht hatte, daß auch mit Spicers Tod etwas nicht stimmte, zu wem sollte sie dann wohl gehen, wenn nicht zu Prewitt? Mit Dallow würde sie sich nicht befassen, aber ein Mann des Gesetzes – wenn er so gerissen war wie Prewitt – fürchtete immer das Gesetz. Prewitt war wie ein Mensch, der sich ein zahmes Löwenjunges hält: nie konnte er ganz sicher sein, daß das Raubtier, dem er so viele Kunststücke beigebracht, das es gelehrt hatte, auf den Hinterbeinen zu sitzen, ihm aus der Hand zu fressen, sich nicht eines Tages plötzlich seiner Natur bewußt werden und gegen ihn wenden würde. Vielleicht schnitt er sich einmal bloß beim Rasieren in die Wange – und das Gesetz würde Blut wittern.

Am Frühnachmittag hielt es der Junge nicht länger aus und machte sich auf den Weg zu Prewitt. Vorher hatte er Dallow beauftragt, ein Auge auf das Mädchen zu haben, für den Fall . . . Unabweislich wie noch nie hatte er das Gefühl, er werde tiefer und weiter getrieben, als er selbst je hatte gehen wollen, und das erweckte in ihm eine Empfindung gespannter, grausamer Lust. Im Grunde lag ihm gar nicht so viel an allem – die Entscheidung wurde ihm entwunden, und er brauchte nichts zu tun, als sich unbekümmert gehenzulassen. Er wußte, was das Ende sein konnte, und es graute ihm nicht davor, denn es war leichter, als weiterzuleben.

Prewitts Haus lag in einer Straße, die mit der Bahn parallel lief, jenseits der Kopfstation. Rangierlokomotiven erschütterten es, unausgesetzt stäubte der Ruß auf Haustür und Messingschild. Aus einem Fenster im vertieften Küchengeschoß äugte eine Frau mit verwildertem Haar argwöhnisch zu ihm empor. Sie hielt sich immer hinter diesem Fenster auf, um mit hartem, bitterem Gesicht zu beobachten, was für Besucher kamen. Nie wurde einem erklärt, wer sie war: er hatte immer geglaubt, sie sei die Köchin, aber nun stellte sich heraus, daß sie die ‹Gattin› war – 25 Jahre lang Mr. Prewitts Partnerin beim ‹Pläsier›. Die Tür wurde von einem Mädchen mit grauer, lichtentwöhnter Haut aufgemacht, einem Gesicht, das er nicht kannte. «Wo ist Tilly?» fragte er.

«Die ist weg.»

«Sagen Sie Prewitt, Pinkie ist da.»

«Er nimmt heute keinen an», erwiderte das Mädchen. «Heute ist doch Sonntag, was?»

«Mich nimmt er an.» Der Junge spazierte in die Diele, öffnete eine Tür, setzte sich in ein Zimmer voller Briefordner: er wußte hier Bescheid. «Nur zu», sagte er, «rufen Sie ihn. Ich weiß schon, er schläft. Wecken Sie ihn ruhig auf.»

«Sie scheinen ja hier zu Hause zu sein», bemerkte das Mädchen.

«Stimmt.» Er wußte, was diese Briefordner enthielten, auf denen stand: Rex v. Innes, Rex v. T. Collins – Luft enthielten sie, weiter nichts. Ein Zug rangierte draußen, und die leeren Papphülsen erzitterten auf den Gestellen. Das Fenster war nur einen Spalt offen, aber vom Nachbarhaus konnte man das Radio hören – Radio Luxemburg.

«Machen Sie das Fenster zu», sagte er. Mürrisch kam sie dem Befehl nach. Es machte keinen Unterschied, die Wände waren so dünn, daß man den Nachbarn hinter den Regalen hin und her gehen hörte, es klang wie eine Ratte. «Spielt die Musik den ganzen Tag?» fragte er.

«Außer, wenn jemand spricht», gab sie Bescheid.

«Worauf warten Sie eigentlich? Gehn Sie ihn aufwecken.»

«Er hat mir gesagt, ich sollte nicht. Er hat Magenschmerzen.»

Wieder erzitterte das Zimmer, während die Musik nebenan weiterdudelte.

«Das hat er immer nach dem Mittagessen. Los, wecken Sie ihn.»

«Es ist doch Sonntag!»

«Machen Sie rasch!» Es lag eine unklare Drohung in seiner Stimme, und sie schlug die Tür vor seiner Nase zu, so daß ein Stückchen Gips von der Decke fiel.

Unter seinen Füßen, im Küchenbezirk, schob jemand Möbel hin und her – die Gattin, dachte er. Ein Zug tutete und ein Sprühregen von Ruß fiel auf die Straße. Über seinem Kopf begann Mr. Prewitt zu sprechen – alles konnte man hier durchhören. Dann Fußtritte über die Decke hin und die Treppe hinab.

Mr. Prewitt stellte sein Lächeln an, während er die Tür öffnete. «Und was führt unseren jungen Herrn her?»

«Ich wollte Sie bloß mal sprechen», sagte der Junge, «sehen, was Sie so machen.» Ein Anfall von Magenkrampf scheuchte das Lächeln von Mr. Prewitts Zügen. «Sie sollten vorsichtiger mit dem Essen sein», bemerkte der Junge.

«Das hilft alles nicht», entgegnete Mr. Prewitt.

«Sie trinken zu viel.»

«Esset und trinket, denn morgen . . .», Mr. Prewitt wand sich vor Schmerz, die Hand auf dem Magen.

«Haben Sie 'n Geschwür?»

«Nein, nein, nichts dergleichen.»

«Sie sollten sich von innen fotografieren lassen.»

«Ich halte nichts vom Messer», versetzte Mr. Prewitt rasch und nervös, als beantworte er einen immer wiederkehrenden Rat, gegen den er seinen Einwand stets parat haben müsse.

«Hört die Musik denn überhaupt nie auf?»

«Wenn es mir zuviel wird, poche ich an die Wand», sagte Mr. Prewitt. Er nahm einen Briefbeschwerer von seinem Pult und hieb damit zweimal gegen die Wand. Die Musik brach in einen hohen, hin und her schwankenden Klageton aus und hörte dann auf. Sie konnten hören, wie der Nachbar wütend hinter den Regalen hin und her lief. «Und nun? 'ne Ratte?» zitierte Mr. Prewitt. Das Haus erbebte, während eine schwere Lokomotive vorbeifuhr. «Polonius», erklärte Mr. Prewitt. «In *Hamlet*», setzte er hinzu, als er den unverstehenden Blick des Jungen sah. «Der klägliche, vorwitzige Narr, meine ich.»

«Hören Sie zu», sagte der Junge ungeduldig, «ist eine Frau hier herumgekommen und hat Sie ausfragen wollen?»

«Worüber ausfragen?»

«Spicer.»

Mit kränklicher, verzweifelter Miene fragte Prewitt: «Horchen sich denn die Leute danach um?» Er setzte sich schnell hin und wand sich vor Schmerz. «Das hat mir gerade noch gefehlt.»

«Sie brauchen sich nicht aufzuregen», sagte der Junge. «Beweisen können sie uns nichts. Halten Sie sich nur an Ihre Geschichte.» Er setzte sich Mr. Prewitt gegenüber und betrachtete ihn mit harter Verachtung. «Sie werden sich ja nicht selbst ruinieren wollen.»

Prewitt sah scharf in die Höhe. «Ruinieren?» wiederholte er. «Ich bin schon ruiniert.» Mit der Lokomotive draußen vibierte er auf seinem Stuhl, als jemand am Stockwerk unter ihnen eine Tür zuschlug. «Holla! Der alte Maulwurf», war Mr. Prewitts Reaktion. «Die holde Gattin – Sie haben ja nie das Vergnügen gehabt – oder?»

«Gesehn hab ich sie», sagte der Junge.

«25 Jahre. Und dann dies!» Der Rauch draußen legte sich über das Fenster wie ein Vorhang. «Ist Ihnen eigentlich noch nie zum Bewußtsein gekommen», fragte Mr. Prewitt, «wie gut Sie es haben? Ihnen kann nichts Schlimmeres passieren, als daß Sie gehängt werden. Aber ich kann hier bei lebendigem Leib verfaulen.»

«Worüber regen Sie sich bloß so auf?» sagte der Junge. Er war verwirrt, als habe ein Schwächerer ihn zurückgeschlagen. Daran war er nicht gewöhnt, so in das Leben anderer hineingezogen zu werden. Beichten – das war etwas, was man selber tat – oder sein ließ.

«Als ich die Arbeit für Sie übernahm», sagte Mr. Prewitt, «da verlor ich meine einzige andere Einnahmequelle. Den Bakely-Trust. Und jetzt hab ich auch Sie verloren.»

«Sie kriegen ja alles, was bei mir zu holen ist.»

«Damit ist auch bald Schluß. Colleoni will Ihnen das hiesige Geschäft aus der Hand winden, und er hat schon seinen Anwalt. Einen Londoner Juristen. Bekannter Mann.»

«Vorläufig hab ich ja die Flinte noch nicht ins Korn geworfen.» Er schnupperte, denn es roch nach Gas, und sagte dann: «Ich weiß, was mit Ihnen los ist. Betrunken sind Sie.»

«Von australischem Burgunder», gab Mr. Prewitt zu. «Ach, Pinkie, ich möchte Ihnen so gern mein Herz offenbaren!» Der Romanausdruck floß ihm wie Honig von den Lippen.

«Ich will nichts wissen. *Ihre* Sorgen interessieren mich nicht.»

«Ich habe unter meinem Stand geheiratet», fuhr Prewitt unverdrossen fort. «Ein tragischer Irrtum! Ich war jung. Überwältigende Leidenschaft, das war es. Ich war ein äußerst leidenschaftlicher Mensch», versicherte er dem Jungen und wand sich dabei vor Magenschmerzen. «Sie haben sie ja gesehen. Wie sie jetzt ist – o Gott!» Er beugte sich vor und flüsterte: «Mein einziges Vergnügen ist, daß ich den kleinen Schreibmaschinenmädchen nachsehe, wenn sie mit ihren Köfferchen hier vorbeikommen. Ich bin ganz harmlos. Man darf doch hinsehen. Mein Gott, wie sauber und niedlich!» Er brach ab, seine Hand vibrierte auf der Stuhllehne. «Hören Sie nur den alten Maulwurf da unten. Sie hat mich ruiniert.» Sein faltiges altes Gesicht hatte sich Ferien genommen von seiner gewohnten Gutmütigkeit, seiner Schläue, der juristischen Witzelei. Heute war Sonntag, und da war es so, wie die Natur es geschaffen hatte. «Sie wissen wohl», fing Mr. Prewitt wieder an, «was Mephistopheles zu Faust sagte auf die Frage, wo die Hölle sei? Er sagte: Dies hier ist die Hölle, und wir sind ihr nicht entronnen.»

Der Junge beobachtete ihn, gefesselt und erschreckt zugleich.

«Jetzt macht sie in der Küche sauber», fuhr Mr. Prewitt fort, «aber später kommt sie herauf. Sie sollten sie wirklich kennenlernen – das wäre ein Hochgenuß. Die alte Hexe. Was das für ein Spaß wäre, nicht, wenn man ihr alles ins Gesicht sagen könnte – alles. Daß ich in einen Mord verwickelt bin. Daß sie einem auf der Spur sind. Wenn man das ganze verdammte Haus herunterrisse wie Simson.» Er reckte die Arme weit aus und zog sie dann im Schmerz gleich wieder dicht an sich. «Sie haben recht», sagte er. «Ich habe ein Geschwür. Aber unters Messer leg ich mich nicht. Lieber sterbe ich. Betrunken bin ich auch. Von Empire-Burgunder. Sehen Sie die Fotografie dort an der Tür? Eine Schulklasse. Lancaster College. Vielleicht keine von den berühmten Schulen, aber immerhin steht sie im Jahrbuch der Public Schools. Da können Sie mich sehen – mit gekreuzten Beinen, in der untersten Reihe. Im Strohhut.» Leise fügte er hinzu: «Wir spielten manchmal gegen Harrow. Eine üble Bande waren die. Kein Korpsgeist.»

Der Junge wandte den Kopf nicht ab, um hinzusehen: nie hatte er Prewitt so gesehen – es war eine erschreckende und fesselnde Bloßstellung, bei der ein Mensch vor seinen Augen lebendig wurde. Er konnte die Nerven in dem gepeinigten Fleisch am Werk sehen, in dem durchsichtigen Hirnkasten sein Denken beobachten, wie es sich entfaltete.

«Wenn man sich vorstellt», hörte er Mr. Prewitt sagen, «ein früherer Lancaster-Schüler – mit so einer alten Schraube im Keller da unten verheiratet zu sein, und als einzigen Klienten –» er verzog seinen Mund zu wählerischem Ekel – «Sie zu haben. Was würde wohl mein alter Schulvorsteher dazu gesagt haben!»

Er war wie ein Pferd, das auf die Stange beißt, ein Mann, entschlossen zu leben, bevor er starb: all die Beleidigungen von Polizeizeugen, die er in seinem Leben hatte schlucken müssen, die Kritik, die die Richter an ihm geübt, wurden jetzt von seinem gepeinigten Magen wieder ausgespien. Es gab nichts, was er nicht jedem ins Gesicht sagen würde. Eine unerhörte Selbstbedeutung blühte ihm aus seiner Demütigung empor: seine Frau, der unechte Burgunder, die leeren Aktenkästen und das Vibrieren der Lokomotiven auf dem Gleis – sie bildeten die eindrucksvolle Landschaft seines großen Dramas.

«Sie reden zu leicht», bemerkte der Junge.

«Reden?» fragte Mr. Prewitt zurück. «Ich könnte die Welt erschüttern. Mögen sie mich auf die Anklagebank setzen, wenn sie wollen. Ich werde ihnen eine Offenbarung verschaffen. Ich bin so tief gesunken, daß ich –» hier erfaßte ihn eine ungeheure Blähung der Selbstachtung, und er schluckte zweimal auf – «die Geheimnisse der Gosse in mir trage.»

«Wenn ich gewußt hätte, daß Sie trinken, hätt ich mich nie mit Ihnen eingelassen», sagte der Junge.

«Ich trinke – Sonntags. Das ist der Ruhetag.» Plötzlich krümmte er den Fuß auf dem Boden und schrie wütend: «Sei still da unten!»

«Sie sollten in Ferien gehen», sagte der Junge.

«Ich sitze hier und sitze hier – die Klingel geht, aber es ist nur der Kolonialwarenhändler mit Lachs in Büchsen – sie hat eine wahre Leidenschaft für Konservenlachs. Dann klingle ich selber, und herein kommt dieses blöde Wachsgesicht – und ich sehe, wie die Schreibmaschinenmädchen vorbeigehen. Ich könnte ihre kleinen Reisemaschinchen umarmen.»

«Es täte Ihnen sicher gut», sagte der Junge – nervös und erschüttert von der Vorstellung eines anderen Lebens, das im Gehirn wuchs –, «wenn Sie sich etwas Ferien nähmen.»

«Manchmal», fuhr Mr. Prewitt fort, «fühle ich einen Drang, mich öffentlich schmachvoll bloßzustellen – in einem Park.»

«Ich will Ihnen das Geld dafür geben.»

«Kein Geld kann ein krankes Gemüt heilen. ‹Dies ist die Hölle, und wir sind ihr nicht entronnen.› Wieviel könnten Sie entbehren?»

«Zwanzig Nicker.»

«Damit kommt man nicht sehr weit.»

«Boulogne – warum rutschen Sie nicht mal 'n bißchen über den Kanal?» schlug der Junge mit Abscheu und Entsetzen vor. «Amüsieren Sie sich gut.» Und er sah auf die schmutzigen, kurzgebissenen Nägel, die zittrigen Hände, die Werkzeuge der Lust waren.

«Könnten Sie mir so ein kleines Sümmchen zur Verfügung stellen, mein Junge? Ich möchte Sie ja nicht berauben . . . Obgleich ich ja ‹dem Staate wohl gedient› habe.»

«Sie können das Geld morgen haben – unter bestimmten Bedingungen. Sie haben mit dem Frühdampfer abzufahren – und wegzubleiben, solange Sie können. Kann sein, ich schick Ihnen dann noch mehr.» Es war, als ob er sich einen Blutegel ans Fleisch gesetzt hätte – er fühlte

Schwäche und Ekel. «Schreiben Sie, wenn Sie's aufgebraucht haben, dann will ich sehn.»

«Ich will ja gehen, Pinkie, ganz wie Sie sagen. Und – Sie werden es meiner Frau nicht sagen?»

«*Ich* halte die Klappe.»

«Natürlich. Ich verlasse mich auf Sie, Pinkie, und Sie können sich auf mich verlassen. Wenn ich zurückkehre, verjüngt von meinem Urlaub –»

«Nehmen Sie 'nen langen!»

«Dann sollen schikanöse Polizeisergeanten meine frischgestärkte Geistesschärfe zu fühlen bekommen. Bei der Verteidigung der Ausgestoßenen.»

«Ich schick das Geld gleich morgen früh. Bis dahin dürfen Sie mit keinem Menschen sprechen. Sie legen sich jetzt wieder ins Bett. Ihre Magenschmerzen sind ja gräßlich. Wenn jemand nach Ihnen fragt, sind Sie nicht daheim.»

«Ganz wie Sie wollen, Pinkie, wie Sie wollen.»

Es war das Beste, was er zu tun vermochte. Er verließ das Haus, ohne zu warten, daß jemand ihn zur Tür begleite. Als er zum Kellergeschoß hinuntersah, fing er den harten, argwöhnischen Blick von Prewitts Frau auf. Sie hielt ein Staubtuch in der Hand und beobachtete ihn wie einen Feind von ihrer Höhle da unten aus. Er ging auf die andere Seite der Straße und warf noch einen Blick auf die Villa. An einem der oberen Fenster stand, halb von den Vorhängen verdeckt, Mr. Prewitt. Er beobachtete den Jungen nicht – er sah bloß hinaus – nach dem, was vorüberkommen mochte – ohne wirkliche Hoffnung. Denn es war Sonntag, und da gab es keine Schreibmaschinenmädchen.

4

Er sagte zu Dallow: «Du mußt das Haus beobachten. Ich trau ihm nicht über den Weg. Ich kann mir so richtig vorstellen, wie er da zum Fenster rausguckt, auf irgendwas wartet, und *sie* sieht . . .»

«So ein Narr kann er doch nicht sein.»

«Er ist besoffen. Er sagt, er wär in der Hölle.»

Dallow lachte. «In der Hölle. Das ist gut.»

«Du bist ein Esel, Dallow.»

«Ich glaub an nichts, was meine Augen nicht sehn.»

«Dann sehn sie nicht viel», sagte der Junge. Er ließ Dallow stehen und ging hinauf. Aber schließlich, wenn das die Hölle war, dann war es nicht gar so schlimm, dachte er: das altmodische Telefon, die schmale Treppe, die kosige und staubige Dämmerung – das war doch nicht wie Prewitts Haus, trostlos und durchgerüttelt, mit der alten Hure unten in der Küche. Er machte die Tür zu seinem Zimmer auf, und da, so dachte er, war *seine* Feindin. Mit zorniger Enttäuschung sah er sich in der veränderten Stube um – alles und jedes darin war ein bißchen verschoben und verrückt und das Ganze war gekehrt und sauber und aufgeräumt. Er verdammte sie mit seinen ersten Worten: «Ich hab dir doch gesagt, du solltest das nicht.»

«Ich hab ja nur Ordnung gemacht, Pinkie.»

Jetzt war es ihr Zimmer, nicht mehr sein eigenes: Schrank und Waschtisch standen woanders, und das Bett – natürlich hatte sie das Bett nicht vergessen. Es war jetzt *ihre* Hölle, wenn sie überhaupt jemandem gehörte – nicht mehr sein eigenes Zimmer. Er fühlte sich ausgestoßen, aber anderswo würde es bloß noch schlimmer sein. Er sah zu ihr hin wie auf einen Feind, verschleierte seinen Haß, versuchte, Alter in ihr Gesicht hineinzulesen, wie sie einmal aussehen würde, wenn sie von einer Küche in die Höhe starrte. Von dem Geschick eines andern umhüllt, war er heimgekommen – in verdoppelter Nacht.

«Magst du es nicht, Pinkie?»

Er war doch nicht Prewitt, er war nicht bange, er war so streitbar wie nur je. «Oh», sagte er, «das macht sich famos. Es war nur, weil ich nicht darauf gefaßt war.»

Sie mißverstand seine Befangenheit. «Schlechte Nachrichten?»

«Noch nicht. Aber wir müssen uns natürlich darauf gefaßt machen. *Ich* bin darauf gefaßt.» Er trat ans Fenster und starrte durch einen Wald von Radiomasten nach dem friedlichen, bewölkten Sonntagshimmel, dann wieder zurück in das verwandelte Zimmer. So mochte es vielleicht mal aussehen, wenn er nicht mehr hier wohnte und andere Mieter . . . Er beobachtete sie scharf, während er ein Taschenspielerkunststück verübte und ihr seine eigene Idee unterschob. «Ich hab das Auto fix und fertig. Wir könnten aufs Land hinaus, wo niemand es hören würde . . .» Er wog ihr Entsetzen sorgsam ab, und bevor sie ihm die Karte zurückgeben konnte, wechselte er die Tonart. «Das heißt, nur wenn das Schlimmste eintreten sollte.» Die Redensart hatte einen Reiz für ihn: er wiederholte sie. «Das Schlimmste» – das war die dicke Frau mit ihrem glasigen, rechtheischenden Blick, wie sie die rauchige Straße heraufkam – «das Schlimmste . . .» – und der besoffene, ruinierte Prewitt, der hinter seinem Vorhang auf der Lauer lag, ob nicht vielleicht ein einziges Schreibmaschinenmädchen vorbeikam. «Es wird schon nicht eintreten, sicher nicht», sprach er ihr Mut zu.

«Nein», stimmte sie leidenschaftlich bei, «das wird nicht . . . das kann nicht . . .» Ihre ungeheure Gewißheit hatte eine merkwürdige Wirkung auf ihn – es war, als werde auch mit seinem Plan eine Säuberung, Umstellung, ein ganzer Kehraus veranstaltet, bis er ihn kaum mehr als den seinen zu erkennen vermochte. Er fühlte den Drang, ihr gegenüber darauf zu bestehen, daß es geschehen *könnte*: in seinem Innern wurde er sich seiner seltsamen Sehnsucht nach dieser dunkelsten Tat unter allen bewußt.

Sie sagte: «Ich bin so glücklich. Ich kann mir nicht denken, daß es wirklich so schlimm sein kann.»

«Was willst du damit sagen? Nicht schlimm? Es ist doch Todsünde.» Mit wütendem Ekel sah er nach dem frischgemachten Bett hinüber, als überlege er, ob er den Akt nicht im selben Moment noch wiederholen solle – um ihr die Moral einzubleuen.

«Ich weiß», sagte sie, «ich weiß, aber trotzdem –»

«Es gibt überhaupt nur eines, was noch schlimmer ist», fuhr er fort. Es war ihm, als entziehe sie sich ihm – schon war sie dabei, ihr schwarzes Bündnis zu einem Bestandteil ihres häuslichen Lebens herabzuwürdigen.

«Ich bin ganz glücklich», warf sie ganz verwirrt ein. «Du bist so gut zu mir.»

«Das spielt dabei keine Rolle.»

«Horch», machte sie plötzlich, «was ist das?» Ein klägliches Wimmern kam durch das Fenster.

«Das Kind von nebenan.»

«Warum sieht denn nicht einer nach ihm?»

«Heut ist Sonntag. Sie sind vielleicht aus», sagte er. «Möchtest du gern ausgehn? Ins Kino?»

Sie hörte ihm nicht zu, das unausgesetzte, jammervolle Kindergeschrei nahm sie völlig in Anspruch – sie hatte plötzlich einen Ausdruck der Verantwortung, der Reife. «Jemand sollte nachsehen, was es will», sagte sie.

«Ach, es wird einfach Hunger oder sonstwas sein.»

«Vielleicht fehlt ihm was.» Sie lauschte voller Angst, fast, als sei sie die Mutter. «Kleinen Kindern passiert so rasch was. Man kann nie sagen, was es sein könnte.»

«Es ist doch nicht deins.»

Sie wandte ihm ihre sinnenden Augen zu. «Nein», sagte sie, «aber ich dachte gerade – es könnte –» Leidenschaftlich setzte sie hinzu: «Ich ließe es nicht den ganzen Nachmittag so allein!»

Von Unruhe ergriffen, gab er zurück: «Das haben sie ja auch nicht. Es hat schon aufgehört. Was hab ich dir gesagt?» Doch ihre Worte saßen fest in seinem Hirn: Es könnte. Daran hatte er niemals gedacht. Er betrachtete sie mit Schrecken und Abscheu, als wohne er dem häßlichen Geburtsakt selber bei, schon unentrinnbar angepflockt an ein neues

Leben; und sie stand lauschend, erleichtert und geduldig lauschend, nicht anders, als ob sie bereits Jahre dieser Sorge durchwandert und erfahren habe, daß die Erleichterung nie lange vorhalte, die Sorge sich stetig erneuere.

5

Neun Uhr morgens: er kam wütend auf den Gang hinaus. Die Morgensonne träufelte durch das obere Türfenster herein, warf Flecke auf das Telefon. «Dallow, Dallow!» rief er.

Dallow kam in Hemdärmeln gemächlich aus dem Kellergeschoß herauf. «Hallo, Pinkie. Du siehst aus, wie wenn du nicht geschlafen hättest.»

«Willst du dich vor mir drücken?» fragte der Junge.

«Keine Spur, Pinkie. Ich dachte bloß – weil du doch nun verheiratet bist, wolltest du lieber allein gelassen werden.»

«Allein!» sagte der Junge. «Das nennst du allein?» Er kam die Treppe herunter, in der Hand den parfümierten lila Briefumschlag, den Judy unter die Tür geschoben hatte. Er hatte ihn noch nicht aufgemacht. Seine Augen waren rot unterlaufen. Er hatte alle Merkmale fieberhafter Erkrankung an sich – den klopfenden Puls, die heiße Stirn, das unausgesetzt arbeitende Hirn.

«Johnnie hat mich schon frühmorgens angerufen», berichtete Dallow. «Er hat seit gestern Wache gestanden. Keiner hat zu Prewitt wollen. Wir haben uns für nix aufgeregt.»

Der Junge schenkte ihm keine Beachtung. Er erwiderte nur: «Ich will allein sein, Dallow. Wirklich allein.»

«Du hast dir zuviel für dein Alter aufgeladen, Pinkie», lachte Dallow. «Zwei Nächte hintereinander . . .»

Der Junge unterbrach ihn: «Sie muß fort, bevor sie –» Er vermochte nicht, der ganzen Größe oder Beschaffenheit seiner Angst Ausdruck zu geben – es war wie ein häßliches Geheimnis.

«Euch zu zanken, das wäre riskant», sagte Dallow rasch, warnend.

«Ja», gab der Junge zu, «das ist es, und das wird es von nun an immer sein. Ich weiß. Keine Scheidung. Nichts, nichts, außer Sterben. Aber», er legte seine Hand kühlungsuchend auf das Vulkanit, «ich hab einen Plan – ich hab dir ja schon davon erzählt.»

«Das war ganz verrückt. Warum sollte das arme Kerlchen denn sterben wollen?»

Voll Bitternis sagte er: «Sie liebt mich doch. Sie sagt, sie will immer und ewig bei mir sein. Und wenn ich nicht weiterleben mag . . .»

«Dally», rief eine Stimme, «Dally.» Der Junge sah sich scharf und schuldbewußt um: er hatte nicht gehört, daß Judy – mit nackten Füßen, aber schon im Korsett – leise hier herumschlich. Er war in seine Gedanken versponnen, versuchte in seinem heißen, wirren, in die Vielfalt seiner Probleme verstrickten Kopf seinen Plan herauszuschälen, ungewiß, wer zu sterben hatte – er oder sie oder alle beide . . .

«Was willst du, Judy», fragte Dallow.

«Frank ist mit deinem Rock fertig.»

«Schon recht», winkte Dallow ihr ab, «ich hol ihn mir gleich.»

Sie warf ihm einen gierigen, unbefriedigten Kuß zu und trottete in ihr Zimmer zurück.

«Da hab ich mir was Schönes angefangen», sagte Dallow. «Manchmal wünschte ich, ich hätt's sein lassen. Ich will keine Geschichten mit dem armen alten Frank, und sie ist so unvorsichtig.»

Der Junge sah Dallow brütend an, als wisse der vielleicht aus seiner langen Dienstzeit, was man tat.

«Wenn ihr nun ein Kind bekämt?» tastete er sich vor.

«Och», sagte Dallow, «das überlaß ich ihr. Das ist *ihre* Sache.» Dann: «Hast du da 'nen Briief von Colleoni?»

«Aber was tut sie dagegen?»

«So das Übliche, nehm ich an.»

«Und wenn sie's nicht tut», beharrte der Junge, «und sie fängt sich 'n Kind an?»

«Da gibt's ja Pillen.»

«Aber die helfen nicht immer, was?» fragte der Junge. Er hatte gedacht, nun wisse er alles, und doch war er von neuem in diesem Zustand entsetzten Nichtwissens.

«Sie helfen nie, wenn du meine Meinung wissen willst», bestätigte Dallow. «Hat Colleoni geschrieben?»

«Wenn Prewitt uns verpfiffe, dann wär's aus mit aller Hoffnung, was?» grübelte der Junge.

«Der verpfeift uns nicht. Und er ist ja überhaupt heut abend schon in Boulogne.»

«Aber *wenn* er es täte – oder denk dir, ich glaube, er hätte es getan –, dann bliebe mir doch nichts anderes übrig, als mich umzubringen. Und sie – sie würde doch ohne mich nicht leben wollen. Wenn sie nun dächte . . . Und vielleicht wäre es dabei gar nicht wahr. So was nennt man doch 'nen Selbstmordpakt, nicht?»

«Was ist mit dir los, Pinkie? Du läßt dich doch nicht unterkriegen?»

«Ich sterbe vielleicht nicht dabei.»

«Das gilt auch als Mord.»

«Aber man wird nicht dafür gehenkt.»

«Du bist irrsinnig, Pinkie. Na, ich möchte mich auf so was nicht einlassen.» Er versetzte dem Jungen einen erschreckten, freundschaftlichen Puff. «Du scherzst, Pinkie – dem armen Mädchen ist doch nichts vorzuwerfen – außer, daß sie dich gern hat.» Der Junge sagte keinen Ton, er sah aus, als nehme er seine Gedanken fort gleich schweren Warenballen, um sie innen zu verstauen und den Schlüssel vor der ganzen Welt abzuziehen. «Du hast Ruhe nötig», sagte Dallow unsicher, «geh und leg dich wieder.»

«Ich möchte mich allein hinlegen», versetzte der Junge. Langsam ging er hinauf. Als er die Tür öffnete, wußte er, was er sehen würde, und er blickte weg, um die Versuchung von seinem asketischen und vergifteten Hirn fernzuhalten. Er hörte sie sagen:

«Ich wollte eben auf ein Weilchen ausgehen, Pinkie. Kann ich irgendwas für dich tun?»

Irgendwas . . . Ihm schwindelte vor der Riesenhaftigkeit seiner Forderungen. Freundlich sagte er: «Nein, nichts», und zwang seine Stimme zur Sanftheit: «Komm bald wieder. Wir haben allerhand zu besprechen.»

«Bange?»

«Bange, nein. Ich hab jetzt alles ausgeknobelt», er zeigte mit Galgenhumor auf seinen Kopf, «in dem Kasten da.»

Er spürte ihre Furcht und Spannung aus dem scharfen Einatmen und der Stille und dann der zur Verzweiflung gestählten Stimme. «Doch keine schlechten Nachrichten, Pinkie?»

Er fuhr sie an: «Um Himmels willen, geh jetzt!»

Er hörte, wie sie quer durchs Zimmer zu ihm zurückkam, doch er mochte nicht aufsehen: dies war sein Zimmer, sein Leben. Er hatte das Gefühl, wenn er sich genügend konzentrieren könnte, dann müßte er jede Spur von ihr auslöschen können, dann würde alles wieder so sein wie früher . . . bevor er zu *Snow* ging und unter dem Tischtuch nach der Karte fühlte, die nicht da war, und damit die ganze Täuschung und Schmach heraufbeschwor. Der eigentliche Ursprung der Sache war ihm abhandengekommen – er konnte sich kaum noch Hales als eines Menschen erinnern oder seiner Ermordung als eines Verbrechens – jetzt handelte es sich ganz und gar nur um ihn selbst und um Rose.

«Wenn irgendwas passiert ist . . . du kannst's mir sagen . . . ich fürcht mich nicht. Es muß doch irgendeinen Ausweg geben, Pinkie . . .» Sie flehte ihn an: «Laß es uns doch erst bereden!»

Er erwiderte: «Du regst dich über nichts und wieder nichts auf. Ich will ja, daß du weggehst, du kannst gehen», fuhr er rasend fort, «geh zum . . .» Doch er hielt noch rechtzeitig inne, kratzte ein Lächeln zusammen. «Geh und amüsier dich gut.»

«Ich bleib nicht lange aus, Pinkie.» Er hörte die Tür zufallen, aber er wußte, sie zögerte noch draußen im Gang – das ganze Haus gehörte jetzt ihr! Er fuhr mit der Hand in die Tasche und zog den Zettel hervor: «Ganz gleich, was Du tust . . . Wo Du auch hingehst, da will ich mit Dir gehen.» Es klang wie einer von jenen Briefen, die im Gerichtssaal vorgelesen und von den Zeitungen abgedruckt werden. Er hörte ihre Fußtritte auf dem Weg nach unten.

Dallow sah herein und sagte: «Prewitt wird sich jetzt wohl auf den Weg machen. Es wird mir besser zumute sein, wenn er erst auf seinem Dampfer ist. Du meinst doch wohl nicht, sie hetzt die Polizei hinterher, und daß sie ihn aufstöbern?»

«Sie hat nicht die Beweise dazu», antwortete der Junge. «Wenn er aus dem Weg ist, bist du ganz in Sicherheit.» Er sprach ohne Ausdruck, als habe er alles Interesse daran verloren, ob Prewitt ginge oder bliebe – als sei das etwas, was nur die anderen anginge. Er war darüber hinaus.

«Du auch», sagte Dallow. «Du bist dann auch in Sicherheit.»

Der Junge gab keine Antwort.

«Ich hab Johnnie gesagt, er soll aufpassen, ob er richtig auf den Dampfer kommt, und uns dann telefonieren. Er kann jetzt jeden Augenblick anläuten. Wir sollten zur Feier 'ne Gesellschaft geben, Pinkie. Mein Gott, wie flau wird die sich fühlen, wenn sie dorthin kommt und der Vogel ist ausgeflogen.» Er trat ans Fenster und sah hinaus. «Vielleicht kriegen wir dann endlich mal 'n bißchen Ruhe. Dann können wir wirklich sagen, daß wir glimpflich aus der Sache rausgekommen sind! Wenn man sich vorstellt: Hale und der arme alte Spicer . . . Ich möchte wahrhaftig wissen, wo der jetzt ist.» Er blickte sentimental hinaus in den dünnen Schornsteinrauch und auf die Radioantennen. «Wie wär's, wenn du und ich – und das Mädchen natürlich – irgendwo anders hinzögen? Hier wird's nicht mehr so einträglich sein, jetzt, wo der Colleoni einem überall dazwischenpfuscht.» Er wandte sich ins Zimmer zurück. «Der Brief . . .» Doch das Telefon fing an zu läuten. «Das ist sicher Johnnie», sagte er und eilte hinunter.

Es kam dem Jungen in den Sinn, daß es nicht die Fußtritte auf der Treppe waren, die ihm so vertraut vorkamen, sondern der Klang der Treppe selbst – er erkannte diese Treppe sogar unter dem Gewicht eines Fremden, denn sie knarrte stets bei der dritten und siebenten Stufe. Hierher war er gekommen, nachdem Kite ihn aufgelesen hatte. Auf der Kursaalpier hatte er hustend in der bitteren Kälte gestanden und dem Stöhnen der Geige hinter dem Glas gelauscht, da war Kite aufgetaucht und hatte ihm eine Tasse heißen Kaffee gegeben und ihn dann hierher mitgenommen – der Himmel mochte wissen, warum – vielleicht, weil er, Pinkie, in all seinem Elend doch ungebrochen war, vielleicht auch, weil ein Mann wie Kite den Luxus eines Gefühlchens brauchte wie eine Nutte, die sich einen Pekinesen hält. Kite hatte die Haustür von Nr. 63 aufgeschlossen, und das erste, was der Junge sah, war Dallow, wie er sich auf der Treppe mit Judy küßte, das erste, was er roch, Franks Bügeleisen unten im Keller. Alles war wie aus einem Guß weitergegangen, nichts hatte sich wirklich geändert. Kite war zwar gestorben, aber er selbst hatte Kites Existenz weitergeführt – hatte keinen Alkohol angerührt, seine Nägel nach Kites Art kurzgebissen, bis *sie* kam und alles über den Haufen schmiß.

Dallows Stimme wehte die Treppe herauf: «Ach, ich weiß nicht. Schicken Sie 'n paar Schweinswürste. Oder 'ne Büchse Bohnen.»

Dann kam er ins Zimmer zurück. «Es war gar nicht Johnnie. Bloß jemand von der Kolonialwarenhandlung. Wir sollten wirklich jetzt von Johnnie hören.» Unruhig setzte er sich aufs Bett und fing wieder an: «Was schreibt denn eigentlich der Colleoni in seinem Brief?»

Der Junge warf ihn ihm hinüber. «Na höre», sagte Dallow, «du hast ihn ja nicht mal aufgemacht.» Er fing an zu lesen. «Tja», sagte er dann, «das klingt freilich nicht schön. Hatte's mir schon gedacht. Und doch ist es wieder nicht so schlimm, wenn man's richtig betrachtet.» Er schielte ängstlich über den lila Briefbogen nach dem Jungen hinüber, der dort beim Waschtisch saß und nachdachte. «Wir haben ausgespielt, darauf läuft das Ganze hinaus. Er hat die meisten von unseren Jungens und die sämtlichen Buchmacher. Aber er will keinen Skandal haben. Er ist 'n Geschäftsmann – er sagt, eine Schlägerei wie neulich, die brächte einen nur in – schlechtes Ansehen. Schlechtes Ansehen», wiederholte Dallow gedankenvoll.

«Was er meint», erläuterte der Junge, «ist, der Nachwuchs bleibt weg.»

«Na, da hat er doch recht. Er sagt, er will dir dreihundert Nicker für die Geschäftsabtretung zahlen. Geschäftsabtretung?»

«Er meint, damit wir seine Burschen nicht barbieren.»

«Es ist 'n gutes Angebot», sagte Dallow. «Das paßt fein zu dem, was ich vorhin gesagt habe – wir könnten uns gleich aus dieser verfluchten Stadt wegmachen und von dieser ekelhaften Weibsperson, die alle aushorchen will, und wieder woanders 'ne günstige Sache aufnehmen – oder vielleicht uns ganz und gar zurückziehn, 'n Wirtshaus kaufen, du und ich – und das Mädchen natürlich.» Dann fiel ihm wieder ein: «Wann, zum Teufel, telefoniert eigentlich der Johnnie endlich? Ich werd richtig nervös.»

Der Junge sagte eine Zeitlang gar nichts, sah nur seine heruntergebissenen Nägel an. Endlich sagte er: «Natürlich – du kennst ja die Welt, Dallow. Du bist gereist.»

«Zwischen hier und Leicester», nickte Dallow, «da gibt's nicht viele Orte, die ich nicht kenne.»

«Ich bin hier geboren», überlegte der Junge. «Ich kenne ein paar Orte hierherum und bin bis nach Newmarket gekommen. Aber woanders als hier käm ich mir wie 'n Fremder vor.» Mit unfrohem Stolz rühmte er sich: «Ich bin wohl, was man ‹echt Brighton› nennt» – als umschlösse sein Herz ganz allein alle die billigen Vergnügungsstätten, die Pullmanwagen, die lieblosen Wochenenden in protzigen Hotels und die Traurigkeit, die dem Geschlechtsakt folgt.

Eine Glocke läutete. «Horch», sagte Dallow, «ist das Johnnie.»

Doch es war nur die Haustür. Dallow sah auf seine Uhr. «Ich versteh nicht, was ihn abhält. Prewitt müßte doch jetzt längst an Bord sein.»

«Na ja», sagte der Junge, Düsterkeit in der Stimme, «wir ändern uns ja alle, was? Man muß sich die Welt doch mal ansehn . . . Schließlich hab ich ja auch zu trinken angefangen, nicht? Ich kann noch andere Sachen anfangen.»

«Und du hast jetzt auch dein Mädchen», nahm Dallow die Spur mit hohler Munterkeit auf. «Du bist nun 'n erwachsener Mann – wie dein Vater.»

Wie mein Vater . . . Wieder erschütterte den Jungen das nächtliche Grauen des Sonnabends. Er konnte den Vater jetzt nicht mehr verdammen . . . man geriet da hinein . . . wurde in etwas aufgeschluckt, und dann, dachte er sich, wurde die Gewohnheit wohl stärker und stärker . . . man schenkte sich ohne viel Widerstand weg. Man konnte nicht mal dem Mädchen einen Vorwurf machen. Das Leben war es, das einen erwischte . . . mit den blind mitreißenden Augenblicken, wo man ja dazu sagte. «Ohne sie», sagte er, «wären wir sicherer», und er tastete in seiner Hosentasche nach ihrer Liebesbotschaft.

«Die tut uns doch nichts mehr. Sie ist ja ganz weg in dich.»

«Das Schlimme bei dir ist, daß du nicht über deine Nasenspitze raussiehst», sagte der Junge. «Es kommen doch viele Jahre . . . Und weiß man denn, wann sie sich in 'n neues Gesicht verguckt oder sich über was ärgert oder sonstwas . . . Wenn ich sie nicht bei der Stange halte . . . dann gibt's keine Sicherheit.» Die Tür öffnete sich, und sie war wieder zurück: er schluckte die letzten Worte in sich hinein und bewillkommnete sie mit gezwungenem Grinsen. Doch es war nicht schwer, sie zu täuschen – sie nahm es mit so hoffnungsloser Bereitwilligkeit an, daß er eine Art Zärtlichkeit für die Dummheit und Kameradschaft in ihrer Güte empfand – jedes von ihnen war auf seine eigene Weise verdammt. Wieder überkam ihn das Gefühl, daß sie seine Ergänzung war.

«Ich hatte keinen Schlüssel», sagte sie. «Ich mußte schellen. Sobald ich weg war, bekam ich Angst, irgendwas könnte nicht stimmen. Ich wollte hier bei dir sein, Pinkie.»

«Es ist alles in Ordnung», beruhigte er sie. Das Telefon begann zu läuten. «Da, siehst du, das ist jetzt Johnnie.» Unfroh sagte er zu Dallow: «Dein Wunsch wird erfüllt.»

Sie hörten seine Stimme am Telefon, schrill vor Spannung: «Bist du das, Johnnie? Ja? Was sagst du da? Du meinst doch nicht . . . O ja, wir sehen uns nachher. Natürlich kriegst du dein Geld.» Er kam wieder nach oben, und an der richtigen Stelle knarrte die Treppe – sein breites, brutales Unschuldsgesicht trug die gute Nachricht vor sich her wie einen Eberkopf auf einem Volksfest. «Das ist fein gegangen», sagte er, «fein. Ich kann dir jetzt sagen, ich war schon ganz aufgeregt. Aber er ist jetzt auf dem Dampfer, und er hat vor zehn Minuten die Pier verlassen. Das müssen wir feiern. Bei Gott, Pinkie, du bist 'n gerissener Hund. Du denkst auch an alles!»

6

Ida Arnold hatte sich mehr einverleibt als nur ein oder zwei Glas. Über ihrem Guinness sang sie leise vor sich hin: «In der Nacht – in 'nem Gäßchen – Lord Rothschild sprach zu mir . . .» Der heftige Wellenschlag unter der Landebrücke war wie das Anklatschen von Badewasser; er brachte sie in Gang. Da saß sie in massiver Einsamkeit – ohne böse Absichten gegen irgendeinen Menschen auf der Welt – einen einzigen ausgenommen. Die Welt war schön, wenn man nicht klein beigab, sie selbst wirkte wie ein Triumphwagen beim siegreichen Einzug – mit all den schweren Bataillonen hinterdrein: Recht muß Recht bleiben; Auge um Auge; Willst du, die Gans soll geraten, mußt du sie selber braten . . . Phil Corkery kam auf sie zu; hinter ihm konnte man durch die langen Glasfenster der Teestube die Lichter von Hove sehen. Die grünkupfernen Kuppeln des *Metropol* schwammen in einer letzten Schicht von Tageslicht unter dem nächtlichen Gewölk, das sich wuchtend niedersenkte. Der Gischt flog wie feiner Regen an die Fenster. Ida Arnold hörte auf zu singen und fragte: «Siehst du auch, was ich seh?»

Phil Corkery setzte sich. In diesem gläsernen Wellenbrecher war es gar nicht wie Sommer. In seiner grauen Hose und der Sportjacke mit dem undefinierbaren Wappen, das auf die Tasche gestickt war, sah er verfroren aus, ein bißchen spitzig, ausgemergelt. «*Sie* sind da», sagte er abgespannt. «Woher hast du denn wissen können, daß sie hierher kommen würden?»

«Gar nicht hab ich es gewußt», gab Ida zurück. «Das nennt man Bestimmung.»

«Ich mag sie schon gar nicht mehr sehn.»

«Aber stell dir nur vor», ermunterte sie ihn mit erfreuter Stimme, «wie satt *sie* es erst haben müssen!» Sie blickten über eine Wüste von leeren Tischen nach Frankreich, dem Jungen und Rose hin. Es war noch ein anderes Paar dabei, das sie nicht kannten. Wenn sie alle hierhergekommen waren, um zu feiern oder sonst etwas, dann hatte sie ihnen den Spaß verdorben. Warm wallte das Bier in ihrer Kehle auf, ein ungeheures Wohlgefühl durchströmte sie; sie rülpste und sagte: «Verzeihung», indem sie die schwarz behandschuhte Rechte hob. Dann fragte sie: «Er ist wohl auch entwischt?»

«Abgedampft.»

«Wir haben kein Glück mit unseren Zeugen», stellte sie fest. «Erst Spicer, dann das Mädchen, dann Prewitt und nun Cubitt.»

«Er hat den ersten Morgenzug genommen – mit deinem Geld.»

«Na, laß nur gut sein», tröstete sie sich. «Sie sind ja am Leben. Sie werden schon wiederkommen. Und ich kann warten – dank dem Black Boy.»

Phil Corkery sah sie von der Seite an: es war wirklich ein Wunder, daß er je den Mut gehabt, ihr – dieser Draufgängerin – Postkarten aus Seebädern zu schicken: aus Hastings einen Krebs, dessen Magen man eine Reihenfolge von Ansichten entwinden konnte, aus Eastbourne ein Baby auf einem Felsen, das, wenn man es hochschob, die Hochstraße mit der großen Buchhandlung und einer Farnkrautpflanzung enthüllte, aus Bournemouth (wenn er sich recht erinnerte) eine Flasche, die Fotos von der Promenade enthielt, den Steingarten, das neue Schwimmbad . . . Es war, als halte man einem Elefanten in Afrika ein Stückchen Kuchen hin. Die Empfindung ihrer ungeheuren Treibkraft erschütterte ihn . . . wenn sie sich amüsieren wollte, konnte nichts ihr Einhalt tun, und wenn sie Gerechtigkeit verlangte . . . Nervös sagte er: «Meinst du nicht, Ida, daß wir genug getan haben . . .»

Sie erwiderte: «Ich bin noch nicht fertig», und nahm die Augen nicht von der kleinen Gesellschaft, deren Schicksal besiegelt war. «Man kann nie wissen. Die denken jetzt, sie sind in Sicherheit; da stellen sie sicher was Verrücktes an.» Dort saß der Junge schweigend neben Rose, vor sich ein Glas, das er noch nicht an den Mund gesetzt hatte; nur der Mann und die Frau schwatzten über dies und das.

«Wir haben unser Bestes getan. Das ist eine Sache für die Polizei, und für keinen sonst», bestand Phil.

«Du hast sie doch damals das erste Mal gehört.» Sie begann wieder zu singen: «In der Nacht, in 'nem Gäßchen . . .»

«Jetzt geht es uns nichts mehr an.»

«Lord Rothschild sprach zu mir . . .» Sie unterbrach sich, um ihm freundlich die Leviten zu lesen. Man durfte einem Freund nicht so verkehrte Anschauungen durchgehen lassen. «Das ist 'ne Sache für jeden, der den Unterschied zwischen Recht und Unrecht kennt.»

«Aber du fühlst dich immer so todsicher bei allem, Ida, du stürzt dich so kopfüber in Sachen rein . . . Ich weiß, du meinst es gut, aber wie können wir wissen, was für Gründe er gehabt haben mag . . . Und außerdem», beschuldigte er sie, «tust du es ja nur, weil's dir Spaß macht. Der Fred war doch niemand, der dir nahegestanden hat.»

Sie drehte ihre großen, erleuchteten Augen auf ihn zu. «Na ja», erwiderte sie, «ich will nicht sagen, daß es nicht – aufregend gewesen wäre.» Sie war ganz betrübt, daß jetzt schon alles vorbei war. «Da ist doch nichts dabei, oder? Ich tu nun mal gern, was recht ist, das ist das Ganze.»

Rebellion wellte schwach in ihm auf: «Und auch, was unrecht ist.»

Sie lächelte ihm mit allumfassender, ferner Zärtlichkeit zu. «Oh, das. Das ist nicht unrecht. Das schadet keinem was. Das ist doch nicht so was wie Mord.»

«Die Priester behaupten es aber.»

«Die Priester», rief sie verächtlich aus. «*Das* glauben ja nicht mal die Katholschen. Sonst lebte doch das Mädchen jetzt nicht mit ihm. Auf mich kannst du dich verlassen», fuhr sie fort. «Ich hab die Welt gesehn. Ich kenne die Menschen», und sie wandte ihre Aufmerksamkeit mit voller Wucht wieder Rose zu. «Du kannst mir doch nicht zumuten, daß ich ein kleines Mädchen wie das da *ihm* überlasse? Sie ärgert einen, natürlich, sie ist vernagelt, aber *das* verdient sie nicht.»

«Woher weißt du denn, ob sie ihm nicht überlassen bleiben will?»

«Willst du mir etwa einreden, daß sie gern sterben möchte? Das will doch kein Mensch. O nein. Ich geb's nicht auf, bis ich sie in Sicherheit habe. Bestell mir noch ein Guinness.» Weit, weit draußen jenseits der Westpier konnte man die Lichter von Worthing erkennen, was auf schlechtes Wetter deutete. Näher der Küste rollte die Flut in der Finsternis mit regelmäßigen Schlägen an Land, ein riesenhaftes weißes Aufplatschen an den Wellenbrechern empor. Man hörte sie schwer gegen die Brückenpfeiler prallen, wie eine Boxerfaust, die im Spiel mit dem Übungsball auf den Schlag gegen den menschlichen Kiefer trainiert. Leise und ein ganz klein bißchen beschwipst begann Ida Arnold von ihren früheren Rettungstaten zu berichten: von dem jungen Mann, den sie in ihrer Jugend aus dem Wasser gezogen, dem Gold, mit dem sie dem blinden Bettler geholfen, ihrem liebevollen Zuspruch im entscheidenden Augenblick, der das verzweiflungsvolle Schulmädchen im *Strand* aufgerichtet hatte.

«Der arme alte Spicer», sagte Dallow, «der war auch auf dieselbe Idee verfallen – hätte auch gern mal irgendwo 'ne Kneipe aufgemacht.» Er versetzte Judy einen Klaps auf den Schenkel und fuhr fort: «Wie wär's, wenn ich und du uns mit den jungen Leuten zusammen niederließen? Ich kann mir's jetzt gut vorstellen: irgendwo richtig draußen auf dem Lande, an einer von diesen Hauptstraßen, wo alles vorbeifährt, vielleicht am großen Nordring, mit 'nem großen Plakat: ‹Steigt bei uns ab›. Es sollte mich gar nicht wundern, wenn auf die Dauer dabei mehr herausspränge wie . . .» Er unterbrach sich und fragte den Jungen: «Was is los? Trink was. Jetzt brauchen wir uns keine Sorgen mehr zu machen.»

Der Junge sah durch die Teestube und über die leeren Tische hinweg, dorthin, wo die Frau saß. Wie zäh sie war! Genau wie das Frettchen, das er einmal in den Dünen zwischen den Kalklöchern beobachtet hatte, wie es sich an der Kehle eines Hasen festbiß. Allein, *ihr* Hase war am Entwischen. Er hatte keinen Anlaß mehr, sie zu fürchten. Mit klangloser Stimme sagte er: «Aufs Landleben versteh ich mich nicht.»

«Das ist gesund», belehrte ihn Dallow. «Da kannst du mit deiner besseren Hälfte leben, bis ihr beide achtzig seid.»

«Das wäre über sechzig Jahre», rechnete der Junge aus. «Das ist 'ne lange Zeit.» Hinter dem Kopf der Frau reihten sich die Straßenlaternen nach Worthing aneinander. Der letzte Schein des Sonnenuntergangs glitt himmelab, und die schweren Indigowolken zogen über dem *Grand Hotel* auf, dem *Metropol*, dem *Cosmopolit*, über den Türmen und Kuppeln. Sechzig Jahre, das war wie eine Prophezeiung – eine feststehende Zukunft: Grauen ohne Ende.

«Ihr zwei», rief Dallow sie an, «was ist bloß mit euch los?»

Dies war der Teeraum, wo sich nach Freds Tod alle getroffen hatten, Spicer und Dallow und Cubitt. Dallow hatte natürlich recht, sie waren jetzt in Sicherheit – Spicer tot und Prewitt aus dem Weg und Cubitt Gott weiß wo. (Den würden sie nie und nimmer auf die Zeugenbank bekommen: der wußte nur zu gut, daß sie ihn hängen würden – er hatte zuviel auf dem Kerbholz – und dann seine Vorbestrafung von 1923 . . .) Und Rose war seine Frau. Sicherer konnten sie gar nicht sein. Sie hatten ihr Spiel gewonnen – endgültig. Er hatte – wieder mußte er Dallow recht geben – sechzig Jahre vor sich. Seine Gedanken zerbrachen ihm unter der Hand: die Sonnabendnächte, und dann das Wochenbett, das Kind, Gewohnheit und Haß. Er blickte über die Tische hinweg. Aus dem Lachen der Frau tönte ihm Niederlage entgegen.

«Das ist ein muffiges Lokal», sagte er. «Ich muß 'n bißchen frische Luft schnappen.» Langsam wandte er sich an Rose: «Komm, wir woll'n 'n

Stückchen laufen.» Zwischen Tisch und Tür las er sich aus all den Scherben den richtigen Gedanken heraus, und als sie auf der Windseite der Brücke anlangten, schrie er zu ihr hinüber: «Ich muß weg von hier.» Er legte ihr die Hand auf den Arm und geleitete sie mit furchtbarer Zärtlichkeit an eine geschützte Stelle. Von Frankreich her kamen die Wellen angestürmt, brachen, tobten unter ihren Füßen. Eine wilde Unbekümmertheit kam über ihn, es war ihm wie damals, als Spicer sich vor seinen Augen über seinen Handkoffer gebeugt hatte, als Cubitt ihn auf dem Korridor anbettelte. Drin hinter den Glasscheiben saßen Dallow und Judy und tranken; es war wie die erste Woche der sechzig Jahre – die Berührung und das sinnliche Zittern und der befleckte Schlaf und das Aufwachen – nicht allein: in der wilden, lärmenden Finsternis hatte er die ganze Zukunft im Gehirn. Es war wie ein Automat, man steckte einen Penny durch den Schlitz und das Licht ging an, die Türen sprangen auf und die Figuren begannen zu tanzen. Mit geläufiger Zärtlichkeit sagte er: «Hier haben wir uns damals getroffen. Denkst du noch an den Abend?»

«Ja», antwortete sie und sah ihn furchterfüllt an.

«Wir brauchen *die* nicht mit dabei», fuhr er fort.

«Komm, wir nehmen das Auto und fahren ein Stück –» er beobachtete sie scharf – «aufs Land hinaus.»

«Es ist kalt.»

«Im Auto nicht.» Er ließ ihren Arm fahren und sagte: «Natürlich – wenn du nicht willst –, dann geh ich allein.»

«Wohin denn aber?»

Mit gespielter Zwanglosigkeit sagte er: «Ich hab dir's ja schon gesagt – aufs Land.» Er holte einen Penny aus der Tasche und stieß ihn in den erstbesten Automaten, zog am Griff, sah nicht hin, was er tat, und rumpelnd kamen die Päckchen mit Fruchtbonbons herausgeschossen. Er hatte einen glücklichen Zug getan – hatte Zitronen- und Orangendrops und gemischte Bonbons gewonnen. «Das nennt man Dusel haben», sagte er.

«Stimmt irgendwas nicht?» fragte Rose.

Er sagte: «Du hast sie doch gesehn, nicht? Glaub mir's, die läßt nie locker. Ich hab mal ein Frettchen gesehn – draußen bei der Rennbahn.» Während er sich umwandte, fing sich eine der Brückenlampen in seinen Augen: ein Aufglimmen, ein beglücktes Leuchten. «Ich fahr jetzt spazieren», sagte er. «Du kannst hierbleiben, wenn du willst.»

«Ich komm mit», sagte sie.

«Du brauchst nicht.»

«Ich komm mit.»

Am Schießstand blieb er stehen. Eine Art wilder Lustigkeit packte ihn. «Kannst du mir die Zeit sagen?» fragte er den Mann.

«Du weißt ja, welche Zeit es is. Ich hab dir ja schon früher gesagt, ich laß mich auf kein . . .»

«Schimpf nicht!» unterbrach ihn der Junge. «Gib mir 'n Gewehr.» Er hob es, visierte scharf, verschob den Lauf dann absichtlich wieder und feuerte, wobei er dachte: Der Zeuge sagte aus, er sei offenbar erregt gewesen.

«Was is denn heute mit dir los?» rief der Mann aus. «Du hast ja ganz vorbei getroffen.»

Er legte die Büchse hin. «Wir haben 'ne Ausspannung nötig. Wir fahren jetzt aufs Land raus. 'n Abend.» Er gab seine Information mit Vorbedacht an, ebenso pedantisch genau, wie er durch die anderen Freds Karten den vorgeschriebenen Weg entlang hatte ablegen lassen – zum späteren Gebrauch. Er wandte sich sogar um und fügte hinzu: «Wir fahren nach Hastings zu.»

«Mich intressiert's nicht», sagte der Mann, «wo ihr hinfahrt.»

Der alte Morris-Wagen stand im Wagenpark am Pier. Der Selbststarter wollte nicht funktionieren, der Junge mußte die Kurbel benutzen. Einen Augenblick blieb er mit einem Ausdruck des Widerwillens vor dem alten Wagen stehen, als sei dies alles, was aus dem ganzen Schwindelgeschäft heraussprang. Dann sagte er: «Wir wollen denselben Weg fahren wie an dem Tag damals – weißt du noch – im Bus.» Wieder setzte er seine Information so hin, daß der Aufseher ihn hören mußte: «Nach Peacehaven. Da können wir was trinken.»

Beim Aquarium drehten sie nach außen ab und ratterten im zweiten Gang hügelauf. Er hatte die eine Hand in der Tasche und fühlte nach dem Zettel mit ihrer Liebesbotschaft. Das Wagendach flatterte auf und zu, und das gesprungene, entfärbte Glas der Windschutzscheibe beschränkte seine Aussicht. «Es wird bald gießen wie besessen», sagte er.

«Kommt der Regen dann nicht durch die Decke?»

«Das ist gleich», sagte er, ohne die Augen von der Straße vor ihm zu nehmen. «*Wir* werden nicht naß werden.»

Sie wagte ihn nicht zu fragen, was er meinte – sie war nicht sicher, und solange sie nicht sicher war, konnte sie sich einreden, sie wären glücklich, ein Liebespaar, das im Dunkeln spazierenfuhr, nachdem alle Unannehmlichkeiten aus dem Weg geräumt waren. Sie schob die Hand zu ihm hinüber und spürte sein instinktives Zurückweichen. Einen Augenblick lang erschütterte sie ein furchtbarer Zweifel – als sei dies der finsterste Schreckenstraum von allen, wenn er sie wirklich nicht liebe, wie die Frau behauptete . . . Die nasse, windige Luft peitschte durch den Riß über ihr Gesicht. Es machte nichts: sie liebte ihn, sie hatte ihre Verantwortung. Autobusse fuhren auf ihrem Weg hinab zur Stadt an ihnen vorüber, kleine, helle, häusliche Käfige, in denen Leute mit Körben und Büchern saßen; ein kleines Mädchen preßte sein Gesicht ans Fenster, und auf einen Augenblick, an einer erleuchteten Straßenkreuzung, waren sie so nahe aneinander, daß man glauben konnte, das Gesichtchen liege an ihrer Brust. «Ich schenk dir 'nen Penny für deine Gedanken», fing er sie unvermutet in ihrer Tagträumerei ab.

«Ich dachte, eigentlich ist das Leben doch nicht so schlimm.»

«Glaub bloß das nicht», entgegnete er. «Ich will dir sagen, was es ist. Ein Gefängnis ist es, eine ewige Jagd nach Geld. Würmer und Augenstar und Krebs. Von oben runter hörst du sie schreien, wenn sie ihre Kinder kriegen. Langsam sterben – das ist es.»

Jetzt mußte es kommen – sie wußte es. Das Licht am Schmutzbrett fiel auf die knochigen, entschlossenen Finger. Das Gesicht war im Dunkeln, aber sie konnte sich die aufgeregte Heiterkeit, die bittere Erregung, die Anarchie in den Augen vorstellen. Der Wagen eines reichen Mannes – ein Daimler oder Bentley, sie kannte die Marken ja nicht – rollte geräuschlos vorüber. Er sagte: «Wozu die Eile?» Dann zog er die Hand aus der Tasche und legte einen Zettel, den sie erkannte, auf seine Knie. «Das hast du wirklich gemeint, nicht?» fragte er. Er mußte das ‹nicht?› wiederholen. Sie hatte das Gefühl, als unterschreibe sie ihr Todesurteil – als verzichte sie auf den Himmel, worin er auch bestehen mochte, und das kleine Mädchen im Bus und das weinende Kind im Haus des Nachbarn. «Ja», sagte sie.

«Wir wollen gehen und was trinken», sagte er, «und dann – du wirst schon sehn – ich hab mir alles genau ausgedacht.» Mit gräßlicher Leichtigkeit warf er hin: «Es wird kaum 'ne Minute dauern.» Er legte den Arm um sie, und sein Gesicht war dem ihren ganz nahe: sie konnte jetzt sehen, wie er dachte und dachte und erwog. Seine Hand roch nach Benzin, alles roch nach Benzin in dem lecken, veralteten kleinen Wagen. Sie sagte: «Bist du sicher . . . können wir nicht warten . . . bloß einen Tag?»

«Was kann das nützen? Du hast sie ja heut abend da gesehn. Die läßt nicht wieder locker. Eines Tages verschafft sie sich bestimmt ihre Beweise. Was kann es also nützen?»

«Warum dann nicht *dann*?»

«*Dann* könnte es zu spät sein.» In abgebrochenen Worten, denn das flatternde Wagendach unterbrach ihn, setzte er hinzu: «Es pocht, und ehe du dich besinnen kannst . . . Handschellen . . . zu spät.» Listig schloß er: «Und dann würden wir nicht zusammen sein.» Er preßte den Gashebel, und die Nadel zitterte bis auf 35 Meilen hinauf – mehr als vierzig machte der alte Klapperkasten nie, aber es wirkte doch wie halsbrecherische Geschwindigkeit, während der Wind gegen das Glas hämmerte und durch den Riß in der Decke fuhr. Leise begann er *Dona nobis pacem* zu intonieren.

«Das tut Er nicht.»

«Was meinst du damit?»

«Uns Frieden geben.»

Er dachte: Es wird schon genug Frieden geben in den Jahren vor mir – sechzig Jahren –, damit ich dies hier bereuen kann. Zu 'nem Priester gehn. Sagen – Vater, ich hab zweimal im Leben Mord begangen. Und dann war da 'n Mädchen, die hat sich selber umgebracht – Selbst wenn der Tod plötzlich kam, vielleicht, wenn er heute nacht heimfuhr, gegen den Laternenpfahl anrannte – gab es noch immer das ‹zwischen Sattel und Erdenrand›. Auf der einen Seite hörten die Häuser ganz auf, und die See strömte zurück bis zu ihnen, schlug gegen den Fahrweg unter den Klippen, tiefer Klang und Finsternis. Im Grunde betrog er sich nicht – er hatte ja kürzlich selbst die Erfahrung gemacht, daß man an anderes zu denken hat als an Buße, wenn die Zeit drängt. Aber es war gleich, so oder so – er war nun mal nicht für Frieden geschaffen, konnte an keinen Frieden glauben. Himmel – das war ein bloßes Wort, die Hölle aber, darauf konnte man bauen. Ein Gehirn ist nur fähig zu dem, was es begreifen kann, und was es nie kennengelernt hat, das kann es nicht begreifen. Der Baustoff seiner Zellen war der zementierte Schulhof, das erloschene Feuer und der sterbende Mann im Wartezimmer des St. Pankras-Bahnhofs, sein Bett bei Billy Frank und das elterliche Ehebett. Furchtbare Erbitterung regte sich in ihm – warum war ihm nie eine bessere Möglichkeit zuteil geworden wie allen anderen, so daß auch er sein Stückchen Himmel zu sehen bekam, und wenn es nur ein Spalt war zwischen den Mauern von Brighton . . . Als sie nach Rottingdean hinabfuhren, wandte er sich und warf einen langen Blick auf sie. Vielleicht war *sie* das für ihn, dieser Himmel . . . Doch das Gehirn vermochte es nicht auszudenken – er sah nur einen Mund, der die fleischliche Umarmung wollte, den Umriß von Brüsten, die nach einem Kind verlangten. Ach, gut – gut, das war sie wohl, dennoch aber nicht gut genug, denn er hatte sie herabgewürdigt.

Oberhalb von Rottingdean begannen die neuen Villen mit ihrer phantastischen Architektur; auf dem Hügelkamm, beschwingt wie ein Flugzeug, das dunkle Skelett einer Pflegeanstalt. Er sagte: «Hier auf dem Land kann uns keiner hören.» Auf der Straße nach Peacehaven nahmen die Laternen allmählich ein Ende. Der Kalkstein eines neuen Durchbruchs glich im Licht der Scheinwerfer flatternden Bettüchern. Blendend kamen Autos ihnen von oben entgegen. «Es ist nicht mehr viel in der Batterie», sagte er.

Sie hatte die Empfindung, sie sei tausend Meilen weit weg – seine Gedanken waren schon jenseits der Tat, wo, wußte sie nicht. Er war weise, er sah die Dinge voraus, so sann sie, die zu fassen ihr selbst unmöglich waren – ewige Verderbnis, die Flammen . . . Sie fühlte Grauen, Angst vor Schmerz schüttelte sie, der Zweck ihrer Fahrt wuchtete in Regenstößen gegen die fleckige alte Windschutzscheibe. Diese Straße führte nirgends anders hin. Es hieß, dies sei die schlimmste Tat von allen, die Tat der Verzweiflung, die Sünde, für die es keine Vergebung gab. Wie sie so dasaß in dem Benzingeruch, suchte sie sich Verzweiflung, Todsünde greifbar vorzustellen, doch sie konnte es nicht; sie hatte nicht die Empfindung von Verzweiflung. Er stand im Begriff, sich der Verderbnis zu überantworten, sie aber würde ihnen zeigen, daß sie ihn nicht verdammen konnten, ohne auch sie mitzuverdammen. Er konnte nichts tun, was sie nicht auch zu tun begehrte; sie fühlte die Kraft in sich, jeden Mord mit ihm zu teilen. Ein Licht huschte über sein Gesicht und war gleich wieder weg; ein Stirnrunzeln, ein Gedanke, ein Kindergesicht: in ihren Brüsten fühlte sie Verantwortung sich regen – sie würde ihn nicht allein in diese Finsternis gehen lassen.

Sie kamen jetzt in die Straßen von Peacehaven, die gegen die Klippen und Dünen zu ausliefen. Dornbüsche wucherten um die Vermietschilder, Straßen endeten in Dunkelheit, in Wasserpfützen, salzigem Gras. Es war wie der letzte Versuch verzweifelnder Pioniere, neues Land zu gewinnen. Sie selbst waren dabei verlorengegangen. Er sagte: «Wir wollen ins Hotel gehn und was trinken, und dann – ich weiß die richtige Stelle.»

Der Regen troff ungewiß herab, schlug gegen die verblichenen hochroten Türen von *Lureland* mit den Plakaten für das Whistwettspiel der nächsten, die Tanzerei der verflossenen Woche. Sie rannten nach dem Hoteleingang. In der Vorhalle war kein Mensch – weiße Marmorstatuetten und auf dem grünen Fries oberhalb der getäfelten Wände Tudorrosen und Lilien in erhabener Vergoldung. Auf blauen Tischen standen Siphons herum, und auf den farbigen Glasfenstern schaukelten mittelalterliche Schiffe auf sich kräuselnden Wellen. Jemand hatte einer der Statuetten die Hände abgebrochen – oder vielleicht war sie einfach immer so gewesen, irgendwas Klassisches in weißem Faltenwurf, ein Sinnbild von Sieg oder Verzweiflung. Der Junge drückte auf einen Klingelknopf, und ein Bursche in seinem eigenen Alter kam aus der öffentlichen Bar, um nach seiner Bestellung zu fragen. Sie waren sich sonderbar ähnlich und bezeichnend unähnlich – schmale Schultern, magere Gesichter –, und als sie einander erblickten, war es, als sträube sich ihr Haar wie bei Hunden.

«Piker», sagte der Junge.

«Na, und –?»

«Wir wollen Bedienung», sagte der Junge. Er tat einen Schritt vorwärts und der andere wich zurück; Pinkie grinste ihm ins Gesicht. «Bring uns zwei doppelte Cognac, aber dalli.» Leise setzte er hinzu: «Wer hätte gedacht, daß ich hier auf Piker stoßen würde?» Sie beobachtete ihn starr vor Staunen, daß irgend etwas vermochte, ihn von ihrem Vorhaben abzulenken. Sie konnte den Wind an einem der oberen Fenster hören; da, wo die Stufen einen Bogen machten, erhob noch eine Grabfigur ihre gebrochenen Gliedmaßen. «Wir sind zusammen in die Schule gegangen», erklärte er. «In den Pausen hab ich ihn nicht schlecht drangsaliert.» Der andere kehrte mit dem Cognac zurück; wie er sich so seitwärts heranschlängelte, behutsam und angstvoll, brachte er eine ganze verräucherte Kindheit mit. Sie hatte eine plötzliche Eifersuchtswallung, weil heute abend alles von Pinkie ihr allein gehört haben sollte.

«Bist du einer von den Dienstboten hier?» fragte der Junge.

«Ich bin kein Dienstbote, ich bin Kellner.»

«Du möchtest wohl gern 'n Trinkgeld von mir?»

«Du kannst deine Trinkgelder für dich behalten.»

Der Junge nahm seinen Cognac und stürzte ihn hinunter. Als er ihm die Kehle sengte, hustete er – es war, wie wenn der Schmutz der Welt in seinem Magen säße. Er trank ihr zu: «Auf Mut zur Tat!» Zu Piker sagte er: «Wieviel Uhr ist es?»

«Das kannst du ja von der Wanduhr ablesen», sagte Piker, «wenn du lesen kannst.»

«Habt ihr keine Musik hier?» sagte der Junge. «Verdammt noch mal, wir wollen feiern.»

«Da ist das Klavier. Und Radio.»

«Dreh es an.»

Das Radio war hinter einer Topfpflanze versteckt; klagende Geigentöne, von Störungen unterbrochen, kamen daraus hervor. Der Junge sagte: «Er haßt mich. Er haßt meine Courage», und wandte sich um, Piker zu verspotten, aber der war gegangen. Dann sagte er zu Rose: «Trink deinen Cognac, das rappelt dich auf.»

«Ich hab ihn nicht nötig», erwiderte sie.

«Na, mach's, wie du willst.»

Er stand beim Radio und sie an dem leeren Kamin: drei Tische und drei Siphonflaschen und eine maurische Tudorlampe in weiß Gott was für einem Stil waren zwischen ihnen. Ein fürchterliches Gefühl der Unwirklichkeit bemächtigte sich ihrer, ein Zwang, Konversation miteinander zu machen, zu sagen: Ist das eine Nacht! oder: Es ist kalt für die Jahreszeit. Schließlich sagte sie: «Also dein Schulkamerad war er.»

«Ja, das war er.» Sie sahen gleichzeitig nach der Uhr: es war fast neun, und hinter der Violine tappte der Wind an die seewärts gelegenen Fenster. Ungeschickt stieß er heraus: «Wir sollten jetzt machen, daß wir weiterkommen.»

Sie begann in sich hineinzubeten: Heilige Jungfrau, Mutter Gottes – doch unterbrach sie sich gleich wieder: was für einen Zweck hatte es für sie, zu beten, wenn sie doch in Todsünde lebte. Ihre Gebete, die blieben hier unten mit den Siphonflaschen und den Statuetten, sie hatten keine Flügel. In entsetzter Geduld blieb sie wartend am Kamin stehen. Er sagte gezwungen: «Wir sollten was aufschreiben – damit die Leute wissen . . .»

«Das ist doch gleich, nicht?» gab sie zurück.

«O nein», erwiderte er schnell, «gar nicht. Wir müssen es alles richtig machen. Dies ist ein Pakt. So, wie man in den Zeitungen darüber liest.»

«Tun viele Leute – das?»

«Ach, das gibt es immerzu», antwortete er. Eine furchtbare, leichtfertige Zuversicht bemächtigte sich seiner auf einen Augenblick. Die Geigentöne klangen ab und das Zeitsignal des Senders stach durch den Regen. Eine Stimme hinter der Topfpflanze gab ihnen den Wetterbericht – aufziehende Stürme vom Festland her, im Atlantik ein Tief, die Vorhersage für den morgigen Tag. Sie fing an zuzuhören, bis ihr einfiel, daß das morgige Wetter ihr ja ganz gleichgültig sein konnte.

«Möchtest du was anderes zu trinken – oder sonstwas?» fragte er. Er sah sich um, wo die Herrentoilette war. «Ich muß rasch gehen und mich waschen.» Sie bemerkte das Gewicht in seiner Tasche. Also auf diese Weise würde es geschehen. Er sprach weiter: «Schreib ein paar Worte hier dran, während ich fort bin. Hier ist ein Bleistift. Sag, du könntest ohne mich nicht leben oder irgend so was. Wir müssen es richtig machen, so, wie's immer gemacht wird.» Er trat auf den Gang hinaus und rief nach Piker, der ihm Auskunft gab, und ging dann die Treppe hinauf. Bei der Statuette blieb er stehen und sah in die getäfelte Diele hinab. Dies war einer von jenen Augenblicken, die man sich ins Gedächtnis prägte – der Wind am Ende der Pier, das Café *Sherry* und die singenden Blinden, der Lampenschein auf dem falschen Burgunder, die Krise damals, als Cubitt an die Tür hämmerte. Er stellte fest, daß er an all das ohne Widerwillen zurückdenken konnte. Zwar hatte er die Empfindung, daß irgendwo, gleich einem Bettler vor den geschlossenen Fensterladen eines Hauses, eine Zärtlichkeit sich rührte, allein ihn band die Gewohnheit, zu hassen. Er wandte den Rücken und setzte seinen Weg die Treppe hinauf fort. Er sagte sich, bald sei er wieder frei. Sie würden den hinterlassenen Brief sehen: er hatte nicht gewußt, daß sie *so* furchtbar unglücklich war, weil er gesagt hatte, sie müßten sich trennen – sie mußte den Revolver in Dallows Zimmer gefunden und mitgenommen haben. Sie würden ihn auf Fingerabdrücke untersuchen, natürlich, und dann – er sah unverwandt durch das Fenster der Toilette, sann . . . Unsichtbare Wogen schlugen unter den Klippen an. Keine menschlichen Kontakte mehr, keine fremden Gemütsbewegungen, die sich einem zum Hirn durchfraßen – er würde wieder frei sein, über nichts nachzudenken haben als über sich selbst. Mich selbst – das Wort pflanzte sich in hygienischem Echo zwischen den Porzellanbecken, den Hähnen und Gummistopfen und Ausgußröhren fort. Er zog den Revolver aus der Tasche und lud ihn – zwei Patronen. In dem Spiegel über dem Waschbecken konnte er sehen, wie seine Hand sich um den metallenen Tod legte, den Verschluß sicherte. Unten waren die Nachrichten vorbei und die Musik hatte wieder eingesetzt – sie sandte jammernde Klänge zu ihm herauf, wie ein Hund, der an einem Grab heult, und die riesige Finsternis drückte ihren feuchten Mund gegen die Scheiben. Er steckte den Revolver wieder ein und trat auf den Gang hinaus. Dies war der nächste Schachzug. Noch eine kleine Statue: sie wies mit Friedhofshänden und einem Rosenkranz von Marmorblüten auf eine dunkle Moral hin, und wiederum fühlte er die schleichende Gegenwart des Mitleids.

8

«Die bleiben lange weg», sagte Dallow. «Was sie wohl treiben?»

«Kann uns doch gleich sein», meinte Judy gelassen. Sie drückte ihre vollen, saugenden Lippen auf Dallows Wange. «Sie wollen allein sein», fuhr sie fort, und ihr rotes Haar fing sich in seinem Mund – ein saurer Geschmack. «Du weißt ja selber, was Liebe ist.»

«Er nicht.» Er war unruhig – allerhand Gespräche fielen ihm wieder ein. «Er kann ihre Gier nicht vertragen.» Er schob den Arm etwas lustlos um Judy. Es hatte keinen Sinn, sich das Zusammensein mit ihr zu verderben, aber er hätte doch gern gewußt, was Pinkie im Schilde führte. Er tat einen langen Zug aus Judys Glas; irgendwo in Worthing pfiff eine Fabriksirene. Durch das Fenster konnte er sehen, wie ein Pärchen am Ende der Brücke sich knutschte, ein alter Mann von der Hexe hinter Glas seine Zukunft zog.

«Warum macht er dann nicht, daß er sie los wird?» fragte Judy. Ihr Mund tastete seine Backenlinie nach seinem Mund ab. Sie richtete sich entrüstet auf: «Wer ist das Weib da drüben? Wozu schielt sie immerfort zu uns herüber? Wir leben doch in 'nem freien Land.»

Dallow wandte sich und sah hin. Sein Denkapparat arbeitete sehr langsam, erst kam die Antwort: «Hab sie noch nie gesehen», und danach die Erinnerung. «Ach», sagte er, «das ist doch das verdammte Frauenzimmer, das Pinkie so in Aufregung versetzt hat.» Er stand schwerfällig auf und stolperte ein wenig zwischen den Tischen. «Wer sind Sie?» fragte er. «Wer sind Sie?»

«Ida Arnold», antwortete sie, «wenn Ihnen das was sagt. Meine Freunde nennen mich Ida.»

«Ich bin nicht Ihr Freund!»

«Sie wären's besser», versetzte sie ganz sanft. «Was zu trinken? Wo ist Pinkie hin – und Rose? Sie hätten sie mitbringen sollen. Das hier ist Phil. Stellen Sie uns doch Ihre Freundin vor!» Leise fuhr sie fort: «Es ist Zeit, daß wir alle zusammenkommen. Wie heißen Sie?»

«Wissen Sie nicht, was Leuten passiert, die wo ihre Nase in alles . . .»

«Ach, das weiß ich», sagte sie, «das weiß ich ganz gut. Ich war mit Fred zusammen an dem Tag, wo ihr ihn erledigt habt.»

«Quatschen Sie nicht! Wer zum Kuckuck sind denn Sie?»

«Sie sollten's wissen. Ihr seid uns doch die ganze Zeit in eurem alten Morris die Strandstraße rauf nachgefahren.» Sie lächelte ihn ganz freundlich an. Ihm war sie nicht auf den Fersen. «Kommt einem vor, als wär's schon ewig her, was?»

Das war ganz richtig – es schien ewig her.

«Trinken Sie was!» forderte Ida ihn erneut auf. «Warum nicht? Das ändert ja nichts an der Sache. Und wo ist Pinkie? Es war mir, als mochte er mich heut abend gar nicht gut leiden. Was habt ihr eigentlich gefeiert? Doch nicht, was mit Prewitt passiert ist? Das werdet ihr noch gar nicht wissen.»

«Was meinen Sie damit?» entfuhr es Dallow.

Der Wind erhob sich und stieß gegen die Scheiben; die Kellnerin gähnte.

«In den Morgenblättern werden Sie's lesen. Ich möchte Ihnen nicht vorher die Spannung verderben. Aber natürlich werdet ihr's schon eher hören, im Fall er nicht dicht hält.»

«Er ist im Ausland.»

«Er ist jetzt auf dem Polizeirevier», stellte sie mit vollster Überzeugung fest. «Sie haben ihn glatt zurückgeholt», erging sie sich weiter. «Ihr solltet euch eure Anwälte besser aussuchen – unter Leuten, die sich 'nen Urlaub leisten können. Sie haben ihn wegen Schwindeleien festgenommen. Auf dem Kai.»

Er beobachtete sie voller Unruhe. Er glaubte ihr nicht – aber trotzdem . . . «Sie wissen ja 'ne ungeheure Menge», sagte er. «Schlafen Sie überhaupt in der Nacht?»

«Schlafen *Sie*?»

Das breite, zerschlagene Gesicht hatte etwas Unschuldsvolles, als er sagte: «Ich? Ich weiß von gar nichts.»

«Eine reine Verschwendung war das, ihm all das Geld zu geben. Er hätte sich auch so davongemacht – und es hat 'nen schlechten Eindruck gemacht. Als ich mir den Johnnie auf der Pier kaufte –»

In hoffnungslosem Erstaunen starrte er sie an. «Sie haben Johnnie . . . Wie zum Teufel . . .?»

Sie sagte schlicht: «Die Menschen mögen mich nun mal.» Sie trank einen Schluck und fügte dann hinzu: «Seine Mutter hat ihn gemein behandelt, als er klein war.»

«Wem seine Mutter?»

«Johnnie seine.»

Dallow, ungeduldig, ratlos, erschreckt, fragte weiter: «Was zum Kuk-kuck wissen Sie denn über dem Johnnie seine Mutter?»

«Was er mir selbst erzählt hat.» Vollkommen gelassen saß sie da und antwortete ihm, ihr großer Busen war bereit, jedes Geheimnis zu empfangen. Sie trug ihr Mitgefühl, ihr menschliches Verstehen an sich wie ein herzhaftes, billiges Parfum. Freundlich sagte sie: «Ich hab nix gegen Sie. Ich bin immer für 'ne Aussprache im guten. Bringen Sie doch Ihre Freundin rüber.»

Er sah geschwind über die Schulter und wieder weg. «Lieber nicht», entschied er sich. Seine Stimme wurde leiser. Auch er begann unwillkürlich Vertrauen zu bekunden. «Um die Wahrheit zu sagen, sie is 'n eifersüchtiges Luder.»

«Nicht möglich. Und ihr Alter . . .»

«Och, ihr Alter, der stört weiter nicht. Was der Frank nicht sieht, das kümmert ihn nicht.» Er senkte die Stimme noch mehr: «Und viel kann er nicht sehn – er is blind.»

«*Das* wußt ich nicht», sagte Ida.

«Man merkt's auch kaum», nickte er. «An seiner Bügelei mal sicher nicht. Mit dem Eisen kann er ganz großartig umgehn.» Er brach plötzlich ab. «Was zum Teufel woll'n Sie damit sagen», fing er dann wieder an, «daß Sie *das* nicht gewußt haben? Was haben Sie denn sonst gewußt?»

«Viel», sagte sie, «gibt es wohl kaum, was ich nicht da und dort gehört hätte. Die Nachbarn erzählen einem ja immer was.» Sie strotzte von Redensarten, die auf ihre Lebensweisheit anspielten.

«Wer erzählt?» Es war Judy, die jetzt zu ihnen getreten war. «Und was, wenn ich fragen darf? Wenn ich erst mal quasseln wollte über das, was andere . . . aber danke schön», erklärte Judy. «Danke schön!» Sie warf einen unbestimmten Blick rundumher. «Was wohl wirklich mit den beiden los sein mag?»

«Vielleicht hab ich ihnen 'n Schrecken eingejagt», sagte Ida Arnold.

«*Sie* – ihnen 'n Schrecken eingejagt?» fragte Dallow. «Das ist großartig. Pinkie, dem jagt keiner so leicht 'n Schrecken ein.»

«Was ich gern wüßte», fing Judy wieder an, «das is: welcher Nachbar ist das gewesen, der da gequatscht hat, und was hat er gesagt?»

Am Schießstand mußte jemand sich üben – als die Tür aufging, um ein Paar einzulassen, konnten sie Schüsse hören: eins, zwei, drei. «Das wird Pinkie sein», meinte Dallow. «Aufs Schießen hat er sich immer verstanden.»

«Vielleicht sehen Sie besser mal zu», bemerkte Ida freundlich, «daß er nicht was Verzweifeltes anstellt – mit seinem Revolver –, wenn er es erfährt.»

Dallow erwiderte: «Was Sie sich alles ausdenken! Wir haben keinen Grund, uns vor Prewitt zu fürchten.»

«Für irgendwas», sagte sie, «werden Sie ihm doch das Geld gegeben haben.»

«Och», wehrte er ab, «der Johnnie hat bloß Spaß gemacht.»

«Ihr Freund Cubitt hat scheint's geglaubt . . .»

«Cubitt – der weiß gar nichts.»

«Natürlich», gab sie zu, «der war ja nicht dabei, was? Damals, mein ich. Aber Sie doch . . .» Sie schwieg einen Augenblick, sagte dann: «Könnten Sie nicht ganz gut 20 Pfund brauchen? Sie wollen sich doch sicher Unannehmlichkeiten ersparen . . . Warum lassen Sie den Pinkie mit seinen Verbrechen nicht selber fertig werden?»

«Wenn ich Sie hör, wird mir ganz übel», sagte er. «Sie glauben, Sie wüßten 'ne Menge, aber Sie wissen rein gar nichts.» Zu Judy sagte er: «Muß mal verschwinden. Halt du bloß die Klappe, oder die Madam da . . .» Er fuhr mit dem Arm aus, eine hoffnungslose Geste, die nicht auszudrücken vermochte, was sie alles mit einem anfangen könnte. Beunruhigt ging er hinaus, und der Wind fing ihn, so daß er seinen fettigen alten Hut grapsen mußte, damit er ihm nicht vom Kopf flog. Die engen Stufen zu der Herrentoilette hinunterzugehen war wie ein Gang in den Maschinenraum eines Schiffs bei Sturm. Der ganze Ort schwankte etwas unter seinen Füßen, als die Brandung gegen die Pfeiler anstürmte und dann weiterraste, um sich am Ufer zu brechen. Er dachte: Ich sollt Pinkie wegen Prewitt warnen, wenn das wahr ist . . . Ganz bestimmt drückten ihn noch andere Sachen, nicht nur der alte Spicer. Während Dallow die Hühnerstiege wieder heraufkam, suchte er das ganze Deck mit den Augen ab, doch Pinkie war nirgends zu sehen. Er ging weiter, an den Guckkästen vorbei – nichts. Jemand anderer stand an der Schießbude. Er fragte den Besitzer: «Pinkie hier gewesen?»

«Soll das heißen?» gab der Mann zurück. «Weißt ja, daß er hier gewesen is. Und daß er spazierenfährt – mit seinem Mädchen – aufs Land raus – weil sie 'ne Ausspannung nötig haben – auf Hastings zu. Und wahrscheinlich willst du auch gerne wissen, um welche Zeit, was? Na, jedenfalls – ich beschwöre nix. Kannst dir sonstwen aussuchen für deine faulen Alibis.»

«Du spinnst, scheint's!» sagte Dallow. Er ging weg. Über die lärmende See hinweg begannen in Brighton die Kirchturmuhren zu schlagen; er zählte eins, zwei, drei, vier – dann hörte er auf. Furcht hielt ihn gepackt; wenn es sich wirklich so verhielt – wenn Pinkie es wußte, und er seinen wahnwitzigen Plan . . . was zum Kuckuck hatte jemand um diese Zeit aufs Land hinauszufahren, außer, wenn er in ein Wirtshaus dort wollte, und Pinkie ging nicht in Wirtshäuser. Leise sagte er vor sich hin: «Da mach ich nicht mit!» Er war verwirrt, er wünschte, er hätte nicht all das Bier getrunken. Sie war 'n gutes Dingelchen. Er dachte, wie er sie damals in der Küche angetroffen hatte, als sie Feuer machen wollte. Und warum auch nicht? dachte er und starrte unmutig auf die See hinaus, plötzlich erfaßt von einem sentimentalen Begehren, das Judy nicht befriedigen konnte: nach einer Zeitung beim Frühstück, warmen Kaminfeuern. Er begann rasch auszuschreiten, die Pier hinab, auf die Drehkreuze zu. Ja, es gab Dinge, bei denen er nicht mitmachen würde.

Er wußte, der Morris würde nicht auf dem Parkplatz sein; dennoch wollte er hin und sich selbst überzeugen. Seine Abwesenheit war wie eine Stimme, die unmißverständlich in sein Ohr flüsterte: Wenn sie sich nun umbringt . . . ein Pakt mag ein Mord sein, aber gehenkt wird man dafür nicht. Trostlos stand er da, wußte nicht, was tun. Das Bier umwölkte sein Gehirn, gequält fuhr er sich mit der Hand übers Gesicht. «Haben Sie den Morris wegfahren sehn?» fragte er den Aufseher.

«Den haben Ihr Freund und sein Mädchen genommen», antwortete der Mann, während er zwischen einem Talbot und einem Austin herumhumpelte. Sein eines Bein war lahm, er bewegte es mit einem Mechanismus von seiner Tasche aus, wankte mit einem Gesicht, dem man die ungeheure Anstrengung ansah, heran, um Sixpence in Empfang zu nehmen, eine Bemerkung über das Wetter zu machen; jede Alltagshandlung war unendliches Mühen. «Sie wollten nach Peacehaven rauf, was trinken», fuhr er fort. «Wozu, da fragen Sie mich zuviel.» Die Hand in der Tasche zog er an dem verborgenen Draht und schleppte sich schwankend in schräger Bahn auf einen Ford zu. «Der Regen wird nicht mehr lange auf sich warten lassen», klang seine Stimme zurück, und «Danke sehr, mein Herr», dann wieder mühsames Weiterbewegen, das Ziehen am Draht, als ein Morris-Oxford rückwärts einfuhr.

Dallow stand vollständig ratlos da. Einen Autobus nehmen – ja, aber alles würde längst vorüber sein, bevor einer dort anlangte. Besser, man ließ die Hände von der ganzen Sache . . . er *wußte* ja schließlich nichts davon. In einer halben Stunde sah er vielleicht den alten Wagen am Aquarium vorbei zurückkommen, mit Pinkie am Steuer und dem Mädchen neben ihm. Doch er wußte in seinem Herzen ganz wohl, daß er nie diesen Weg kommen würde – nicht mit allen beiden. Der Junge hatte zu viele Zeichen zurückgelassen – die Botschaft am Schießstand, beim Autopark: er wollte, daß man hinterherfuhr, aber erst nach einer gewissen

Zeit, zu seiner eigenen Zeit, so, daß es mit seinem Bericht stimmen würde. Der Mann kam zurückgehumpelt. Er sagte: «Ich fand, Ihr Freund sah heute abend komisch aus. Wie wenn er angesäuselt wäre.» Es war, als rede er von der Zeugenbank aus, um so auszusagen, wie es von ihm erwartet wurde.

Hoffnungslos wandte Dallow sich ab . . . Judy abholen, heimgehen, warten . . . und dort, nur ein paar Schritte entfernt, stand die Frau. Sie war ihm gefolgt, hatte alles mit angehört. «Um Gottes willen», sagte er, «an all dem sind bloß Sie schuld. Sie haben ihn dazu gebracht, daß er sie geheiratet hat, daß er . . .»

«Nehmen Sie 'n Auto, rasch», befahl sie.

«Ich hab nicht das Geld für 'n Auto.»

«Ich hab Geld. Machen Sie rasch.»

«Wozu rasch machen?» warf er kläglich ein. «Sie sind ja bloß was trinken gegangen.»

«Sie wissen, wozu sie weggefahren sind», sagte sie. «Ich weiß es nicht. Aber wenn *Sie* aus der Sache rausbleiben wollen, dann holen Sie besser das Auto.»

Der erste Regen begann die Parade hinabzufegen, als er kraftlos widersprach: «Ich weiß von gar nichts.»

«Ganz recht», stimmte sie zu. «Sie nehmen mich einfach mit auf 'ne Spazierfahrt, weiter nichts.» Urplötzlich wetterte sie auf ihn los: «Seien Sie kein Esel. Sie kommen besser weg, wenn Sie sich gut mit mir halten!» Dann setzte sie hinzu: «Sie sehn ja, wie's mit Pinkie geht.»

Trotzdem beeilte er sich nicht. Was konnte es auch nützen? Pinkie hatte *diese* Fährte gelegt. Pinkie dachte an alles, seine Absicht war, daß sie ihm zu gegebener Zeit folgen sollten, um festzustellen, daß . . . Doch Dallow besaß nicht genug Einbildungskraft, um sich auszumalen, was sie feststellen würden.

9

Oben an der Treppe blieb der Junge stehen und sah hinab. Zwei Männer in Kamelhaarmänteln hatten die Diele betreten; herzhaft und feucht, schüttelten sie die Nässe ab wie Hunde, machten Lärm über ihrer Bestellung. «Zwei Pinten», riefen sie, «in Steinkrügen», und verstummten dann plötzlich, als sie merkten, daß ein Mädchen in der Gaststube war. Sie waren Oberklasse, diesen Trick mit den Steinkrügen hatten sie sich in feinen Hotels zugelegt. Haßerfüllt beobachtete der Junge ihr Gehaben vom Treppenabsatz aus. Wenn es nur was war, das 'nen Rock anhatte, selbst Rose! Dennoch konnte er merken, daß sie nicht recht bei der Sache waren – sie lohnte keine besondere Anstrengung, höchstens etwas verstohlene Wichtigmacherei. «Ich glaube, wir sind bis auf achtzig gekommen.»

«Zweiundachtzig, wenn ich nicht irre.»

«Eine ganz gute Kiste.»

«Wieviel hast du dafür blechen müssen?»

«Paar hundert. Dafür ist sie billig.»

Damit blieben sie beide stehen und warfen einen anmaßenden Blick auf das Mädchen an der kleinen Statue. Sie war nicht der Mühe wert, aber wenn sie nun einmal Eindruck auf sie machten, ohne selbst etwas dazu tun zu müssen . . . Der eine sagte leise einige Worte und sein Freund lachte. Dann taten sie ein paar lange Züge aus ihren Krügen.

Der Junge an seinem Treppenfenster spürte, wie Zärtlichkeit zu ihm heraufwallte und ihn überkam. Was zum Teufel hatten die sich so aufzuspielen und zu lachen . . . wenn sie für ihn gut genug war! Er kam die Treppe hinab in die Diele. Sie sahen auf, schoben die Münder vor, wie um zu sagen: «Na ja, die lohnte weiß der Himmel keine Anstrengung.»

Der eine sagte: «Trink aus. Wir wollen machen, daß wir weiterkommen. Du glaubst doch nicht, daß Zoe aus sein wird?»

«O nein. Ich sagte, wir kämen vielleicht raus.»

«Ist mit ihrer Freundin was zu machen?»

«Na, die hat's in sich!»

Sie schütteten ihr Bier hinunter und stapften mit anmaßenden Schritten nach der Tür; im Vorbeigehen warfen sie noch einen Blick zu Rose hinüber. Er konnte hören, wie sie draußen vor der Tür lachten. Über ihn lachten. Er machte ein paar Schritte in die Diele; wieder umschnürte eisiger Zwang die beiden. Er verspürte plötzlich die Regung, die ganze Sache aufzugeben, mit ihr heimzufahren, sie am Leben zu lassen – weniger aus Mitleid als aus der Empfindung, es würde sonst so viel zu tun und zu überdenken geben, so viele Fragen, die beantwortet werden müßten . . . Er wagte kaum, an die Freiheit zu glauben, zu der die Tat ihn führen sollte, eine Freiheit, die er obendrein an fremdem Orte suchen mußte. Er sagte: «Der Regen ist schlimmer geworden.» Wartend stand sie da – antworten konnte sie nicht, sie atmete mühsam, als sei sie einen weiten Weg gerannt – und sie sah alt aus. Sie war erst sechzehn, aber so hätte sie nach Jahren der Ehe aussehen können, nach Geburten und täglichem Gezänk. Sie waren im Bereich des Todes angekommen, und er hatte dieselbe Wirkung auf sie wie das Altern.

«Ich hab geschrieben, was du mir gesagt hast.» Sie wartete, daß er den Zettel nehmen und seine eigene Botschaft hinzufügen sollte – für den Kronrichter, die Leser des *Daily Express*, die ganze sogenannte Welt.

Der andere Junge kam vorsichtig in die Diele und sagte: «Ihr habt noch nicht bezahlt.» Während Pinkie das Geld herausholte, wurde sie von einer fast überwältigenden Auflehnung erfaßt – sie brauchte ja nur hinauszugehen, ihn zu verlassen, konnte sich weigern, mitzuspielen! Zwingen konnte er sie doch nicht, sich umzubringen – so furchtbar war das Leben ja gar nicht. Es kam über sie wie eine Offenbarung, als habe jemand es ihr ins Ohr geflüstert, daß sie ein Mensch war, ein Geschöpf für sich, nicht bloß ein Fleisch mit ihm. Sie konnte immer noch entweichen – falls er es sich nicht anders überlegte. Noch war ja nichts entschieden. Sie konnten hinfahren, wohin er wollte; sie konnte den Revolver aus seiner Hand entgegennehmen, und selbst dann noch – im allerletzten Augenblick – brauchte sie nicht zu schießen. Noch war nichts entschieden – es gab immer noch Hoffnung.

«Da hast du ein Trinkgeld», sagte der Junge. «Dem Kellner geb ich immer ein Trinkgeld.» Der Haß kam wieder über ihn, er fragte: «Bist du 'n guter Katholik, Piker? Gehst du sonntags zur Messe, wie's von dir verlangt wird?»

Mit schwächlicher Selbstbehauptung erwiderte Piker: «Warum auch nicht, Pinkie?»

«Du hast Angst», sagte der Junge. «Angst, daß du brennen mußt.»

«Wer hat das nicht?»

«Ich nicht.» Voll Widerwillen sah er auf die Vergangenheit zurück – eine rissige Klingel, die anschlug, ein Kind, das unter Stockschlägen weinte – und wiederholte: «Ich hab keine Angst.» Zu Rose sagte er: «Wir wollen gehn.» Er trat wie prüfend an sie heran und legte ihr den Nagel an die Wange – halb liebkosend, halb drohend –, fragte: «Du würdest mich immer lieben, was?»

«Ja.»

Noch einmal ließ er ihr die Wahl. «Du würdest immer zu mir halten?» Und als sie Zustimmung nickte, nahm er lustlos die lange Reihe von Handlungen in Angriff, die ihm eines Tages seine Freiheit wiedergeben würden.

Draußen im Regen wollte der elektrische Anlasser nicht funktionieren. Den Kragen hochgeschlagen, stand er und drehte die Kurbel. Sie war im Begriff, ihm zu sagen, er dürfe sich nicht da hinstellen und naß werden, weil sie es sich anders überlegt hätte: sie wollten am Leben bleiben, ganz gleich, was geschähe. Doch sie wagte es nicht. Sie hob sich die Hoffnung auf – bis ganz zuletzt. Als sie abfuhren, sagte sie: «Gestern nacht . . . und die Nacht vorher . . . da hast du mich doch nicht gehaßt, weil wir das getan haben?»

«Nein», antwortete er, «ich hab dich nicht gehaßt.»

«Auch wenn es Todsünde war.»

Es war wirklich die Wahrheit – er hatte sie nicht gehaßt – nicht einmal den Akt selbst hatte er gehaßt. Es war eine Art Vergnügen dabei gewesen, eine Art Stolz, eine Art – sonst etwas. Das Auto holperte auf die Landstraße zurück: er richtete die Haube auf Brighton zu. Eine ungeheure Gemütsbewegung hämmerte auf ihn ein, als ob etwas Einlaß verlange, als schlügen gigantische Schwingen gegen das Glas. *Dona nobis pacem.* Er widerstand mit all der bitteren Kraft, die ihm die Schulbank verliehen, der Zementspielplatz, der Bahnhofswartesaal. Dallows und Judys heimliche Begierde und der kalte, glücklose Augenblick auf der Landebrücke. Wenn das Glas brach, wenn das wilde Tier sich Einlaß erzwang – was es nun auch war –, dann mochte Gott wissen, was es täte. Er hatte das Gefühl einer ungeheuren Verheerung – Beichte, Buße, Sakrament –, war vollkommen außer sich und fuhr blindlings in den Regen hinein. Durch die fleckige, gesprungene Windschutzscheibe konnte er nichts sehen. Ein Autobus kam ihnen entgegen und wich gerade noch rechtzeitig aus – der Junge fuhr auf der verkehrten Seite. Plötzlich sagte er aufs Geratewohl: «Hier wollen wir halten.»

Eine schlecht angelegte Straße verlor sich vor ihnen nach den Klippen zu. Bungalows von jeder Form und Art, ein leerer Bauplatz, bedeckt mit salzigem Gras und nassen Dornensträuchern, die verschmutzten Hühnern glichen, keine Lichter, außer in drei Fenstern. Irgendwo spielte ein Radio, und in einer Garage arbeitete ein Mann an seinem Motorrad, das man im Dunkeln rattern und spucken hörte. Pinkie fuhr ein paar Schritte weit hinein, drehte seine Scheinwerfer aus, stellte den Motor ab. Der Regen platschte geräuschvoll durch den Riß in der Decke, und das Branden der See gegen die Klippe dröhnte an ihre Ohren. Er sagte: «Na, schau dich um. Das ist die Welt.» Noch ein Licht ging an hinter einer Tür mit farbigen Scheiben (ein lachender Ritter zwischen Tudorrosen), und während er hinaussah, als sei er es, der eine Art Abschied von dem Motorrad und den Bungalows und der regennassen Straße zu nehmen hatte, fielen ihm die Worte aus der Messe ein: «Er war in der Welt, und die Welt war von Ihm gemacht, und die Welt kannte Ihn nicht.»

Nun war der Rand der Hoffnung wohl erreicht – jetzt mußte sie es sagen, jetzt oder nie: Ich will nicht. Ich hab es nie tun wollen. Es war wie irgendein romantisches Abenteuer: Man dachte sich aus, daß man in Spanien kämpfen wollte, und ehe man sich's versah, hatte jemand die Fahrkarte für einen gekauft, man bekam Empfehlungen in die Hand gedrückt, man wurde an den Bahnhof gebracht, alles war auf einmal Wirklichkeit geworden. Er steckte die Hand in die Tasche und zog den Revolver heraus. «Ich hab ihn aus Dallows Kammer geholt», sagte er. Sie wollte erwidern, daß sie nicht damit umzugehen verstehe, wollte irgendeine Ausrede brauchen, doch er schien an alles gedacht zu haben, erklärte: «Ich hab ihn entsichert. Du brauchst weiter nichts zu tun als hier zu drücken. Es geht ganz leicht. Steck ihn in dein Ohr – damit er festliegt.» Aus der Roheit seiner Anweisung sprach seine Jugend: Er benahm sich wie ein kleiner Junge, der auf einem Aschenhaufen spielt. «Komm, eil dich», forderte er sie auf, «nimm ihn.»

Es war erstaunlich, wie weit die Hoffnung sich strecken ließ. Ich brauch noch nichts zu sagen, dachte Rose, ich kann den Revolver nehmen und dann – ihn aus dem Wagen schleudern, wegrennen, irgendwas tun, damit nichts aus der Sache wird. Allein, die ganze Zeit über fühlte sie den steten Druck seines Willens. *Sein* Entschluß war gefaßt. Sie nahm die Waffe – wie Verräterei war das. Was wird er tun, dachte sie, wenn ich nicht abdrücke? Würde er sich allein erschießen, ohne sie? Dann käme er in die Hölle, und sie hätte sich der Möglichkeit beraubt, mit ihm verdammt zu werden, ‹denen› zu zeigen, daß sie sich nicht einen von ihnen nach Belieben aussuchen konnten. Noch jahrelang weiterzuleben ... dabei war gar nicht abzusehen, was das Leben einem alles antun konnte, um einen mürbe zu machen, gut, reuevoll. In ihrem Kopf nahm der Glaube die abgezirkelte Klarheit von Bildern an, wie etwa dem der Weihnachtskrippe: hier hörte die Sündlosigkeit auf – an der Kuh und den Schafen vorbei – und dort – wo Herodes von seinem Wachtturm aus nach der Geburtsstätte des Kindes ausspähte – begann das Übel. Wenn *er* auf der Seite des Herodes war, dann wollte sie auch dort sein. Nach der Seite des Übels konnte man sich in einem Moment der Verzweiflung oder Leidenschaft plötzlich hinüberretten, aber das Gute trieb einen im Lauf eines langen Lebens erbarmungslos auf die Krippe zu, den ‹seligen Tod›.

Er sprach wieder: «Wir dürfen nicht länger warten. Möchtest du, daß ich es zuerst tu?»

«Nein», wehrte sie, «nein.»

«Also gut. Du gehst ein kleines Stück spazieren – oder besser noch, ich geh ein Stückchen hier entlang und du bleibst im Wagen. Wenn es vorbei ist, komm ich dann zurück und tu es auch.» Wieder machte er den Eindruck eines Knaben, der im Spiel begriffen ist, einem Spiel, bei dem man das Skalpiermesser oder die Bajonettwunde bis in die kleinsten Einzelheiten hinein besprechen und dann zum Tee heimgehen kann.

Er sagte noch: «Es wird bald zu dunkel sein, daß ich viel sehn kann», dann öffnete er den Schlag. Sie saß reglos da, den Revolver auf dem Schoß. Hinter ihnen auf der Landstraße kam langsam ein Auto vorbei, auf dem Weg nach Peacehaven. Er fragte verlegen: «Du weißt also, was du zu tun hast?» Dann schien ihm einzufallen, daß sie wohl irgendeine Liebesbezeigung von ihm erwarte. Er spitzte den Mund, küßte sie auf die Wange – vor dem Mund fürchtete er sich: Gedanken pflanzen sich zu rasch von Lippe zu Lippe fort. «Es tut bestimmt nicht weh», sagte er dann und begann ein Stückchen auf die Landstraße zuzugehen. Jetzt ließ sich die Hoffnung nicht mehr weiter spannen. Das Radio hatte aufgehört; das Motorrad explodierte zweimal in der Garage, auf dem Kies hörte sie Fußtritte und auf der Landstraße ein Auto im Rückwärtsgang.

Wenn es ein Schutzengel war, der jetzt zu ihr redete, dann sprach er mit den Worten eines Teufels, versuchte sie zur Tugend wie zu einer Sünde. Die Waffe wegzuwerfen war Treubruch, wäre eine feige Handlung, würde bedeuten, daß sie sich freiwillig auf ewig von ihm schied. Moralgrundsätze, in pedantischer Priestermanier geäußert, die ihr aus alten Predigten, Unterweisungen, Beichten im Ohr hafteten – «am Gnadenthrone kannst du für ihn bitten» –, drangen wie unglaubhafte Einflüsterungen auf sie ein. Nein – die üble Tat war die ehrliche Tat, die kühne, gläubige – und was da so tugendsam zu ihr sprach, war – so schien ihr – nichts als Feigheit. Sie setzte den Revolver ans Ohr, ließ ihn mit einem Gefühl von Übelkeit wieder sinken. Eine armselige Liebe, die Furcht vor dem Tode hatte! Sie hatte sich nicht gefürchtet, Todsünde zu begehen – der Tod, nicht die ewige Verdammnis war es, der sie schreckte. Pinkie sagte, es täte nicht weh. Sie fühlte seinen Willen sich in ihrer Hand rühren – sie konnte Vertrauen zu ihm haben. Wieder setzte sie die Waffe an.

Eine Stimme rief scharf «Pinkie!», und sie hörte jemand durch die Pfützen heranpatschen. Schritte kamen gerannt . . . sie konnte nicht sagen, wo. Ihr schien, dies müsse eine Nachricht sein, durch die alles anders würde. Sie konnte sich nicht jetzt das Leben nehmen, gerade wenn vielleicht gute Nachricht eintraf. Es war, als erschlaffe irgendwo in der Dunkelheit draußen der Wille, der ihre Hand regiert hatte, und alle die gräßlichen Mächte der Selbsterhaltung kamen zurückgeflutet. Es schien so unwirklich, daß sie die Absicht gehabt hatte, hier sitzen zu bleiben und den Hahn abzudrücken. «Pinkie!» rief die Stimme wieder, und die patschenden Schritte kamen näher. Sie riß den Wagenschlag auf und schleuderte den Revolver weit von sich fort in das feuchte Buschwerk.

Im Licht der Tür mit den farbigen Glasscheiben sah sie Dallow und die Frau – mit einem Polizisten, der so verwirrt aussah, als begreife er nicht recht, was da vor sich gehe. Jemand kam leise um den Wagen herum und fragte hinter ihr: «Wo hast du den Revolver? Warum schießt du nicht? Gib ihn her.»

Sie sagte: «Ich hab ihn weggeworfen.»

Die anderen näherten sich behutsam, gleich einer Abordnung. Pinkie schrie plötzlich mit einer Stimme, die fast überschnappte: «Dallow, du gemeiner Angeber!»

«Pinkie –» sagte Dallow, «es hilft alles nichts. Sie haben den Prewitt.»

Der Polizist sah aus, als sei ihm ungemütlich zumute, wie einem Fremden auf einer Gesellschaft.

«Wo hast du den Revolver?» fragte Pinkie wieder. Er brüllte vor Haß und Angst auf: «Herrgott, wollt ihr mich denn zum Massenmord treiben?»

«Ich hab ihn weggeworfen», wiederholte sie.

Undeutlich sah sie sein Gesicht, während er sich über dem Seitenlicht hineinlehnte. Es glich einem Kindergesicht, gequält, verwirrt, verraten. Sein angemaßtes Alter fiel von ihm ab – er fühlte sich auf seinen unglückseligen Schulspielplatz zurückversetzt. «Du niederträchtiges kleines . . .» fing er an. Doch er konnte nicht ausreden, die Abordnung näherte sich, er ließ Rose sein, fuhr in die Tasche, um etwas herauszuholen. «Komm bloß ran, Dallow», sagte er, «du elender Angeber!» und hob die Hand hoch. Was dann geschah, wurde ihr nicht klar. Glas brach in Stücke – irgendwo, Pinkie schrie auf, sie sah sein Gesicht – dampfen. Er schrie und schrie, die Hände vor den Augen. Wandte sich um und rannte. Sie sah den Polizeiknüppel an seinen Füßen und Glasscherben. In unsinniger Qual zusammengebogen, sah er nur halb so groß aus wie gewöhnlich: es war, als hätten ihn buchstäblich die Flammen erfaßt, als schrumpfe er zusammen – zu einem Schulknaben, der in panischem Schrecken davonstob, über eine Hecke klomm, weiter raste.

«Haltet ihn!» rief Dallow. Es nutzte nichts: er war schon am Rand, hatte über die Klippe gesetzt – nicht einmal ein Aufschlagen konnten sie hören. Es war, als habe eine Hand ihn plötzlich jedweder Existenz, vergangener oder gegenwärtiger, entrückt – als sei er in die Leere, ins Nichts verschlungen worden.

10

«Das beweist», sagte Ida Arnold, «man darf bloß nicht locker lassen.» Sie leerte ihr Glas Starkbier und setzte es auf Hennekys umgestürztes Faß.

«Und Prewitt?» wollte Clarence wissen.

«Was für 'ne lange Leitung du hast, du altes Gespenst! Das hab ich natürlich nur so hingesagt. Ich konnte doch nicht ganz Frankreich nach ihm absuchen, und bei der Polizei – du weißt ja, wie die Polizei ist –, da woll'n sie immer Beweismittel.»

«Aber sie hatten doch den Cubitt.»

«Ach, Cubitt wollte nicht mit der Sprache rausrücken, solange er nüchtern war. Und so besoffen, daß er vor denen aussagt, kann man ihn gar nicht kriegen. Weißt du übrigens, daß das, was ich dir da erzähle, Verleumdung ist? Das heißt, es wäre Verleumdung – wenn *er* noch lebte.»

«Es wundert mich wirklich, Ida, daß du dir daraus so gar kein Gewissen machst.»

«Wenn wir nicht dazu gekommen wären, dann hätte sich jemand anders umgebracht!»

«Sie hatte es ja selber so gewollt.»

Doch Ida Arnold wußte auf alles eine Entgegnung: «Sie begriff doch nicht, was da vorging. Sie ist ja nur ein Kind. Sie hat geglaubt, er wäre in sie verliebt.»

«Und was glaubt sie jetzt?»

«Frag mich nicht! Ich habe mein Bestes getan. Hab sie nach Hause zurückgebracht. Was ein Mädchen in solchen Augenblicken braucht, das sind ihre Eltern. Jedenfalls hat sie mir's zu verdanken, daß sie nicht tot ist.»

«Wie hast du denn den Polizisten mitbekommen?»

«Dem haben wir eingeredet, sie hätten den Wagen gestohlen. Der arme Kerl hatte keine blasse Ahnung, was eigentlich los war, aber wie Pinkie das Vitriol aus der Tasche zog, war er fix genug bei der Hand.»

«Und Phil Corkery?»

«Phil – der spricht davon, daß er nächstes Jahr nach Hastings gehen will», sagte sie. «Aber ich habe so das Gefühl, als ob er mir nach diesem Mal keine Ansichtskarten mehr schicken wird.»

«Du bist ein furchtbares Weib, Ida», sagte Clarence. Er seufzte tief auf und starrte in sein Glas. «Trinkst du noch eins?»

«Nein, danke, Clarence. Ich muß mich auf den Heimweg machen.»

«Du bist ein furchtbares Weib», wiederholte Clarence; er war ein wenig betrunken. «Aber das muß ich dir lassen – du willst immer nur das Beste.»

«*Er* drückt mein Gewissen jedenfalls nicht.»

«Ja, wie du sagst – es ging um ihn oder sie.»

«Ich hatte keine Wahl», sagte Ida und stand auf. Sie wirkte wie eine Galionsfigur der Siegesgöttin. An der Bar nickte sie zu Harry hinüber.

«Weggewesen, Ida?»

«Nur acht oder vierzehn Tage.»

«Kommt mir gar nicht so lange vor», sagte Harry.

«Na, gute Nacht alle miteinander.»

Sie nahm die Untergrund bis zum Russel-Platz und ging dann zu Fuß heim, die Reisetasche in der Hand, schloß die Haustür auf und sah sich im Eingang nach Briefen um. Es war nur einer da – von Tom. Sie wußte, was in dem stehen würde, und ihr großes, warmes Herz wurde weich, als sie dachte: Schließlich und endlich wissen wir zwei, der Tom und ich, was Liebe ist. Sie öffnete die Tür nach der Kellertreppe und rief hinunter: «Crowe! He, Alter!»

«Du, Ida?»

«Komm rauf, wir wollen 'n bißchen schwatzen und dann noch mal das Brett befragen.»

Die Vorhänge waren zugezogen, wie sie sie zurückgelassen hatte – niemand hatte die Nippesfiguren auf dem Kaminsims angerührt, aber der Warwick Deeping stand nicht auf dem Bücherbrett, und *Die guten Kameraden* lagen auf der Seite. Die Aufwartefrau war da gewesen, das konnte man sehen – hatte ihre Bücher geborgt. Sie holte eine Schachtel Schokoladekeks für den alten Crowe heraus; der Deckel war nicht ordentlich zugemacht worden, und sie waren ein bißchen weich und altbakken. Dann hob sie sorgsam das Brett heraus, räumte den Tisch ab und stellte es in die Mitte. SELMORPLAUG, dachte sie. Ich weiß jetzt, was das heißt. Das Brett hatte es alles vorhergesehen – nur hatte der Junge Selbstmord begangen, nicht Fred. Die Finger auf dem Brett, brütete sie in gesänftigter Stimmung. Wenn man es sich recht überlegte, hatte das Brett Rose gerettet. Alle möglichen abgedroschenen Redensarten begannen sich gleichzeitig in ihrem Kopf zu regen. Es war, wie wenn die Weiche umgestellt wird und das Signal sich senkt, wie wenn die roten Lichter sich in grüne verwandeln und die große Lokomotive sich auf dem altgewohnten Gleis in Bewegung setzt. Es ist eine sonderbare Welt, es gibt mehr Dinge im Himmel und auf Erden . . .

Der alte Crowe steckte den Kopf herein. «Was hast du damit vor, Ida?»

«Ich will es um Rat fragen», sagte Ida. «Ich möchte wissen, ob ich vielleicht zu Tom zurückkehren soll.»

11

Rose konnte den alten Kopf, der sich gegen das Gitter neigte, gerade nur sehen. Der Priester hatte einen pfeifenden Atem. Er hörte zu – geduldig – pfeifend, während sie mühsam die ganze Qual vor ihm ausbreitete. Sie konnte hören, wie die Frauen, die draußen auf die Beichte warteten, gereizt mit den Stühlen knarrten. «*Das* ist es, was ich bereue», sagte sie. «Daß ich nicht mit ihm gegangen bin.» Trotzig, herausfordernd und tränenlos sprach sie in den muffigen Kasten; der alte Priester hatte den Schnupfen und roch nach Eukalyptus. Mit freundlicher, nasaler Stimme sagte er: «Fahr fort, meine Tochter.»

Sie begann wieder: «Ich wollte, ich hätte mich umgebracht. Ich hätte mich umbringen sollen.» Der Greis wollte etwas einwenden, aber sie unterbrach ihn. «Ich bitte nicht um Absolution. Ich will keine Absolution. Ich will sein wie er – verdammt.»

Der Greis pfiff beim Atemholen. Sie war davon überzeugt, daß er nichts begriff. Eintönig erwiderte sie: «Ich wollte, ich hätte mich umgebracht.» In der Leidenschaft ihres Elends preßte sie die Hände an ihre Brüste: sie war nicht gekommen, um zu beichten, sie war gekommen, um zu denken – zu Hause konnte sie nicht denken, wo der Ofen nicht an war und ihr Vater brummte und die Mutter – sie merkte es ihren hinterhältigen Fragen an – darüber spekulierte, wieviel Geld Pinkie . . . Jetzt hätte sie den Mut gefunden, sich zu töten, wenn ihr nur nicht so angst gewesen wäre, sie könnten einander in jenem dunklen Land des Todes verfehlen, dem einen könnte irgendwie Gnade zuteil werden und dem anderen nicht. Mit brechender Stimme sagte sie: «– diese Frau . . . *Die* sollte verdammt werden. Zu sagen, daß er mich loswerden wollte! Die weiß nichts von Liebe.»

«Vielleicht hatte sie recht», murmelte der alte Priester.

«Und Sie auch nicht!» sagte sie wütend und drückte ihr Kindergesicht gegen das Gitter.

Plötzlich begann der alte Mann zu reden. Er pfiff dabei und blies seinen Eukalyptusatem durch das Gitter. «Da war einmal ein Mann, ein Franzose», sagte er, «du, meine Tochter, kennst seinen Namen nicht, der hatte dieselbe Idee wie du. Er war ein guter Mann, ein heiliger Mann, und er lebte sein ganzes Leben lang in Sünde, weil er den Gedanken nicht ertragen konnte, daß irgendeine Seele der Verdammung anheimfallen sollte.» Erstaunt hörte sie ihm zu. Er fuhr fort: «Dieser Mann beschloß, daß er mitverdammt werden wollte, falls irgendeine andere Seele verdammt werden würde. Er nahm nie die Sterbesakramente, er ließ sich nie in der Kirche mit seiner Frau trauen. Ich weiß es nicht, mein Kind, aber es gibt Leute, die meinen, er wäre – nun, ein Heiliger gewesen. Ich glaube, *er* starb in dem Zustand, der uns als Todsünde geschildert wird. Sicher bin ich nicht – es war im Krieg: vielleicht . . .» Er seufzte – und stieß ein Pfeifen aus, beugte sein altes Haupt. «Du, meine Tochter», sagte er, «kannst die . . . furchtbare . . . Seltsamkeit der Gnade Gottes nicht ermessen – so wenig wie ich oder sonst jemand.»

Draußen knarrten die Stühle einmal ums andere – die Leute wurden ungeduldig, wollten gern ihre eigene Reue, Sündenvergebung und Buße für die Woche hinter sich bringen. Er sprach: «Es war so ein Fall –: größere Liebe kennet niemand, denn daß er seine Seele hingebe für seinen Freund.»

Er erschauerte und nieste. «Wir müssen hoffen und beten», sagte er, «hoffen und beten. Die Kirche verlangt nicht, daß wir glauben sollen, irgendeiner Seele sei die Gnade auf immerdar versagt.»

Sie widersprach mit trauriger Überzeugung: «Er ist verdammt. Er hat gewußt, worauf er sich einließ. Er war auch katholisch.»

Der Greis sprach sanft: *«Corruptio optimi est pessima.»*

«Vater –?»

«Ich meine, ein Katholik ist mehr als jeder andere der Sünde ausgesetzt. Ich glaube, vielleicht sind wir – weil wir an Ihn glauben – in engerer Berührung mit dem Teufel als andere. Doch wir müssen hoffen», schloß er mechanisch, «hoffen und beten.»

«Ich möchte hoffen», sagte sie, «aber ich weiß nicht, wie.»

«Wenn er dich geliebt hat», sagte der Greis, «so beweist das, daß doch etwas Gutes . . .»

«Selbst bei so 'ner Liebe?»

«Ja.»

In dem dunklen, engen Beichtstuhl grübelte sie dem Gedanken nach.

«Und komm bald wieder», sagte der Priester. «Ich kann dir keine Absolution geben – nicht jetzt –, aber komm wieder – morgen.»

Schlaff sagte sie: «Ja, Vater . . . Und wenn ich vielleicht ein Kind . . .»

Er erwiderte: «Mit deiner schlichten Seele und seiner Kraft . . . Mach einen Heiligen aus ihm – daß er für seinen Vater bete.»

Ein plötzliches Gefühl unendlicher Dankbarkeit brach durch den Schmerz – es war, als sei ihr gezeigt worden, wie weit, weit in der Ferne das Leben seinen Fortgang nahm. Er sagte noch: «Bete für mich, meine Tochter.»

«Ja», antwortete sie. «O ja.»

Draußen sah sie nach dem Namen am Beichtstuhl – aber es war keiner, den sie kannte. Priester kommen und gehen.

Sie trat auf die Straße. Der Schmerz war noch da, den konnte man nicht mit einem Wort auslöschen. Aber das ärgste Grauen, so dachte sie, war vorüber – das Grauen vor dem völlig geschlossenen Kreis – zu Hause, zurück zu sein, zurück bei *Snow* – sie würden sie schon wieder nehmen – ganz als ob der Junge nie gewesen wäre. Doch er war gewesen, würde immer sein. Plötzlich überkam sie die Überzeugung, daß sie Leben in sich trage – und stolz dachte sie: Das werden sie doch nicht abstreiten können. Das werden sie nicht abstreiten können! Sie nahm den Weg hinaus zum Strandweg, gegenüber der Kursaalpier, und begann mit festen Schritten in entgegengesetzter Richtung zu ihrem Elternhaus zu gehen – auf Franks Haus zu. In diesem Haus, in diesem Zimmer gab es noch etwas, das sie bergen mußte – noch etwas, das keiner würde abstreiten können: seine Stimme, die eine Botschaft für sie hatte und, falls ein Kind da war, auch für das Kind. «Wenn er dich geliebt hat», so hatte der Priester gesagt, «dann beweist das . . .»

In der späten Julisonne schritt sie rasch dahin – dem furchtbarsten Grauen von allem entgegen.

Neue deutsche Prosa

Ulrich Becher
Männer machen Fehler.
12 Kurzgeschichten [1283]
– Das Profil. Roman [1612]
– Murmeljagd. Roman [1783]
– William's Ex-Casino [1909]
– Kurz nach 4 [4169]

Wolfgang Borchert
Draußen vor der Tür und ausgewählte Erzählungen. Nachwort: Heinrich Böll [170]
– Die traurigen Geranien und andere Geschichten aus dem Nachlaß. Hg. und Vorwort: Peter Rühmkorf [975]

Rolf Dieter Brinkmann
Keiner weiß mehr [1254]

Franz-Josef Degenhardt
Zündschnüre. Roman [1865]
– Brandstellen [4074]

Friedrich Dürrenmatt
Der Richter und sein Henker. Roman [150]
– Der Verdacht. Roman [448]

Günther Grass
Aus dem Tagebuch einer Schnecke [1751]

Max von der Grün
Irrlicht und Feuer. Roman [916]
– Am Tresen gehn die Lichter aus. Erzählungen [1742]

Peter Handke
Die Hornissen. Roman [1098]

Stefan Heym (Hg.)
Auskunft. Neue Prosa aus der DDR [4046]

Rolf Hochhuth
Der Stellvertreter. Ein christliches Trauerspiel. Vorwort: Erwin Piscator. Erweiterte Taschenbuchausgabe: Mit einer Variante zum fünften Akt und einem Essay von Walter Muschg [997]
– Soldaten. Nekrolog auf Genf. Tragödie [1323]
– Krieg und Klassenkrieg. Studien Vorwort: Fritz J. Raddatz [1455]
– Guerillas. Tragödie in 5 Akten [1588]
– Die Hebamme. Komödie [1670]
– Die Berliner Antigone. Kleine Prosa und Lyrik [1842]

Dieter Kühn
Die Präsidentin [4021]

Siegfried Lenz
Die Augenbinde. Parabel / Nicht alle Förster sind froh. Ein Dialog [1284]

Hans Erich Nossack
Spätestens im November. Roman [1082]

Gregor von Rezzori
Maghrebinische Geschichten. Mit Zeichnungen des Autors [259]
– Oedipus siegt bei Stalingrad. Ein Kolportageroman. Nachwort: Nicolaus Sombart [563]
– Neue maghrebinische Geschichten.
1001 Jahr Maghrebinien [1475]

Otto F. Walter
Der Stumme [1688]
– Herr Tourel [1847]

Peter Weiss
Die Ermittlung. Oratorium in 11 Gesängen [1192]

Oswald Wiener
Die Verbesserung von Mitteleuropa. Roman [1495]

Gabriele Wohmann
Abschied für länger. Roman [1178]
– Ein unwiderstehlicher Mann. Erzählungen [1906]
– Habgier. Erzählungen [4213]

rororo

35/31